MW01705395

La promesse des Gélinas

TOME 2

Édouard

FRANCE LORRAIN

La promesse des Gélinas

TOME 2

Édouard

Guy Saint-Jean
ÉDITEUR

Guy Saint-Jean Éditeur
4490, rue Garand
Laval (Québec) Canada H7L 5Z6
450 663-1777
info@saint-jeanediteur.com
saint-jeanediteur.com

....

Données de catalogage avant publication disponibles à Bibliothèque et Archives nationales du Québec et à Bibliothèque et Archives Canada

....

Nous reconnaissons l'aide financière du gouvernement du Canada ainsi que celle de la SODEC pour nos activités d'édition. Nous remercions le Conseil des arts du Canada de l'aide accordée à notre programme de publication.

Financé par le gouvernement du Canada | Canada   SODEC Québec   Conseil des Arts du Canada   Canada Council for the Arts

Gouvernement du Québec — Programme de crédit d'impôt pour l'édition de livres — Gestion SODEC

Édition: Isabelle Longpré
Révision: Marie Desjardins
Correction d'épreuves: Corinne de Vailly
Conception graphique: Christiane Séguin
Illustration de la page couverture: Talisman illustration design - Alain Fréchette

Dépôt légal — Bibliothèque et Archives nationales du Québec, Bibliothèque et Archives Canada, 2015

ISBN: 978-2-89455-441-8
ISBN ePub: 978-2-89455-442-5
ISBN PDF: 978-2-89455-443-2

Imprimé et relié au Canada
5e impression, août 2020

ASSOCIATION NATIONALE DES ÉDITEURS DE LIVRES
Guy Saint-Jean Éditeur est membre de
l'Association nationale des éditeurs de livres (ANEL).

Pour Benoit, Robert et Patrick.
Je vous aime.

RÉSUMÉ DU TOME 1

En 1922, à la mort de leur mère, Rose, et à sa demande, les quatre enfants Gélinas ont promis de ne jamais se marier ni d'avoir de descendance.

Une promesse difficile à tenir pour Adèle, lorsque le beau Jérôme Sénéchal fait irruption dans sa vie. Alors journaliste au *Courrier* de Saint-Jovite, la jeune femme de vingt ans se rend vite compte que l'attirance entre elle et son nouveau rédacteur en chef mettra en péril le serment fait à sa mère, huit ans auparavant.

Malgré tous ses efforts, Adèle succombe à la tentation et entreprend une relation secrète avec cet homme : elle quitte le village de Sainte-Cécile pour s'établir à Saint-Jovite lorsque le rédacteur en chef lui offre un poste de journaliste à temps plein. À la ferme familiale, l'aînée de la famille, Florie, ne voit pas d'un bon œil cet éloignement de sa sœur cadette, mais elle est loin de se douter de ce qui se trame derrière son dos. Outre sa sœur et Jérôme, Édouard, le plus âgé des deux fils de Rose Gélinas, tombe à son tour amoureux de Clémentine Lortie, l'amie d'Adèle.

Il tente de résister aux charmes de la jeune femme, mais la maladie qui la frappe rapproche le couple. Alors qu'il courtise Clémentine, Édouard fonde de grands espoirs dans l'ouverture prochaine de sa beurrerie, dans le village de Sainte-Cécile.

Des événements tragiques mettent fin à la relation et à la carrière d'Adèle, tandis qu'Édouard, lui, se prépare à faire sa grande demande.

Dans tout ce brouhaha, seul Laurent ne semble pas bifurquer de la voie tracée à la mort de sa mère. Il travaille sur les terres familiales, s'occupe avec amour des animaux et ne paraît guère troublé par la promesse faite à Rose. L'arrivée de Léo Villemarie comme homme engagé ébranle toutefois certaines de ses convictions. Lorsque nous quittons la famille, à la fin du tome 1, Édouard annonce son mariage prochain, brisant ainsi sa promesse.

Ils ne sont plus que trois à se bercer sur la galerie de leur maison. Trois vieux qui se balancent à l'unisson en haut de la côte Boisée, dans le village de Sainte-Cécile. La vie est simple dans le village. Les événements du passé semblent effacés des mémoires. Pourtant, ils ne sont plus que trois…

CHAPITRE 1

Nouveau départ, août 1932

— Alors ?

Édouard Gélinas secoua la tête en s'assoyant à la table du restaurant. Sa fiancée, Clémentine, tenta de ne pas montrer sa tristesse. La déception se lisait déjà assez sur ce visage buriné par le grand air. Depuis une semaine, Édouard passait d'une institution à l'autre afin de trouver un courageux banquier prêt à lui faire confiance. Malheureusement, encore une fois, il revenait bredouille. Cette fois, la caisse populaire de Saint-Jovite lui avait laissé peu d'espoir.

— Il m'a dit que je devais offrir au moins une terre ou des outils de ferme en garantie.

— Mais tu leur as dit que tu n'avais…

— Je leur ai dit, coupa sèchement Édouard.

Il frotta son visage las de sa main avant de faire signe à la serveuse qui s'approchait de leur table. Celle-ci fronça les sourcils avant de rebrousser chemin. Clémentine sourit affectueusement à son amoureux en posant sa main sur la sienne.

— Il te faut manger, mon amour.

— Pas ici. Je veux pas gaspiller mon argent.

Le silence s'installa pendant quelques secondes puis Édouard refit signe à la serveuse derrière son comptoir.

— Mais toi, chuchota-t-il, tu dois dîner.

— Je peux attendre aussi.

Le ton manquait de conviction. Depuis un an environ, la vie de la jeune blonde avait changé du tout au tout. En quelques semaines, en effet, Clémentine avait vu sa santé se détériorer. Obligée de consulter un médecin, elle avait appris qu'elle était atteinte de diabète et avait dû faire le deuil d'une santé parfaite. Son visage enfantin devint encore plus sérieux. Elle n'aimait pas discuter de sa maladie avec son amoureux. Mais il avait raison, elle se devait de manger pour éviter une baisse de sucre dans son corps et risquer une hypoglycémie sévère. D'autant plus que, toute à son anxiété à l'égard de l'attente, elle avait à peine touché à son déjeuner avant de se rendre au journal *Le Courrier* où elle travaillait toujours.

— Je prendrai une soupe aux pois avec du pain s'il vous plaît. Et un thé.

— Monsieur ?

— Rien. Oh, et puis allez donc, apportez-moi un café.

Il fit un sourire en tentant de faire taire ses angoisses. Depuis son départ précipité de la ferme familiale, quinze jours auparavant, pas une journée ne passait sans qu'il remette son choix en question. Pas d'avoir renié la promesse faite à sa mère. Ni d'avoir choisi d'épouser sa belle Clémentine. Mais le choix de partir de la maison sans tenter de raisonner sa sœur Florie. Il se remémora la scène de son départ. Dans la cuisine, un silence de plomb avait suivi sa déclaration :

— Clémentine et moi allons nous marier avant la fin de l'année.

Avec cette simple phrase, sa vie venait de changer radicalement. Un hoquet de surprise de sa sœur Adèle, un regard estomaqué de son frère Laurent, puis la rage émanant du corps entier de l'aînée avaient eu raison de toute tentative de raisonnement.

— Dehors. Hors de ma maison.

— Je suis aussi chez moi, Florie.

— Sors de cette maison!

La petite main de Clémentine avait vibré dans la sienne lorsqu'il s'était adressé à Florie. Les yeux posés sur sa grande sœur, il avait plaidé:

— Le jour où j'ai fait cette promesse à notre mère, Florie, j'avais quinze ans. T'en avais que dix-neuf. Comment pouvait-elle penser que nous, ses enfants, pourrions vivre sans amour le reste de nos jours? C'est pas parce que notre père était un ingrat et un lâche que nous devons en payer le prix pour toujours. Ne vois-tu pas comme c'est ridicule de nous contraindre à une telle vie? Cette femme à mes côtés me rend heureux comme je l'ai jamais été. N'est-ce pas ce que tu souhaites pour nous, tes frères et ta sœur? Que nous soyons heureux?

Sa sœur aînée s'était approchée, d'une démarche lourde, affaiblie par la colère. Une femme aigrie, vieillie avant l'âge. Dans sa chevelure noire attachée en chignon sévère, de nouvelles mèches grises apparaissaient depuis quelques mois. Comme si son corps aussi avait oublié qu'il n'avait pas trente ans. Pointant un doigt accusateur, Florie avait susurré entre ses lèvres presque fermées:

— Ce que je veux ne te concerne plus, mais sache que tu mettras plus les pieds ici. Cette trahison, je l'ai vue venir, mais j'aurais cru que ta parole valait plus que ta faiblesse.

Dans la cuisine, l'air s'était raréfié au fur et à mesure que Florie parlait. Des paroles crachées comme un venin. Les larmes coulaient sur le visage rond de Clémentine qui avait tenté de se consoler avec le regard désolé de son amie Adèle. Elle avait voulu parler, tenter de raisonner la femme, mais Florie les avait repoussés avant de s'éloigner dans le corridor en direction de sa chambre, située sous l'escalier.

— Lorsque je reviendrai dans la cuisine, je vous veux partis, tous les deux. Plus la peine de venir à la ferme, le testament était clair. Quiconque trahirait la promesse faite à notre mère sur son lit de mort se verrait dépossédé du moindre droit sur les terres des Gélinas.

— Franchement, Florie!

— Toi, Adèle, mêle-toi pas de ça ou tu vas t'en aller avec eux. Choisis!

— Laisse faire, Adèle. On va partir.

Cette crise familiale avait eu lieu deux semaines auparavant. Édouard se secoua doucement pour effacer de sa mémoire ce dernier affrontement avec sa sœur. Depuis, il dormait à l'hôtel de Labelle, dans une chambre minuscule, sous le toit. Il espérait trouver du financement pour son projet. Tout au long de l'année, le jeune homme avait suivi une formation spécialisée à l'école d'agriculture de Saint-Hyacinthe dans le but d'ouvrir la première beurrerie des Hautes-Laurentides. Encouragé dans cette grande aventure par sa fiancée et sa sœur Adèle, il n'avait pas l'intention de laisser la triste situation familiale ruiner ses plans. Clémentine jeta un regard distrait à sa montre. Elle serait en retard au journal. Tant pis.

— Dis-moi ce que je peux faire pour t'aider, mon amour?

— Rien. Juste être à mes côtés, cela suffit.

— Mais... Et si je demandais à mon père?

— Il n'en est pas question, Clémentine. J'ai ma fierté. Jamais je n'accepterai un sou de la part de ta famille. S'il le faut, je reporterai l'ouverture d'un an, le temps d'aller bûcher une partie de l'hiver en Abitibi.

— Édouard, tu y penses pas vraiment?

Clémentine connaissait le dur labeur de ces bûcherons. Ces hommes partaient loin de leur famille pour bûcher jusqu'au printemps dans des conditions difficiles. Les poux, le manque d'eau, de nourriture, les maladies et l'insuffisance de sommeil nuisaient considérablement à leur qualité de vie. Non, pas pour son Édouard. Le jeune homme saisit la main délicate de Clémentine, le visage très sérieux. Ses beaux yeux bleus brillaient d'une nouvelle lumière. Il trouverait une solution, mais personne ne le priverait de son rêve.

— Il s'agit d'une option de dernier recours, je te le promets. Nous sommes pas encore en septembre, j'ai donc quelques semaines avant de devoir prendre une décision. Allez, ouste, tu es déjà en retard n'est-ce pas ? En plus, je dois sauter dans le train d'une heure. T'en fais pas, je me laisserai pas abattre.

Il fit un sourire tendre à sa douce. Cette femme enfant le rendait fou avec ses boucles blondes, ses fossettes coquines et son regard ourlé de longs cils presque transparents. Dès le premier instant, lorsque Adèle les avait présentés l'un à l'autre, il avait senti l'urgence de s'éloigner afin de ne pas trahir la promesse faite à sa mère. Peine perdue ! À l'annonce de la maladie de Clémentine, le couple s'était rapproché, puis fréquenté en secret. Jusqu'au jour où Édouard avait compris qu'il ne pouvait perdre cette jeune femme. Il lui avait alors demandé sa main.

— Tu sais, Édouard, je comprendrais si tu voulais revenir sur… nos projets de mariage, murmura Clémentine en posant son petit chapeau cloche sur sa tête.

— Jamais ! Tu m'entends Clémentine ? Jamais je changerai d'idée, peu importent les embûches. Que ferais-je d'une beurrerie, si je peux t'avoir à mes côtés pour partager mes joies et mes succès ?

Un sourire de soulagement apparut sur la figure de la jeune femme. En vitesse, le couple sortit du restaurant. Après avoir donné un dernier baiser chaste sur la joue de Clémentine, Édouard repartit vers la gare à moins d'un mille du restaurant où ils s'étaient donné rendez-vous. Maintenant il était seul; sa mine sombre trahissait son inquiétude. Sans le dire à sa fiancée, il éprouvait une crainte grandissante de ne pas réussir à trouver le financement nécessaire pour sa petite entreprise. Auparavant, Florie avait consenti à lui laisser utiliser le hangar vide derrière la grange pour réaliser son projet. Évidemment, il était revenu à la case départ avec l'annonce de son mariage. Tous ses plans s'étaient effondrés.

— Si seulement je pouvais lui faire entendre raison... qu'elle puisse comprendre que mon mariage avec Clémentine n'est pas le drame qu'elle imagine.

Édouard glissa ses mains au fond des poches de son pantalon de toile grise. Il prit la décision de faire une ultime tentative auprès de Florie afin qu'elle change d'idée. Il comptait sur son grand cœur pour réévaluer sa position. S'il réussissait, il ne lui resterait qu'à suppléer le financement promis par Marc-Joseph avant le drame du printemps. Avec un sentiment de tristesse, le jeune homme songea qu'il avait laissé tomber sa sœur Adèle en prenant la décision d'épouser Clémentine. Pas parce qu'elle ne comprenait pas leur amour, au contraire, mais parce qu'il était le seul à connaître les raisons de son retour à la ferme, après un début de carrière florissant comme journaliste au *Courrier* de Saint-Jovite.

— Et la voilà qui se retrouve coincée avec Florie qui ne doit cesser de l'achaler sans que je puisse tempérer les choses.

Du reste, Édouard connaissait assez sa cadette pour savoir qu'elle ne lui en voulait pas, au contraire ! Adèle devait l'envier de pouvoir vivre son amour au vu et au su de tous, alors qu'elle-même s'était contentée de moments secrets avec l'amour de sa vie, Jérôme Sénéchal.

— De toute façon, songea Édouard en montant dans son train, le viol que lui a fait subir Marc-Joseph et son suicide ont détruit une partie de ma sœur. Elle pouvait continuer au journal comme si rien était arrivé.

Il jeta un regard las par la fenêtre du wagon. Il essayait de ne pas penser à la détresse de son frère Laurent. Un sentiment de culpabilité l'accablait lorsqu'il songeait à l'effet que son départ aurait sur son cadet. Encore une fois, il vivrait un rejet. Après son père, voilà qu'il prenait le large. Laurent perdrait confiance même si Édouard lui avait souvent assuré qu'il serait toujours là pour lui.

— Quel gâchis ! murmura-t-il, avant de poser sa tête sur le dossier.

Le jeune homme réfléchit plusieurs minutes, et prit une décision fondamentale pour son avenir.

Le départ forcé de Clémentine et d'Édouard avait jeté une chape de plomb sur la ferme des Gélinas. Plus de musique, plus de chantonnements dans la cuisine. Florie avait repris son masque glacial. Les deux plus jeunes regrettaient de ne pouvoir, eux aussi, s'éloigner d'un tel environnement. Laurent s'étourdissait à l'ouvrage, et ne revenait à la maison qu'à la nuit tombée. La pauvre Adèle, elle, devait supporter les mouvements d'humeur de sa sœur du matin au soir, sans dire un mot. Alors, elle s'isolait dans sa tête, en réfléchissant au roman qu'elle tentait d'écrire.

— Dépêche-toi un peu, Adèle, bon sang! On dirait que tu as les idées ailleurs. Ça fait une heure que tu laves la même maudite fenêtre!

— Hein? De quoi tu parles, Florie? J'ai fini toutes celles du salon.

— Oui, oui. Mais accélère le rythme un peu.

Hésitante, Adèle se dit qu'elle ne perdrait rien à essayer de modifier le cours de l'histoire des Gélinas. Elle posa sa guenille et son seau avant de s'avancer vers sa sœur.

— Viens donc t'asseoir, Florie, on va se faire une bonne tasse de café.

— Bien… là, on a pas vraiment…

— Oui, oui, on a le temps. Laurent reviendra pas avant deux heures. Puis on mérite bien une petite pause biscuits, non?

Sachant que la meilleure manière d'amadouer sa sœur passait par l'estomac, Adèle fit glisser l'assiette de galettes à la mélasse vers elle. Florie sourit faiblement avant de tendre la main.

— Tu en es certain?

Clémentine ouvrait grands les yeux, étonnée de la décision d'Édouard. Il hocha fermement la tête.

— Oui. Si je le fais pas, je m'en voudrai terriblement.

— Tu veux que je t'accompagne? Je pourrais demander à mon père de venir nous reconduire.

— Non. Il vaut mieux que je voie Florie seul.

Clémentine soupira de soulagement. La sœur aînée de son amoureux lui faisait un peu peur. Elle n'était pas habituée aux paroles dures qu'elle avait entendues lors de l'annonce de leur mariage. Seule fille parmi sept enfants, elle était plutôt traitée comme une petite princesse, encore plus depuis le début de sa maladie. Lorsqu'elle venait au journal, trois jours par semaine, pas question qu'elle dorme à Saint-Jovite. Un de ses frères ou son père venait la déposer chaque matin et la chercher à la fin de sa journée. Elle avait beau leur rappeler que c'était une perte de temps entre leur village de La Conception et Saint-Jovite, pas un ne voulait entendre raison.

— C'est la condition pour que tu continues à travailler au journal, ma fille. On va pas s'en faire pour dix, douze milles dans une journée !

Clémentine reporta son attention sur Édouard qui ne la quittait pas des yeux. Son visage sérieux la fit sourire, et elle ne put s'empêcher de passer sa petite main sur son menton carré.

— Tu sais que ta sœur changera probablement pas d'idée.

— Je sais. Mais peut-être que les quinze jours qui viennent de passer l'ont fait réfléchir ?

Mais la moue d'Édouard ne laissait guère de doute sur ce qu'il en pensait vraiment. Par ailleurs, s'il réussissait à ravoir le bâtiment inutilisé pour ouvrir sa beurrerie, il ne lui resterait plus qu'à trouver l'argent pour acheter sa machinerie. Fermement décidé, il prit le train de cinq heures en ce dimanche après-midi pour arriver au village de Sainte-Cécile à temps pour le souper. Il souhaitait ainsi tomber sur une Florie plus détendue, mais aussi sur sa sœur Adèle, sa plus grande alliée. Dans le train, vers Labelle, Édouard repassait en boucle le petit discours qu'il désirait prononcer en arrivant à la ferme. Il espérait que sa sœur aurait un peu d'écoute. Tout d'abord, il devait trouver quelqu'un de charitable pour l'amener de la gare à Sainte-Cécile. Il ne voulait pas perdre une minute de son temps. Il avait misé sur les villageois qui profitaient du dimanche pour aller faire des achats à Labelle. Aussi fut-il fort heureux, à peine hors du wagon, de tomber sur Henry Stromph, l'unique anglophone du village de trois cents âmes.

— Monsieur Stromph, bonjour !

— Oh, monsieur Gélinas, vous allez bien ?

— Très bien merci, et vous ?

L'homme à la longue moustache grise hocha la tête. C'était un être de peu de mots, très apprécié par les villageois malgré son air malcommode et son caractère renfermé. Habitant Sainte-Cécile depuis la fin de la Première Guerre, il avait perdu son épouse, Mary, dix ans plus tôt, un peu avant la mort de Rose Gélinas. Âgé de cinquante ans, il n'avait jamais désiré se remarier, même si quelques veuves ou célibataires tentaient depuis longtemps de lui mettre le grappin dessus ! Hésitant, Édouard osa quémander un transport jusqu'à la ferme.

— Bien sûr ! Je croyais que votre frère venait vous chercher.

— Non.

— Embarquez, je vous laisse chez vous.

Sans dire un mot de plus, les deux hommes grimpèrent dans la charrette qui se mit aussitôt en branle. La route était assez courte entre les deux villages, alors Édouard ne s'attendait pas à discuter avec l'anglophone. Pourtant, à peine sorti de Labelle, ce dernier lui jeta un drôle de regard avant de lui lancer :

— Vous arrivez de Montréal ?

— Non, de chez ma fiancée, à La Conception.

— C'est parce que je vous vois plus au village…

Le grand homme sec s'interrompit et Édouard dut enchaîner.

— Hum… en fait… je vis à Labelle depuis quelques semaines.

— Ah ? questionna monsieur Stromph.

— Ma sœur Florie et moi avons eu… comment dire… un différend.

— Différend ?

— Une chicane.

— Je vois, répondit le conducteur qui, en fait, ne comprenait pas grand-chose.

Les milles s'étirèrent sans autre conversation. Édouard tentait de trouver quoi dire lorsqu'ils croisèrent le père Claveau sur son vélo à l'entrée de Sainte-Cécile. Le vieil homme les salua vaguement avant de prêter de nouveau attention à la route.

— Je vois que le père Claveau ne se fait plus conduire par ses chiens !

— C'est vrai. Je pense que son plus costaud est mort.

Encore une fois, la conversation stagna alors que les premières maisons du village faisaient leur apparition sur le chemin Des Fondateurs. Juste après le bureau de poste, à l'angle du rang Leclerc, se trouvait le cœur de Sainte-Cécile avec le magasin général Marquis, l'église et la forge-ferblanterie en face. En arrivant devant l'atelier du ferblantier, Édouard posa une main sur le bras du conducteur.

— Vous pouvez me laisser chez vous, je vais marcher.

— Vous êtes certain ? J'irais bien, j'ai rien à faire.

— Non, laissez, j'ai besoin de réfléchir avant d'arriver à la ferme.

De nouveau, Henry Stromph se tut. Il tourna dans l'entrée de sa maison et dirigea son cheval et sa charrette vers le grand hangar qui lui servait d'atelier. Devant le bâtiment, quelques-unes de ses réalisations étaient exposées. Une fois les pieds à terre, Édouard se dirigea aussitôt vers une large cuve en fer blanchi appuyée contre l'atelier. Les yeux rêveurs, il passa la main sur l'objet qui lui faisait envie.

— Si seulement... chuchota-t-il pour lui-même.

— Vous dites ?

Édouard se retourna vers l'homme qu'il n'avait pas entendu arriver derrière lui. Il rougit, mais heureusement son hâle permanent cacha son trouble.

— Oh... c'est juste que j'ai un projet et que votre cuve me fait rêver.

— Ah. Quel genre de projet ?

Sans savoir comment ni pourquoi, Édouard se mit à expliquer à Henry Stromph son rêve depuis plus d'un an. Il lui parla de ses cours de maître-beurrier à Saint-Hyacinthe, et des frais qu'il devait assumer afin d'ouvrir son entreprise. Il lui fallut discuter de sa dispute avec sa sœur aînée, sans entrer dans les détails de la promesse à la base de tout. Personne ne comprenait de toute manière. Les rumeurs qui couraient dans le village depuis leur arrivée en 1914 répondraient certainement aux éventuelles interrogations de l'Anglais. Comme tous, il entendait les ragots presque chaque semaine au magasin général et sur le parvis de l'église.

— Malheureusement, c'est derrière notre grange que je devais ouvrir ma beurrerie, continua Édouard. Mais tout est remis en question puisque Florie refuse de me voir.

— Hum...

— Vous me direz que la famille passe avant tout. Que je dois tenter à tout prix de me réconcilier avec Florie, mais...

— Mais non. Entrez.

L'homme ouvrit la porte de son atelier et laissa Édouard

passer devant lui. Intimidé, le jeune homme ne put que s'avancer, même s'il lui tardait maintenant d'aller voir sa sœur. Henry Stromph l'ayant toujours impressionné avec son air maussade, l'idée ne lui serait jamais venue de refuser son accueil. Un gros véhicule en métal prenait la moitié de la place. Un des côtés de l'engin était démonté et posé sur l'établi plein d'outils.

— Vous travaillez sur les remorques maintenant ? demanda Édouard avec étonnement.

— C'est votre voisin monsieur Marois qui m'a demandé d'y jeter un coup d'œil. Il dit que sa remorque est tellement rouillée qu'il pense en racheter une autre. Mais auparavant, il voulait que je voie s'il y avait moyen de remplacer les pièces *rusty*...

— Et ?

Henry Stromph passa une main sur elle avant de se retourner en souriant.

— Et je pense que je pourrai la lui remettre presque comme *un neuve* !

Édouard découvrait un autre aspect de ce grand maigre. Jamais cet homme ne lui avait autant parlé. Comme si ses propres confidences avaient créé un lien entre eux. Les bras croisés sur la poitrine, il attendait de pouvoir prendre congé sans être impoli. Alors qu'il s'apprêtait à saluer son hôte, ce dernier avança une chaise de bois et marmonna :

— Prenez place, *please.*

De plus en plus étonné, Édouard se sentit obligé d'accepter. L'atelier encombré avait un certain charme avec des outils accrochés aux poutres, d'autres traînant dans des récipients... Son vis-à-vis s'installa aussi sur une chaise avant de s'y adosser et de le regarder sérieusement.

— Bon, alors, qu'allez-vous faire si votre sœur refuse ?

— Je l'ignore. Je fonde tous mes espoirs sur un changement d'humeur de ma sœur. J'ose pas penser à la suite des choses bien honnêtement.

— Mais il le faut. Ça sert à rien de se mettre la tête dans *la* sable comme disait ma femme. En fait, c'était plutôt... *Don't put your head in the sand!*

Il éclata de rire en caressant sa moustache. Édouard ouvrit de grands yeux étonnés. Comment en était-il arrivé à rire avec le ferblantier ? Il aurait été bien en peine de l'expliquer, mais la bonne humeur de l'homme lui permit de se détendre. Il s'adossa à la chaise en croisant ses mains sur ses genoux.

— Vous avez raison, bien sûr. Pour l'instant, je sais pas quoi vous répondre. Je devrais peut-être aller bûcher au nord pour ramasser les fonds qui pourraient m'aider à entreprendre mon projet.

— Mais... n'allez-vous pas vous marier sous peu ?

— Oui. C'est la raison pour laquelle il s'agit là d'une option qui m'intéresse bien peu. Toutefois, si j'ai pas le choix, je le ferai pour assurer notre avenir.

Les yeux d'Édouard s'assombrirent à la pensée de quitter sa douce Clémentine avant même le début de leur vie commune. Le ferblantier ne dit mot pendant quelques instants. Au moment où Édouard se levait pour prendre congé, l'homme prononça des paroles surprenantes.

— Si votre sœur refuse, pouvez-vous revenir me voir ?

— Euh... oui, j'imagine que c'est possible. Si elle veut pas que je dorme à la ferme, je reprendrai le train de huit heures à Labelle. Je pourrais demander à mon frère Laurent de me déposer ici avant. Ensuite, j'irai au magasin général pour espérer trouver quelqu'un qui puisse me conduire à la gare.

Henry Stromph se leva et tendit une main rugueuse. Il enleva sa casquette usée qu'il posa sur le coin de l'établi. L'homme à la longue silhouette avait encore une chevelure très fournie pour son âge. Ses courtes boucles grises collaient à son crâne à cause de la chaleur de cette fin d'après-midi du mois d'août. Depuis quelques années, Édouard avait l'impression que les étés se réchauffaient inexorablement. Peut-être était-ce dû à la charge de travail qui augmentait à la ferme ? Les gens du village se plaignaient davantage l'été... Mettant à son tour sa casquette sur ses cheveux bruns, Édouard lança un dernier au revoir à l'anglophone avant de sortir de l'atelier. Quelle drôle de rencontre !

— Bon, allez mon Édouard, un peu de tonus, se dit le jeune homme pour s'encourager.

Après la montée de la côte Boisée, Édouard arriva devant la clôture de bois ceinturant la ferme. Il prit une longue inspiration. Un regard vers la petite maison du père Claveau à gauche, un autre vers la ferme de la famille Marois. Et ses terres, si belles et si grandes, sur lesquelles il s'était échiné pendant tant d'années. Un élan de nostalgie l'envahit à la pensée de ne plus jamais y travailler. Il songea aux journées éreintantes pendant lesquelles il échangeait peu de mots avec son frère Laurent, mais se souvint de leur complicité. Tordant sa casquette dans ses mains, Édouard soupira avant de s'avancer vers l'entrée de la ferme. La marche d'une vingtaine de pieds jusqu'au seuil de la maison ne lui avait jamais paru aussi longue. Son cœur voulait sortir de sa poitrine et ses paumes moites trahissaient son anxiété montante. Le soleil qui descendait à l'horizon jetait des lueurs chatoyantes sur le toit de la grange octogonale. Il remarqua à quel point le jardin avait profité en si peu de temps. La vue des belles tomates roses et rouges, des laitues luxuriantes et des tiges de carottes d'une hauteur notable lui rappela vivement les repas insipides qu'il prenait depuis son départ.

— Bon, mon gars, montre que tu es un homme.

En gravissant l'escalier, Édouard redressa ses larges épaules. Après tout, il n'avait rien à se reprocher, si ce n'était qu'il n'était plus un enfant de quinze ans impressionné par la mort de sa mère.

Toc ! Toc ! Toc !

Après avoir frappé à la porte de la cuisine d'été, Édouard se rembrunit. Il n'avait qu'à entrer, après tout. Il était encore chez lui, jusqu'à preuve du contraire. Alors avant de voir une de ses sœurs ou son frère s'approcher, il pénétra dans la maison.

— Allo, il y a quelqu'un ?

— Édouard ? C'est toi, Édouard ?

— Oui, c'est moi.

Adèle se précipita dans la cuisine alors que le jeune homme y mettait les pieds. La tornade brune lui sauta dans les bras en le serrant pour ne plus le laisser filer.

— Dieu que je suis heureuse de te voir, si tu savais... chuchota-t-elle en levant des yeux pleins d'eau sur lui.

Édouard caressa le visage émacié de sa cadette. Depuis l'attaque vicieuse de Marc-Joseph puis son suicide, la jeune journaliste n'était plus que l'ombre d'elle-même. Elle avait mis fin à sa relation avec Jérôme Sénéchal et sa vivacité, son audace s'étaient envolées. La jeune fille s'était réfugiée à la ferme après avoir affirmé toute son enfance et son adolescence, qu'un jour, elle serait *quelqu'une !* À présent, Adèle s'enfermait dans la maison pour panser ses plaies. Ému, Édouard se racla la gorge.

— Où est Florie ?

Adèle pointa la chambre de sa sœur aînée du menton. Elle entraîna son frère vers la table de la cuisine.

— Assieds-toi. Depuis votre... chicane, elle est plus vivable, si tu savais.

— Déjà qu'avant...

— C'est pire. J'aurais jamais cru qu'elle pouvait être aussi mesquine. Mais...

— Tu tiens le coup ?

Adèle haussa ses fines épaules en promenant le regard sur les paniers d'osier accrochés à la poutre au-dessus du comptoir et de l'évier. Elle adressa un doux sourire résigné à son frère.

— Ça va. Je suis habituée ! Mais dis-moi, comment va Clémentine ?

Le ton de sa voix baissa encore pour que sa sœur n'entende pas le nom maudit. Le visage épanoui de son frère à la mention de sa fiancée suffit à Adèle : Édouard était amoureux fou. Un soupçon de jalousie l'envahit. Que ne donnerait-elle pas pour être à leur place ! Souvent, le soir, elle restait éveillée de longues heures à regarder le plafond en repensant aux mois précédant le viol, en se disant que si seulement...

— Elle va bien. Un peu triste tout de même.

— Que viens-tu faire ? Chercher des vêtements ?

— En fait... j'espérais faire changer Florie d'avis.

— Hum...

Le sérieux du regard de sa sœur anéantit le peu d'espoir qu'Édouard entretenait. Il se pencha pour mettre sa main sur le bras mince d'Adèle.

— Elle est encore fâchée ?

— Fâchée... fâchée n'est pas le mot, je dirais. Elle est comme...

— Tiens, qu'est-ce que tu fais ici toi ? Tu as repris tes sens ?

Le ton perfide de la voix de Florie les fit sursauter comme des voleurs. Ils s'éloignèrent l'un de l'autre pour éviter une remarque déplaisante. Édouard se leva et s'avança vers sa sœur aînée. Cette dernière, bien droite dans l'embrasure de la porte de la cuisine, serrait ses bras autour de sa taille généreuse. Un sentiment de rancœur émanait de son corps trapu. Ses yeux noirs brillaient d'une désagréable lueur, alors que ses lèvres fines étaient pincées. Édouard tenta de retrouver l'aura de bonté qui se dégageait souvent de son aînée. Peine perdue, elle semblait durcie par la colère. Elle devait avoir oublié combien elle l'avait aimé.

— Bonjour, Florie.

— Oui, oui, c'est ça, bonjour. Alors qu'est-ce que tu fais ici ?

— Tu peux t'asseoir peut-être ?

— Pas besoin. Dis-moi ce que tu es venu faire, puis nous autres, on va souper.

Adèle soupira discrètement. Sa sœur ne changerait jamais d'idée. Édouard devrait s'y faire. S'il allait de l'avant avec son mariage, il ne pourrait plus mettre les pieds à la ferme. Édouard tendit une main avenante vers son aînée, qui l'ignora ostensiblement.

— Je t'en prie, Florie, viens t'asseoir.

Adèle se leva pour laisser la place à sa sœur qui s'approcha de mauvaise grâce. Cachant sa détresse au plus profond de son être, l'aînée trouvait la force de tenir tête à son frère en revoyant les images de sa mère mourante. Adèle en profita pour s'esquiver. Si elle restait, elle risquait d'envenimer les choses en prenant sa défense. Elle pesta en silence en entendant Florie dire :

— Si tu es ici, c'est que tu as laissé tomber... chose ?

Adèle n'entendit pas la réponse de son frère. En haut de l'escalier menant à sa chambre, elle se retourna pour regarder le duo dans la cuisine, mais elle ne voyait que le bas du corps de sa sœur et de son frère. Le visage d'Édouard se ferma aux paroles de Florie.

— Clémentine et moi allons nous marier comme prévu. Le 3 décembre si ça t'inté... .

— Sors. Va-t-en ! tonna Florie.

— Je sortirai pas avant que tu m'écoutes.

Sachant qu'elle ne pouvait le forcer à partir, Florie tourna la tête vers la fenêtre, au-dessus de l'évier. Ses yeux plongèrent vers l'horizon, alors que son frère tentait de la convaincre du ridicule de la situation.

— Florie, commença-t-il, j'avais quinze ans à la mort de maman. Lorsqu'elle nous a fait promettre sur son lit de mort de jamais nous marier ou d'avoir d'enfants, je pense pas qu'elle ait songé à la démesure de ce qu'elle nous demandait.

— Tu as promis.

— Je sais que j'ai fait la promesse, comme toi, comme Adèle et Laurent, encore plus jeunes à ce moment-là. Mais peux-tu comprendre que j'avais alors jamais aimé, jamais vécu d'émotions aussi intenses que ce que je ressens pour Clémentine ?

— Tu as promis, c'est tout ce que j'ai à te dire.

Le ton sec de sa sœur n'augurait rien de positif. Mais Édouard devait continuer, sentant qu'il s'agissait de son unique chance de lui faire entendre raison. Passant une main tremblante dans sa chevelure bouclée, le jeune homme inspira profondément avant de continuer. Dieu que sa sœur ne lui rendait pas la tâche facile avec ce visage fermé, froid et distant.

— Je peux pas me résigner à vivre sans amour, je le regrette.

— C'est bien de valeur; alors tu fais plus partie de cette famille.

Florie allait se relever, mais la poigne solide de son frère l'en empêcha. Un sentiment de colère commençait à l'envahir. Sa méchanceté ne lui avait jamais paru aussi gratuite. Il changea de ton en faisant une ultime tentative.

— Alors si nous pouvons plus être frère et sœur, penses-tu que nous pourrions être partenaires d'affaires ?

Un rire ironique suivit sa question. Pour la première fois, Florie tourna son regard directement vers Édouard. Menton relevé avec un air frondeur, elle cracha :

— Il me semblait bien que tu voulais quelque chose d'autre. C'est pas que je te veux plus comme frère qui te dérange le plus, c'est plutôt le fait que tu pourras plus profiter des bâtiments de la ferme pour ouvrir ta maudite beurrerie.

Elle frappa contre la table avant de se lever promptement. Puis, de sa démarche chaloupée, elle alla s'appuyer contre le comptoir, sans un regard vers Édouard. Alors qu'il se levait pour sortir, Florie ouvrit la bouche une dernière fois :

— Lorsque j'ai fait la promesse à notre mère, j'étais consciente de tout ce que je sacrifierais. Mais pour vous trois, pour elle, je ne pouvais mettre de côté un tel engagement. Qu'auriez-vous pensé de moi si j'avais pas respecté ma parole ? Tu penses que cela a été facile ? Même si j'ai jamais été aussi belle qu'Adèle, tu sauras que certains hommes auraient voulu me fréquenter à une certaine époque, avant que la rumeur ne coure dans le village concernant notre serment. Mais parce que je me devais d'être un modèle, de vous montrer la force d'une telle promesse, je me suis fermée à toute relation. Puis, mon corps n'attirait plus personne alors c'est devenu plus facile...

— Adèle n'est pas plus…

— Laisse-moi continuer, martela la voix. Ensuite, l'année dernière, j'ai dû subir l'affront de ta sœur et de son… son rédacteur. Au moins, elle a retrouvé ses sens avant de commettre l'irréparable. Mais toi, comme un chien en rut, t'as pas su retenir tes ardeurs devant la première catin à se dandiner un peu trop près.

Éberlué, Édouard ne trouvait pas les mots pour stopper ce venin qui sortait des lèvres pincées de sa sœur. Il ne put que secouer la tête avant de se lever. Il ne la reconnaissait plus.

— Tu veux te marier avec… elle, soit, mais jamais, tu m'entends, jamais tu mettras la main sur le moindre bâtiment qui se trouve sur *ma* terre. Pour moi, Édouard Gélinas, t'es plus mon frère. Tu fais plus partie de ma famille, tiens-toi-le pour dit. Je veux plus jamais que tu mettes les pieds chez nous !

La voix siffla avec une telle force qu'Édouard recula comme s'il avait reçu un coup de poing. Ses yeux brillaient de larmes contenues lorsqu'il s'avança jusqu'à la porte. Sans se retourner, il murmura avec peine sans attendre de réponse :

— Jamais j'aurais cru que tu m'aimais si peu.

La porte se referma bruyamment et Florie resta longtemps les yeux fixés sur la grange. Une peine immense la submergeait, en plus du ressentiment qui faisait trembler tout son corps. Puis, elle se reprit ; cette coupure était ce qu'il y avait de mieux, sauf pour son pauvre Laurent qui se voyait inévitablement confier la gestion de la ferme, des animaux et des cultures sans l'aide de son aîné. Toute douceur s'effaça pour ce frère ignoble.

— De toute manière, il pensait plus à sa beurrerie le maudit sans cœur.

Lorsqu'il sortit de la maison, la gorge prise dans un étau,

Édouard leva la tête vers la fenêtre de sa sœur Adèle. Elle lui fit un signe. « Attends un instant », semblait-elle dire. Alors Édouard se dirigea vers la grange dans l'espoir d'apercevoir son frère qu'il désirait saluer pour la dernière fois avant… Un sentiment d'impuissance l'envahit en regardant le bâtiment tant aimé. Couverte d'un toit à pans brisés sur lequel étaient posés des bardeaux de cèdre, la grange à Rose avait une forme unique dans tout le village. Octogonale, elle possédait trois niveaux : la cave à fumier, l'étable et les cabinets à fourrage, ainsi que le débarcadère qui servait à décharger les charrettes après les dures journées de labeur. Un ajout rectangulaire servait à l'entreposage des machineries de la ferme. Pour l'instant s'y trouvaient le semoir à betteraves, la vieille charrue, la herse rigide et le moulin à farine pour écraser les céréales que l'on destinait à l'alimentation des bêtes. Malheureusement, le tracteur qu'Édouard aurait tant aimé acheter pour leur faciliter la tâche ne faisait pas partie de cet attirail. Il en avait eu, des projets pour la ferme, avant de partir étudier à Saint-Hyacinthe. Si Florie n'était pas si bornée, il aurait pu continuer à épauler son frère.

— Il doit bien être là à cette heure-ci, marmonna le jeune homme.

En ouvrant les lourdes portes de la grange, il sourit tristement en pensant que c'était la dernière fois qu'il faisait ce geste tant de fois répété. L'odeur du foin frais l'apaisa presque aussitôt. Il aimait la terre. Il avait tellement passé de jours à bêcher, racler, râler aussi… Il l'aimait, mais l'appel de la beurrerie demeurait trop fort pour être nié. Il serait maître-beurrier, envers et contre tous !

— Laurent ?

Pas de réponse. La main sur le flanc d'une grosse vache

enceinte, Édouard pencha la tête pour voir au fond de la grange. Les dix stalles se remplissaient à la fin de la journée. Vaches et bœufs s'y retrouvaient afin de ne pas être attaqués dans les champs la nuit venue. Les coyotes et les loups se faisaient une joie de sauter sur ces créatures plus faibles. Alors depuis toujours, Édouard et Laurent mettaient leur troupeau à l'abri. En guise de réponse à son appel, seuls quelques meuglements se firent entendre. Le grand brun s'avança un peu et vit enfin les bottes vertes couvertes de fumier de son frère. Il s'approcha doucement.

— Laurent ?

— Bonyenne, ouch… qu'est-ce que tu fais ici, toi ?

Le jeune fermier se frottait la tête qu'il s'était cognée en se relevant trop vite. Un petit veau dormait près de sa mère. Édouard sourit, oubliant momentanément ses tracas. Laurent avait un don particulier avec les animaux. Près de lui, ils ne s'agitaient jamais. Il réussissait à les calmer, à les rassurer de manière remarquable, même au moment de leur mort ou du vêlage.

— Fameuse a mis bas quand ?

— Cette nuit. Mais je vois pas en quoi ça te concerne.

— Laurent.

— Quoi, Laurent ? Je pense que tu as fait ton choix. C'est clair : la ferme t'intéresse pas. À moins que tu sois revenu pour de bon ?

Laurent dépassait son aîné d'une bonne tête. Ses cheveux blonds trop longs sortaient de sa casquette grise. Son visage poupin, fermé et renfrogné, se détourna de ce grand frère qui brisait leur famille. Il avait tellement de peine que son cœur battait à en sortir de sa poitrine. Depuis toujours, le cadet idolâtrait l'aîné, qui savait si bien s'occuper des bêtes et de leurs champs. Édouard remplaçait le père qu'il n'avait pas eu. Mais voilà que ce dernier fuyait ses responsabilités pour se créer une vie ailleurs. Même si son frère l'avait blessé auparavant en suivant des cours de maître-beurrier en secret, Laurent avait su lui pardonner, car il croyait sincèrement qu'il pourrait lui aussi s'investir dans son projet de beurrerie. Ils auraient travaillé côte à côte avec la complicité qu'ils avaient toujours eue. Toutefois, le soir de l'annonce de son mariage avec Clémentine, Laurent avait pleuré une partie de la nuit en songeant qu'à présent, Édouard disparaîtrait pour toujours. Par choix en plus. Non, il ne pouvait lui pardonner. L'aîné s'avança avec un regard presque suppliant. Dieu qu'il se sentait coupable devant ce petit frère si fragile malgré son allure d'homme. Il avait envie de lui crier sa colère contre leur mère, et la promesse qu'elle leur avait soutirée. Il voulait le prendre dans ses bras. Ce fut plutôt les poings enfoncés dans ses poches de pantalon qu'il murmura :

— Je peux te parler quelques instants ?

— Si tu veux. Tu as changé d'idée ? répéta Laurent.

— Non.

— Bien alors je vois pas de quoi tu veux me parler. Si j'ai bien compris, tu brises la promesse faite à maman, en plus tu lâches la ferme pour t'ouvrir un commerce ailleurs... En fait, tu me laisses tomber comme une vieille guenille. Non, je vois pas de quoi tu veux parler. Puis moi, j'ai vraiment trop d'ouvrage pour jaser avec toi.

Meurtri dans tout son être, le jeune homme baissa les yeux sur la génisse qui fermait les siens sous la caresse de ses doigts. Laurent ne vivait que pour ses animaux, ses cultures. La blessure vive qu'il ressentait ne pourrait jamais s'en aller. Son aîné le trahissait pour une fille. Malade en plus. Une femme qui ne pourrait probablement pas lui donner de famille, ni le seconder. Non, il ne comprenait pas et, en prenant la brosse à vache pour s'attaquer au poil de Fameuse, il tourna le dos à son frère pour lui faire comprendre qu'il ne désirait plus discuter. Florie avait jugé et condamné, alors lui aussi ferait la même chose. C'était elle qui l'avait élevé après tout.

— Donc, tu veux plus me parler. Jamais ?

La réponse tarda à venir. Si Édouard avait pu voir le visage atterré de son petit frère, il aurait compris à quel point sa peine était immense. La voix assourdie par la douleur scella leur discussion.

— Non. Jamais.

Édouard attendit en vain quelques secondes que Laurent se tourne vers lui. Un étau serrait sa gorge. Comme il ne réagissait pas, il chuchota :

— Sache que tu seras toujours mon petit frère et que tu pourras toujours compter sur moi. Je t'aime et j'espère qu'un jour, tu me pardonneras. Mais je dois suivre ma voie, tout comme je souhaite que tu le fasses aussi. Notre mère, si elle avait été vivante, nous aurait jamais demandé de faire une chose aussi aberrante. Enfin, tente de pas te laisser engloutir par la rage de Florie. Elle te détruira, mon frère. Elle te détruira.

Édouard cogna ses bottes contre le sol avant de s'éloigner sans un regard. Il mettait fin à cette partie de sa vie. Un jour, peut-être que Laurent viendrait le voir et il l'accueillerait alors à bras ouverts. Pour l'instant, il devait penser à sa fiancée et à leur vie future malgré le supplice qu'il ressentait.

— Édouard…

Le murmure s'éleva dès qu'il referma la porte de la grange. Il tourna la tête pour voir sa sœur Adèle appuyée sur le côté est du bâtiment. Ainsi, Florie ne pouvait la voir de la maison.

Il s'avança vers elle en souriant péniblement. Y aurait-il un autre affrontement douloureux ? Dès qu'il fut à ses côtés, elle s'élança dans ses bras et le serra convulsivement en pleurant.

— Édouard, je suis... suis tellement désolée... que vas-tu faire ?

Édouard se dégagea et essuya tendrement les larmes sur les joues roses de sa jeune sœur. Adèle et lui avaient toujours été en symbiose. La dernière année avait encore plus soudé leur affection. Seul Édouard savait pour le viol commis par son grand ami Marc-Joseph. L'aveu de sa sœur l'avait conduit à faire face au coupable, qui s'était effondré avant d'avouer sa faute. Incapable d'assumer cette culpabilité, le grand roux s'était pendu à l'intérieur de son hôtel, en avril. Depuis, Adèle tentait de remonter à la surface. Parfois, elle passait quelques jours sans penser à sa douleur. À d'autres moments, l'immensité de sa peine l'envahissait pour la rendre dans un état presque catatonique. Heureusement pour Florie, l'important était qu'elle soit de retour à la ferme après un exil à Saint-Jovite de quelques mois. Peu importent les raisons qui l'avaient menée à quitter son poste de journaliste au *Courrier.* Elle avait tenté de lui faire retrouver sa joie de vivre, sa ténacité et sa fougue. Avec ses imitations toutes plus hilarantes les unes que les autres, Florie pouvait parfois semer la joie dans la maison. Mais pour l'aînée de la famille, une chose comptait plus que tout au monde: la promesse faite à leur mère, Rose, de ne jamais se marier. Pour Florie, c'était devenu une obsession.

— Je vais continuer de chercher du financement, puis me marier avec mon amour, chuchota Édouard, les yeux perdus dans les longues tiges de foin jaunâtre.

— Tu sais, mon frère, si Marc-Joseph avait pas... en fait, je pense que moi aussi j'aurais accepté l'amour de Jérôme, si les événements que tu connais n'étaient pas arrivés.

— Il n'est pas trop tard, Adèle.

La jeune brune secoua sa tête bouclée. Leur terre vibrante de couleurs dorées par le soleil l'apaisait. Elle pensa à sa relation amoureuse avec son rédacteur en chef. Ils avaient passé tant de nuits à s'aimer en secret. Des moments à rire, à chuchoter dans le confort d'une chambre discrète. Des soirées à deviser sur les nouvelles locales et internationales, à s'éclipser en cachette jusqu'à Montréal pour y vivre des activités de rêve. Jusqu'au drame. Elle avait alors quitté le journal sans explication à son amant dévasté. Clémentine avait repris son poste en ignorant aussi pourquoi son amie renonçait à ce qu'elle chérissait le plus au monde: son métier de journaliste. Adèle passa une main douce sur la joue rugueuse de son grand frère.

— Oui. Pour moi c'est trop tard. Mais toi, Édouard, pars en paix. Je serai toujours à vos côtés.

— Florie te mettra aussi à la porte si jamais elle s'aperçoit que tu me côtoies.

— Nous pouvons être discrets, mon frère. T'en fais pas, j'ai appris à vivre prudemment. Elle n'a pas à savoir.

Adèle lui fit un sourire triste. Puis, de la poche de son tablier blanc, elle sortit une enveloppe.

— C'est pour toi.

Édouard la prit en fronçant les sourcils. Un regard à l'intérieur et il blêmit.

— Je peux pas accepter.

— Je t'en prie, Édouard, il s'agit de mon plus grand souhait. Lorsque j'ai pensé mourir, tu m'as retenue à la vie. Sans toi, je te le jure, je serais plus là aujourd'hui. Je n'aurai jamais besoin de cet argent. J'en ferais quoi ? M'acheter des robes que je mettrai jamais ? Des bijoux frivoles que je perdrai dans la terre ? Je préfère que tu en fasses bon usage et tu en as besoin, je le sais. Avec Florie qui t'a coupé les vivres, comment pourrais-tu ouvrir ta beurrerie ?

Édouard ferma les yeux en laissant couler ses larmes. Sa sœur lui offrait son avenir sur un plateau d'argent. Sa voix douce accompagna sa réflexion :

— Il y a environ 70 $*[1]. Je suis certaine que tu en feras meilleur usage que moi !

— Mais… Florie ?

— T'en fais pas avec elle. Je lui ai toujours remis un montant juste. Mais tu sais, j'écris depuis que j'ai dix-huit ans, alors comme je n'ai pas de dépenses, je me gardais une réserve pour le jour où…

Elle cessa de parler, les yeux dans le vague. Toute la résignation du monde s'y lisait, au grand regret d'Édouard qui la serra contre lui.

— … Le jour où j'irais vivre en ville. Mais j'en ai plus besoin maintenant, car cela n'arrivera jamais.

— Et si tu changeais d'idée, Adèle ?

— Jamais.

Édouard inspira profondément l'air de la campagne. Très ému, il pesait le pour et le contre. Cet argent lui permettrait de faire un dépôt pour l'achat d'un bâtiment et financer l'acquisition d'une centrifugeuse pour séparer la crème du lait, de barattes, de malaxeurs, bref, tout ce dont il avait besoin pour démarrer sa beurrerie. Il avait prévu passer au magasin général pour annoncer le report de l'ouverture de son commerce.

---

1 Tous les passages suivis d'un astérisque renvoient à une note de l'auteure située à la fin du roman.

Mais avec cet argent, il pourrait s'y mettre avant la fin de l'année. Peut-être qu'au printemps... Las de tergiverser, Édouard se tourna vers sa sœur, la prit par les épaules et plongea son regard dans le sien.

— Tu sais pas ce que signifie ce prêt pour moi. Car je vais te rendre cet argent...

— Je te le donne.

— Non, tu l'as chèrement gagné et il t'appartient. Mais avec ce prêt, je peux enfin me mettre au travail. Je sais pas comment te remercier ma sœur.

Adèle retint la main de son aîné entre les siennes. Elle lui sourit tendrement.

— Sois heureux je t'en supplie et rends mon amie heureuse. Voilà tout ce que je te demande.

CHAPITRE 2

Un peu d'espoir

Le chemin du retour s'avéra moins lourd. Malgré le rejet de Florie et de Laurent, pour la première fois depuis quelques semaines, Édouard savait qu'il pourrait subvenir à ses besoins et à ceux de sa future épouse. Il marchait d'un pas rapide, en jetant des regards affectueux sur les terres qui l'avaient vu grandir. En descendant vers le village, il prit le temps de garder en mémoire les images des fermes voisines de la sienne. La petite maison du père Claveau manquait d'entretien. Le pauvre homme n'avait plus la santé ou l'énergie pour en prendre soin, au grand dam de Florie, furieuse d'avoir un tel voisin. En contrepartie, la belle maison à deux étages des Marois venait d'être repeinte. Édouard devait aussi prendre une décision importante: installer sa beurrerie dans son village ou s'éloigner un peu pour éviter les tensions avec sa sœur et son frère. Fatigué de louvoyer, le jeune homme s'arrêta un moment pour saluer le père Claveau, à genoux sur le bord de la route, juste avant le croisement.

— Tiens donc, qui va là! Fait longtemps qu'on t'a vu, le grand. T'étais encore à la grande école savante?

— Non, non. J'étais juste occupé et je me marie, donc vous savez...

— La corde au cou!... Eh bien, moi qui pensais que vous ne pouviez...

Le vieux barbu cessa de parler, cachant son inconfort en replaçant sa chaîne de bicyclette. Il n'était pas du genre à se régaler de potins. Retenant un soupir d'exaspération devant le malaise de l'aîné, Édouard s'agenouilla à ses côtés et prit le chaînon de ses mains frémissantes.

— Laissez-moi donc faire, père Claveau.

Son voisin hésita à peine et se releva péniblement. Un regard en coin sur le bonhomme confirma à Édouard que sa santé ne s'améliorait pas, loin de là. Le tremblement de ses mains et de son visage s'était amplifié depuis sa dernière rencontre avec lui. Il lança un regard vers la maison de son voisin avant de lui demander :

— Votre homme de ferme est pas là ? Il pourrait aller faire vos commissions au village.

Le père Claveau replaça sa casquette sur son crâne chauve avant de grimacer d'inconfort.

— Il est aux champs. Il peut toujours ben pas prendre ma place. C'est un homme à tout faire, mais pas tout en même temps, torrieu !

— Bon, voilà c'est réparé. Mais si vous voulez mon avis, il va falloir changer cette chaîne parce que vous finirez pas la semaine avec ça. Elle est rouillée sans bon sens ! Tiens, je vais y aller pour vous au village. De toute manière...

La colère envahit la face rouge du vieil homme maigre. Repoussant maladroitement Édouard, il enjamba péniblement la bicyclette et s'éloigna sur la route poussiéreuse.

— Veux-tu bien me laisser faire mes affaires toi ! Je suis bien capable de...

À peine avait-il fait quelques tours de roue que le bonhomme tomba à la renverse sur une grosse roche. Édouard courut à la rescousse du vieux en retenant un fou rire. Il fallait vraiment faire entendre raison au père Claveau. Il n'avait plus vingt ans ! Assis dans le foin sur le bord de la route, il tentait de repousser son vélo sous lequel il était coincé.

— Maudite affaire de torrieu. Aide-moi donc toi, innocent, au lieu de rire.

— Je ris pas, père Claveau.

— Bien non, tu penses que je sais pas que les jeunes du village se moquent de moi tout le temps ? Mais vous saurez que c'est pas une petite roche qui va arrêter le bonhomme... J'en ai vu d'autres moi ! Ouch !... Ah ben verrat... je me suis tordu la cheville, je pense bien !

De ses mains fragiles, il releva le bas de son pantalon de toile grossière pour inspecter les dommages. Sa cheville gauche, enflée et rouge, ne laissait aucun doute sur l'étendue des dégâts. Il s'agrippa à la main d'Édouard qui ne riait plus, prenant plutôt en pitié le vieil homme qui semblait encore plus vulnérable en ce moment. Le jeune homme prit fermement la taille du père Claveau et remonta la pente vers sa maison. Il portait son voisin dans ses bras et ne put s'empêcher de remarquer sa maigreur. Comme ils arrivaient à la porte, celle-ci s'ouvrit avec fracas pour laisser apparaître l'aide de ferme, un grand Noir baraqué répondant au nom de James Jackson.

— *Mister* Claveau, vous êtes OK ?

— Bien oui, bien oui. Une petite chute à bicyclette, rien pour me tuer, t'inquiète pas.

Les deux autres se lancèrent des regards soucieux. Seul le vieil homme ne semblait pas voir à quel point sa condition physique se dégradait. James prit la relève d'Édouard en le saluant et en le remerciant.

— Mon bicycle, Édouard. Peux-tu rapporter mon bicycle

s'il vous plaît, j'en ai besoin demain pour aller au village.

— Ne vous inquiétez pas, je vais aller le chercher et le mettre à l'abri. Mais je pense que demain vous feriez mieux de vous reposer.

— Laisse faire le repos; je vais avoir le temps en masse de faire ça dans mon cercueil. Puis j'ai pas l'intention de mourir tout de suite.

Il fit signe à James de l'amener à l'intérieur. Il salua Édouard qui reprit son chemin.

— Je pense qu'il en a plus pour longtemps le père Claveau, malgré ses dires. J'ai jamais vu quelqu'un d'aussi maigre.

Perdu dans ses pensées nostalgiques, Édouard arriva au village sans s'en rendre compte. En ce dimanche soir, le chemin Des Fondateurs était plein de jeunes gens heureux d'avoir un peu de temps pour se voir. L'été, le travail dans les champs était éreintant et plusieurs ne disposaient que d'une ou deux soirées par semaine pour acheter des *chips* ou une liqueur au magasin général Marquis. Les trois adolescents des commerçants s'en donnaient à cœur joie pour lancer quelques blagues de mauvais goût. Ils étaient paresseux et ne se privaient pas de l'avantage d'être les enfants du couple le plus influent du village.

— Si vous voulez avoir des nouvelles, prétendait l'aîné, Ludovic, c'est ici qu'il faut venir ! Mon père est le meilleur pour être au courant de tout ce qui se passe.

— *Et ta mère est la meilleure pour commérer et potiner,* avait l'habitude de se moquer Florie en imitant la voix encore fluette de l'adolescent de quinze ans.

Les garçons et les filles en profitaient pour se zieuter et tenter leur chance afin de trouver « un bon parti ». Les longues soirées d'hiver passaient plus vite lorsqu'on avait quelqu'un avec qui se réchauffer. Au moment où il tournait le coin et passait le plus rapidement possible devant l'hôtel détesté de Marc-Joseph, Édouard repensa à sa conversation avec Henry Stromph, plus tôt dans l'après-midi.

— C'est vrai, il m'a dit d'aller le voir en revenant.

Il jeta un regard à sa montre et tergiversa, peu enclin à discuter de ses malheurs familiaux.

— Il me reste une heure et quart avant mon train. Je peux tout de même prendre quelques minutes pour le saluer, ça me coûte rien et, en plus, il faut bien que je commence à me faire de la publicité !

Comme toujours depuis le suicide de Marc-Joseph, son passage devant la grande bâtisse de bois grise qui tenait lieu d'hôtel au village lui serra la poitrine. Une fureur immense l'envahissait chaque fois qu'il pensait au viol qu'avait subi sa jeune sœur aux mains de celui qui se disait son meilleur ami, son frère même. Après quelques semaines de deuil, la famille Caron avait repris l'hébergement en réaménageant le rez-de-chaussée afin de faire disparaître la moindre trace de la mort violente qui avait eu lieu en ces murs. La tante et l'oncle de Marc-Joseph avaient déménagé leurs effets personnels et vendu leur vieille maison de Saint-Jovite pour s'installer au village de Sainte-Cécile. Personne ne parlait plus de l'événement affreux du printemps 1932. Du moins pas en public. On tentait de se souvenir de la joie de vivre et de la bonne humeur du jeune roux pour oublier son ultime folie, incompréhensible pour tous, sauf pour Adèle et Édouard. Secouant la tête avec vigueur, Édouard reprit sa marche d'un pas plus rapide pour dépasser l'édifice sans y jeter un regard. La lumière brillait encore dans l'atelier du ferblantier, et il se glissa par la porte ouverte avec discrétion. Blacky, le chien du propriétaire des lieux, l'accueillit en tournant autour de lui. Édouard le flatta distraitement et la bête s'éloigna, satisfaite. Les coups de marteau emplissaient l'espace.

— Monsieur Stromph ?

Seuls des coups saccadés répondirent à son appel. Il s'avança plus près de la grande remorque de son voisin et en fit le tour. À genoux, le visage caché par un lourd masque en métal afin d'éviter les éclats de fer, Henry Stromph s'activait sur le côté pour enlever le panneau rouillé.

— Monsieur Stromph, répéta Édouard plus fort.

— *What* ? Oh, Édouard… c'est vrai. Il est déjà tard ?

— Oui, enfin presque. Il est sept heures moins quart. Vous m'avez dit de passer si…

— … votre sœur ne changeait pas d'avis.

Embêté de déranger l'homme en plein ouvrage, Édouard fit mine de repartir.

— Je vais revenir, monsieur Stromph, et vous laisser travailler.

— Non, non… au contraire.

Il enleva le gros masque pour le déposer près de la roue de l'engin de métal. Son visage cramoisi témoignait de la chaleur emprisonnée dans l'atelier.

— Je vais arrêter. Il est l'heure, j'ai même pas mangé.

— Ah…

Édouard n'osa pas dire que lui non plus ne s'était rien mis sous la dent depuis midi. Il commençait à avoir l'estomac dans les talons, mais devrait se retenir jusqu'à son logement à Labelle. Lorsque Henry Stromph lui fit signe de le suivre dans sa maison, Édouard hésita, puis entra. Il fut étonné de découvrir un intérieur bien tenu, marqué de quelques touches féminines malgré les années passées depuis la mort de madame

Stromph. Il s'attarda quelques instants sur une photographie de mariage; le jeune Henry Stromph se tenait bien droit et fier aux côtés d'une jolie blonde un peu ronde. Il avait peu de souvenirs de cette femme réservée, d'autant plus qu'à cette période de sa vie, la maladie de sa mère prenait beaucoup de place.

— Elle était belle ma Mary, non ?

— Oh, je suis désolé, je voulais pas...

— Non, non. La photo est là pour qu'on la regarde. Même si j'ai rarement des visiteurs ! Ainsi, je peux lui dire bonjour tous les matins avant de sortir, dit le ferblantier avec un sourire discret.

Ne sachant quoi répondre, Édouard ne fit qu'acquiescer avant de s'avancer dans la cuisine peinte en jaune très clair. Un énorme buffet de bois foncé sur lequel étaient posées de jolies assiettes de collection attira son regard. Il passa la main sur le meuble.

— C'est mon frère qui l'a fait avant de mourir, murmura Henry Stromph en s'avançant. Les assiettes, c'était la passion de ma femme. Elle adorait les collectionner, et j'ai pas le cœur de les jeter, comme vous le voyez !

Édouard posa les yeux sur une longue tablette du même bois que le buffet. Au-dessus de la porte menant au corridor, d'autres assiettes colorées étaient intercalées entre des chandeliers dorés. Édouard s'avança vers la table où l'invitait son hôte.

— Assoyez-vous, monsieur Gélinas, vous prendrez bien une bouchée en ma compagnie ?

— Je voudrais pas vous déranger...

— *Nonsense* ! Manger seul devient un peu *heavy* parfois. Un peu de bavardage me fera du bien.

Il entreprit de couper d'épaisses tranches de pain à même la miche dodue qui trônait sous un linge sur la table. Édouard salivait à la vue des aliments que l'homme posa devant eux. Œufs dans le vinaigre, fèves au lard à la mélasse, cretons, carottes fraîches... Depuis quelques semaines, ses maigres repas pris dans sa chambre à l'auberge ne le soutenaient que très peu. Avec plaisir, il fit honneur au souper, découvrant à quel point le ferblantier était un homme intéressant et concerné.

— Alors, comment s'est déroulée votre rencontre avec votre sœur? Mais je veux pas être... comment on dit... *indiscreet!*

Édouard fit la moue avant de terminer sa bouchée de pain.

— Mal. Je crois avoir épuisé toutes mes ressources pour la faire changer d'avis. Je vais donc devoir me trouver un autre bâtiment pour ouvrir ma beurrerie. Le problème, c'est que j'ai déjà annoncé à tous les fermiers de la région l'ouverture prochaine de mon commerce et je vais devoir refaire une tournée pour les avertir du report de mon projet. Cela ne fait guère sérieux, j'en ai bien peur!

Son interlocuteur lui jeta un long regard sans rien dire. Ils continuèrent de discuter de choses et d'autres pendant quelques minutes avant qu'Édouard ne se lève à regret.

— Bon bien, ce fut très agréable monsieur Stromph...

— Henry, *call me* Henry!

— Euh... Henry, mais je dois penser à y aller si je veux pas manquer le train de huit heures quinze. Je dois passer au magasin en espérant trouver un villageois généreux qui viendra me reconduire à Labelle.

— Hum...

L'homme passa une main songeuse sur son menton pointu avant de dire à Édouard:

— Venez avec moi avant, je vous en prie Édouard. J'aimerais vous montrer quelque chose.

Pressé de partir, le jeune homme le suivit néanmoins. En silence, les deux hommes marchèrent vers l'atelier et, avec étonnement, Édouard s'aperçut qu'ils contournaient le bâtiment pour arriver vers l'arrière. Un large appentis s'appuyait contre l'atelier de Henry Stromph. Édouard ne s'était pas aperçu de cet ajout au bâtiment principal, lorsqu'il venait porter ses outils à réparer.

— Qu'en pensez-vous ? demanda le ferblantier en haussant les sourcils.

— Euh... je vois pas de quoi vous voulez parler.

— Bien l'appentis. Si on l'organise, on l'isole... vous pourriez vous en servir pour y installer votre beurrerie ?

Estomaqué, Édouard enleva sa casquette qu'il serra entre ses mains moites. Un étrange sentiment l'envahit. L'espoir, le rêve pourraient revivre. Composé d'une charpente traditionnelle et de poteaux en bois massif, l'appentis avait une couverture de tuiles à laquelle il manquait plusieurs morceaux. Il ne suffisait que d'un mur pour fermer l'endroit.

— Vous êtes... certain... Vous pensez que je pourrais ?

— Je me sers pas de l'appentis depuis la mort de ma femme. Avant, elle s'y installait pour tisser, mais maintenant, il n'a plus d'utilité. J'ai bien pensé l'agrandir, à un moment, mais j'ai renoncé à cette idée. J'ai bien assez d'espace puisque je travaille seul *anyway !* Alors, si vous le voulez, je vous le prête.

— Non, non, je vais le louer bien évidemment.

Henry Stromph secoua vivement la tête.

— Non. Par contre, vous pourrez acheter les matériaux pour le terminer, mais je vous aiderai. Croyez-moi, j'ai besoin de vous autant que vous de moi !

— Ah ?

— Depuis la mort de Mary, je passe mes journées et mes soirées seul avec mon chien. Je me plains pas, mais il vient des moments où *le* solitude me déprime un peu. Vous me ferez de la compagnie ! J'en ai assez de parler à moi-même !

Le ferblantier éclata d'un rire fort et bref. De plus en plus étonné, Édouard secoua doucement la tête pour s'assurer d'être bien éveillé. Alors qu'il croyait son projet à moitié mort, voilà qu'un homme qu'il connaissait bien peu lui faisait une offre contre toute attente. En revenant vers l'avant de l'atelier, monsieur Stromph lui tendit la main :

— Nous allons signer un contrat pour vous rassurer. Ne pensez pas que je vais revenir sur ma parole et vous faire payer. Mais pour être sûrs…

— J'ai pas de doute, monsieur Stromph. Je suis touché par votre proposition et j'accepte évidemment. Comment pourrais-je refuser une telle offre ? Alors que je croyais ma beurrerie sur son lit de mort, vous réveillez tous mes espoirs ! Par contre, ne préférez-vous pas y réfléchir encore ? Vous savez, faire ma *run* chez les fermiers, cela implique un va-et-vient matin et soir.

Le ferblantier haussa les épaules avec un fin sourire.

— Pas de problème pour moi. J'en serais très content. Plus de circulation autour de mon atelier, ça pourrait dire plus de clients pour moi aussi. Si les fermiers viennent laisser leurs bidons de lait, ils penseront peut-être à faire réparer leurs outils de ferme ou de maison !

Ce fut donc la tête remplie de rêves et le cœur de reconnaissance qu'Édouard reprit le train pour retourner dans sa petite chambre. Il lui tardait d'annoncer la bonne nouvelle à Clémentine.

Il dut attendre trois jours avant de pouvoir se rendre à Saint-Jovite, sa fiancée ne travaillant pas avant le mercredi. À l'entrée du journal *Le Courrier*, sur la rue Principale, il piétinait depuis une trentaine de minutes quand, enfin, elle se pointa le bout du nez.

— Clémentine !

— Tiens, Édouard, je savais pas que tu venais aujourd'hui. Quelle belle surprise !

La jeune femme se leva sur la pointe des pieds pour donner un petit baiser discret sur la joue de son amoureux. Elle rougit aussitôt en sentant son odeur virile. Dieu qu'elle aimait cet homme. Sa douceur et sa bonté, tout autant que sa solidité. Les yeux plissés à cause du soleil plombant de midi, Clémentine glissa sa petite main sur le coude d'Édouard en l'entraînant sur le trottoir.

— Je pensais manger au parc, ça te dit ?

— Oui. C'est vrai qu'il fait beau. Allons-y.

Le duo s'éloigna lentement vers le bout de la rue où le parc majestueux *Au fil de l'eau* accueillait les promeneurs en cette superbe journée de fin d'été. Ils s'installèrent sur un petit banc de bois et Clémentine sortit son goûter de son sac de jute noir. Elle plaça un fin napperon de dentelle entre eux avant de se tourner vers son fiancé.

— Peux-tu… peux-tu te retourner s'il te plaît ? demanda-t-elle d'un ton gêné.

Clémentine devait s'injecter l'insuline nécessaire à l'absorption de son repas. Sa seringue étant déjà prête, il ne lui restait plus qu'à l'insérer dans le gras de son bras. Elle sortit sa fiole en verre brun pour y remplir la seringue de métal. Encore une fois, Édouard aurait aimé lui dire que ça ne le dérangeait pas. Qu'elle n'avait pas à se cacher, à avoir honte de son diabète. Mais un regard sur son visage troublé l'en empêcha. Elle n'était pas prête à discuter de sa maladie avec lui. Clémentine aurait presque préféré qu'il ne le sache pas, même si c'était un peu grâce à son diabète que les deux s'étaient rapprochés. Enfin, après quelques secondes, la jeune femme se retourna avec un sourire d'excuse et lui offrit un morceau de pain et une épaisse tranche de rôti de porc.

— Tiens, mon amour, ma mère pense toujours que je mange comme un ogre. Elle me fait des repas pour quatre !

— Tant mieux pour moi alors !

Édouard savoura la nourriture en fermant les yeux quelques secondes. Puis, il se déplaça pour regarder Clémentine en souriant.

— J'ai quelque chose à t'annoncer.

Les yeux pâles de Clémentine se voilèrent d'inquiétude. Partirait-il en Abitibi comme il en avait parlé ? Pourtant un large sourire apparut sur le visage hâlé de son fiancé.

— J'ai trouvé le local pour ouvrir ma beurrerie.

— Oh ! Pour vrai ?

— Oui, imagine-toi donc que...

Édouard entreprit de lui narrer sa rencontre surprenante avec Henry Stromph, son offre généreuse et ce que cela supposait pour leurs projets d'avenir.

— Quand je pense que je voulais acheter le terrain et les bâtisses de Léopold Petitclerc, à Saint-Damien ! Le meilleur prix qu'il me faisait était 2000 $, réalises-tu ? Il fallait en plus que je rajoute les machineries et tous les accessoires pour 400 $. Là, je me retrouve avec un bâtiment gratuit, il ne me reste plus qu'à trouver mon outillage au meilleur prix possible. Comme il y a l'encan printanier à l'école de Saint-Hyacinthe, au mois de mars, je vais tenter ma chance à ce moment-là. Par contre, continua Édouard en fronçant les sourcils, plutôt que d'ouvrir ma beurrerie ce mois-ci, comme je l'ai annoncé, je devrai le faire au printemps 1933. Mais ce n'est qu'un report de quelques mois. Je pense pas que d'ici là, on me vole mon idée, qu'en penses-tu ?

Un air soucieux assombrit le visage d'Édouard. Aussitôt, sa fiancée le rassura d'une main douce sur son épaule.

— Bien sûr que non ! Nous en aurions entendu parler. Mais pour faire tous ces ajustements à ce local et acheter ton matériel, tenteras-tu encore d'obtenir un prêt ?

Édouard s'appuya contre le banc en soupirant d'aise. La vie était si belle !

— Eh bien non, mademoiselle ! En fait oui, mais imagine-toi donc que ma sœur Adèle m'a prêté de l'argent. Je devrai faire un autre prêt, mais sans courir partout pour trouver quelqu'un qui me fait confiance. Maintenant que je peux offrir des garanties, les banquiers devraient être moins frileux ! J'ai trouvé un bâtiment, je possède enfin une somme respectable à donner comme dépôt sur mon équipement… N'est-ce pas extraordinaire ?

Faisant fi des conventions, il enlaça sa fiancée, trop heureux du dénouement de son affaire. Clémentine se laissa aller quelques instants contre la large poitrine de son amoureux. Assez longtemps pour humer l'odeur de savon frais mêlée à la transpiration virile. Étourdie par l'émotion, elle le repoussa gentiment en posant ses deux petites mains sur lui et le regarda amoureusement.

— Maintenant que tout se règle lentement, dis-moi ce que je peux faire pour t'aider.

Édouard lui prit les mains en se penchant vers elle.

— Toi, tu prépares ton départ du journal. Car c'est bien ce que tu veux, n'est-ce pas ? Je veux pas t'obliger à quitter un emploi que tu aimes.

— C'est ce que je veux, Édouard. Je te l'ai dit, je suis pas comme Adèle. Pour moi, écrire c'est pas vital. C'était un agréable passe-temps en attendant de trouver l'homme de mes rêves. Je crois bien que c'est arrivé !

— Tu crois bien ? demanda-t-il en se moquant.

— J'en suis convaincue ! Mais puis-je faire autre chose pour la beurrerie ?

Édouard réfléchit quelques instants, les yeux tournés vers les arbres gigantesques les entourant. Les passants déambulaient dans les larges allées, respirant les derniers effluves de l'été.

— Si tu sais coudre, j'aurai besoin de plusieurs choses : rideaux, guenilles, serviettes…

— Je vais t'en faire moi, *si tu sais coudre !* coupa Clémentine d'un air insulté. Tu sauras que je suis la meilleure couturière de La Conception. Bon, après ma mère évidemment !

La jeune femme éclata de son rire puissant toujours étonnant étant donné sa petite taille.

— Alors, je te ferai une liste et je te laisserai libre de choisir les tissus. Évidemment, j'aimerais quelque chose de sobre et de pas trop féminin.

— Oh… pas de fleurs donc ? Quelle déception ! dit sa douce, moqueuse.

Il lui fit un clin d'œil avant de l'aider à remballer leur dîner. Main dans la main, les amoureux retournèrent au journal. Sur le pas de la porte, au pied des escaliers, Édouard fit la bise à Clémentine en lui promettant de venir la retrouver chez elle, pour le repas du dimanche midi, dix jours plus tard. Entretemps, il aurait eu le loisir de faire le premier achat essentiel à l'ouverture de sa beurrerie: un véhicule solide pour la cueillette des bidons de lait.

Encore une fois, Henry Stromph allait sauver le jeune homme d'une situation financière incertaine. Édouard savait qu'il ne pouvait assumer le prix d'un camion d'occasion, sans emprunter. Pour un Ford d'une dizaine d'années qui exigerait une mise au point complète, les vendeurs voraces voulaient plus de 325 $! Alors, il se rabattit sur l'idée d'un chariot. Pourtant, encore là, les prix demandés lui faisaient craindre le pire. Jamais il ne pourrait trouver les cent dollars que le moins gourmand lui demandait. Le lundi matin, il prit donc la décision de solliciter l'avis de Henry Stromph. Un camion ou un chariot? Prendrait-il une bonne décision s'il allait de l'avant et achetait le Ford noir d'un certain Victor St-Hilaire, de Labelle, malgré le trou que cela ferait dans son budget?

— Il vous demande combien pour son *truck?* questionna Stromph.

— Presque 300 $. Je pourrais peut-être l'avoir pour 280 $, mais pas moins. Le bonhomme est tenace!

— Hum...

La tête sous son établi, le grand ferblantier présentait son postérieur de manière assez comique. Édouard ne put s'empêcher de sourire. Henry finit par émerger avec un outil à la main et un air de satisfaction sur son visage ridé.

— Je savais bien que je l'avais laissé là! dit-il en levant le large marteau. Bon, revenons à nos cochons...

— Euh nos moutons.

— Hein?

— Non, rien, rougit Édouard qui ne voulait pas être impoli.

— Donc, vous disiez que le camion de 300 $ est nécessaire non ?

— Absolument. Je peux y transporter une quinzaine de bidons de lait. C'est peut-être beaucoup au début, pourtant je suis sûr de remplir mon camion avant la fin de l'année. Mais je vais plutôt me rabattre sur un chariot et un cheval pas trop chers pour le tirer, dit-il d'un ton déçu. Je pense même qu'au début, je vais demander aux fermiers de déposer eux-mêmes leurs bidons le matin.

Le ferblantier parut songeur. Il posa son outil et son casque protecteur sur son établi avant de faire signe à son jeune ami de le suivre. Ils sortirent sous le doux soleil du matin. Quelques villageois se déplaçaient rapidement sur le trottoir, devant l'atelier. Les jours de semaine, pas de flânerie pour personne. Le magasin général devant l'église recevait son lot de clients, tout comme le bureau de poste, à l'angle du rang Leclerc. Édouard inspira un bon coup. Chaque fois qu'il revenait à Sainte-Cécile, l'odeur de la terre lui montait à la tête. Même si Labelle ne faisait pas figure de métropole, ses deux mille habitants l'étourdissaient. Le centre de ce gros village vibrait continuellement, et Édouard n'y connaissait à peu près personne. Non, rien n'équivalait à la sérénité ressentie à Sainte-Cécile. À côté de son atelier se trouvait le garage du ferblantier. Ce dernier lui fit part de son idée.

— J'utilise presque plus ma charrette depuis quelques années. Parfois pour aller à la gare, pour me promener…

— Mais je peux pas prendre votre charrette ! s'écria Édouard.

— Oh, c'est pas ce que je suggère.

— Hum, pardon.

Encore plus gêné, le jeune homme se mordit l'intérieur de

la bouche en se maudissant de son impertinence. Le voilà qui croyait que Henry Stromph allait lui donner ou lui vendre à bas prix son unique véhicule. Quel idiot!

— Non, mais, en fait, j'ai aussi une voiture au fond du garage. Vous voyez?

Édouard étira le cou et aperçut, sous une large bâche verte, l'aile d'une voiture noire.

— C'était un projet pour mes vieux jours. Mais avec votre arrivée ici, j'ai trouvé autre chose de mieux, dit Henry en souriant. Je dis pas que c'est une voiture parfaite, loin de là. Elle fonctionne pas très bien, je dois vérifier *la* moteur. Mais, le *body*... est OK.

— C'est gentil monsieur Stromph...

— Appelez-moi donc Henry. Après tout, nous allons nous voir tous les jours, non?

— D'accord, Henry. Mais j'ai besoin d'un camion pour transporter les bidons.

— Je sais, alors voilà ce que je pense.

Il s'avança pour soulever la bâche et découvrir un modèle Ford d'une dizaine d'années. Édouard tentait de cacher sa déception. Si seulement cela avait été un camion. Même très vieux.

— Venez voir, Édouard.

Les deux hommes s'avancèrent vers l'arrière de la voiture assez cabossée. Le ferblantier se pencha sous le pare-chocs.

— Si vous trouvez une remorque, je peux souder une attache ici et l'accrocher. Ainsi, pour le début, vous pourriez utiliser cette voiture pour faire la tournée des fermes. Vous n'auriez pas besoin d'acheter un cheval, ce serait une économie, non?

Édouard reprit espoir. Même si l'idée était folle, la pensée qu'il n'aurait pas à trouver du financement pour acheter tout de suite un camion faisait son chemin.

— Vous pensez que ce serait possible ?

— Comment ? Vous doutez de votre ferblantier ?

Henry éclata d'un rire bref qui éclaira ses yeux foncés. En quelques minutes, les deux hommes convinrent d'une entente qui les rendrait heureux tous les deux. Il y avait longtemps que le vieil homme ne s'était pas senti aussi utile.

Depuis le départ de son frère, Laurent vaquait à ses tâches avec le vague à l'âme. Même s'il avait toujours espoir de le voir revenir, au fil des jours, sa confiance s'étiolait. Édouard avait bel et bien laissé tomber la famille.

— Quand je pense qu'il préfère nous abandonner plutôt que de quitter une femme qu'il connaît à peine. Il tourne le dos à tout ce que nous avons bâti depuis la mort de maman.

Le jeune blond s'assit sur son banc pour traire ses vaches. Il discutait de ses préoccupations avec ses animaux, bien plus faciles à approcher que la plupart des humains. La tête contre le flanc de sa bête, il humait affectueusement l'odeur sauvage de l'animal. La vache tourna la tête vers le jeune homme avant de meugler comme pour lui montrer son appui. Le moment de la traite qu'il aimait tant auparavant, qui lui permettait d'être auprès de son frère même s'ils parlaient peu, n'avait plus la même saveur.

— Au moins à deux on pouvait prendre le temps de souffler entre les vaches. Là, il faut que je me grouille pour éviter que Florie me tombe dessus parce que je suis en retard pour les repas. C'est bien beau, mais je ne pourrai pas faire ça tout seul. Puis Adèle, avec le jardin et les tâches autour de la maison, ne peut pas non plus venir m'aider tous les jours. Quant à Florie, plus elle grossit, moins elle en fait, marmonna-t-il en secouant la tête.

Pour être bien honnête, Laurent espérait depuis plusieurs jours que sa sœur aînée lui suggère de réembaucher le jeune Léo Villemarie, qui les avait bien dépannés l'hiver précédent quand Édouard suivait ses cours de maître-beurrier à Saint-Hyacinthe. Avec Léo, le courant passait bien, il avait presque l'impression d'avoir trouvé un autre frère. Mais s'il suggérait l'idée à sa sœur aînée, aucun doute qu'elle trouverait à redire.

— Je te le dis, Clochette, il faut que ça vienne d'elle. Puis là, je commence à trouver que ça urge, mon affaire. Il faudrait peut-être que j'en glisse un mot à Adèle.

Avec l'automne qui s'annonçait, les tâches à la ferme seraient loin de diminuer. Au contraire, il lui faudrait engranger, préparer le grenier à recevoir les vivres qui souffriraient d'humidité dans la cave, surtout les farines et les céréales comme le blé ou l'avoine. Ça, c'était seulement le début !

— En plus, expliqua-t-il à Adèle un peu plus tard dans la journée, je vois pas quand je vais trouver le temps de faire sauter les grains dans le van, pour enlever la poussière et la paille qui s'y sont mêlées. Il faut que j'attende qu'il vente à écorner les bœufs, puis…

— Je peux le faire moi, mon Laurent, le coupa sa sœur sans cesser de pétrir sa pâte à pain.

— Bien voyons donc, voir si tu es capable de projeter les graines dans les airs une vingtaine de fois de suite. Non, c'est l'ouvrage d'un homme. Et on a beau tuer presque tous nos cochons et nos veaux, il faut toujours bien que j'aie des provisions pour nos vaches tout l'hiver. Je te le dis, je ne sais pas trop comment je vais m'en sortir.

Adèle, surprise d'entendre son jeune frère se plaindre de l'ouvrage, se promit d'en glisser un mot à Florie. Même si la perspective de la discussion lui plaisait peu, Laurent n'avait pas à fournir l'effort pour deux hommes. Déjà qu'il accomplissait plus que sa part à la ferme.

— Laisse-moi faire, je vais t'arranger ça, lui dit-elle en souriant affectueusement. On pourrait trouver un homme pour t'aider.

— Oh, c'est pas pour ça que je te racontais mes inquiétudes, Adèle, répondit hypocritement son cadet sans oser la regarder dans les yeux.

Sa sœur avait le don de lire en lui, ce qui l'énervait beaucoup. Un peu lâche, Laurent n'osait jamais affronter Florie qui lui tenait lieu de mère depuis la mort de Rose. À la seule pensée de devoir demander de l'aide, il rougit, donnant aussitôt l'impression d'une multiplication de ses taches de rousseur. Il se pencha donc pour enlever ses grosses bottes sales et les déposer sur la galerie à l'extérieur. Au souper, Adèle aborda la question. Elle attendit juste que sa sœur finisse son ragoût de boulettes. Une fois la panse bien pleine, la gourmande serait plus apte à acquiescer à sa demande. Lorsque Florie acheva de raconter sa dernière rencontre avec madame Marquis, Adèle s'empressa de l'interpeller avant qu'elle n'aborde un autre sujet.

— Florie ?

— Hum… maudit qu'il est bon ton pain, Adèle.

— Merci bien.

— J'ai jamais compris comment tu faisais pour le faire aussi tendre et moelleux. Pourtant, dit-elle en éclatant de rire, c'est toujours bien moi qui t'ai donné la recette ! Faut croire que l'élève a dépassé le maître.

La grosse femme frappa sur la table en riant. Les deux autres la contemplèrent longuement pendant qu'elle remplissait de pain sa petite bouche aux lèvres si souvent pincées. Depuis les deux dernières années, leur sœur aînée avait épaissi de partout. Même son menton, autrefois pointu et délicat, se perdait maintenant dans un collier de graisse. L'unique élément inchangé demeurait son éternel chignon noir, porté bas sur la nuque. Adèle secoua doucement la tête pour chasser les images qui lui venaient, en regardant sa sœur dévorer.

— Florie, je pense qu'on devrait redemander au jeune Villemarie de venir aider à la ferme.

— Hein ? Bien voyons donc, pourquoi tu me dis ça ? Ça sort d'où cette idée-là ?

— C'est juste que Laurent ne peut pas...

— Bon, tu es allé te plaindre à Adèle, toi !

— Euh... non... répondit le jeune homme sans conviction.

Adèle posa sa main délicate sur celle de sa sœur. Des taches brunes y avaient fait leur apparition depuis la fin de l'été. Un moment, la jeune brunette ferma ses yeux noisette en se faisant la promesse de ne jamais se laisser aller comme Florie. Celle-ci, qui tolérait de moins en moins les rapprochements, se dégagea brusquement avant de se lever pour aller chercher le sirop d'érable sur le comptoir.

— C'est moi qui trouve que ça n'a pas de bon sens, Florie. Comment veux-tu que Laurent arrive à tout faire avant le gel ? Il a beau être un travailleur infatigable, il y a toujours bien une limite, non ?

— Nous autres, on peut l'aider, il me semble... dit Florie, sans trop y croire.

Elle n'arrivait presque plus à se pencher, son gros ventre l'empêchant de se mouvoir à sa guise. Adèle retint un fou rire. Elle imaginait peu sa sœur dans les champs à faucher, accroupie sous la chaleur.

— Maintenant qu'Édouard est parti...

— Ne prononce pas ce nom.

— Franchement Florie...

— Je suis sérieuse.

— Soit, alors maintenant que Laurent doit travailler seul, il faut aller chercher de l'aide. Je pense qu'à moins que le jeune Villemarie soit pris ailleurs, il s'agit de notre meilleure option. Qu'en penses-tu, Laurent ?

Son frère fit comme si la conversation ne le concernait que très peu. Il plongea la tête dans son assiette en rougissant légèrement.

— Hum... c'est une idée intéressante.

Adèle fronça ses épais sourcils. La faiblesse de son frère devant sa sœur l'avait toujours agacée. Il agissait comme un enfant, même s'il avait l'âge d'être père. Elle prit la décision qui s'imposait.

— Alors, Florie, es-tu d'accord pour que je passe demander à Léo Villemarie s'il pourrait travailler avec Laurent ? À moins que je demande à l'homme engagé par le père Claveau s'il a un peu de temps pour nous ? demanda-t-elle innocemment.

— Le... l'homme... engagé... Es-tu tombée sur la tête, toi ? Avant qu'un... qu'un Noir mette les pieds dans ma maison, il va falloir que tu me passes sur le corps !

Il avait fallu un mois à Florie pour se remettre du choc d'avoir rencontré le grand Noir au magasin Marquis. À l'entendre, tout le village était en danger de vol, de méfaits de toutes sortes à cause de cet étranger. Même si les positions de sa sœur choquaient Adèle, elle savait bien qu'à la seule mention de ce nom, son aînée serait plus que disposée à réengager le jeune Villemarie. C'est d'ailleurs ce que fit Florie en se levant pour déposer la vaisselle sur le comptoir près de la fenêtre.

— Bon, va lui demander, au jeune Léo. Ç'a bien l'air qu'on a pas le choix ! Mais qu'il pense pas avoir une augmentation. Ça va être trois dollars par semaine, logé et nourri.

Elle bougonna un moment près de l'évier en regardant le soleil s'éteindre au loin sur leurs terres. Difficilement émue, Florie adorait toutefois cette période de la journée lorsque le jour et la nuit se disputaient la place en faisant miroiter le lac Mauve tout en bas de leur champ de maïs. Laurent retint un sourire victorieux en souhaitant de toutes ses forces que son ami n'ait pas trouvé un nouveau travail ou décidé d'aller bûcher dans le Nord. Il attendit donc avec impatience le retour d'Adèle, le lendemain matin, alors qu'elle devait passer chez les Villemarie.

— S'il le peut, je vais lui demander de revenir tout de suite avec moi, lui avait-elle dit, avant de s'éloigner lentement dans la charrette tirée par Mystic.

Le jeune Léo et sa mère furent trop heureux d'accepter aussitôt l'offre d'Adèle. La vieille femme, qui n'avait plus que ce fils (elle avait vu mourir ses enfants en bas âge les uns après les autres), n'en finissait plus de remercier la jeune femme qui lui souriait gentiment.

— Vous êtes un ange venu du ciel, mademoiselle Gélinas.

— Maman...

Léo Villemarie lança un regard d'excuse à Adèle qui répondit par un léger signe de la main. Il s'empressa de mettre quelques vêtements dans un sac, promit à sa mère de revenir le dimanche suivant et planta un baiser rapide sur sa joue fripée. Adèle pouvait presque sentir l'exaltation du jeune homme à la pensée de sortir de cet environnement déprimant. Il parlait peu, handicapé par un important bégaiement depuis qu'il avait balbutié ses premiers mots. Grand et maigre, il avait pourtant une force presque comparable à celle de Laurent, qui faisait deux fois sa taille. Son visage agréable et sa chevelure bouclée noire en faisaient un candidat fort séduisant au premier abord pour les jeunes filles désireuses de se marier. Il aimait bien sortir au village le samedi soir, mais il écoutait les conversations des uns et des autres sans trop parler. Lorsque venait le temps de répondre à l'intérêt d'une jeune femme, il préférait fuir plutôt que de revivre encore les humiliations qui avaient parsemé son parcours scolaire à l'école du village de Saint-Damien. Il vivotait donc avec sa mère dans une bicoque peu solide près de la rivière Pot-au-feu. L'offre de la famille Gélinas tombait à point, car l'argent qu'il avait gagné en travaillant avec eux tout l'hiver arrivait à sa fin.

— Ma mè...mère... voit plus tr...tr...trop. Elle pou... pourra... pas... f...f...aire de...de la cou...cou...ture en... en...core longt...temps. Au moins... sa...sage-femme, elle... a... moins... be...be...soin de... ses... yeux. Elle pourr...rait mettre des bé...bés au monde mê...me... a...a...veu...gle!

Au cours des semaines suivantes, Léo eut à peine le temps de rendre visite à sa mère le dimanche matin, comme promis. Malgré les réticences de Florie, il partait avec le chariot après la traite, et allait déjeuner avec sa mère avant de l'accompagner à l'église de Saint-Damien. Il retournait ensuite à la ferme des Gélinas, soulagé de ne pas avoir à y rester. La vie avec sa mère était d'une platitude incomparable. À son retour, le dimanche 18 septembre, Laurent l'attendait avec impatience à l'intérieur de la grange. Lorsqu'enfin il entendit Mystic tourner dans l'entrée, son regard s'éclaira et il sortit rapidement rejoindre son ami.

— C'était long ton affaire, aujourd'hui ! J'ai fini de réparer la clôture du jardin, puis je me suis dit qu'on pourrait aller pêcher.

Un large sourire illumina le visage fin de Léo. La chasse et la pêche représentaient des moments de grâce à ses yeux. Seul dans la forêt ou sur le lac, il s'immergeait dans ses pensées et dans ses rêves. Son amitié avec Laurent, qui partageait les mêmes passions, ne nuisait en rien à ces instants magiques. Au contraire ! À deux, ils entraient en compétition pour savoir qui était le meilleur pêcheur.

— Cer...certain.

En peu de temps, les deux jeunes hommes avaient détaché le cheval, pris leurs agrès de pêche et enjambé la clôture derrière la grange. Le sentier menant au lac Mauve traversait deux des champs des Gélinas. Le panier à la main, Laurent savourait la chaleur de l'après-midi. Avec Léo, jamais besoin de parler. Les deux hommes partageaient les mêmes champs d'intérêts sans ressentir la nécessité d'échanger. Arrivés au quai, ils s'installèrent côte à côte avant de lancer leur canne à l'eau. Un bonheur simple et inspirant. Et payant ! Deux heures plus tard, ils prirent le chemin du retour, bien heureux du résultat de leur pêche.

— Tiens, ma Florie, regarde ce qu'on te rapporte pour souper !

Le sourire jusqu'aux oreilles, les deux garçons au pied de l'escalier de la maison étirèrent le fil de fer sur lequel étaient insérées une dizaine de truites grises.

— Ah bien tant mieux ! Je commence à être tannée de

manger les restes de l'hiver, s'exclama la grosse femme en salivant d'avance.

La porte de la cuisine d'été claqua sur Adèle qui s'essuyait les mains sur son tablier. Elle regarda les deux amis avec affection.

— C'est ce qu'on appelle une bonne pêche, messieurs !

— Bon, c'est bien beau tout ça, mais dépêchez-vous de les arranger, on mange dans moins d'une heure. Laurent, tu me prépareras des filets pour demain. Je m'en vais vous faire un délice, vous m'en donnerez des nouvelles ! Pour ce soir, c'est trop tard. J'ai déjà fait cuire les rognons.

Heureusement, Florie se retourna pour gravir les marches avant de voir la grimace de dégoût sur le visage de son cadet. Il détestait les abats que sa sœur s'entêtait à lui faire manger. Mais loin de lui l'idée de se plaindre devant elle ; il se forcerait à avaler ces morceaux visqueux baignant dans une sauce à la moutarde.

Le lendemain, les deux cultivateurs se levèrent à l'aube dans l'espoir d'abattre le plus de travail possible avant l'après-midi.

— Peut-être qu'on pourrait même finir avant trois heures. Puis comme ça, tu pourrais me montrer comment faire tes fameux pièges à la *Grey Owl*, dit Laurent, moqueur.

Son ami fit mine d'être fâché de se voir comparé à cet Anglais, adepte des coutumes autochtones et fabuleux trappeur jusqu'au jour où il était devenu fervent défenseur des castors. Dès lors, il cessa de les chasser, pour créer une colonie protégée. Cela semblait complètement ridicule à Léo.

— Les... les cas...castors s...sont faits... pou...pour... être tués ! Tu vas voi...voir, mes...mes pièges... sont mei...meilleurs... que... les siens ne l'étaient.

Laurent et Léo quittèrent la maison à l'aube, coupèrent les foins sans relâche jusqu'au dîner. Pas le temps de se reposer. Le maniement de la faux demandait de la force et une grande habileté; une tâche épuisante, même pour le plus solide des fermiers. À midi, les deux hommes avalèrent leur repas sans perdre une minute et retournèrent aux champs. Heureusement que le temps était clément. Une année, la pluie de septembre avait ruiné les récoltes de tous les fermiers de la région, alors obligés d'engranger des foins humides qui avaient fini par moisir. Il n'était pas rare que les jeunes hommes travaillent jusqu'à la tombée de la nuit. Parfois, lors des grandes chaleurs, ils partaient aux champs avec quelques sandwichs enveloppés dans du papier journal. Un menu peu élaboré, mais suffisant pour les deux amis qui trimaient dur du matin au soir. Comme Léo occupait maintenant la chambre de son frère Édouard, les deux amis pouvaient passer le reste de leur soirée à une partie de cartes joviale. La bonne humeur et la compétition faisaient alors bon ménage. Ces soirs-là, la paix était presque revenue dans la maison des Gélinas. Presque. La promesse faite à leur mère restait toujours dans la tête de Florie qui surveillait les moindres faits et gestes de son frère et de sa sœur. Surtout de sa sœur. En présence de Léo, pourtant plus jeune de quelques années, Florie s'assurait qu'aucun regard déplacé ne soit échangé.

— Manquerait plus juste que j'aie invité le démon à vivre chez nous, marmonnait-elle lorsqu'un doute la saisissait.

Pourtant, si elle avait connu les pensées d'Adèle, les inquiétudes de Florie auraient disparu. La jeune femme se remettait lentement du viol de Marc-Joseph. Elle arrivait à moins y penser, sauf quand elle rencontrait Josette, la sœur de son agresseur, ou son oncle qui avait repris l'hôtel du village.

Alors, elle passait quelques jours à se remémorer le pire après-midi de son existence. Adèle ne désirerait plus aucun homme après sa relation passionnée avec Jérôme Sénéchal, son ancien rédacteur en chef. Mais comme il lui manquait ! Leurs discussions enflammées, leurs sorties en cachette dans la grande ville de Montréal, leurs étreintes passionnées. Malgré ses regrets, jamais elle ne reviendrait sur sa décision de le quitter. Il lui avait écrit deux fois dans le mois précédent. La première missive l'avait émue jusqu'aux larmes.

Mon bel amour,

Je sais que tu as pris ta décision. Je sais que plus jamais nous ne pourrons partager de si beaux moments. Mais je m'en voudrais de ne pas tenter une autre fois de te faire changer d'idée. Je peux me taire, simplement si cela veut dire que tu reviendras dans ma vie. Si être avec moi se doit d'être un secret, je l'accepterai sans aucun regret. Parce que sans toi, je me morfonds et dépéris chaque jour un peu plus.

À toi pour toujours,

Jérôme

Lorsque Florie lui avait remis la deuxième lettre avec un soupir de désapprobation, Adèle l'avait glissée dans la poche de son tablier, pour la jeter à la poubelle de sa chambre sans l'ouvrir. Non, Florie n'avait pas à s'en faire, Adèle ne trahirait pas sa promesse. Les deux sœurs passaient maintenant tout leur temps libre ensemble. Adèle s'évadait dans ses pensées quand son aînée se lançait dans une diatribe sur l'invasion d'étrangers au village, sur l'impolitesse des jeunes de ce monde, sur la perfection du curé Latraverse qui représentait pour elle le meilleur des hommes. Adèle n'avait qu'à hocher la tête et faire quelques hum, hum, hum pour satisfaire sa grande sœur.

Le mois de septembre était l'une des périodes les plus éprouvantes à la ferme. Une fois les foins terminés, Léo et Laurent attaquèrent la récolte des céréales. Depuis quelques années, à l'initiative d'Édouard, les Gélinas cultivaient principalement le blé, l'avoine et le maïs. Ils avaient trois champs, dont deux servaient à la culture et l'autre au pacage des animaux. Laurent ne s'occupait pas de tout, il laissait une partie de la tâche à ses sœurs.

— Mes sœurs vont attacher les tiges avec les branches de coudrier. On a juste à les approcher de la grange, quand elles auront du temps, elles vont s'y mettre.

Léo Villemarie hocha la tête en observant les champs à perte de vue. Les plants de maïs valsaient sous le vent, présentant leur tête jaunie par le soleil brûlant de l'été 1932. Quel contraste avec les rangées de choux bien verts plantés juste quelques pieds plus loin ! Des choux qui feraient le bonheur de Florie et d'Adèle, mais loin de plaire à celui qui les cultivait ! Outre les abats, il y avait un autre aliment que Laurent détestait et c'était celui-ci ! Mais, pour le jeune homme, le légume haï était un moindre mal, car depuis le retour du journalier, il avait l'impression d'avoir des ailes. Chaque réveil signifiait une autre journée à partager des idées, des projets avec Léo. Un vrai bonheur !

CHAPITRE 3

Les plans avancent !

Pour Édouard et Clémentine, le mois de septembre fut celui de la publication des bans à l'église de La Conception. Émus, ils se regardèrent tendrement lorsque le curé du village annonça du haut de la chaire :

— Il y a promesse de mariage entre monsieur Édouard Gélinas, de la paroisse de Sainte-Cécile, et mademoiselle Clémentine Lortie, de La Conception. Si une raison empêchait la tenue de ce mariage, il faudrait la mentionner avant la fin du mois d'octobre.

Les mains sur ses genoux délicats, Clémentine rougit lorsque les autres villageois étirèrent le cou afin de voir le couple assis sagement auprès du reste de sa famille. Édouard releva fièrement le torse avant de faire un discret signe de salutation à ceux qui les félicitaient du regard. Dieu qu'il aimait cette jeune femme et que la pensée de ce mariage le ravissait. Bien sûr, le regret de ne pouvoir partager sa joie avec sa propre famille le désolait, mais il savait que Florie ne lui pardonnerait jamais. Sous le coup d'une impulsion, il avait demandé la veille à Henry Stromph d'être son témoin. Ému, le ferblantier s'était empressé d'acquiescer. Même s'ils ne se connaissaient pas encore très bien, l'anglophone demeurait ce qu'Édouard considérait comme étant la personne la plus proche d'un père au village. Il espérait bien avoir des nouvelles des siens par Adèle, lorsque la crise se calmerait. Sa sœur lui avait laissé miroiter l'idée d'une future rencontre, dès que son aînée se montrerait moins soupçonneuse.

— J'entrerai en contact avec toi, dès que possible, lui avait-elle chuchoté, en lui glissant l'argent dans les mains.

Pour l'instant, il n'avait pas eu de nouvelles. Mais comme il était fort occupé avec ses plans pour la beurrerie, il souffrait moins de cette absence. Il arrivait tôt le matin chez Henry Stromph et ne repartait souvent que très tard. Ce dernier lui avait gentiment prêté sa charrette en lui disant :

— Elle vous servira bien mieux qu'à moi ! Je n'en ai pas vraiment d'utilité, ici au village.

— Henry, je saurai jamais assez vous remercier. Vous pouvez pas savoir à quel point votre générosité me soulage. Je respire plus facilement pour la première fois depuis des lustres !

— Eh bien, *good !* Je peux vous dire que c'est pareil pour moi.

Tous les matins, Édouard quittait Labelle vers six heures pour se rendre à Sainte-Cécile. Il commençait les travaux aussitôt arrivé. Il lui fallait d'abord s'assurer que le bâtiment soit à l'abri des mauvaises odeurs. Le jeune homme avait tellement lu sur ce sujet, que sa beurrerie respecterait toutes les normes gouvernementales.

— Il ne manquerait plus juste que mon beurre prenne un goût désastreux, avait mentionné Édouard à Clémentine. Mais comme Henry possède pas de troupeaux, je suis pas vraiment inquiet. Leur déplacement sur la terre supposerait un soulèvement de poussière qui pourrait nuire à la beurrerie. Heureusement, il n'a qu'un chien. Et encore ! Son Blacky disparaît à tout bout de champ et, parfois, on le revoit juste le jour suivant !

La première étape de la construction de la beurrerie demanda un effort constant. Le jeune homme devait creuser le sol d'environ douze pouces pour permettre l'écoulement des eaux. Pour le nettoyage des instruments, du plancher de la beurrerie, et pour un ensemble de tâches, l'eau s'avérait indispensable. Pas question que les eaux usées stagnent à l'intérieur du bâtiment. Les professeurs de l'école de Saint-Hyacinthe n'avaient pas lésiné sur cet aspect. Avec l'aide du ferblantier, Édouard creusa une rigole d'écoulement à l'extérieur du local. Il n'avait cessé de remercier Henry Stromph qui semblait vraiment se faire une joie de l'aider.

— Je me sens tellement utile, vous pouvez pas savoir ! lui avait déclaré l'Anglais en souriant.

Après cette opération longue et ardue, les deux hommes terminèrent par l'ajout de petites pentes dans le sol de la beurrerie.

— Maintenant, il ne nous reste plus qu'à couvrir le tout d'une bonne couche de ciment et le tour est joué, affirma Édouard le vendredi soir.

Satisfait, il s'effondra sur une vieille chaise de bois à quelques pieds de *sa* beurrerie. L'épuisement se lisait sur son visage, mais son contentement était tel qu'il aurait pu passer la nuit sur place. Souvent, son nouvel ami mettait un terme à la journée parce qu'il savait qu'Édouard ne le ferait pas. Après quelques instants de repos, il reprit sa casquette, remonta ses bretelles et se releva péniblement.

— C'est bien beau tout ça, Henry, dit-il, mais je vais vous laisser aller manger. C'est déjà assez que vous m'aidiez autant, il ne manquerait plus que vous tombiez malade par ma faute !

Le grand moustachu lui adressa un sourire comblé. Contemplant le soleil tombant sur le toit métallique de l'église, il ressentit une sérénité nouvelle. Mary, sa fragile épouse, s'était toujours laissé gâter par son mari amoureux. Lorsqu'elle était décédée en moins d'une semaine, à l'hiver 1922, Henry avait cru ne jamais s'en remettre. Qu'une simple grippe détruise leur vie de couple était inacceptable. Pourtant, l'arrivée d'Édouard apaisait enfin une plaie depuis trop longtemps ouverte. Pour la première fois, il eut envie de s'ouvrir à un habitant de ce village qui l'avait accueilli plus de treize ans auparavant.

— Édouard, même si je devais être malade, sachez que *I've never felt so alive* depuis le départ de mon épouse. Savoir que je peux encore servir à quelqu'un me rend…

Il dut cesser de parler, ses yeux s'embuèrent et sa respiration s'accéléra sous le coup de l'émotion. Tout aussi bouleversé, Édouard se pencha vers lui pour lui poser la main sur l'épaule. Le vieil homme mit la sienne par-dessus et les deux hommes restèrent ainsi un long moment. Puis Édouard osa s'enquérir de ce qui le taraudait depuis qu'il connaissait le ferblantier :

— Vous… vous n'avez jamais désiré d'enfants avec votre épouse ?

Le visage de Henry Stromph se ferma aussitôt et son regard se troubla. Édouard sentit un spasme lui tordre le cœur à la pensée qu'il venait peut-être de troubler leur belle amitié naissante par cette question indiscrète.

— Je suis désolé, cela me regarde pas.

Lentement, le ferblantier se tourna vers lui, puis il inspira profondément.

— Non. Ne vous excusez pas. C'est juste que j'essaie d'oublier que… j'ai un fils.

— Oh !

Stupéfait, Édouard se rassit, ressentant la douleur soudaine qui semblait s'être emparée du corps de Henry. Avait-il fait comme son propre père, Antoine Gélinas ? Avait-il abandonné son enfant ? Il lui jeta un regard, incertain de vouloir entendre la suite. Henry se cala au fond de sa chaise avant de commencer à raconter.

— Lorsque j'ai rencontré Mary, elle n'avait que quinze ans, et moi vingt. Nous venions tous les deux d'une campagne non loin de Londres.

— Henry, vous êtes pas obligé...

— Si. Je veux vous raconter. Nous nous sommes fréquentés en cachette parce que le père de Mary ne voulait rien savoir d'un fils d'Irlandais qui s'emparerait de son bien le plus précieux. Car voyez-vous, continua-t-il après un hoquet amer, même si ma famille habitait l'Angleterre, notre pays d'accueil depuis trente ans, nous étions des parias, bien avant l'indépendance de l'Irlande et la guerre civile. La tension était élevée entre les différentes populations et la riche famille de Mary ne voyait pas d'un bon œil notre relation.

— Vous auriez pu retourner vivre en Irlande...

— Hein ? Non, non. La pauvreté dans les campagnes d'Irlande faisait bien trop peur à nos parents. Non, nous sommes restés près de Londres, entourés de voisins méprisants. Cependant ma relation avec Mary s'avéra encore plus difficile puisque tous les Anglais m'épiaient, au cas où je volerais leur cheptel, ricana Henry, les mains serrées sur ses genoux.

Pendant un long moment, il se tut, les yeux fermés. Édouard n'osait interrompre sa rêverie, même si la nuit tombait sur le rang principal et qu'il arriverait très tard à Labelle. Henry finit par continuer son monologue d'une voix basse et douloureuse :

— Malheureusement, alors que nous désespérions de pouvoir nous marier, Mary... tomba enceinte.

Le mouvement de surprise d'Édouard échappa à son vis-à-vis, qui n'avait toujours pas ouvert les yeux.

— Je vous choque Édouard ? demanda doucement Henry.

— Non. Je ne juge pas l'amour, répondit-il en pensant à sa sœur et à Jérôme Sénéchal.

— Vous êtes bien le seul, dit Henry avec ironie en posant ses yeux tristes sur lui. Bref, mon fils est né en mon absence en 1904. Il a été enlevé à Mary sans qu'on lui dise où on l'amenait, et nous avons été forcés de quitter l'Angleterre lorsque son père et ses deux frères aînés ont été mis au courant de notre mariage, trois semaines après l'accouchement.

— Pourquoi ?

— Son père a porté plainte à la police, parce que, selon lui, j'avais fait un enfant à sa fille contre son gré. C'est la solution qu'il avait trouvée pour nous séparer. Mais *too bad for him*, quand j'ai dû quitter le pays en vitesse, plutôt que de me retrouver en prison, son unique fille a embarqué à mes côtés, sans prévenir sa famille pour laquelle elle n'avait plus que mépris. Elle était fragile, ma Mary, mais forte en même temps. Nous sommes arrivés au quai 21 à Halifax, le 24 juillet 1904. Je n'oublierai jamais cette journée. Dans le paquebot, beaucoup d'orphelins devaient être accueillis dans des familles partout au Canada. Certains travailleraient aux champs, d'autres comme domestiques dans les maisons des plus nantis. Une chose est certaine, continua Henry les yeux dans le vague, ma Mary avait le cœur bien gros de voir tous ces petits sans famille, alors qu'elle ne rêvait que de prendre notre enfant contre elle.

— Vous êtes donc restés en Nouvelle-Écosse pendant plusieurs années ? demanda Édouard.

— En fait, très peu de temps. Au début, des bénévoles rattachés aux églises et à certains services sociaux prenaient soin de tous. Ils nous rassuraient, nous encourageaient dans nos démarches pour trouver du travail…

Henry se leva afin de faire chauffer de l'eau. Le rappel de son arrivée dans son pays d'accueil faisait remonter à la surface des émotions longtemps enfouies au plus profond de son être.

— Après quelques mois, nous avons pris la décision de venir à Montréal. Nous nous sommes arrangés pour mener une petite vie tranquille. J'ai trouvé un travail à la tannerie industrielle Moseley and Ricker dans Saint-Henri. Mais les conditions étaient difficiles pour moi ; j'avais toujours travaillé avec mon père, un ferblantier. En plus, notre appartement mal chauffé et l'air pollué de la grande ville nuisaient à la santé de ma femme… Mais je vous ennuie, Édouard, je suis désolé.

— Pas du tout, répondit le jeune homme, au contraire, votre histoire me touche beaucoup, Henry.

Le ferblantier le regarda longuement avant de conclure.

— Alors à votre question, à savoir si j'ai des enfants, ma réponse est oui. Un fils de vingt-huit ans que je n'ai jamais vu, que je ne verrai jamais. J'ignore jusqu'à son prénom ! Nous n'avons pas eu d'autres enfants, le médecin accoucheur ayant jugé bon d'enlever l'utérus de Mary au moment de son accouchement, sous prétexte que l'organe avait été trop endommagé par la naissance de notre fils.

— Charmant homme… marmonna Édouard en secouant la tête de découragement. Je suis désolé, Henry. Vraiment. Vous n'avez jamais pensé ? …

— … le retrouver ? Briser sa vie, celle de la famille qui l'élève ? En plus, c'est un homme maintenant. Cela s'est passé il y a près de trente ans. *Just go on with life !* Bon, assez parlé du passé, laissez-moi vous offrir le souper, qu'en pensez-vous, mon cher Édouard ?

Mais le jeune homme refusa. Il ne pouvait se permettre d'arriver à sa pension après dix heures. Le propriétaire l'avait bien prévenu en lui louant sa chambre pour le mois.

— Vous comprenez, Henry, il faudrait pas que je perde cette chambre ! Elle me coûte tout juste ce que je peux payer.

Henry ne répondit pas. Édouard le crut toujours plongé dans ses pensées, mais bientôt celui-ci le prit par les épaules.

— Alors Édouard, vous dormirez ici ! J'ai bien assez de chambres dans cette maison pour que vous puissiez en occuper une, pour une nuit.

De nouveau touché par la bonté du ferblantier, Édouard resta bouche bée. Puis, en voyant le regard d'espoir que lui lançait l'homme, il comprit à quel point ce dernier s'ennuyait, seul dans sa grande maison depuis le départ de sa femme. Il accepta donc avec bonheur. Le réconfort d'un repas chaud l'emportait haut la main sur sa gêne d'imposer encore sa présence. Lors de cette soirée, les liens entre les deux hommes se resserrèrent, si bien qu'à la fin, Édouard accepta carrément de s'installer chez son ami.

— Je vais vous donner le même montant que je donne à la pension de Labelle, Henry.

L'homme caressa sa moustache en secouant la tête.

— Non, non. Je vous le dis…

— Henry, j'insiste. Sinon, je pourrai pas accepter.

— Bien, dans ce cas… mais baissons le prix.

— Non. Étant donné que j'aurai plus à me déplacer, je devrais même vous donner plus.

Henry se leva pour faire chauffer sa grosse bouilloire en

fonte. Si Édouard avait su le bonheur qui le prenait, chaque matin, lorsqu'il entendait la charrette tourner dans son entrée, il aurait peut-être demandé que ce soit lui qui le paye ! Mais comprenant à quel point son orgueil d'homme ne pouvait accepter la gratuité, Henry s'essuya la main sur son pantalon gris avant de la tendre à Édouard.

— Alors, c'est un *deal* mon ami.

— *Deal* Henry !

Le lendemain, en fin d'après-midi, Édouard Gélinas fit l'aller-retour à Labelle afin de transporter son maigre bagage dans sa nouvelle demeure. Il prit le temps d'en faire le tour, de s'installer pendant que Henry mettait la touche finale à une girouette dorée pour le bureau de poste. La maison du ferblantier, sans être aussi grande que la ferme, comportait tout de même trois chambres à l'étage, un très grand salon situé au bout du corridor et une salle de bain assez moderne. Étonné, Édouard tira la chasse d'eau à plusieurs reprises, en souriant de satisfaction.

— Pfff, eh bien, c'est le gros luxe, mon Henry !

Sa chambre, petite mais agréable, se situait tout au bout du corridor. De sa fenêtre, il avait vue sur le clocher de l'église. Il resta là quelques minutes à regarder le va-et-vient sur le chemin Des Fondateurs. Un sentiment de bien-être l'envahissait. Enfin de retour chez lui. À Labelle, même si ce n'était qu'à trente milles, les gens ne le connaissaient pas, et lui n'avait pas envie de les connaître non plus ! Il plissa les yeux en apercevant le curé Latraverse sur le trottoir devant le presbytère. Il gesticulait, les bras dans les airs, ce qui projetait son gros ventre en avant. Devant lui, un jeune garçon prenait un air piteux, alors que quelques pas derrière le curé, deux autres enfants tentaient de cacher leur fou rire.

— Bon, qu'est-ce que les jeunes Marquis ont encore inventé pour fâcher le curé Latraverse ? murmura Édouard.

Il resta encore quelques instants, le temps de voir le cadet des garçons de l'épicier retrouver ses deux frères hilares. Les trois s'empressèrent de traverser la rue pour regagner le magasin général. Un air fanfaron sur le visage, Georges-Arthur Marquis imitait celui qui n'a peur de rien. Pourtant, lorsqu'il arriverait au magasin, Édouard était convaincu que le gamin de douze ans s'empresserait de se plaindre à son père, et que celui-ci prendrait son parti.

— S'il ne fait pas attention, Gérald Marquis va en faire un voyou de ce petit-là. Toujours à traîner dans les rues du village, alors que ses deux frères aident au magasin de temps en temps. Sous prétexte qu'il est trop jeune... bien moi, je reste convaincu que la place d'un garçon qui n'est plus sur les bancs de l'école, c'est dans les champs ou à faire un autre ouvrage. C'est pas ses deux, trois livraisons par fin de semaine qui vont lui donner le sens des responsabilités.

Un coup frappé à la porte de la chambre fit sursauter Édouard qui sortit de sa rêverie.

— Oui.

— Je peux entrer, Édouard ?

— Évidemment, vous êtes chez vous, mon cher Henry.

— Alors, vous avez assez d'espace ? Sinon, je peux vous laisser la chambre à côté de la mienne, sauf que les vêtements de Mary y sont encore...

Un peu mal à l'aise, Henry frotta ses mains l'une contre l'autre. Depuis quelques années, il se disait qu'il serait temps de faire le ménage dans les affaires de sa femme, mais une grande mélancolie l'envahissait au moment d'ouvrir la porte de la garde-robe.

— Je remets toujours *la* ménage à plus tard, expliqua-t-il à Édouard qui n'avait pourtant rien demandé.

— Ne vous en faites pas pour moi, je suis très bien ici. Juste de revenir au village me rend heureux.

Un sourire illumina le visage souvent taciturne du ferblantier.

— Alors c'est parfait. Je vous laisse le temps de vous installer et je vais commencer à préparer le souper.

— Je vous suis dans quelques instants.

— Prenez votre temps, Édouard, je suis habitué de tout faire seul, *don't worry!*

La porte de chêne se referma doucement. Édouard s'allongea sur le lit en soupirant d'aise à nouveau. Le matelas confortable, recouvert d'un lourd édredon de plumes, l'invitait au sommeil. À contrecœur, le jeune homme se déchaussa, enfila ses pantoufles de cuir avant d'aller rejoindre son ami.

— Il fait bon chez vous, Henry!

En quelques jours, la nouvelle fit le tour du village. Édouard Gélinas habitait maintenant chez Henry Stromph. Laurent fut le premier à l'apprendre en franchissant le seuil du magasin Marquis.

— C'est quand même étrange. Je comprends pas pourquoi il vit plus à la ferme.

— J'ai entendu dire qu'il va se marier.

— Ah. Et alors? C'est pas encore fait, il me semble.

— En plus, la ferme est bien assez grande pour accueillir Édouard et sa nouvelle femme, non? À mon avis, il se passe quelque chose de louche dans la famille...

— Tu sais ce qu'on dit de la promesse faite à leur mère... J'ai l'impression que le dragon familial a craché!

Les trois commères éclatèrent de rire à la mention de Florie.

Puis, elles ouvrirent grands les yeux en constatant que le nouveau client n'était nul autre que le plus jeune des Gélinas. Qu'à cela ne tienne, la plus commère des commères, la propriétaire du magasin, Louisette Marquis, s'avança vers Laurent qui se tenait, hésitant, au fond de l'épicerie.

— Dis-moi donc, Laurent, comment ça se fait qu'Édouard n'habite plus chez vous ?

— Hein ?

Aussitôt le jeune garçon rougit et sentit son cœur s'emballer. Dieu qu'il détestait mettre les pieds au village. Depuis le départ de son frère, il craignait encore plus les indiscrétions des habitants, les questions embarrassantes qui ne manqueraient pas de surgir. Il semblait bien que ce moment soit arrivé ! Balbutiant une réponse inaudible, il tenta d'esquiver une autre question. Peine perdue, la grosse rousse se plaça carrément devant lui. Laurent jeta un regard anxieux à gauche et à droite, mais il n'y avait pas d'échappatoire. Alors il fixa de son regard bleu pâle le visage empâté de Louisette Marquis. Il releva les épaules, et s'avança en disant :

— Si vous voulez bien m'excuser, madame Marquis, je dois me dépêcher.

— Oui, oui… mais réponds donc, Laurent. Qu'est-ce qui se passe avec Édouard et vous autres ? C'est quand même bien étrange qu'il habite maintenant chez le ferblantier. En tout cas, moi je dis que…

Laurent n'entendit pas la suite. Il tourna les talons et repartit à la ferme, bouleversé, en renonçant à ses achats. Comment allait-il annoncer la nouvelle à Florie ?

— Pardon ? Où est-il le sans-cœur ?

Comme prévu, Laurent eut beau essayer de glisser la nouvelle dans une conversation anodine, sa sœur se figea. Son visage se rembrunit, ses yeux se durcirent. Elle lança son torchon sur le comptoir avant de mettre ses deux mains sur le dossier de la chaise en face de Laurent. Ce dernier hésita avant de poursuivre. Il prit toutefois courage dans le regard chaleureux d'Adèle, puis répéta ce qu'il avait appris au magasin.

— Il semble qu'Édouard habite maintenant chez Henry Stromph. Selon madame Marquis, il a transporté toutes ses affaires au début de la semaine.

— Bien j'ai mon voyage. J'ai mon maudit voyage !

Florie se mit à faire des allers-retours dans la cuisine en claquant ses sabots avec colère. Sa longue jupe grise usée virevoltait autour d'elle à chaque changement de direction. Adèle soupira discrètement. Une autre tempête s'annonçait. Elle décida de se retirer dans sa chambre, mais n'en eut guère le temps puisque Florie vint se planter devant elle, les deux mains sur les hanches.

— Tu le savais, toi, j'imagine, siffla la femme en pinçant ses lèvres blanchies par la rage.

Adèle secoua la tête. Inutile de parler ; de toute manière, lorsqu'elle était dans cet état, Florie n'entendait rien. Il fallait attendre qu'elle décolère.

— C'est un maudit hypocrite. D'abord, il brise la promesse faite à maman. Ensuite, il s'acoquine avec le ferblantier pour ouvrir sa beurrerie chez lui, et le voilà qui s'installe dans MON village. Veux-tu bien me dire comment je vais faire moi quand je vais avoir besoin d'un poêlon neuf ? Pas question que j'aille voir Stromph maintenant. Oh non, fini !

— Euh… puis pour les fers des chevaux ? demanda

faiblement Laurent, car le ferblantier tenait aussi le rôle de forgeron dans le village.

— On va aller à Labelle. Tu m'as bien compris, Laurent Gélinas, dit la femme en s'approchant à deux pas de son visage, postillonnant avec fureur. Plus question qu'on mette les pieds chez ce traître d'Anglais. Je le savais que ce maudit immigrant était pas droit. Il y a quelque chose de malsain chez ce bonhomme-là.

Découragée, Adèle ouvrit la bouche pour rétorquer. Mais la figure penaude de son cadet la retint d'envenimer la situation. Laurent se trouvait toujours pris entre les deux femmes, différentes, mais toutes deux passionnées. Lorsque la tension montait dans la maison, il se réfugiait dans la grange pour se reposer auprès de ses bêtes. Depuis l'arrivée de Léo, il pouvait au moins aller pêcher ou poser des pièges plutôt que de subir ce climat étouffant. Malheureusement, le jeune Villemarie était parti jusqu'au lendemain pour conduire sa mère chez le médecin. Cette dernière traînait une toux lancinante. Le dimanche précédent, Léo avait averti ses employeurs en revenant :

— Je…je… dois a…amener… ma…ma…maman chez le d…octeur.

De peine et de misère, il avait réussi à obtenir congé du mercredi après-midi au jeudi matin. Mais Florie l'avait bien averti :

— Fais-en pas une habitude, Léo. Je te paye pas pour te promener sur les routes moi là !

Rougissant, le gringalet était retourné dans sa chambre comme un enfant puni, pendant qu'Adèle et sa sœur s'affrontaient sur le manque d'empathie de l'aînée. Dans ces moments d'ingratitude, la jeune brune aurait tant aimé s'appuyer contre l'épaule de son grand frère. Mais Édouard, lui, n'avait pas vraiment le temps de penser à la ferme. Les travaux pour la beurrerie allaient bon train. Le jeune homme avait fait de l'appentis un bâtiment aux murs épais blanchis à la chaux. Une petite fenêtre avait été percée dans l'un des côtés pour permettre l'aération et éviter le développement d'humidité ou de moisissures. Dans la deuxième semaine d'octobre, Édouard s'attaqua au toit qu'il voulait couvrir de bardeaux de cèdre.

Tous les jours avant l'aube, Édouard déjeunait le premier, puis se dirigeait vers la beurrerie. Parfois Blacky le suivait, mais, le plus souvent, le chien partait errer dans les champs. Le jeune homme prenait toujours quelques minutes, assis sur la chaise, devant son œuvre, pour écouter les bruits du matin, regarder le soleil sortir de son nid sur le champ vallonné derrière la maison. Quand les premiers habitants du village émergeaient de leur sommeil, le jeune homme travaillait souvent depuis une bonne heure. Le vendredi était la journée préférée d'Édouard, car il partait vers midi pour aller rendre visite à Clémentine. Il soupait avec sa famille puis revenait au village bien après dix heures. Sa relation avec sa fiancée le comblait tant qu'il n'arrivait pas à croire que sa mère avait osé demander à ses enfants de ne jamais se marier.

— Notre rencontre me fait encore plus comprendre à quel point ma mère avait tort de nous demander de prêter serment à cet égard. Je comprends que mon père a détruit sa vie de femme; je suis conscient des sacrifices qu'elle a dû faire pour nous élever. Mais devait-elle nous punir de pas avoir choisi un homme responsable et aimant ? Parce qu'elle a cru les paroles d'un homme faible, lâche, nous, ses enfants devrions aussi être malheureux ? demanda Édouard, un vendredi, alors qu'ils discutaient sur la galerie après le souper.

La jeune blonde ne répondit rien et se contenta de sourire affectueusement. Elle n'arrivait pas à comprendre la demande de Rose, mais respectait trop son amoureux pour parler contre sa mère. Toutefois, elle aimait bien l'entendre lui dire à quel point il avait hâte de l'épouser.

— Tu te rends compte, Édouard, dans un peu moins de deux mois nous serons enfin ensemble.

— Pour toujours ! C'est pourquoi je dois te parler de quelque chose d'important, de…

— … notre maison ? continua Clémentine, avec un léger tremblement dans la voix.

La jeune fille avait toujours vécu à La Conception. Elle connaissait tous les villageois, jeunes et vieux. La pensée de quitter son cocon familial, ses six frères, ses parents et grand-pépère Hubert, son grand-père paternel, lui brisait le cœur, surtout que la santé fragile de ce dernier l'inquiétait de plus en plus. Elle savait que le projet de beurrerie les obligerait à vivre près de Sainte-Cécile. Mais un regard sur le visage sérieux de son amoureux, sur ses yeux remplis d'amour posés sur elle, la rassura immédiatement. Ils seraient heureux. Elle posa sa main menue sur celle d'Édouard qui la serra tendrement. Il lui sourit avant de lui décrire leur futur logis :

— J'ai cherché une petite maison à louer ou à acheter à Sainte-Cécile. Peine perdue, il n'y a rien pour nous dans le village. Par contre, dans la paroisse voisine, à Saint-Damien, la veuve Boulerice vend sa maison. Elle s'en va vivre chez son fils, à Saint-Jérôme. J'aime bien la proximité avec la rivière qui passe juste derrière la maison. Je t'attendais pour prendre la décision, mais penses-tu que tu pourrais venir la visiter avec moi, dimanche après-midi ? Si ça fait notre affaire, je lui ferai une offre.

Clémentine fit un sourire enfantin. Elle applaudit à cette nouvelle avant de se lever en sautillant.

— Oh… oui, je vais demander à papa de venir me reconduire… attends, j'y vais. Papa, papa ! cria-t-elle alors que son amoureux éclatait de rire.

La jeune femme s'élança dans la maison pour solliciter son père qui lui donna évidemment son accord.

Le dimanche suivant, ils se retrouvèrent donc devant une maisonnette du rang Saint-Irénée. Il n'y avait que trois voisins. Assez près pour avoir de l'aide au besoin, mais assez éloignés pour conserver la tranquillité que les deux futurs mariés connaissaient depuis l'enfance, l'un à Sainte-Cécile et l'autre à La Conception.

— Nous voici arrivés, ma chère Clémentine, chuchota Édouard avec émotion.

Clémentine tenta de cacher sa déception en voyant l'état de la maison. Son père, qui surprit son regard, lui serra le bras pour la rassurer, même si la vue de l'endroit où allait vivre sa fille unique lui brisait le cœur. Mais il connaissait assez Édouard maintenant, pour savoir que ce dernier rendrait Clémentine heureuse, peu importe leur demeure. Édouard lui prit le coude pour se diriger dans l'allée menant à la maison. Les murs de bois, de cette maison construite sur un solage pour la protéger du froid, étaient usés par le temps, plus gris que bruns. L'entrée principale se situait au niveau du sol. Une galerie entourée d'une rampe blanche faisait tout le devant. Heureusement, le toit en pente semblait en bon état, car avec l'hiver qui s'annonçait et la construction de la beurrerie, Édouard ne pourrait y consacrer beaucoup de temps. Il jeta un regard vers sa fiancée pour sonder son expression.

— Clémentine ? Qu'en penses-tu ?

— Hum… laisse-moi voir l'intérieur, veux-tu ? Elle est petite, mais je pense qu'on peut en faire quelque chose, non ?

— Bien sûr ! Dès que j'aurai fini la beurrerie, je m'y attaquerai.

— Alors, allons voir, dit Clémentine en souriant malgré le nœud qui lui serrait l'estomac.

La vieille porte de bois percée d'une fenêtre carrée s'ouvrit doucement. Une femme âgée se tenait sur la galerie, les bras serrés sur sa poitrine décharnée. Elle restait à l'abri du soleil. Édouard lui envoya la main :

— Bonjour madame Boulerice. Comme promis, nous voici ! Je vous présente ma fiancée, mademoiselle Clémentine Lortie, et son père, Roméo Lortie.

— Bonjour à vous, madame.

— Même chose, même chose, marmonna la femme gênée, devant cet homme visiblement nanti. Vous voulez entrer tout de suite ou faire le tour dehors ?

Clémentine chuchota à Édouard :

— J'aimerais bien voir dans la maison tout de suite.

— Alors, va pour l'intérieur.

Le jeune homme comprenait les inquiétudes qui taraudaient sa fiancée. Il espérait que le logis bien tenu par la vieille dame en calmerait quelques-unes. À gauche de l'entrée se situait la petite cuisine blanche et bleue. Un énorme poêle à bois nickelé s'appuyait sur le mur du fond. Son dessus peu usé laissait deviner un entretien fréquent pour éviter qu'il ne rouille. La femme devait le frotter de temps à autre avec de l'huile à cuisson lorsque le poêle était encore tiède. Une table carrée se trouvait au milieu de la pièce, recouverte d'une jolie nappe de dentelle écrue. Un grand chaudron de fonte, des marmites et différents ustensiles trônaient sur une tablette au-dessus du comptoir.

— Comme vous voyez, c'est pas très grand, mais j'ai quand même élevé mes cinq enfants ici, déclara la femme. Il y a moyen de se tasser.

— Pour l'instant, nous ne sommes que deux de toute manière, répondit naïvement Clémentine.

— Bien, ça ne durera pas longtemps, ma toute belle, se moqua la femme au visage ridé comme une vieille pomme.

Clémentine rougit sous le regard affectueux d'Édouard et celui un peu embarrassé de son père. Elle s'approcha du comptoir pour regarder par la fenêtre qui donnait sur l'arrière de la maison.

— Votre terre va jusqu'à la rivière Pot-au-Feu ?

— Oui. Moi, j'ai juste une vache et quelques poules, alors j'ai peu entretenu la petite grange. Par contre, elle est pas en ruine, loin de là. Quelques clous et un marteau devraient suffire pour la remettre en état.

— Et vous y avez combien de stalles ?

— Bof… trois ou quatre, pas plus. Vous savez, de son vivant, mon mari partait huit mois par an pour gagner notre vie, alors pas question de m'occuper d'un gros cheptel.

Un peu déçu, Édouard se dit qu'il serait toujours possible d'agrandir le bâtiment. Il était ambitieux. Une fois la beurrerie bien établie, il trouverait le temps de s'occuper de sa terre, de cultiver quelques acres de céréales…

— Vous pouvez me suivre au salon.

Dans la pièce rectangulaire se trouvait une cheminée dominée par un lourd manteau en chêne, sur lequel nichaient un fanal et des chandeliers usés par le temps. Clémentine lança un regard agréablement surpris à son fiancé.

— J'aime bien qu'il y ait un foyer, murmura-t-elle.

Quelques bûches étaient posées près de la large fenêtre. La jeune femme s'approcha, souleva l'épais rideau de lin et remarqua le grand jardin à l'abandon. Elle se fit la promesse qu'au printemps suivant, ce coin de terre deviendrait un potager bien fourni. Clémentine rêvait depuis toujours d'avoir un endroit bien à elle pour élever sa famille, et s'occuper de son mari. Elle convaincrait peut-être son Édouard d'acheter quelques poules pondeuses.

— Je pourrais même en faire le commerce, pensa-t-elle.

Elle se retourna donc avec un grand sourire.

— C'est très bien entretenu, madame Boulerice. On voit que vous prenez grand soin de votre... intérieur ! affirma-t-elle sur un ton légèrement moqueur en pointant le jardin.

— Vous savez, j'ai plus la force de m'occuper des légumes. Donc cette année, j'ai rien planté, dit la femme en riant, sans tenir rigueur à la jolie blonde.

Clémentine soupira d'aise en découvrant les deux vastes chambres à l'étage, meublées simplement, mais pourvues d'une large fenêtre à battant qui laissait pénétrer la brise d'automne. Elle imaginait déjà le rire des enfants dans cette maison chaleureuse qui lui plaisait de plus en plus. Elle se tourna vers son père resté discrètement sur le pas de la porte, derrière son fiancé. Roméo Lortie fut soulagé de voir la propreté et la solidité des lieux. Peu importe que la maison ne soit pas grande, sa fille n'avait pas besoin d'un château pour être heureuse.

— Tu viens Clémentine ? demanda Édouard en lui souriant.

Il lui tendit la main qu'elle saisit avec force.

Dans l'escalier, Édouard se pencha vers elle.

— Alors ? chuchota-t-il, avec espoir.

— Alors, ça me plaît beaucoup. Je suis certaine que nous serons heureux ici. Mais, dit-elle plus hésitante en fronçant les sourcils, tu es sûr que ce n'est pas trop cher ?

Édouard secoua la tête avec un sourire rassurant. Avec son projet de beurrerie bien en branle, il lui avait été plus aisé de faire un emprunt à la banque. Ironiquement, avec des possessions, c'était le moment d'emprunter ! Aussi, la transaction avec madame Boulerice fut rapidement conclue et il fut entendu que le 3 décembre 1932, les nouveaux mariés pourraient revenir de l'église dans leur nouvelle maison.

CHAPITRE 4

Courtepointe et confitures

Depuis le départ d'Édouard, Adèle s'ennuyait de leurs joutes oratoires. La morosité remplissait ses soirées, sauf lorsque les deux garçons éclataient de rire en se traitant l'un et l'autre de tricheur aux cartes. Elle les écoutait avec ravissement se taquiner. Elle n'avait guère vu son frère Laurent aussi exubérant qu'en présence de Léo. Avec Florie, cependant, les conversations consistaient à parler des autres villageois ou à se plaindre du temps.

— Il fait bien trop chaud, mosus !

— Ma foi, on gèle donc bien aujourd'hui.

Quand Adèle tentait de lui parler de l'actualité, inévitablement, son aînée se trouvait une occupation pressante.

— Bon, c'est bien intéressant tout ça, marmonna-t-elle en ce samedi matin de novembre, mais le lavage se fera pas tout seul, hein ?

— Il peut bien attendre un peu, répondit Adèle. C'est pas comme si nous avions une journée chargée. Mais tu te rends compte, Florie, ils ont tiré sur des gens comme ça, sans raison.

Adèle secouait la tête avec chagrin. Comment des pays dits évolués pouvaient-ils engendrer de tels drames ? Sa fibre journalistique vibrait en prenant connaissance de certaines nouvelles internationales. La fusillade du 9 novembre 1932 à

Genève était à son avis un des pires événements s'étant produits en Europe depuis la guerre. La jeune femme éprouvait toujours de la frustration de ne pas être plus rapidement au courant de l'actualité. Les nouvelles arrivaient avec un certain décalage de la grande ville, et tardaient encore plus en provenance du vieux continent !

— Écoute, dit-elle en arrêtant sa sœur sur le pas de la porte : sous le commandement d'un major nommé Perret, de jeunes recrues de l'armée ont tiré sur une foule lors d'une manifestation ouvrière contre le fascisme.

— Bien c'est ça que j'arrête pas de te dire. Si ces gens étaient restés chez eux, ça serait jamais arrivé.

L'air rigide, Florie regarda vers le salon avec un regard agacé. Pourrait-elle enfin s'éclipser sans continuer cette discussion ennuyeuse ? Mais ses paroles firent aussitôt réagir Adèle qui se leva, le journal à la main.

— Quoi ? Voyons donc Florie ! Viens pas me dire que tu trouves ça normal que des gens armés tirent sur une foule pacifique ! Même toi, tu peux pas être d'accord avec ça, bon sang !

Florie s'approcha en frottant sa robe fleurie. Un air mauvais s'inscrivit sur son visage alors qu'elle plaquait ses mains sur ses larges hanches.

— Tu veux dire quoi par : même toi ? Serait-ce que je suis pas assez intelligente pour comprendre tes maudites nouvelles ?

— Non. C'est pas ça que je veux dire, tu le sais.

— Bien, qu'est-ce que c'est alors ?

Adèle inspira profondément avant d'exploser. Depuis son retour permanent à la ferme, au printemps dernier, elle n'avait pas eu l'énergie de s'opposer à sa sœur. Mais en ce moment, toute la rancœur retenue depuis plusieurs mois se précipita à sa bouche et les paroles fusèrent sans qu'elle puisse les contenir :

— Florie, dans la vie, tu t'intéresses qu'à des banalités. Ce que les gens du village disent ou font. Ce qu'un tel a dit d'une telle... Tu nous demandes jamais ce que nous voulons, ce que nous espérons. J'ai l'impression que tu te complais dans la misère des gens, sans penser à leur peine ou leur souffrance. Quand tu as décidé de chasser Édouard...

— Parle pas de lui, coupa la femme au visage cramoisi de rage.

— Oui je vais en parler, j'ai le droit, c'est mon frère et...

— Moi, maudite marde, j'ai le droit de m'en aller d'ici parce que c'est plus le mien. Ça fait que si tu as fini de m'insulter, je vais aller faire ce que je fais de mieux : vous torcher depuis votre naissance.

Puis elle tourna son corps robuste ; Adèle laissa tomber sa tête entre ses bras croisés sur la table. La guerre venait d'être déclarée. Sa sœur ne lui pardonnerait pas de sitôt cet affront.

— Puis maintenant, j'ai pas d'autres endroits où aller, pensa-t-elle. Au moins, avant je quittais la ferme pour Saint-Jovite tous les lundis. Mais là, je sens que je vais y goûter pour les prochains jours.

Décidée à ne pas s'excuser malgré ses paroles blessantes, la cadette se leva pour aller nourrir les poules. À l'extérieur, le temps était bon, une douceur d'automne qui ne requérait pas un gros manteau, mais moins étouffante que les pénibles chaleurs de juillet. Le vent s'amusait dans les feuilles colorées des arbres, prêtes à tomber. Adèle inspira profondément pour calmer son agitation. Étonnamment, elle ne se sentait pas coupable. Elle prit même la décision de laisser une note à son frère Édouard dans la boîte aux lettres chez Henry Stromph.

— Mon Dieu qu'il me manque, murmura-t-elle avec regret. Je ne peux pas croire que Florie ne reconsidérera jamais sa décision. Elle ne peut pas supposer que maman ne serait pas revenue sur cette promesse qui va tous nous faire mourir à petit feu.

Mais au fond d'elle-même, Adèle savait que sa sœur mourrait avant d'accueillir de nouveau son frère et sa fiancée dans sa maison. Florie croyait dur comme fer que ce dernier avait trahi la famille en choisissant d'épouser la femme de sa vie. Les yeux dans le vague, la jeune brune accomplissait ses tâches quotidiennes sans entrain, mais avec moins d'impatience qu'autrefois. Jadis, tout ce qu'elle désirait était de s'établir à la ville, écrire pour gagner de l'argent et peut-être devenir célèbre.

— Si seulement je l'avais pas... laissé entrer dans la maison, songea-t-elle en se remémorant pour une millième fois la journée où son bonheur avait été anéanti.

L'après-midi tragique lors duquel Marc-Joseph Caron, son ami d'enfance, l'avait violée et détruit ses rêves.

— J'aurais peut-être fait comme Édouard moi aussi. Quitter la famille pour épouser Jérôme. Il l'aurait tant voulu.

Sa relation passionnée avec le rédacteur en chef du journal *Le Courrier* de Saint-Jovite s'était éteinte après le viol. Incapable de fonctionner normalement avec son secret, Adèle avait fini par le confier à Édouard qui s'en était pris verbalement à son ami. Ce dernier, fuyant la culpabilité envahissante, avait mis fin à ses jours, quelques mois après son crime. S'étiolant, Adèle avait quitté le journal qui, jusqu'alors avait été son rêve, pour revenir à la ferme.

— C'est certain que nourrir des bêtes et arracher des mauvaises herbes à longueur de journée ne sera jamais comme écrire un article ou une nouvelle lue par des milliers de personnes.

En secret, pour assouvir son besoin d'écriture, Adèle s'était mise à la rédaction d'un premier roman. Jamais elle n'en parlerait à sa sœur ou à son frère cadet. Mais si un jour, elle décidait de le publier, elle ne manquerait pas d'y remercier son frère Édouard pour tout son soutien lors des semaines suivant le viol.

— S'il avait pas été là, je pense que j'y serais plus, moi non plus.

Encore plus déterminée à renouer avec lui, Adèle se dépêcha de nettoyer le poulailler, puis étendit une brassée sur la corde à linge. L'odeur du savon du pays, imprégnée dans les lourds vêtements de travail, la rendait toujours méditative. Un déchirement s'installait souvent en elle. Pour la ferme, ses odeurs, ses silences. Contre la ferme, sa sœur rigide, la saleté repoussante des longues journées aux champs. Avec toutes les tâches de sa liste, Adèle ne put finalement écrire à Édouard qu'à la tombée du jour.

Cher Édouard,

Tant de jours ont passé depuis que je t'ai vu. J'aimerais bien avoir de vos nouvelles, à Clémentine et à toi. Penses-tu pouvoir m'en donner par M. Stromph ou si celui-ci en serait dérangé ? J'irai au magasin général lundi et jeudi matin vers neuf heures. Si ce n'est pas possible, nous nous arrangerons, mais sache que tu peux compter sur moi. Je ne te laisserai jamais tomber, tu m'as sauvé la vie.

Affectueusement, A.

Le lendemain matin, sous prétexte d'aller acheter du beurre et de la farine au magasin Marquis, Adèle se leva tôt. Elle quitta la maison en même temps que son frère et Léo qui partaient aux champs avec le troupeau.

— Tu veux pas m'attendre ? cria Laurent. Je pourrais te laisser au village au début de l'après-midi. De toute manière, je dois aller à Labelle pour faire réparer le semoir à engrais. Ça fait trois fois que je repose la roue, mais là, il faut vraiment la faire souder.

— Puis tu vas jusqu'à Labelle juste pour ça ? Tu sais bien que Henry Stromph te ferait ça pour presque rien...

Laurent se balança sur place, en tripotant ses gros gants de travail. Il jetait des regards furtifs vers la porte de la maison pour être certain que Florie n'entende pas leur conversation.

— Non, non... c'est que Florie a dit...

— Bon sang, Laurent, coupa Adèle en s'approchant de son frère, tiens-lui tête un peu ! C'est toujours pas elle qui devra se déplacer sur les routes pendant des heures sous prétexte que le ferblantier du village nous a trahis !

Malgré sa taille, Laurent restait un petit garçon incapable d'affronter celle qui l'avait élevé. Il rougit et frotta sa chevelure fournie. Il sourit piteusement à Adèle, conscient de la lâcheté qu'il dégageait aux yeux de celle qu'il admirait si souvent en secret.

— Je tiens pas à faire de chicane. Après tout, je vais en profiter pour aller voir le menuisier Ferland. Il faut remplacer le cadre de la fenêtre dans le salon, puis il paraît qu'il a de bons prix.

— Ah, bon. De toute manière, je préfère y aller tout de suite avant la chaleur. Il me faut de la farine si tu veux que je te fasse des bonnes galettes à la mélasse. Plus tard, Florie va avoir sorti la liste de toutes les tâches qu'elle veut qu'on fasse avant la nuit. Non, non, laisse faire. Allez, vas-y, Léo t'attend.

Patient, le jeune engagé marchait le long de la clôture près du rang et en vérifiait chaque poteau. Parfois, il donnait un coup avec son pied pour s'assurer de la solidité du pieu. Laurent sourit de soulagement, heureux de mettre fin à cette conversation embarrassante.

— C'est bon alors. Mais si tu changes d'idée, on revient pour dîner. À plus tard… Léo, viens-t-en ! cria-t-il en s'éloignant vers la grange.

Aussi soulagée que son frère, Adèle se dépêcha de rentrer dans la maison. Elle fit le moins de bruit possible pour monter se changer dans sa chambre. Sa fenêtre donnait sur les toits du village. L'église, l'école, l'hôtel qu'elle ne regardait plus. Elle vit James, l'homme engagé du père Claveau, passer rapidement devant leur maison. Il semblait seul dans la charrette.

— Ça fait longtemps que je l'ai pas vu, le père Claveau. Il faudrait que je passe lui rendre visite en revenant. Ça me fait beaucoup de choses à faire en cachette dans la même matinée, pensa nerveusement la jeune femme en finissant d'attacher les minuscules boutons perlés sur le devant de sa robe marine.

Depuis que leur voisin, l'original père Claveau, était revenu de la ville avec un Noir, Florie refusait de le fréquenter. Calquant ses pensées sur celles du curé Latraverse, qui prônait la protection du citoyen canadien-français, l'aînée de la famille déversait son venin sur quiconque osait parler en bien de James, cet étranger qui habitait malheureusement leur village.

— Bon, allez, avant que Florie vienne voir ce que je fais.

Un coup d'œil au miroir lui renvoya l'image de son long corps aminci par les épreuves des derniers mois. Son visage avait un peu repris de couleur avec la fin de l'été. Même ses cheveux foncés s'étaient éclaircis sur le devant, ce qui adoucissait joliment son teint. Inspirant profondément pour calmer son anxiété, Adèle empoigna sa petite bourse en cuir, et posa son chapeau de côté, à la dernière mode. Même si elle était revenue pour de bon à la ferme, la jeune journaliste n'avait jamais cessé d'être dans le vent. Elle gardait sa chevelure ondulée, aux épaules, alors que sa sœur avait le même chignon bas depuis toujours. En descendant l'escalier sur la pointe des pieds, Adèle serrait sa bourse contre son corps en espérant de tout cœur que sa sœur soit encore dans la cour en train de préparer la grande lessive. Elle s'éviterait ainsi une énième dispute. La chance semblait avec elle, puisque personne ne vint à sa rencontre, et c'est avec insouciance qu'elle s'aventura sur la côte Boisée en chantonnant légèrement. À chaque fois qu'elle arrivait au village, les uns chuchotaient sur son passage, les autres l'ignoraient totalement.

— Je pense bien que si elle avait pas rejeté Marc-Joseph, celui-ci ne...

— Chut, voyons, on sait rien de ça !

— Vous m'en direz tant. Un homme fait pas ce geste sans raison. Non, non, elle est pas aussi blanche qu'elle veut nous le faire croire, la petite Gélinas. Je vous le dis, moi !

Sans entendre leurs paroles, Adèle savait très bien qu'elles portaient sur la mort de l'hôtelier. Mais une force nouvelle montait en elle depuis le départ de son frère Édouard. Elle aussi pouvait faire preuve de courage. À l'angle de la côte Boisée et du chemin Des Fondateurs, elle tourna à gauche en ignorant ostensiblement l'hôtel de Marc-Joseph, de l'autre côté de la rue.

— En tout cas, il y a quelque chose de pas clair dans cette histoire...

Cette fois, Adèle sourit aux deux commères installées devant le barbier Lalancette, avant de s'éloigner gracieusement. Elle traversa la rue devant l'église pour passer devant la ferblanterie. La jeune femme sentit son cœur se remplir d'espoir à la pensée de voir son grand frère, même une fraction de seconde. Mais la beurrerie, située derrière l'atelier, ne se voyait pas du chemin et elle dut se contenter de déposer rapidement sa missive dans la boîte aux lettres devant l'entrée de la maison de Henry Stromph.

Les préparatifs du mariage allaient bon train. Les frères de Clémentine se moquaient gentiment de leur sœur, alors qu'il ne restait que deux semaines et qu'elle se levait tous les matins dans un état d'excitation avancée. Sans prendre la peine de s'habiller, elle descendait l'escalier en jaquette, pieds nus dans ses grosses pantoufles.

— Maman, on peut regarder de nouveau mon trousseau ? demanda-t-elle en ce matin de novembre. J'ai peur qu'il me manque des choses essentielles.

Sa mère se retourna pour la disputer, mais ne put s'empêcher de sourire devant ses joues rougies par la fébrilité. Son cœur se serra à la pensée que, dans moins d'une semaine, elle n'aurait plus le bonheur de la contempler chaque matin et, surtout, qu'elle ne pourrait plus s'assurer qu'elle suive le régime qu'exigeait son diabète. Mais comme toujours, elle prit un ton neutre pour lui répondre.

— Clémentine, ton trousseau est prêt depuis longtemps. Que veux-tu y rajouter ?

Le trousseau devait idéalement contenir l'ensemble des

vêtements nécessaires pour une jeune femme quittant sa maison pour de nouveaux horizons. Avec le temps, pourtant, il n'y avait presque plus de vêtements dans le trousseau, si ce n'était que le linge de corps de la mariée: culottes, jupons, bas, etc. Dans le cas de Clémentine, les deux femmes avaient ajouté tout le linge de la maison: draps, taies d'oreillers, nappes, serviettes de table. Quelques achats avaient tout de même été faits lors de leur visite à Montréal, l'été dernier. Timidement, Clémentine prit dans ses mains la fine chemise de nuit de dentelle blanche achetée pour sa nuit de noces. Sa mère la regardait avec tendresse, sachant que sa fille serait très heureuse auprès du jeune homme qui deviendrait son époux. Sortant de ses rêveries, Clémentine posa le vêtement et répondit à sa mère:

— J'aurais voulu un ou deux tabliers de plus. Ne crois-tu pas que ce serait nécessaire?

Sa mère éclata d'un rire bref.

— Si je songe à la manière dont tu cuisines, je pense que ce serait peut-être une bonne idée!

Clémentine rougit, avant d'éclater de rire. Lorsqu'elle roulait la pâte, moulait des gâteaux, pétrissait le pain, la jeune femme avait tendance à en mettre autant sur elle que sur le comptoir. Depuis toujours, sa mère tentait de la corriger, mais peine perdue. Clémentine n'arrivait guère à se concentrer sur sa tâche et ne pouvait s'empêcher de parler et de gesticuler. Les deux femmes se mirent donc au travail et, en quelques heures, taillèrent, cousirent et brodèrent deux tabliers blancs. Satisfaite, Clémentine s'empara d'une grosse pomme rouge pour faire remonter son taux de sucre qu'elle sentait un peu bas. Sa mère, occupée à écosser des petits pois, la regardait d'un œil soucieux.

— Tu es certaine que tout ira bien, seule à Saint-Damien ?

— Maman, je serai pas seule, Édouard sera avec moi.

— Mais pas toujours. Que feras-tu si… si ton taux de sucre descend trop ?

Clémentine mâcha lentement sa bouchée avant de s'asseoir près de sa mère. Elle repoussa tendrement une mèche grise sortie de son chignon. Le front plissé de celle qui l'avait mise au monde dénotait son inquiétude.

— Maman, tu sais que j'aime trop la vie pour prendre des risques. Je sens mon corps se fatiguer quand je manque de sucre. T'en fais pas, j'ai toujours quelques bonbons aux patates pas trop loin dans la poche d'une jupe ou d'un tablier. Papa m'a même rapporté une pleine boîte de petites menthes de son dernier séjour à Québec.

— Je sais Clémentine que tu prends soin de toi. C'est juste que… que j'aurais préféré être atteinte de cette maladie plutôt que toi, ma chérie.

Étonnée par ce rare attendrissement de la part de sa mère, Clémentine se leva pour passer ses bras autour de son cou. Elle lui planta un baiser sur la joue avant de lui dire :

— Sérieusement, maman, je suis tellement heureuse d'avoir trouvé Édouard que le diabète a pris le second rang dans ma vie. Je vais enfin réaliser mon rêve d'épouser l'homme que j'aime, avoir ses enfants, m'occuper de ma maison. Non, t'en fais pas ma petite maman, tout ira bien.

À moitié rassurée, sa mère lui sourit avant de poursuivre sa tâche. Le grand-père paternel arrivant dans la cuisine de son pas traînant, les deux femmes changèrent de sujet.

— Venez donc nous jaser grand-pépère, dit Clémentine en rapprochant la berceuse de la table. Bientôt, j'aurai plus ce plaisir de me disputer avec vous tous les matins !

— Me voilà, ma petite, me voilà. Allons-y donc pour une bonne obstination, dit l'aïeul en riant, le regard encore bien vibrant. Malgré son vieil âge et ses rhumatismes qui l'empêchaient parfois de se lever, Hubert Lortie adorait passer du temps avec sa petite-fille.

La jeune blonde prit place près de son grand-père adoré et se mit en frais de raconter tous les détails concernant la célébration de son mariage. Au bout de quelques minutes, comme il ne répondait plus, elle leva les yeux sur lui et sourit avec affection en constatant qu'il s'était assoupi, le menton sur la poitrine. Elle prit la couverture à carreaux rouges sur le crochet derrière la porte et l'enveloppa avec amour. Dieu qu'il lui manquerait, tous les matins.

Lorsque Édouard lut la lettre de sa sœur Adèle, les larmes lui montèrent aux yeux. Ne voulant pas être indiscret, Henry lui avait tendu la missive avant de retourner à son atelier. Seul dans la cuisine, Édouard se dépêcha de répondre à sa cadette afin que son ami puisse aller la rencontrer le lendemain, le lundi 21 novembre.

Chère Adèle,

Quelle joie de te lire ! Nous avons beau être dans le même village, les circonstances sont tellement difficiles pour nous. J'en profite donc pour t'inviter à notre mariage qui aura lieu le 3 décembre prochain à l'église de La Conception. Serais-tu capable de t'échapper en douce ? Si tu le veux, je pourrais demander à Henry de t'amener. Il n'aurait qu'à te prendre au magasin Marquis. Je sais qu'il n'est pas agréable de mentir à

Florie, aussi je ne t'en tiendrai pas rigueur si tu décides de ne pas venir. Je t'embrasse très fort et pense souvent à vous trois.
Ton frère Édouard xx

Nostalgique, Adèle serra la lettre contre son cœur. Elle prit sa décision dès qu'elle lut le message.

— Pas question que mon frère vive ce bel événement sans avoir un membre de sa famille à ses côtés. Je dirai à Florie que je dois passer au journal pour une raison que je trouverai bien. Elle se doutera sûrement de la vérité, car j'ai l'impression qu'elle est au courant de bien des choses concernant notre frère, même si elle nous assure qu'il est mort à ses yeux !

Songeuse, elle mit la lettre sous son oreiller avant de s'avancer pour regarder dehors. Le ciel bleu clair sans aucun nuage réchauffait son cœur et sa vie. Elle n'était plus la même depuis le printemps, mais doucement elle sentait une plénitude recommencer à l'habiter. Elle se changea et revêtit sa vieille robe pour aller au jardin. L'automne, malgré la charge de travail associée à cette saison, représentait une des plus belles périodes de l'année pour Adèle. Léo et Laurent achevaient de moissonner le blé. Il ne restait plus qu'un cinquième du champ près du lac. Depuis quelques semaines, tous les membres de la maison battaient le blé au fléau, avec de longs bâtons de bois au bout desquels était fixée une boucle de cuir. Ils frappaient le blé sur le sol à intervalles réguliers. La tâche était ardue et ne manquait pas de faire ronchonner Florie jour après jour.

— On achève, ma sœur, on achève, l'encourageait Adèle avec affection.

Une semaine environ après la dernière moisson, il y aurait la grande foire de Saint-Jovite, organisée par le Cercle de fermières de la région. Florie se faisait une joie d'aller y vendre les courtepointes que les deux femmes avaient assemblées l'hiver précédent. Florie discutait avec passion de cet événement, lors duquel elle espérait gagner le premier prix. Adèle l'observait en se disant qu'au moins sa sœur n'était pas rancunière, et qu'elle oubliait rapidement leurs disputes... sauf pour la promesse faite à Rose évidemment ! Heureusement, car Adèle se doutait bien qu'il y en aurait plusieurs autres avant la fin de leur vie. Elle porta de nouveau son attention sur Florie qui parlait de ses grands espoirs.

— Je pense bien que cette année je devrais recevoir le premier prix pour le comté. Ma courtepointe sur le thème de l'hiver sera très populaire, qu'en penses-tu ?

— Hum, hum...

Faisant mine d'être distraite, Adèle n'osait pas dire à sa sœur à quel point sa courtepointe couverte de petits bonshommes de neige affublés de chapeaux ridicules lui semblait enfantine et peu susceptible de remporter le grand prix à Saint-Jovite. Loin de la satisfaire, sa réponse fit aussitôt réagir son aînée.

— Bien quoi ? Viens pas me dire que c'est pas la plus belle que j'ai jamais faite ? Je te croirais pas.

— Non, non Florie, elle est très réussie. Tu as raison. J'étais juste distraite.

— Cela dit, aurait voulu préciser Adèle, cette couverture naïve te fera pas remporter un grand prix.

En effet, les organisateurs de la foire de Saint-Jovite recherchaient plutôt l'élégance, ce qui était loin d'être le cas avec la courtepointe de Florie. Ce fut le cœur rempli d'anticipation que les deux sœurs partirent pour le gros village une semaine après cette discussion. L'aînée parce qu'elle était convaincue de gagner, et la cadette parce qu'elle devrait subir la déception de sa sœur si elle perdait. Adèle conduisait la charrette, puisque Florie détestait le faire.

— Je te dis que ça me rend nerveuse quand tu conduis. J'ai l'impression que tu vas tout croche, marmonna l'aînée tout le long de la route, pendant deux heures. C'est une affaire d'homme, ça, conduire une charrette. Je comprends pas pourquoi Laurent a pas pu nous accompagner !

Pourtant très à l'aise sur la banquette, tenant les rênes de Mystic, Adèle laissait son regard errer sur les champs et les villages sans répondre au bougonnement de sa sœur. De temps à autre, elle changeait de sujet, parlait de banalités. Arrivées à Saint-Jovite, les deux sœurs passèrent devant l'édifice du journal *Le Courrier* et Adèle se retint de tourner la tête. Les sens en émoi, elle imaginait son amour derrière la lourde porte de bois qu'elle avait franchie tant de fois avec allégresse. Florie lui jeta un regard en coin, puis sourit avec soulagement en constatant qu'Adèle ne semblait plus être concernée par le journal. Si elle avait su la commotion interne de sa cadette, nul doute que Florie se serait énervée. Adèle se dépêcha de diriger Mystic vers le lieu de la foire. Les véhicules encombraient le large stationnement.

— Vite, vite, là il y a une place, cria Florie à moitié levée.

— Veux-tu bien t'asseoir, Florie, tu vas tomber !

— Je voulais juste être certaine que tu laisserais pas la charrette à l'autre bout du monde ! J'ai pas envie de marcher deux heures, moi !

La grosse femme se rassit avec satisfaction. La journée commençait bien, elle était à l'heure et, en plus, tout près de l'entrée du parc *Au fil de l'eau* où avait lieu l'événement. Il ne leur fallut que quelques minutes pour descendre leurs marchandises du chariot. Encore une fois, l'aînée se mit à s'agiter sous le regard affectueux de sa cadette.

— Vite, il faut qu'on trouve le meilleur emplacement pour exposer nos affaires, s'exclama Florie en empoignant un énorme sac. Regarde-moi donc le monde, je le savais qu'on aurait dû partir plus tôt. Il faut dire que tu conduis à la vitesse d'une tortue.

Prête à répliquer vertement, Adèle se mordit l'intérieur de la bouche pour éviter un esclandre en public. Sa sœur était rouge et tout essoufflée à force de marcher rapidement. Son poids la gênait de plus en plus, mais elle faisait mine de ne pas remarquer les regards de sa famille lorsqu'elle grignotait, à peine une heure après les repas. La vue de sa silhouette qui s'enrobait et de son visage bouffi n'améliorait guère son humeur souvent maussade. Pourtant, en y regardant bien, on devinait, derrière les traits joufflus, la délicatesse d'autrefois. Ses grands yeux noirs n'avaient pas perdu de leur profondeur qui savait si bien sonder l'âme de ses cadets. Adèle lui sourit avec amour, priant de toutes ses forces pour que la journée se conclue sur une note positive pour sa sœur. Mais pour l'instant, cette dernière passait de l'énervement à l'impatience, en inspirant profondément afin de se calmer les nerfs.

— Tiens, là on va être bien. Entre les deux gros érables.

Étonnamment, Florie monta son étal en très peu de temps. Sans jeter un regard aux voisins, elle s'installa sur une grosse roche derrière sa table et attendit les acheteurs, qui ne tardèrent pas à se présenter. Chaque personne qui s'attardait à sa courtepointe d'hiver se voyait tenue d'entendre par le menu détail le temps et la difficulté de sa confection. Quelques pas en retrait, Adèle secouait doucement la tête en signe d'excuse lorsque les gens faisaient mine de s'éloigner sans s'arrêter et que Florie maugréait sur l'impolitesse du monde *de nos jours !* Vers deux heures de l'après-midi, alors que le soleil réchauffait la foire de ses rayons automnaux, Adèle, qui paressait les yeux fermés, se retourna lorsque son aînée l'interpella :

— Adèle, monsieur voudrait savoir si tes confitures ont aussi des bleuets. Je me souviens plus si ces pots ont seulement des framboises et des mûres ! Veux-tu venir voir ?

— Hum, hum, répondit distraitement sa sœur, avant de revenir vers la table sous le gros arbre.

Elle retint un hoquet de stupeur en reconnaissant Jérôme, qui la regardait, également estomaqué. Il était accompagné d'une jeune femme d'environ trente ans qui le regardait avec admiration. Bouleversée, Adèle s'avança sous le regard interrogateur de Florie, qui tenait le pot de verre à la main. Les yeux plongés dans ceux de son ancien amant, la jeune brune tenta de ne pas s'effondrer. Sa main tremblait lorsqu'elle s'empara de la confiture.

— Bien, voyons, qu'est-ce que tu as ?

— Rien. Juste un peu chaud, je pense.

Sa voix, plus rauque qu'à l'ordinaire, fit sourciller son aînée. Adèle tentait de retrouver ses esprits en ordonnant à son cerveau de fixer son attention sur la question de sa sœur. Sachant qu'elle n'avait plus aucun droit de regard sur les fréquentations de Jérôme, elle n'en demeurait pas moins renversée par cette rencontre. Qui donc était cette femme ? Sa nouvelle fiancée ? Une amie particulière, comme elle l'avait été ? Elle regarda Florie et chuchota :

— Euh... quoi donc ?

— Bien voyons toi ! On veut juste savoir s'il y a des...

— Ah oui, des bleuets.

En murmurant les mots, Adèle se souvint que son amant

détestait ce petit fruit; cela l'avait fait beaucoup rire lorsqu'il lui avait part de ce dégoût.

— J'ai l'impression, lui avait dit Jérôme, de croquer dans des yeux de poissons. Pas capable!

— Pourtant, c'est si bon... avait répliqué Adèle avant de s'emparer de sa bouche avec passion.

Vibrante de douleur, elle secoua doucement la tête en remettant le pot à Florie.

— Non. Juste fraises et mûres.

— Merci, mademoiselle.

— Je vous en prie.

Florie, inquiète de la pâleur de sa sœur, lui fit un petit signe affectueux de la main avant de l'enjoindre à aller s'asseoir. Elle devenait toujours inquiète au moindre signe de maladie dans sa fratrie.

— Tu es blanche comme un drap! Il manquerait plus qu'on soit obligées de partir avant les prix! marmonna-t-elle en redonnant la monnaie à Jérôme qui ne pouvait détacher son regard de son ancienne amante, si fragile. Sa jeune compagne se fit coquette et l'obligea à poursuivre leur route en tirant sur sa manche.

— Merci beaucoup, dit-il à Florie. Et bonjour à vous, mademoiselle, je suis certain que ces confitures seront excellentes sur mes rôties, le matin.

Adèle tenta un sourire, mais ne réussit qu'une étrange mimique. Elle observa longtemps le couple qui continua de déambuler, d'une table à l'autre. Ça aurait dû être elle, aux côtés de Jérôme, pensa-t-elle... Si seulement... Elle s'efforça de réfléchir froidement. Il avait refait sa vie, et c'était parfait ainsi.

Par la suite, l'après-midi s'écoula rapidement, tout comme

leurs marchandises : confitures, conserves, menus tricots et, bien sûr, les courtepointes s'envolèrent à un rythme fort appréciable. Satisfaite, Florie comptait son argent en attendant le dévoilement des gagnants des différents prix. Sur la grande scène, son œuvre hivernale trônait aux côtés des autres travaux susceptibles de remporter les grands honneurs. Chaque vendeur qui le désirait pouvait soumettre un article.

— Je pense que la foire à Québec a lieu au temps des Fêtes. C'est sûr que c'est pas moi qui vais y aller. Il va falloir que tu prennes le train pour aller me représenter, ma belle. Moi je ne peux pas partir loin de la ferme deux ou trois jours.

Abasourdie, Adèle voulut répliquer à sa sœur qu'elle devrait attendre d'avoir gagné avant de forger de tels plans. Mais alors qu'elle s'apprêtait à répondre, l'organisateur de la foire s'avança au micro. Trop tard !

— Oh mon Dieu, c'est maintenant. Je suis assez énervée !

Florie se ventilait avec la main, pendant que sa sœur angoissait. Le trajet du retour promettait d'être désagréable si son aînée ne remportait pas le prix tant convoité ! Elle s'approcha pour la prendre par la taille. Elle espérait ainsi lui transmettre toute son affection.

— Chers amis, voici le temps attendu de dévoiler nos gagnants des prix régionaux, déclara le maire de Saint-Jovite. Comme chaque année, les méritants de la foire du comté seront nos représentants à la foire provinciale qui se tiendra à Québec, les 26 et 27 décembre. Ils affronteront un défi de taille, car depuis les trois dernières années, les représentants des Hautes-Laurentides ont mis la main sur près de la moitié des prix lors de cet événement majeur. Alors sans plus tarder, voici les gagnants des différentes catégories.

Les premiers vainqueurs furent annoncés. Florie se

mordillait le pouce. Quand, enfin, ce fut le moment du choix du grand gagnant pour les créations artisanales, elle marmonna à sa sœur:

— Les autres affaires sont tellement laides, c'est certain que je le gagne, ce prix-là!

— ... le grand prix pour l'artisanat est décerné à Madame Lamontagne de... annonça la voix forte du magistrat de la petite ville.

— Ah ben sacrament!

Sans même attendre la fin du discours et des applaudissements, Florie remonta sa longue jupe sur ses gros mollets dodus et fila vers la charrette. Elle laissa tout en plan, sans aider sa sœur qui se vit tenue de ramasser la marchandise invendue. Adèle sourit avec gêne aux personnes que Florie bouscula puis soupira avec lassitude. Elle posa le sac à l'arrière de la charrette où Florie attendait le départ. Son visage fermé ne présageait rien de bon. Ses lèvres n'étaient plus qu'une fine ligne d'où le sang s'était retiré. Tout le long du retour, Florie ne dit mot. À un moment donné, Adèle respira un peu mieux, croyant sa sœur endormie. Elle rêva à sa rencontre avec Jérôme, les yeux sur le long filet de route. Dieu qu'il était beau. Dès l'arrivée dans leur entrée, Florie se redressa pour remettre son chapeau sur sa tête. Sans dire merci, sans penser à aider sa cadette, elle se laissa glisser de son siège, grimpa l'escalier péniblement avant de claquer la porte de la maison.

— Bon sang qu'elle est acariâtre, songea Adèle, en dirigeant tranquillement Mystic vers la grange.

Avant même d'ouvrir les portes du bâtiment, elle entendit les rires de son frère et de Léo. Les deux garçons s'entendaient de mieux en mieux, et un sentiment d'envie envahit la jeune femme à la pensée de tout ce qu'elle avait perdu depuis le départ de son frère Édouard.

— Plus d'amour, plus d'amies, une sœur de plus en plus aigrie, quelle belle vie !

CHAPITRE 5

Mariage d'amour

— Je suis tellement énervée, maman, dit Clémentine en se levant sur la pointe des pieds pour agripper la grosse marmite sur la tablette.

— Calme-toi, ma fille, tu sais bien que c'est pas bon avec ton diabète de t'exciter de même.

— Bien oui, c'est facile à dire ! Je me marie quand même dans six heures.

Depuis deux jours, la jolie blonde ne dormait que quelques heures par nuit. Cet après-midi, en présence des gens qu'elle aimait, elle se donnerait enfin à son Édouard. Elle l'avait peu vu depuis quelques semaines, car il devait isoler la beurrerie pour l'hiver et s'assurer que leur maison soit confortable pour la dure saison à venir.

— Si au moins tu m'avais laissé plus de jours pour faire le ménage. Mon pauvre Édouard a été pris pour tout faire seul ou presque, marmonna la jeune femme à sa mère, qui fronça les sourcils.

— De quoi tu parles Clémentine ? On est allés dans ta maison quatre jours ces deux dernières semaines…

— Oui, mais j'aurais eu besoin de bien plus de temps, maman ! Tu sais tout ce qui reste à accomplir. La vieille Boulerice voulait bien faire, mais elle avait plus la force ou l'énergie d'en mener large. Ça fait que le jardin a même pas été biné ni amendé, il y a pas un bulbe de planté — tu sais que je veux un million de fleurs ! — j'ai pas eu le temps non plus de...

— ... J'ai compris Clémentine, coupa sa mère d'un ton affectueux, mais moi je peux pas m'absenter sans arrêt de la maison. C'est pas parce que tu te maries que la Terre arrête de tourner, tu sauras ! Tes frères, ton père et ton grand-père comptent sur moi pour les repas.

— Si au moins j'avais pu finir de poser les rideaux. Là, ils traînent sur la table de la cuisine, puis on va entrer dans une maison à moitié prête ! Je pourrais y aller avec Édouard ? déclara la blonde en lançant un regard innocent à sa mère.

La petite femme, copie conforme de sa fille, avec quelques livres en plus, secoua sévèrement la tête.

— Voyons donc toi, voir si je vais te laisser de longues journées seule avec ton fiancé dans votre maison. Tu sais bien que ça ne se fait pas, Clémentine !

— Maman, Édouard part à huit heures et ne revient pas avant six heures le soir. Sauf exception, il reste pas à la maison ! En plus, tu sais bien que tu peux me faire confiance, rétorqua la blonde en rougissant et en songeant au désir qu'elle ressentait chaque fois que son amoureux lui donnait un baiser.

— Ma petite fille, je peux te faire confiance autant que je veux, mais lorsque les sens s'embrasent, la raison s'éclipse !

Les deux femmes se turent un moment, surprises par le ton intime que prenait la conversation. La mère approcha sa chaise de celle de sa fille. Elle mit sa main sur la sienne avant de la forcer à la regarder.

— Bon, puisqu'on est dans ce sujet-là, il faut que je te parle de quelque chose...

— Maman…

Embarrassée, Clémentine s'agita sur sa chaise. Elle avait l'air d'une enfant, dans sa chemise de nuit boutonnée jusqu'au cou. Ses petits bras pâles s'enroulèrent autour des épaules de sa maman et elle posa sa tête sur sa poitrine.

— As-tu des questions pour… pour ta nuit de noces, ma fille ?

Sans la regarder, Clémentine mordilla sa lèvre inférieure et fit la moue. Elle chuchota, la tête reposant encore sur sa mère :

— Une seule…

— Dis.

— Est-ce que… ça fait mal ?

Sa voix était si faible que sa mère, Albertine, devina plus qu'elle ne comprit les mots. Rares étaient les moments lors desquels les deux femmes pouvaient discuter sans être interrompues par un des garçons ou même par grand-pépère qu'il fallait surveiller pour éviter qu'il tombe. Albertine Lortie avait fait un mariage heureux et, chaque nuit, elle s'endormait contre son époux en remerciant la vie. Son unique fille, qu'elle avait élevée en tentant de ne pas la gâter, allait les quitter pour vivre à son tour ce qu'elle espérait être les plus belles années de sa vie. Pourtant, elle n'ignorait pas que la relation matrimoniale avait des hauts et des bas, et que parfois, les bas étaient si profonds qu'on avait l'impression de ne jamais pouvoir remonter à la surface. Heureusement, l'homme qu'elle avait choisi semblait l'adorer, et Albertine était convaincue qu'il la traiterait comme une reine.

— Ton fiancé est un homme bon et doux. Il saura prendre soin de toi, et la douleur que tu pourrais ressentir sera minime comparée au bien-être qui suivra.

Étonnée de la franchise de sa mère, Clémentine releva sa

tête bouclée et la regarda de ses grands yeux. Elle lui fit un doux sourire.

— Je sais que mon Édouard est le meilleur homme. Merci maman. Tu me rassures.

— Bon alors maintenant, si tu veux être prête pour ton fiancé, il serait temps qu'on commence tes préparatifs, ma belle enfant.

Pendant ce temps, à Sainte-Cécile, Édouard vivait ses dernières heures de célibataire avec émotion. Attristé d'être rejeté par sa famille en ces temps heureux, il s'était levé avant l'aube pour travailler à la beurrerie. Lorsque Henry Stromph sortit de la maison, vers sept heures, il se dirigea aussitôt vers l'ancien appentis. Le bâtiment n'avait plus rien à voir avec ce qu'il était quelques semaines auparavant. Grâce aux efforts des deux hommes, la beurrerie d'Édouard serait prête comme prévu au printemps 1933. L'urgence de terminer l'extérieur avant les grands froids justifiait les heures passées à travailler sur le toit. Il avait fallu peu de temps à Henry pour convaincre Édouard que le fer-blanc s'avérerait un meilleur choix pour la toiture.

— Je te dis, Édouard, l'étain est léger et plus durable. En plus, c'est *une* matériau… comment dit-on *non combustible* ?

— Mais, sûrement plus cher que le bardeau de cèdre.

— À peine lorsque votre couvreur vous offre de le faire avec vous !

Un sourire satisfait sur le visage, Henry Stromph s'avança en regardant leur bon travail. Ils avaient cloué les plaques de fer-blanc sur le toit en rangées diagonales.

— En les superposant, on évite ainsi que l'eau pénètre dans le bâtiment.

— C'est vrai que ça semble solide en mosus ! Merci encore,

Henry, je ne sais bien pas ce que j'aurais fait sans toi.

Sans répondre tout de suite, l'homme avait longuement regardé son ami avant de lui dire :

— Si tu savais comme je suis heureux de le faire. Pour moi, tu es comme… un fils.

Sa voix bourrue s'était brisée sous l'émotion et les deux hommes s'étaient remis à la tâche, chacun perdu dans ses pensées. *Tu es comme un père pour moi*, aurait voulu répondre Édouard. Mais l'instant ne s'y prêtait plus. Une autre fois. Comme chaque fois qu'il pensait à son père absent, Antoine Gélinas, le jeune homme était envahi de sentiments contradictoires. Il aurait eu tant de questions à lui poser, tant de réponses à chercher. Mais cet homme qu'il n'avait pas revu depuis près de vingt ans n'était peut-être même plus en vie. S'il l'était, Édouard et sa fratrie ignoraient s'il habitait toujours près de Terrebonne, d'où Rose, leur mère, était originaire. Un jour… un jour il aurait peut-être le courage de le retrouver. Après tout, le reste de sa famille — sauf Adèle — n'existait plus pour lui. Il avait même été contraint de demander à son nouvel ami, Henry, d'être son témoin à son mariage. Florie, qui leur avait toujours défendu de mentionner le nom de leur père, ne pouvait plus gérer ses paroles ou ses actes ! Alors si Édouard décidait de faire des recherches à Terrebonne, cela le regardait, lui et lui seul !

— Bon, bon, bon… Édouard, ne penses-tu pas qu'aujourd'hui tu pourrais prendre un *break* ?

La seule réponse à la question du ferblantier vint sous la forme d'un coup de marteau dans l'appentis. En souriant, Henry passa dans l'ouverture de la porte qui n'était toujours pas installée. Affichés au mur de bois, les règlements sanitaires régissant la construction des beurreries ou fromageries du Québec étaient consultés régulièrement par le jeune homme. Au moment d'acheter les matériaux pour le plancher, Édouard s'était longuement penché sur les différentes options.

— Même si c'est qu'une beurrerie de village, il me semble que je suis mieux d'y aller selon ce que le ministère de l'Agriculture suggère, non ? avait-il demandé à Henry. J'évite ainsi d'avoir à recommencer les travaux si, dans quelques années, les règles changent et s'appliquent obligatoirement à toutes les fabriques, peu importe leur taille.

— Oui. Tant qu'à le faire, il vaut mieux bien le faire, même si ça coûte un peu plus, avait acquiescé son ami.

Ce fut donc à quatre pattes, derrière la bâtisse, que son ami le retrouva, le matin de ses noces. En riant, Henry Stromph vint se placer directement derrière lui et attendit que ce dernier se retourne. Lorsqu'il le fit, il sursauta en voyant les deux grosses bottes sous ses yeux.

— Hey, tu m'as fait peur !

— Mais toi, qu'est-ce que tu fais ici ? *Come on Édouard, you're getting married today !* dit son ami, en s'esclaffant.

Édouard lui lança un regard surpris. Son visage tout sale montrait les heures de labeur déjà effectuées depuis l'aube. Il embrassa du regard la grande pièce.

— Je commence le ciment. Ça prend quand même une couple de jours avant d'être sec.

— Oui, mais aux dernières nouvelles, tu te maries aujourd'hui, non ? répéta le ferblantier avec affection.

Édouard lui adressa un sourire heureux. Pour Henry Stromph, le départ de son protégé avait l'effet d'un pincement au cœur. Depuis quelques semaines, sa vie avait pris un tournant tellement plus intéressant. Il avait l'impression de revivre après des années de dormance. Mais le bonheur évident du jeune homme, associé à la gentillesse de sa fiancée qu'il avait rencontrée à quelques reprises, suffisait à adoucir sa peine. Édouard mit un genou sur le sol, et posa sa truelle dans sa grosse chaudière remplie de ciment.

— Je le sais bien, Henry, et c'est justement pour ça que je viendrai pas avant quelques jours. Il faut bien que le travail avance quand même ! Si je pouvais terminer une partie du plancher avant midi, ça aurait le temps de sécher pour mon retour mardi matin.

— Mais là, il faut penser à te laver puis à t'habiller, jeune homme.

— Il est à peine huit heures. La messe est toujours bien juste à deux heures. J'ai en masse de temps.

— Il faut partir à midi au plus tard. Disons qu'on pourrait avancer le travail encore deux petites heures, mais après, il faut aller manger et te préparer.

— Parfait. Mais toi, Henry, t'es pas obligé…

— Bien voyons donc, moi j'ai pas besoin de me reposer, je vais dormir de très bonnes nuits… tandis que toi… s'écria-t-il, moqueur.

Un grand éclat de rire fit rougir Édouard. Il avait beau connaître la sexualité, étant allé quelquefois à Montréal chez *La Mère Michèle,* dans le *red-light*, ses ébats amoureux avec celle qui faisait battre son cœur seraient comme une première fois. Sa fiancée avait la douceur de la soie, une peau blanche presque translucide qui laissait apparaître une petite veine affolée le long de son cou, lorsqu'il posait les lèvres sur sa bouche. Non, sa nuit de noces ne pourrait pas se comparer aux chevauchées expertes des filles de *La Mère Michèle.*

L'émotion étreignit la famille de Clémentine lorsque la jeune fille descendit l'escalier de bois blond dans la grande maison de La Conception.

— Wow ! s'exclamèrent ses deux frères aînés, alors que les quatre autres gardaient la bouche grande ouverte.

Ses parents et grand-pépère, larmes aux yeux, lui sourirent avec tendresse. Le vieillard, appuyé sur sa canne noire, dit ce que tous pensaient.

— T'as l'air d'un ange, ma Clémentine !

En effet, elle était belle dans sa robe blanche à mi-mollet, ses chaussures hautes et ses bas de dentelle. Un peu plus tard, lorsque Clémentine mit le pied hors de la voiture neuve de son père, devant l'église de son village natal, les gens sur le pavé applaudirent. Malgré le froid de cette journée de décembre, plusieurs avaient patienté, trop curieux de voir la tenue de la jeune Lortie. Une vraie princesse avec son étole de fourrure sur les épaules. Sur sa tête aux boucles blondes bien serrées, elle avait posé un voile qui s'étalait sur le sol derrière elle, soutenu par sa cousine Hermance, venue spécialement de la ville de Québec pour la noce. La future mariée rayonnait au bras de son père, fier. Son énorme bouquet entrelacé de lys pour la pureté et de marguerites pour l'innocence donnait un aspect encore plus doux à la jeune femme.

— Tu es prête Clémentine ?

— Plus que jamais papa.

— Allons-y.

Pour cette très élégante cérémonie, étant donné le *standing* de la famille Lortie, l'église du village avait été décorée de fleurs roses et blanches ainsi que de banderoles de dentelle. En y pénétrant, quelques minutes avant l'arrivée de la voiture de Clémentine, Adèle avait fait un signe à son frère qui survolait la salle du regard pour voir si elle était présente. Un sourire épanoui éclaira son visage alors qu'il murmurait à voix basse en direction de sa cadette :

— Merci.

Adèle le trouvait beau, son grand frère, et regrettait de ne pouvoir partager son allégresse avec Florie ou Laurent. Elle avait cru jusqu'à la dernière minute ne pas arriver à s'échapper tant sa sœur semblait soupçonneuse.

— Mais veux-tu bien me dire pourquoi tu dois aller deux jours à Saint-Jovite ? Il me semblait que ça t'était passé, cette folie de journalisme ! Puis tu mets ton plus beau linge juste pour ça !

— Ne t'en fais donc pas, Florie. Je me vois mal refuser de donner un coup de main à la nouvelle journaliste à qui on a attribué la rédaction du cahier spécial que je faisais. Lorsque je les ai laissés tomber, j'ai promis de m'occuper du transfert de ce dossier. Je le ferai, que tu le veuilles ou pas. Puis pour ma robe, il s'agit quand même d'une rencontre professionnelle. Tu voudrais pas qu'on parle de moi à Saint-Jovite comme d'une jeune femme mal accoutrée, hein ?

Un sentiment de culpabilité voilait ses paroles, mais l'idée de laisser son frère seul sans aucune famille pour l'accompagner lors de cette grande journée fut assez fort pour soutenir l'œil inquisiteur de sa grande sœur. Cette dernière n'ignorait pas la rumeur selon laquelle son frère Édouard devait se marier dans les prochains jours. Il semblait même qu'un étranger, en l'occurrence Henry Stromph, servirait de témoin à ce frère ingrat. Sans reconnaître à quel point elle-même l'était, Florie questionna Adèle de plus belle :

— Bon, bon... mais tu vas dormir où ?

— À l'hôtel de Saint-Jovite, comme avant. Ne t'en fais pas,

il n'y a aucun danger et je reviendrai demain dans l'après-midi pour la traite.

— Puis, lui, là... tu le verras ?

Ce fut comme un coup de poing au cœur. Bien sûr qu'elle verrait Jérôme, comment l'avait-elle oublié ? Mais elle tut ses inquiétudes pour apaiser sa sœur.

— Probablement, Florie, dit-elle en mettant ses mains sur les épaules dodues; mais tu sais que cette période de ma vie est terminée et que je ferai rien pour la raviver, crains rien. De plus, monsieur Sénéchal est fiancé, je crois...

— Ah bon ? Tant mieux ! Tu sais bien que c'était pas catholique toute cette histoire-là !

Adèle put ainsi s'éclipser vers le village, où l'attendait le ferblantier pour la conduire à La Conception. En espérant que personne ne mentionnerait ce détail à sa sœur, la jeune femme respira beaucoup mieux lorsque la vieille voiture de Henry Stromph tourna sur le rang Leclerc pour s'éloigner du village de Sainte-Cécile.

L'entrée de Clémentine dans l'église effaça tous ses soucis. Elle était magnifique, au bras de son père. Rayonnante d'amour alors que ses yeux fixaient Édouard. Dans les bancs du lieu sacré, plein à craquer, les jeunes frères de Clémentine pouffèrent de rire en voyant leur sœur ainsi amourachée. Une claque derrière la tête du plus âgé, par grand-pépère, fit cesser ce manège. Dans le village, les noces de la petite Lortie faisaient jaser, surtout que le côté du marié était presque désert. À part Adèle, Henry et deux amis de l'école d'agriculture, il n'y avait personne. Lorsque l'anglophone lui remit les alliances, Édouard en profita pour faire une accolade fraternelle au grand homme. Il ne le remercierait jamais assez de sa présence à ses côtés. Du reste, les gens s'étaient déplacés en masse dans la parenté de Clémentine. Des oncles accompagnés de leur famille avaient fait le trajet exprès de Québec et de Saint-Jérôme. Même son parrain était venu spécialement d'Alberta, où il exploitait une mine depuis une dizaine d'années. La cérémonie d'environ une heure était presque terminée lorsque Adèle sentit une douce chaleur envahir son cou. Surprise, elle tourna discrètement la tête à gauche, puis à droite, sans rien voir. Mais la sensation étrange se poursuivit assez longtemps pour qu'elle décide de se retourner plus vivement vers l'arrière de l'église.

— Oh non... pensa-t-elle en rougissant aussitôt et en sentant une lourdeur envahir sa poitrine.

Jérôme Sénéchal lui fit un petit signe de la main sans la quitter des yeux. Il lui sourit affectueusement alors qu'elle tentait de reprendre contenance. Après leur courte interaction à la foire deux semaines auparavant, Adèle avait senti un immense regret l'envahir. Mais la déception de Florie l'avait empêchée de réfléchir davantage à ce qui aurait pu être. Puis, très excitée à l'idée d'assister au mariage de son frère et de Clémentine, elle n'avait pas voulu penser à cette rencontre inévitable. Ne pas y penser, c'était comme ne pas y faire face. Pourtant, elle savait que son ancien amant serait présent. Après tout, Clémentine avait travaillé près d'un an au journal *Le Courrier*. Il était plus que probable qu'elle invite les journalistes et le personnel qu'elle avait côtoyés. Incapable de suivre le déroulement de la cérémonie après avoir vu l'amour de sa vie, Adèle plaqua ses mains sur ses genoux et ferma les yeux pour inspirer profondément. Elle avait à peine eu le temps de remarquer que la jeune femme qui l'accompagnait à la foire ne semblait pas être près de lui. Un soulagement dans ce moment de grande intensité. À ses côtés, Henry Stromph s'inquiéta de sa pâleur soudaine.

— Vous êtes correcte, mademoiselle Gélinas ?

— Oui, oui… juste un petit mal de tête.

Ses idées s'égarèrent comme chaque fois qu'elle pensait à cet homme qu'elle avait tant aimé. Qu'elle aimerait probablement toujours. Elle revoyait leurs moments de passion physique et intellectuelle, sans que le viol entache ce souvenir. Les moments de jouissance, de langueur suivant ces plaisirs coupables. Prise dans ses pensées, elle sursauta lorsque les mariés passèrent dans l'allée sous les applaudissements des invités. Se levant vivement, elle prit la main que son frère lui tendit en passant.

— Merci, répéta-t-il en souriant de bonheur.

Édouard, dans son habit noir prêté par Henry, resplendissait de bonheur. À la boutonnière du veston, un lys blanc rappelait le bouquet de Clémentine. Fier et heureux, il tenait fermement la petite main de sa douce. Il était déjà plus loin, quand sa sœur lui souffla qu'elle l'aimait. Mais peu importe, son bonheur était tellement évident. Sur le parvis, les gens continuaient d'applaudir et de féliciter les mariés. Les invités à la noce portaient pour la plupart des tenues de belle facture. Les Lortie possédaient tous une fortune appréciable, léguée par des aïeuls ayant réussi au Klondike. Lorsqu'en 1896, une première découverte d'or y avait été annoncée, près de quarante mille personnes avaient afflué des quatre coins du monde pendant des années. Les gens se dirigeaient vers cette partie au nord du pays, créant ainsi la plus grande ruée vers l'or de tous les temps. Parmi ces chercheurs, deux frères, Léopold et Léonard Lortie. Les frères de grand-pépère étaient revenus avec une récolte fort généreuse. N'ayant ni femme, ni enfant, les deux hommes en avaient fait profiter leurs neveux et nièces.

— Tout le monde sur le parvis ! cria le photographe officiel.

Dans la bonne humeur, les invités et les mariés s'installèrent pour quelques photos. Ensuite le cortège se mit en route pour se rendre chez la famille Lortie. Les curieux du village se déplaçaient lentement pour retourner dans leur maison, tout en discutant de la beauté de la cérémonie. Maintenant que la messe était terminée, Adèle tentait de s'éloigner de Jérôme qu'elle voyait du coin de l'œil. Le rouge lui monta aux joues quand le jeune homme la scruta de la tête aux pieds. Elle se sentait nue sous son air appréciateur. Il faut dire qu'elle était vêtue de sa plus belle robe, marine à boutons perlés sur le devant. Son chapeau de feutre gris, posé sur ses cheveux libres, lui conférait une élégance et une solidité qu'elle était loin de ressentir. Adèle eut beau tout faire pour ne pas s'approcher de Jérôme, lors de la photo de groupe, il se retrouva à ses côtés.

— Adèle, bonjour.

— Monsieur Sénéchal, bonjour.

Il pencha la tête vers elle avec un sourire ironique.

— Monsieur Sénéchal ?

Elle rougit de nouveau et s'en voulut de ne pas pouvoir résister à ses moqueries. Heureusement, le photographe attira leur attention et elle put reprendre son souffle. Elle espérait de toutes ses forces que Jérôme ne serait pas de la fête chez Clémentine, mais lorsqu'il proposa de l'emmener dans sa voiture, elle déchanta.

— Euh… non, merci, monsieur Stromph me raccompagne.

Heureusement, Henry, voyant la gêne de la sœur de son protégé, ne la contredit pas. Il resta à ses côtés, le temps que les mariés partent, suivis d'une fanfare de conserves attachées à l'arrière du véhicule dans l'espoir d'éloigner les mauvais esprits. Dans la voiture, Clémentine et Édouard ne cessaient de sourire et de se regarder avec amour.

— Madame Clémentine Gélinas, chuchotait Édouard à son oreille.

— Madame Clémentine Gélinas, répétait son épouse en lui jetant des œillades amoureuses. Adèle est venue, je suis si heureuse, ajouta Clémentine en devenant plus sérieuse.

— Moi aussi, si tu savais.

Le repas de noces s'annonçait gai pour la trentaine d'invités reçus par les parents de Clémentine. Sur une table dans le salon, les gens pouvaient admirer les multiples cadeaux offerts au couple. Adèle s'y intéressa pour chasser son malaise de se trouver à proximité de son ancien amant.

— Ils ont été choyés, ne trouvez-vous pas ? chuchota la voix tant aimée dans son dos.

Corbeille de pain en argent gravée de leurs initiales, ensemble à déjeuner en verre coupé, plateau de fruits en argent brossé et un magnifique bouquet de giroflées blanches dans un vase de cristal constituaient une partie des cadeaux. Adèle feignit d'être captivée par une toile intitulée *De concert avec l'ange* dans un somptueux cadre en érable blanchi.

— Hum, oui.

— Comment vas-tu, Adèle ? Vraiment.

— Très bien. Et vous ?

Jérôme la prit par le coude avant de la forcer à le regarder en relevant son menton pointu. Sa mâchoire carrée se contractait sous l'effet de la frustration.

— Arrête de faire comme si tu me connaissais pas. J'espérais tellement te voir aujourd'hui, tu peux pas savoir. J'ai beau connaître tes intentions, savoir que tu veux pas me fréquenter, tu peux pas m'empêcher de t'aimer. Lorsque je t'ai vue avec Florie — j'imagine — à la foire, il y a deux semaines, j'ai pas dormi pendant des jours...

— Pourtant, tu étais en belle compagnie ! s'exclama Adèle en s'en voulant aussitôt.

Elle s'était dit que cette relation ne la concernait pas.

— Serais-tu jalouse, ma chère ? Mais t'en fais pas, il ne s'agissait que d'une amie.

La jeune femme ne se donna pas la peine de répondre, et voulut sortir de la pièce. Mais il la retint de nouveau, en se penchant pour la humer.

— Dieu que j'aime ton odeur...

— Jérôme, chut, je t'en prie...

Adèle s'empourpra et regarda rapidement autour d'elle pour vérifier si les autres invités écoutaient leur conversation. Elle soupira en les voyant rire, boire et parler. Personne ne semblait conscient du malaise entre elle et Jérôme.

— Bien alors suis-moi dehors, nous pourrons parler plus aisément.

— Non, c'est pas néce...

— Nous parlerons ici, d'abord.

Alors qu'elle allait répliquer, son frère la sauva de cette situation éprouvante en venant l'enlacer avec affection.

— Ma chère Adèle. Sais-tu à quel point j'étais heureux de te voir à l'église ?

— J'aurais pas manqué ce bel événement pour tout l'or du monde, Édouard. Clémentine et toi formez le plus beau couple qu'il m'ait été donné de voir. J'aurais tellement aimé que Fl...

Édouard mit son index sur ses lèvres alors qu'un nuage assombrissait momentanément son regard bleu.

— Pas aujourd'hui, ma sœur adorée, pas aujourd'hui.

Cette journée est pour le bonheur à l'état pur, et je peux laisser personne en gâcher même une partie. Tu comprends ?

Adèle hocha la tête en plantant deux gros becs sonores sur les joues rugueuses de son aîné. Ce dernier tendit la main à Jérôme.

— Monsieur Sénéchal, bien heureux de vous compter parmi nous.

— C'est un plaisir pour moi, Édouard. Vous permettez que je vous appelle par votre prénom ?

— Bien sûr... ma femme...

Comme il rosissait de joie en nommant ainsi Clémentine, cette dernière apparut à leurs côtés, le visage éclatant d'orgueil et d'amour. Adèle ressentit un lourd sentiment de regret. Que n'aurait-elle pas donné pour vivre, elle aussi, une fin aussi heureuse à son amour avec Jérôme ? Son ancien amant la regardait intensément. Il pouvait lire en elle et lui sourit avec nostalgie. Tu n'as qu'un mot à dire, voulait-il qu'elle sache. Adèle reporta le regard sur le couple en adoration.

— Ma femme... continua Édouard en souriant fièrement, parle de vous en grand bien. J'espère que nous aurons la chance de discuter plus longuement bientôt.

— Vous pourrez venir voir notre nouvelle maison Jérôme... et toi aussi évidemment, ma chère amie, dit Clémentine en prenant la main glacée d'Adèle. Elle la serra très fort dans la sienne pour lui donner de son énergie. Même si elle ne connaissait pas toute l'histoire entre Jérôme et son amie, la peine et la douleur d'Adèle étaient bien visibles pour quiconque la connaissait bien.

Ding, ding, ding.

Le bruit des couverts frappés annonça le début de ce beau souper de noces. Dans la bonne humeur et la joie, les invités prirent place autour des longues tables placées bout à bout, en salivant à la vue des plats sur la nappe de dentelle écrue. Adèle se retrouva entre Jérôme et Henry Stromph. Mal à l'aise de se trouver si près du jeune homme, elle se tourna presque effrontément vers le ferblantier et discuta avec lui de choses et d'autres. De son côté, Jérôme répondait avec entrain aux multiples questions de la cousine de Clémentine, Hermance. Âgée de dix-neuf ans, la jeune femme bien en chair avait un sourire éclatant et une joie de vivre évidente. L'aînée de quatre filles s'intéressait passionnément au travail du rédacteur en chef.

— Alors vous croyez pouvoir retourner à Montréal bientôt ?

— Si tout va comme je le pense, d'ici un an, je devrais pouvoir me trouver un poste dans un plus gros journal de la ville.

— Vous en aurez fini avec la vie de village. Cela doit vous paraître monotone parfois, non ?

Adèle s'attarda à la réponse de Jérôme, en tentant de suivre les deux conversations en même temps. Henry, qui n'était pas dupe, lui sourit gentiment avant de se tourner vers son autre voisin, un oncle de la famille. Sans cacher son soulagement de pouvoir écouter à sa guise, la jeune femme pencha la tête sur sa soupe de légumes, son attention toute au dialogue de ses voisins. Un soupçon de jalousie l'envahit à l'éclat de rire de la jeune Hermance. Jérôme venait de lui chuchoter quelque chose qu'elle n'avait pas entendu. Il avait toujours eu cette facilité d'approche qui la faisait autant frémir que rager. Que faisait-il à courtiser cette femme, ne pouvait-il pas se retenir de faire du charme en sa présence ?

— Alors quoi de neuf à la ferme ?

— Hein ? Pardon ?

Un éclat moqueur apparut dans le regard clair de Jérôme

qui s'intéressait de nouveau à elle. Plongée dans ses pensées, la jeune femme ne s'était pas rendu compte qu'il l'observait à la dérobée depuis quelques minutes. Elle toussota, prit son temps pour tamponner sa bouche avec la serviette de table et, pour la première fois de la journée, elle lui jeta un regard direct et franc.

— Très peu de neuf, j'en ai bien peur. Le travail de la ferme est extrêmement routinier, très peu divertissant.

— Alors rien ne vous empêche de reprendre votre travail au journal ? Maintenant que Clémentine nous quitte, je dois de nouveau pourvoir un poste de journaliste. J'aimerais aussi bien prendre la meilleure de la région.

Il posa sa main chaude et enveloppante sur celle, menue, de la jeune femme. Adèle cessa de respirer quelques instants, ayant l'impression de suffoquer. Elle enleva ses mains de ses genoux tremblants avant de répondre sèchement.

— C'est pas parce qu'il n'y a rien de nouveau à la ferme que je m'ennuie. Au contraire, plus j'y suis et plus je constate que c'est ma place, mentit-elle avec aplomb. Même si mes tâches me semblent routinières, j'ai pas envie de retomber dans la folie entourant les jours de tombée dans un journal ! Au contraire, j'aime beaucoup ce rythme de vie.

Pas du tout dupe, Jérôme hocha la tête avant de chuchoter :

— Moi, je crois que votre place est et sera toujours près de moi.

Bouleversée, Adèle se leva promptement et s'excusa auprès de son voisin de droite avant de s'éloigner. Édouard, au bout de la table, cessa quelques secondes de parler à Clémentine avant de se lever à son tour pour aller rejoindre sa sœur. Il n'aurait pas dû la laisser assise près de cet homme qu'elle aimait tant. Il sortit de la maison en vitesse, et, dans le brouhaha, ils passèrent inaperçus. La froideur de l'hiver naissant le prit à la gorge et il regretta de ne pas avoir mis son manteau sur sa chemise en lin froissée.

— Adèle ?

— Je suis ici, Édouard.

Il fit le tour de la grande galerie fermée pour rejoindre sa sœur, appuyée contre la balustrade. Il la serra fort contre lui sans dire un mot. Puis il la retourna. Son visage chagriné le bouleversa tout autant que les larmes qui brillaient sur ses joues pâles.

— Je pensais que je l'aimais plus, murmura-t-elle. Que je pourrais l'entendre courtiser une autre sans ressentir de jalousie. Comme je me mentais, si tu savais !

— Je sais, ma sœur, je sais.

— Vois-tu, Édouard, depuis... l'histoire avec Marc-Joseph, j'ai passé de longues nuits à pleurer sur ce qui aurait pu advenir de notre couple, à Jérôme et à moi. Je pense que tout comme toi, j'aurais brisé ma promesse et convolé en justes noces.

— Rien t'empêche...

— Tout m'en empêche au contraire. Je ne pourrais plus jamais regarder Jérôme dans les yeux si je devais lui parler de cet après-midi-là. Ce que nous avions de pur et de personnel a été gâché par le geste dégradant de Marco. Cet homme, je l'ai tant aimé, je l'aime tellement encore que l'idée de ce qu'il pourrait imaginer en sachant cette histoire me tue.

Elle regarda la dizaine de voitures et de carrioles dans la cour. Une petite neige légère tombait depuis quelques instants et recouvrait le toit des véhicules et des bâtiments. Édouard ne répondit rien, se contentant de serrer sa sœur contre son cœur. Elle était devenue si fragile en un an, il aurait voulu lui rendre sa joie de vivre et sa passion. Adèle secoua ses boucles brunes avant de prendre son frère par le bras. Elle tremblait de tout son corps, tant de froid que de douleur.

— Bon, assez parlé de moi, mon grand frère, retournons voir ta belle épouse !

— Certaine ?

— Certaine. T'en fais pas, c'est déjà passé.

À la fin de cette magnifique journée, certains invités repartirent sous la neige. La plupart des hommes et quelques femmes avaient un petit verre dans le nez. Il était près de dix heures lorsque Jérôme décida de ne pas rester dormir chez les parents de Clémentine. Ceux-ci avaient gentiment installé paillasses et coussins pour accommoder ceux qui ne désiraient pas reprendre la route en pleine nuit. Pour la famille d'Hermance, la question ne se posait même pas puisque le train pour Montréal ne partait que le lendemain matin, à l'aube. Ils devraient ensuite sauter dans le prochain train pour Québec. Pour la parenté venue de l'extérieur, les noces avaient commencé le soir précédant la cérémonie à l'église. Réunis chez les parents de Clémentine, ils s'étaient affrontés aux cartes et avaient préparé la fête. Jérôme salua l'ensemble des gens, puis s'approcha d'Adèle qui lui tournait le dos, le nez à la fenêtre.

— Peux-tu m'accompagner sur la galerie, Adèle ?

— Non.

— Je t'en prie. Je t'en supplie même, dit-il, des tremblements dans la voix.

Lentement, la jeune femme se retourna pour plonger son regard dans celui de l'homme de sa vie. Se faisant violence, elle soutint son attention quelques secondes avant de secouer doucement la tête.

— Je veux pas, Jérôme. Pars maintenant sans te retourner.

Si tu m'aimes, accepte que plus jamais nous ne soyons ensemble. Trouve-toi une jeune femme aimante qui te donnera des enfants et te rendra heureux. Il n'y aura jamais de suite à notre histoire.

L'homme l'observa longuement avant de se pencher pour lui donner un baiser chaste sur la joue. Il partit sans se retourner, et ne vit pas les larmes rouler sur les joues de celle qu'il désirait plus que tout au monde.

— Adieu Jérôme. Adieu.

Vers minuit, enfin, les nouveaux mariés purent se permettre de saluer la parenté avant de regagner leur nouveau logis. Yeux dans les yeux, ils se tinrent au pied de l'escalier de la grande maison familiale que Clémentine quittait le cœur gros. Grand-pépère, le regard usé et les traits fatigués, se tenait péniblement au bras de son fils. Il fixait sa petite-fille avec affection, les yeux remplis de larmes, sachant qu'un jour prochain, il disparaîtrait sans la revoir. Clémentine s'approcha doucement et prit le vieillard contre elle. Sa fragilité l'émouvait et elle chuchota à son oreille :

— Je vous aime grand-pépère. Je reviendrai bientôt.

Le vieil homme hocha sa tête blanche en serrant contre lui sa petite-fille adorée.

— À bientôt, tous.

— Oubliez pas de venir nous voir, vous êtes les bienvenus à Saint-Damien. C'est pas si loin !

Un gros oncle de Clémentine, en état d'ivresse assez avancée, chancela du haut de l'escalier.

— Bon, allez les amoureux, votre matelas vous attend,

ricana-t-il, sous les éclats de rire des autres invités.

— Gaston, franchement, le réprimanda sa femme, une grande maigre au visage fripé.

Clémentine et Édouard, peu désireux d'entendre d'autres blagues grivoises, se dépêchèrent de rejoindre la carriole que les frères de la jeune femme avaient ornée de rubans blancs et roses. Juste avant d'embarquer dans le véhicule, la jeune épouse mit sa main sur le bras de son mari.

— Attends, je reviens.

Clémentine partit en courant en prenant garde de glisser sur la fine couche blanche et grimpa les marches jusqu'à ses parents.

— Merci pour tout. Je vous aime. Je n'aurais pu rêver d'une plus merveilleuse journée.

Elle serra tour à tour son père, sa mère et de nouveau son grand-pépère, sous les regards attendris et indulgents des invités. Sa mère, qui n'était pas femme à montrer ses émotions, ne retenait plus ses larmes.

— Va, ma chérie. Va rejoindre ton mari.

Au bout d'une heure trente de route, ils parvinrent enfin à leur domicile. Un silence s'installa entre eux quand le cheval tourna dans l'entrée de leur maison. Sous la neige qui tombait, la petite habitation inhabitée semblait esseulée. Clémentine soupira doucement avant de prendre la main d'Édouard.

— Il est temps que la vie revienne dans cette maison.

— Nous la remplirons d'amour, tu verras.

Édouard dirigea la carriole vers la grange derrière la maison, puis il prit tout son temps pour sortir les paquets et les sacs remis par sa belle-famille pour les premiers jours à Saint-Damien. Un sentiment de gêne s'était glissé entre les mariés, mais, lorsque le jeune homme eut fini de déposer les paquets sur la galerie, il revint chercher son épouse et la souleva comme une poupée fragile.

— Alors, madame Gélinas, vous êtes prête à franchir le seuil de votre nouvelle demeure ?

— Oui, monsieur Gélinas. Avec grand plaisir.

Clémentine enfouit son visage rond dans la large poitrine d'Édouard. Il gravit l'escalier avec facilité. Solennellement, ils passèrent la porte, les yeux dans les yeux, et scellèrent leur arrivée par un baiser langoureux. Clémentine, malgré la peur de l'inconnu, sentit que sa pudeur faisait place à une montée voluptueuse de désir. Dans les yeux d'Édouard se lisait tout l'amour qu'il avait pour sa jeune épouse. Il voulut la poser doucement par terre, mais celle-ci l'en empêcha.

— Montons tout de suite, mon amour.

— Tu… Tu en es sûre ?

— Oui. Je t'aime.

Doucement, comme s'il tenait la plus fragile des fleurs entre ses mains, le jeune homme monta les marches une à une en posant sa bouche sur le front de Clémentine. Leurs cœurs battaient à l'unisson, leurs corps vibraient déjà de passion. Il l'allongea sur le lit, couvert d'une magnifique courtepointe bleue et blanche, cadeau d'Adèle. Coquine, la jeune blonde retira lentement un gant, puis l'autre. Avec une voix douce, elle dit à son amour :

— Laisse-moi quelques minutes pour me préparer, tu veux bien Édouard ?

Sans cesser de sourire, il hocha la tête avant de s'éloigner et de fermer la porte en douceur. Il s'y adossa, en remerciant le ciel de cette nouvelle étape dans sa vie. Redescendu au salon, Édouard se prit à imaginer la suite alors que, dans la chambre,

Clémentine se mordillait les lèvres en pensant aux heures à venir. Sa nervosité revenait, alors elle se dépêcha de s'activer pour éviter de paniquer. Elle sourit à la vue de la bassine d'eau et du savon parfumé laissé par sa mère la veille. Celle-ci lui avait aussi fait la surprise de poser les rideaux de dentelle à la fenêtre de leur chambre.

— Merci maman, chuchota Clémentine en laissant tomber sa robe sur le sol.

Heureusement que Henry Stromph était passé pour allumer le poêle avant de partir pour les noces. Même si la flamme s'était éteinte depuis quelques heures, la chaleur n'avait pas tout à fait quitté la maison. Édouard profita de ce moment pour allumer le foyer dans le salon. Un bel éclat orangé s'anima sous ses yeux, alors qu'il attendait le signal de son épouse.

— Tu peux venir, Édouard, dit la voix douce du haut de l'escalier.

Lorsqu'il pénétra dans la chambre, la lueur de la lune s'immisçait à travers le rideau. Il sourit en voyant Clémentine sous les couvertures, son petit minois pâle appuyé contre l'oreiller. Il s'assit à ses côtés pour la rassurer.

— Je t'aime. Je ferai rien sans ton accord. Nous avons tout notre temps, n'est-ce pas, madame Gélinas ?

— Toute notre vie, mon amour !

Son sourire franc vint à bout d'une partie de la nervosité de la jeune femme. Ses boucles défaites s'étalaient sur les draps de coton, son menton rond tremblotait. Elle entendit le bruit des vêtements qu'on enlevait, la chute des bretelles contre la chaise près de la porte. Puis, du coin de l'œil, elle vit son mari ôter chaussettes et caleçon. Une chaleur soudaine envahit le bas de son ventre. Le regard enfiévré, elle souleva la lourde couverture de laine pour faire une place à celui qu'elle aimait tant.

— Mon amour, murmura Édouard.

— Je suis à toi.

Dans le cœur du jeune homme, le désir d'être doux, tendre et affectueux se mêlait à l'envie d'être ardent et impétueux. Il avait tant souhaité ce moment. L'atmosphère lourde s'allégea dès que Clémentine lui prit la main pour l'attirer dans ses bras. D'un léger effleurement des lèvres, les deux amoureux passèrent lentement au baiser profond et langoureux. Édouard titillait le visage de sa douce du bout de la langue avant de revenir à sa bouche entrouverte. Clémentine gémit d'impatience lorsque Édouard glissa la main sur sa poitrine pressée contre lui. Il s'avança avec précaution et douceur avant de la pénétrer le plus délicatement possible. Sachant à quel point son époux retenait sa passion pour lui éviter la douleur, Clémentine laissa couler les larmes qu'elle retenait depuis le matin.

— Tu pleures, mon amour, je t'ai fait mal ?

— Non. Non. Tu es parfait.

Après cette première fois, la nuit se poursuivit dans la passion et les fous rires. Au petit matin, Clémentine ouvrit les yeux; elle regarda longuement son mari dormir, de petites rides de joie au coin des yeux. Doucement, elle sortit du lit, glissa son corps dénudé dans sa robe de chambre avant de sortir et referma délicatement la porte pour laisser dormir son bel Édouard.

— Je m'en vais lui faire tout un déjeuner, pour notre première journée ensemble !

Il avait été décidé que, faute d'avoir le temps de faire un voyage de noces, les époux prendraient une journée juste pour eux, à paresser dans leur nouvelle maison. Après tout, pourquoi payer une chambre d'hôtel alors qu'ils avaient l'impression de vivre un conte de fées ?

CHAPITRE 6

Vie à deux

Les premières semaines des nouveaux époux se déroulèrent à merveille. Le couple se créa rapidement des habitudes et, lorsque Édouard quittait Saint-Damien à l'aube pour se rendre à la beurrerie, c'était la panse bien remplie par sa douce Clémentine.

— C'est pas nécessaire que tu te lèves avec moi, je peux très bien m'arranger seul pour le déjeuner, lui avait-il dit les premiers matins de leur nouvelle vie.

Les sourcils froncés et les mains sur les hanches, sa jeune épouse l'avait aussitôt disputé :

— Mais qu'est-ce que tu crois, Édouard, que je suis une petite fille délicate et vulnérable ?

— Non, non, avait répondu son mari en rigolant. C'est juste que…

— Tu t'assois et tu manges sans parler.

Ils se levaient donc ensemble tous les matins vers cinq heures trente. Édouard allait tirer le lait de leurs deux vaches pendant que Clémentine rentrait quelques bûches qui suffiraient pour la journée. Puis, le jeune homme, sur l'insistance de sa femme, délaissa peu à peu la traite pour partir plus tôt.

— Ainsi, tu pourras revenir avant la noirceur, avait-elle dit avec espoir. J'ai pas grand-chose à faire de la journée, je peux bien m'occuper de nos vaches !

Une fois son mari parti, la jeune blonde s'occupait de nettoyer ses seringues avec de l'alcool et de les remplir d'insuline pour ne jamais être prise de court. À la suite de son diagnostic, un an plus tôt, Clémentine avait d'abord vécu un calvaire en souhaitant mourir plutôt que d'avoir à s'injecter de l'insuline trois à cinq fois par jour. Puis, la peine avait fait place à la rage de ne pas être comme les autres. Heureusement, l'appui inconditionnel de sa famille et l'amour naissant entre elle et Édouard lui avait permis de reprendre goût à la vie. C'était sans compter sur ce que son médecin lui avait précisé :

— Estimez-vous chanceuse mademoiselle, lui avait-il sèchement déclaré. Il y a dix ans, vous seriez morte dans des souffrances épouvantables.

Dans ses lectures, Clémentine avait en effet appris que la découverte de l'insuline par le docteur Banting, au Canada en 1922, avait révolutionné la science médicale. Elle avait également retenu le nom d'Elizabeth Hughes, une jeune Américaine de quatorze ans sur le point de mourir, qui avait vu sa santé revenir après ses premières injections d'insuline.

— Chanceuse, c'est un bien grand mot, songeait-elle néanmoins en ce froid matin de décembre. Mais il est vrai que je peux vivre à peu près comme tout le monde.

Désinfectant consciencieusement le lieu de l'injection sur son ventre, elle regarda vaguement la fenêtre au fond de la cuisine, le temps que la seringue soit vide. Ensuite, Clémentine s'assit devant son déjeuner bien équilibré. Une pomme, un café et deux tranches de pain avec de la graisse de rôti. Habituée à travailler au journal toute la journée, la jeune femme trouvait le temps bien long. Sans enfants, elle passait toute la journée à nettoyer cette maison déjà bien propre. Ce matin-là, elle décida de décrotter le poulailler. Ce faisant, une idée de projet germa dans son esprit. Elle en parla à son mari le soir à son retour.

— Je m'ennuie toute la journée, Édouard. J'aimerais bien aménager le poulailler et acheter une vingtaine de pondeuses. Nous pourrions vendre les œufs au marché Marquis, puisque nous n'aurons pas besoin d'une telle quantité. Moi, je vais m'occuper de nos poules comme si c'étaient nos enfants.

Elle éclata de rire sous le regard éberlué de son mari qui secouait la tête. Sa Clémentine avait toujours des idées, des projets. Mais pour une fois, celui-ci n'était pas trop idéaliste. Cela dit, il n'avait pas le temps d'effectuer les rénovations nécessaires.

— Clémentine, il faudrait d'abord remettre la porte dans ses gonds, sinon, tes cocottes se sauveront dans la nature.

— S'il te plaît, mon amour !

Édouard secoua la tête avec un sourire d'excuse.

— Je dis pas que c'est pas une bonne idée, mais j'ai vraiment pas le temps pour l'instant. Il faudrait que j'aménage la basse-cour pour éviter que les renards, les loups et tous les autres prédateurs mangent tes poulettes !

— Tu veux dire qu'on doit ceinturer l'endroit par une clôture ?

— Bien oui !

— Mais si on fermait seulement le fond de la grange ? Il y a déjà une porte qui donne sur une sorte d'enclos...

— Une porte que je dois remettre dans ses gonds, ma chérie ! répéta patiemment Édouard. Sans compter que le cadre a l'air pas mal pourri...

— S'il te plaît...

Clémentine, qui sentait la partie presque gagnée, sauta sur ses jambes. Elle tapa dans ses mains avant de s'exclamer:

— Je sais, mon amour, mais j'ai déjà vérifié auprès de maman…

Elle grimaça d'un air un peu coupable.

— … et Jules pourrait venir le faire puisqu'il ne va plus à l'école. Maman dit qu'elle en peut plus de le voir tourner en rond et agacer nos petits frères.

— Mais ne va-t-il pas à l'école de menuiserie de Saint-Jérôme ?

— Oui, mais pas avant le mois de mars, ce qui lui laisse assez de temps pour réaliser notre rêve…

— Notre rêve ? reprit Édouard, amusé, en s'émerveillant de la candeur de sa femme.

Après quelques minutes, Clémentine avait réussi à convaincre son mari, qui lui donna son accord.

— Merci ! Tu vas voir, nous aurons les plus belles poulettes de la région !

— J'en doute pas, ma chérie ! Avec une telle maman poule !

Les nouveaux mariés se dépêchèrent de ranger la cuisine. Clémentine insistait pour qu'Édouard se repose pendant qu'elle faisait la vaisselle. Elle essaya de nouveau de la faire seule. Mais son mari préféra l'aider.

— Comme ça, on peut bavarder. De toute manière, on a deux assiettes puis un chaudron, c'est pas ça qui va me tuer.

— Tu veux vraiment qu'on parle ? Tu en es bien certain ?

Rougissant, Édouard fit un large sourire amoureux à Clémentine. Il s'avança pour l'embrasser voluptueusement dans le cou. La jeune femme sentit aussitôt ses jambes fléchir et elle leva les bras pour agripper la tête de son époux. Sans pudeur, elle s'appuya contre lui, pointant ainsi sa poitrine vers le haut. Édouard laissa glisser doucement ses mains pour caresser les seins qui tendaient le tissu de sa robe.

— Tu me rends fou, madame Gélinas.

— Toi de même, mon amour.

— Viens, la vaisselle attendra.

Le lendemain matin, au réveil, une bonne dizaine de pouces de neige était tombée au sol. Frissonnant, Édouard se dépêcha de glisser deux grosses bûches dans le poêle de la cuisine. Le couple avait décidé de n'utiliser le foyer du salon que lors des gros froids de janvier et février afin d'économiser le bois. Clémentine rejoignit Édouard alors qu'il revêtait son lourd manteau pour déneiger le balcon.

— Laisse faire, je m'en occuperai dans la journée.

— Clémentine, c'est pas un travail pour toi. Avec ta mala…

— Arrête. Je peux faire tout ce que je veux. Laisse-moi tranquille avec ma… situation.

Attristé, Édouard regarda longuement sa femme. Accepterait-elle un jour le fait que son amour pour elle incluait aussi son diabète ? Elle ne le laissait jamais l'accompagner à ses rendez-vous médicaux à Montréal, sous prétexte que c'était d'un ennui extrême. Il soupira avant d'insister :

— De toute manière, j'ai un peu de temps avant de partir. Je veux pas importuner Henry en arrivant trop tôt. Il a beau dire que je le dérange pas, lorsque j'arrive, il se dépêche toujours de sortir pour m'aider.

— Ah bon. Oublie pas d'arriver un peu plus tôt ce soir. Je te rappelle que mes parents viennent souper.

Clémentine se détourna quand Édouard ouvrit la porte de la maison. Il se dépêcha de sortir avant que le froid ne pénètre dans la petite cuisine. Pendant quelques instants, Clémentine le regarda dégager leur galerie, avec un soupçon de regret dans le regard. Puis, elle serra sa robe de chambre contre elle avant de monter se vêtir pour commencer sa journée. Le spectre de sa maladie n'était jamais bien loin, même si elle préférait ne pas en parler. Pendant son trajet jusqu'à Sainte-Cécile, Édouard réfléchit à la meilleure manière de discuter avec Clémentine de son diabète.

— On est toujours bien pas pour faire semblant toute notre vie qu'elle est pas malade, mosus ! Moi, je sais même pas quoi faire s'il arrivait quelque chose. Il va falloir qu'on mette les choses au clair une fois pour toutes. Pas ce soir, puisque les beaux-parents viennent souper, mais bientôt.

Sur cette promesse à lui-même, Édouard se concentra sur la route. La visibilité était réduite et, comme le soleil ne semblait guère disposé à se montrer le bout du nez, le jeune homme en était réduit à conduire très prudemment et surtout plus lentement. En tournant dans l'entrée chez Henry, il poussa un soupir de soulagement.

— Au moins, j'habite plus à Labelle… j'en aurais bien eu pour trois heures, ma foi.

Comme d'habitude, son arrivée sur les lieux de la future beurrerie le remplit d'orgueil. Le travail accompli depuis quelques mois ne serait pas vain. Édouard finit de décharger sa carriole avant de s'avancer vers la porte close. L'atelier de Henry semblait éclairé, alors il passa la tête par la porte pour saluer son ami.

— Ma foi, Henry, tu es donc bien de bonne heure !

— J'avais quelque chose à terminer. Viens ici deux minutes, veux-tu ?

Se dépêchant pour ne pas faire entrer la neige, Édouard se faufila par la porte puis la referma. Il se secoua comme un chiot avant de sourire gaiement à son ami.

— Je te dis qu'il en tombe toute une. J'ai l'impression que c'est parti pour de bon.

— Oui, à qui le dis-tu ! J'ai juste eu le temps de rentrer mes dernières cuves dans l'atelier. Bon, viens ici, j'ai quelque chose pour toi.

Intrigué, Édouard s'avança près du feu du ferblantier qui chauffait à fond. Son gros chien aux longs poils auburn se prélassait, étendu de tout son long. Henry le poussa affectueusement du bout de sa botte. Était-ce la chaleur ou l'émotion qui rendait la voix de son ami enrouée ? Édouard n'aurait su le dire lorsque celui-ci lui tendit un large paquet enveloppé.

— Désolé pour l'emballage, c'est pas ma force. Ma Mary était pas mal meilleure... marmonna Henry, en se retournant.

— Qu'est-ce que c'est ?

— Disons que c'est ton cadeau de noces. J'espère que ça te plaira, sinon, t'en fais pas, je t'en voudrai pas. Je peux recommencer.

De plus en plus troublé, Édouard défit lentement la ficelle et le papier brun. Estomaqué, il contempla longuement l'œuvre qu'il prit dans ses mains avant de pouvoir prononcer un seul mot.

— Henry...

— *You like it ?*

— Si je l'aime ? Je sais pas quoi dire. C'est... c'est trop !

— *Nonsense*, c'est ce qu'il te faut si tu veux que les gens te prennent au sérieux.

S'approchant du feu, Édouard étira les bras pour tenir la plaque faite par son ami.

Les yeux pleins de larmes, il lut en chuchotant :

EDOUARD GELINAS
MAITRE-BEURRIER
SAINTE-CECILE, HAUTES-LAURENTIDES

Il passa les doigts sur la plaque de métal blanchi et sur les lettres dorées surélevées avant de reprendre son souffle. Il s'approcha de Henry qui ne savait pas trop quoi faire. L'Anglais voulut lui tendre la main, mais Édouard, très ému, l'enveloppa dans ses bras. Il avait de plus en plus l'impression d'avoir trouvé un père, encore plus qu'un camarade. Il serra longuement Henry, puis dit d'une voix rauque :

— C'est le plus beau cadeau que j'ai jamais eu, Henry. Merci. Merci beaucoup.

Henry se racla la gorge avant de pouvoir parler. Anxieux, il répéta :

— Si tu n'aimes pas…

— Si je n'aime pas ? Mais c'est absolument fabuleux. Si je me retenais pas, je retournerais à Saint-Damien le montrer à Clémentine. Mais quand as-tu réussi à faire un si beau travail ? Tu m'aides tout le temps !

— Ah… j'ai de longues soirées à combler, mon cher ami.

Soulagé devant le bonheur d'Édouard, Henry reprit des couleurs. Le futur maître-beurrier enveloppa de nouveau la plaque dans son papier avant de la laisser près de la porte.

— Je la reprendrai avant de partir, vers cinq heures. Je dois quitter la beurrerie plus tôt, mes beaux-parents viennent souper.

— Pas de problème. Tu as besoin de moi aujourd'hui ?

Souriant, Édouard secoua la tête en pointant l'extérieur.

— Non, reste ici bien à l'abri. Ce matin, je termine le montage de mes comptoirs. Cela devrait se faire assez rapidement, il me reste juste quelques coups de marteau à donner. Après le dîner… je verrai bien où j'en serai. Je pense peut-être avoir le temps de fabriquer la plate-forme de réception des bidons.

— Alors tu n'attaques pas la chambre de fabrication aujourd'hui ? s'enquit Henry, un peu soulagé.

— Non, non. Je préfère avoir une longue journée devant moi. Demain, je reste avec Clémentine… alors probablement lundi. La semaine prochaine, avec les fêtes, je pourrai pas faire grand-chose, mais ce n'est que partie remise pour 1933. Et cette nouvelle année sera, j'en suis certain, à la hauteur de mes espérances !

À la fin de l'après-midi, la neige avait cessé et Édouard put quitter en paix son local, satisfait de sa journée. Il arriva quelques minutes avant ses beaux-parents et en profita pour se décrasser un peu dans la salle d'eau près du salon. Clémentine avait tenu mordicus à ce qu'il y ait une pièce pour qu'ils puissent faire leur toilette après leur journée de travail. Élevée dans une certaine aisance, elle avait des habitudes que son époux ne comprenait pas toujours, mais qui ne le dérangeaient pas vraiment. Pour la salle d'eau, il lui donnait même raison.

— Dans la chambre, je trouve que c'est malpropre, avait précisé Clémentine. En plus, lorsque tu reviens de la beurrerie, laisse-moi te dire, mon amour, que tu sens pas les roses…

Peinte en bleue, la minuscule pièce respirait la douceur. Néanmoins, se sentant toujours un peu maladroit dans cet endroit, Édouard inspira profondément avant de se débarbouiller et de monter se changer. Il regardait par la fenêtre de leur chambre lorsque la Ford T noire de son beau-père tourna dans l'entrée.

— C'est quand même une belle voiture, marmonna-t-il avec admiration.

Il soupira avant de se secouer pour se changer les idées. Il n'était pas du genre à envier les gens. Sa sœur Florie le faisait bien assez pour tous les Gélinas. En descendant, il vit que ses beaux-parents étaient déjà là et embrassaient leur fille unique.

— Tiens, voilà notre cher gendre, dit en souriant le père de Clémentine.

Il lui fit une poignée de main franche puis sa femme déposa un bec tout en douceur sur sa joue fraîchement rasée. C'était la première fois depuis le mariage, une dizaine de jours plus tôt, qu'ils voyaient leur fille. Albertine la regardait discrètement pour s'assurer de sa santé. Édouard constata le bonheur sur ces visages. Que n'aurait-il pas donné pour avoir une famille à inviter ? Pourtant, jamais il ne regretterait d'avoir épousé sa belle Clémentine.

— Alors les jeunes, vous vous arrangez bien ? Édouard, ta femme t'a pas encore empoisonné à ce que je vois ! s'exclama son beau-père en rigolant.

— Papa !

— Franchement, Roméo ! Mais j'avoue que je suis contente de te retrouver en bonne santé, Édouard, j'avais aussi quelques craintes étant donné le talent qu'a démontré Clémentine en cuisine dans ses jeunes années.

Alors qu'ils éclataient de rire, la jeune femme fit mine de se fâcher puis participa à l'hilarité générale. Elle était tout à fait heureuse en ce moment. Le repas tirait à sa fin, lorsque Roméo Lortie prit la parole d'une voix forte :

— Nous avons très bien mangé, ma fille.

— Attends, t'as pas goûté à mon dessert, j'ai fait une tarte au sucre qui est…

— Mais c'est trop sucré pour toi, ça! s'exclama aussitôt sa mère.

Clémentine rougit sous la remarque et répliqua sèchement:

— J'ai pas dit que j'en mangerais, j'ai dit que je l'avais faite. À partir de là, si vous en voulez pas...

— Non, non, ma chérie, j'ai parlé trop vite, excuse-moi... C'est juste que depuis ton départ, je m'inquiète pour toi.

— Maman, reprit Clémentine d'une voix plus douce alors que les deux hommes les observaient, un peu mal à l'aise, je fais très attention à moi, t'en fais pas, veux-tu?

— Je sais, souffla Albertine. Bon, on la mange cette tarte?

— Euh... avant, j'aimerais vous donner quelque chose à tous les deux, dit Roméo en se levant de table.

Surpris, Édouard et Clémentine le regardèrent fouiller dans la poche de sa grosse parka accrochée près de la porte. Il en sortit une enveloppe blanche un peu fripée. Les mariés échangèrent un regard en haussant les sourcils. L'homme se rassit puis se lança:

— Je vous ai pas donné de cadeau de noces, autre que la coutellerie en argent de ton arrière-grand-mère.

— C'est bien assez, dit Édouard, alors que sa femme hochait aussi la tête.

— Non, laisse-moi continuer, je t'en prie, Édouard. Donc, depuis ta naissance, toi mon aînée, je me suis juré que chacun de mes enfants aurait une vie meilleure que la mienne dans ma jeunesse.

— J'ai été très heure...

— Chut! Clémentine. Je vous remets ce montant d'argent. Vous en ferez ce que vous voudrez, il vous appartient à tous les deux.

Il posa l'enveloppe devant sa fille abasourdie qui prit quelques minutes avant de tendre la main. À ses côtés, Édouard s'était raidi. Il ne jeta qu'un coup d'œil aux nombreux billets que contenait l'enveloppe. Clémentine rougit avant de se lever pour sauter au cou de son père.

— Mon Dieu, papa, tu es trop bon.

— Il y a 1000 $… que vous…

— … que nous ne pouvons accepter, coupa Édouard en se levant à son tour.

À la stupeur générale, le jeune homme avait le visage fermé et il prit l'enveloppe des mains de sa femme avant de la tendre à son beau-père.

— Vous êtes bien gentil, Roméo, mais je suis à même de subvenir aux besoins de ma femme.

— Il s'agit pas de cela, voyons donc, Édouard. Puisque je te dis que j'ai prévu remettre ce montant à chacun de mes sept enfants. Lorsque mes deux oncles, Léopold et Léonard, sont décédés, ils nous ont laissé, à nous leurs neveux et nièces, une importante somme d'argent. Je sais pas si ta femme t'a parlé d'eux, mais ils avaient fait fortune au moment de la ruée vers l'or au Yukon. Voudrais-tu donc priver Clémentine par orgueil ?

Les larmes aux yeux, la jeune femme restait, bras ballants, derrière son père, et jetait des regards peinés à sa mère. La dernière chose que Roméo Lortie voulait, c'était de laisser croire à son gendre qu'il ne méritait pas sa fille. Édouard avait un air sombre mais le regard résolu quand il reprit la parole.

— Dites-moi que votre geste a pas de lien avec le fait que Clémentine habite maintenant dans une maison à peine plus grande que votre remise à bois ? Que ça n'a pas de lien non plus avec le fait que j'ai pas vraiment de travail et que la rentabilité de la beurrerie est pas garantie ?

Roméo se leva à son tour. Ce grand homme mince à l'allure respectable comprenait le malaise de son gendre. À lui de lui faire entendre raison. Il fit un geste vers le salon:

— Allons par là, si tu veux bien, Édouard. Nous pourrons discuter entre hommes sans ennuyer les deux femmes.

Avec réticence, le jeune homme suivit son beau-père alors que les deux femmes restaient silencieuses à la table. Elles mirent quelques instants avant de se lever pour commencer la vaisselle. Le dessert attendrait.

— Tu peux t'asseoir, Édouard, s'il te plaît? demanda Roméo en pointant la berceuse aux côtés de celle dans laquelle il avait pris place.

Avec lenteur, et surtout pour ne pas offenser le père de sa femme, Édouard s'assit. Roméo se pencha vers lui, les mains croisées.

— Lorsque je t'ai donné la main de mon unique fille en mariage, Édouard, j'ai jamais eu aucun doute sur ta capacité de bien t'en occuper. Sache que sinon, jamais, tu m'entends, jamais t'aurais pu l'épouser! Clémentine représente pour nous un véritable trésor, comme chacun de nos enfants. Alors si je te dis que cet argent est prévu depuis toujours comme cadeau de départ pour eux, tu dois me croire. Si toi, tu désires pas t'en servir, je respecterai ton choix. Par contre, tu peux pas priver Clémentine de ce cadeau et me priver de cette grande joie de savoir que toutes mes années de labeur à la carrière auront servi à rendre ma famille heureuse et à l'abri des soucis. J'ai pas besoin de cet argent.

— ... Je...

Édouard était tiraillé par des émotions contradictoires. Il voulait accepter les explications de son beau-père, mais éprouvait une certaine réticence devant une telle somme. Le dernier argument de Roméo suffit à le convaincre. Il ne mettrait jamais la vie de sa femme en danger.

— Je sais pas si tu le sais, Édouard, mais l'insuline que prend Clémentine pour contrôler son diabète coûte 1 $ par jour. Par année, vous aurez à débourser 365 $ seulement pour vous assurer qu'elle reste en santé.

— 365 $… murmura Édouard, assommé par la nouvelle. Je savais pas. D'ailleurs, je sais rien de sa maladie. Elle refuse d'en discuter.

— Je sais. Mais il lui faudra le faire, vous aurez pas le choix. Tous les deux mois, elle doit aller à Montréal pour s'approvisionner en fioles d'insuline. En général, je l'y conduis et reste avec elle le temps de son rendez-vous. À présent qu'elle est mariée, il serait normal que tu l'accompagnes.

— Mais elle refuse, Roméo. Chaque visite à son médecin est presque faite en cachette. Lorsque je lui propose d'y aller avec elle, sa réponse est toujours la même : « Je veux pas t'embêter avec mes problèmes de santé. Tu es mon mari, pas mon père. » Alors, dites-moi comment faire, Roméo, pour qu'elle s'ouvre à moi ? demanda Édouard la voix triste.

— Lentement, en lui faisant réaliser à quel point son mutisme t'inquiète. En sachant que tu veux partir le matin sans craindre pour sa santé, elle devrait arriver à t'expliquer les risques liés à son diabète. Maintenant, sommes-nous d'accord pour que tu acceptes ce cadeau qui vient du fond du cœur et non pas par pitié ou par condescendance ?

La tête tournée vers la fenêtre à travers laquelle il voyait les gros flocons virevolter, Édouard prit la décision qui s'imposait. Il saisit la main que lui tendait Roméo puis sourit.

— Oui, j'accepte. En vous remerciant autant pour moi que pour Clémentine. Et je vous jure que je prendrai soin de votre trésor, qui est aussi le mien ! Cet argent servira à sa santé.

La bonne humeur revint dans la maison. Avec un grand soulagement, les deux femmes comprirent que le cadeau était maintenant accepté et Clémentine servit gaiement la tarte au sucre, recette de sa mère. Elle en prit une minuscule part, avec une tranche d'orange, denrée rare. Édouard se faisait une joie de lui rapporter quelques-uns de ces fruits lorsqu'il allait faire des achats à Labelle. La soirée se termina assez tôt. Les parents voulaient reprendre la route avant la nuit.

— On vous attend le 25 au soir, rappela Albertine en embrassant son gendre.

En ce matin de décembre, Édouard se préparait à la fête dans sa belle-famille. Pour la première fois depuis sa naissance, il vivrait un Noël sans les siens. Ne manquerait-il pas même un peu à sa grande sœur qui s'était toujours fait une joie de ce souper de fête, elle qui aimait tant manger ? Il s'imagina quelques minutes faire une entrée remarquée, le soir même, dans la cuisine de la ferme. Dans un coin du salon, il trouverait un petit présent confectionné par son aînée, enveloppé dans un bout de tissu attaché par un ruban de couleur. Clémentine le regardait avec tendresse, n'ignorant pas les idées sombres qui l'affligeaient.

— Un jour, elle pardonnera, chuchota-t-elle à l'oreille de son époux.

— Tu crois ? demanda Édouard.

Clémentine fit oui de la tête même si elle en doutait. Mais c'était un temps de réjouissances, elle voulait espérer que l'avenir serait beau.

Au cours de la soirée chez les Lortie, Édouard fit de son mieux pour cacher sa peine. Il se sentait parfois seul malgré les frères hilares de Clémentine. Même le sermon du curé Latraverse lui manqua. C'était la première fois en vingt ans qu'il assistait à la messe de Noël ailleurs qu'à Sainte-Cécile. Au retour de l'église, alors que les garçons Lortie se mettaient à danser dans le grand salon, il observa avec nostalgie la tendre relation de sa femme avec ses parents, ses frères et son grand-père, plus frêle que jamais. Il eut beau tenter de manifester de l'entrain, sa douce savait bien qu'il se languissait de sa famille.

— On pourrait inviter Adèle à souper le 1er janvier, lui proposa-t-elle, en revenant dans la nuit.

— N'y pense même pas. Florie le saurait tout de suite. Je veux pas lui causer de problèmes. Non, t'en fais pas… peut-être l'année prochaine.

Lorsqu'il trouva enfin le sommeil, c'était presque l'aube. Édouard avait vu et revu dans sa tête les Fêtes des dernières années. Les beignes au sucre et les croquignoles de ses sœurs, la traditionnelle partie de cartes entre les quatre Gélinas qui se terminait toujours par la fureur de Florie, qui avait perdu, l'hilarité de Laurent qui avait triché et la satisfaction d'Adèle, la gagnante. Revivrait-il une telle soirée de Noël ? Cependant, s'il avait su comment s'était passée cette journée particulière à la ferme, Édouard aurait compris à quel point son départ avait perturbé les traditions. Au cours des semaines précédentes, pas de cuisson de gâteaux, de tartes ou autres desserts savoureux. Florie avait passé sous silence la fête à venir. À peine revenue de l'église, elle avait décrété qu'ils mangeraient comme d'habitude.

— Je vois pas pourquoi tout le monde s'énerve avec Noël ! C'est toujours bien une journée comme les autres.

— Mais, tu ouvriras bien mon petit cadeau ? avait demandé Adèle avec espoir.

Florie l'avait longuement regardée avant de secouer la tête.

— Garde-le pour toi, ma sœur. Moi j'ai pas besoin de rien.

Ainsi, pendant qu'Édouard se morfondait, il n'y avait guère eu de réjouissances chez les Gélinas. Seuls Léo et Laurent avaient trinqué en cachette lorsque les deux femmes étaient allées se coucher dès la vaisselle terminée.

Janvier 1933 était bien entamé lorsqu'une tempête ferma les routes pendant trois jours. Les quelques téméraires qui osaient affronter la neige revenaient à l'intérieur, frigorifiés. Comme un lion en cage, Édouard maugréait à propos du Québec et de ce maudit temps.

— Non, mais comment veux-tu que j'ouvre une beurrerie, si je peux même pas finir de la construire ? marmonnait-il sans arrêt.

— Allons, Édouard, ce n'est que quelques jours. Profites-en pour travailler dans la grange. Tu voulais rajouter des stalles, non ?

— Oui, oui, mais pas avant de finir ma beurrerie. Je ne commencerai pas ces travaux avant d'avoir terminé les autres !

Son entêtement faisait sourire sa femme qui était heureuse d'être avec son mari tous les jours. Le temps se faisait bien long parfois, puisqu'il partait de l'aube à la nuit. Le deuxième jour de la tempête, lorsqu'il se rendit compte qu'il ne pourrait se rendre à Sainte-Cécile d'aucune façon, Édouard songea à la suggestion de sa femme et il se mit à rénover l'intérieur de sa grange.

— Une grange, il faut le dire vite, hein Vanille ? maugréa-t-il en direction de sa vache. C'est à peine plus grand qu'un mouchoir de poche ici. Avec l'idée de Clémentine de fermer le fond pour en faire un poulailler, je pense que tu te trouveras un peu à l'étroit, ma belle !

En effet, en comparaison avec la vaste grange octogonale des Gélinas, celle-ci ne faisait pas le poids. Par moments, le jeune homme cessait de travailler et soupirait en regardant tout ce qui lui restait à faire pour que le bâtiment redevienne adéquat. Toutefois, après trois jours de travaux, Édouard, fort satisfait, s'en ouvrit à Clémentine.

— Finalement, tu avais raison ! Nous aurons au moins une grange qui a de l'allure, et ça m'a permis de faire de l'espace pour tes futures pondeuses. Tu viendras voir après le dîner.

— Je le savais, mon chéri ! Tu penses que je t'aurais épousé si j'avais pas réfléchi à tes compétences manuelles ?

La jeune épouse lui fit un clin d'œil, puis s'approcha langoureusement. Édouard se mit à respirer profondément en la voyant détacher doucement les boutons dorés de son chemisier.

— Et si tu vérifiais ces compétences, justement ? s'enquit-elle, en le laissant continuer de la dévêtir.

Les deux amoureux profitèrent de la noirceur de cette fin d'après-midi d'hiver pour explorer les moindres recoins de leurs corps alanguis. Après le repas, ils s'habillèrent chaudement pour affronter les bourrasques et la poudrerie qui ne semblait pas vouloir cesser. Tête baissée, main dans la main, ils parcoururent la centaine de pieds jusqu'au bâtiment retapé par Édouard. Au fond de la grange, près des portes arrière, Édouard avait élevé un mur pour séparer les vaches des futures poules de sa femme. Il avait ensuite conçu deux tablettes profondes sur lesquelles Clémentine pourrait installer ses cages. Satisfaite, elle sourit à son mari en s'exclamant :

— On pourrait aller acheter mes trente pondeuses bientôt ?

— C'était pas vingt ? demanda Édouard.

Sa femme l'ignora en continuant innocemment :

— J'ai choisi la race Leghorn, parce que c'est une volaille de bonne taille. Des poules superbes, au corps long. Ce sont des bêtes très élégantes. Mes beaux poussins deviendront des poules pondeuses et, ainsi, on aura presque deux mille œufs par année à vendre !

— Hein !

— Quoi ? s'écria Clémentine en riant, quand je t'ai dit que je voulais des pondeuses, je parlais pas de quelques œufs, mon chéri ! Tu sais bien que je fais jamais les choses à moitié !

Abasourdi, Édouard ouvrit grands les yeux pour s'assurer que sa femme ne se moquait pas de lui.

— Tu veux avoir trente poules et t'en occuper ? Tu sais le travail que ça va te demander, Clémentine ? Voyons donc ! J'aurai pas une minute pour te donner un coup de main.

— Puisque je te dis que j'en ai envie. Peux-tu me faire confiance ? On dirait que tu me prends pour une enfant incapable ! C'est pas parce que j'ai pas eu d'animaux de ferme que je suis incompétente ! En plus, je te le dis tout de suite, j'ai l'intention de me trouver un petit chaton pour me tenir compagnie.

— Hein !

— Ma foi, fais-tu exprès de me faire répéter Édouard ? Ce n'est pas difficile à comprendre : trente poules et un chaton !

La jeune blonde croisa fermement les bras sur sa poitrine en fronçant les sourcils. Cela rappela à Édouard la détermination de sa femme dans toute circonstance. Il l'entoura de ses bras et attendit quelques instants avant qu'elle ne se détende.

— Tu sais bien que je te fais confiance. C'est juste la charge de travail... mais puisque tu me dis que tu te sens prête, nous irons bientôt chercher le nécessaire pour ton poulailler. Pour ce qui est du chat...

— Oui ? demanda sévèrement Clémentine en penchant la tête de côté.

— Euh... rien, rien.

Malgré une certaine anxiété en pensant à la lourdeur de la tâche qui attendait sa femme, Édouard tenta de se raisonner. Il devait pour l'instant investir toute son énergie dans sa beurrerie. Le couple retourna lentement vers la maison, en soupirant devant la densité des flocons. Enfin, le lendemain matin, le ciel s'était dégagé et la neige avait cessé. Les fermiers du coin avaient passé une partie de la nuit à déneiger la route. Comme un enfant, Édouard sauta en bas de son lit pour se dépêcher de déjeuner avant de partir. Clémentine lui avait préparé de nombreuses crêpes au sarrasin sur lesquelles il s'empressa de verser une épaisse couche de mélasse. La jeune femme le regardait manger en souriant. Après quelques bouchées, Édouard lui demanda :

— Ça te manque jamais, ma chérie ?

— Quoi ?

— Ça ! Manger ce que tu veux, quand tu veux ?

Mal à l'aise comme toujours quand venait le temps de discuter de son diabète, Clémentine fit mine de se lever. Édouard l'accrocha par le poignet.

— Non, reste. Je t'en prie.

— Je veux seulement débarrasser...

— Clémentine, je t'en supplie. Je t'aime, ne le comprends-tu pas ? Parce que je t'aime, je souhaite que tu sois à l'abri des dangers. Quand je pars, j'aimerais savoir que tu es bien, qu'il t'arrivera rien de grave. Je connais rien de cette maladie, et ce que j'en ai lu me rassure qu'à moitié. Comment faire pour savoir que tu es en sécurité en mon absence ?

Même si le moment n'était pas idéal pour discuter, Édouard le choisit pour faire part de ses pensées à sa femme. Les yeux pleins d'eau, Clémentine secouait doucement la tête. Un poids écrasait sa poitrine, comme chaque fois qu'elle devait réfléchir à sa maladie. Pinçant ses lèvres, elle se leva. Édouard tenta en vain de l'en empêcher.

— Je te promets que bientôt nous pourrons en discuter, mais pas maintenant. Je t'en prie, Édouard. Pas ce matin. Je suis heureuse, tellement heureuse avec toi.

Elle lui fit un sourire un peu triste, et le jeune homme se sentit coupable de lui infliger cette peine, tout compte fait un peu inutile. Il décida donc de renoncer pour le moment.

— D'accord, Clémentine. Mais je dois savoir bientôt quoi faire si quelque chose de grave devait se produire, répéta-t-il affectueusement. Nous ne pourrons retarder cette discussion encore bien longtemps.

— Oui, oui, tu as raison. Mais aujourd'hui, je veux que tu ne penses qu'à ta beurrerie sans t'inquiéter de ma santé. Je vais bien, je suis heureuse et nous avons une belle vie. Pars sans crainte mon amour, je fais très attention.

Sur ses douces paroles, la jeune épouse mit de nouveau un terme à cette tentative d'en savoir davantage sur sa maladie. Une fois Édouard parti, Clémentine se laissa tomber sur la berceuse, près du poêle, en soupirant de soulagement. La tempête était de nouveau écartée.

Pendant les semaines qui suivirent, les deux jeunes gens n'eurent pas le temps de revenir sur cette conversation. Clémentine s'assurait de ne pas ouvrir la porte à ce dialogue.

De toute façon, Édouard revenait épuisé à la maison et n'avait qu'un désir: s'écrouler sur une chaise ou dans son lit. Au début du mois de février 1933, la beurrerie était presque terminée lorsque Adèle décida de s'y arrêter un après-midi. Certaine de ne pas être questionnée par sa sœur, étant donné que celle-ci, indisposée, faisait la sieste, la jeune femme avait profité du déplacement de Laurent et Léo à Labelle pour qu'on la dépose au marché Marquis.

— Tu es sûre que t'as pas envie de venir avec nous à Labelle, Adèle? demanda son cadet avant qu'elle ne descende de la carriole. Tu vas devoir rapporter tes commissions à pied.

— Non, non. Je veux pas laisser Florie trop longtemps. Elle était si faible ce midi qu'elle pourrait tomber et se blesser. Je ne vais qu'acheter le strict nécessaire pour mon pain et nous reviendrons cette semaine pour le reste.

Après un dernier salut, les deux amis repartirent, satisfaits d'échapper à l'emprise de Florie quelques heures. Cette dernière n'était que l'ombre d'elle-même depuis quelques jours, aux prises avec cette grippe qui l'épuisait et la rendait maussade. Après le départ d'Édouard, l'aînée de la famille avait repris son éternel air revêche. Désespérés, les deux autres Gélinas avaient dû patienter deux longs mois avant de l'entendre de nouveau chantonner le matin dans sa cuisine. Avec soulagement, Adèle et Laurent avaient souri et cru la tourmente passée. Mais lorsque Florie se sentait affaiblie par un virus, il valait mieux pour tous de s'éclipser pour éviter ses foudres. Quand la carriole eut disparu de sa vue, Adèle pénétra dans le magasin général, se dépêcha d'acheter la farine et la levure puis traversa en vitesse vers l'atelier du ferblantier, chemin Des Fondateurs.

— Seigneur que je déteste ça être obligée de me dépêcher.

Je me sens comme une coupable, alors que j'ai rien fait. Mais s'il fallait que quelqu'un avertisse Florie que je suis venue voir Édouard, je pense bien qu'elle me mettrait à la porte moi aussi.

Pourtant, Adèle aurait été étonnée de connaître les pensées de sa sœur. Celle-ci comptait de plus en plus sur sa cadette et n'avait pas l'intention de reprendre le collier après sa grippe. Elle préférait laisser les lourdes tâches à sa sœur pour ne s'occuper que de la maison. Finis l'épuisement au potager, le nettoyage du plancher à quatre pattes, le ravitaillement des animaux pendant que Laurent et Léo s'éreintaient aux champs. Non, Florie avait compris depuis quelques mois l'avantage du retour de sa sœur à la maison. Adèle sourit en passant sa main sur la plaque de *Maître-beurrier*, fixée sur la clôture au bord de la rue.

— Bravo mon frère ! chuchota-t-elle avec tendresse.

Elle rajusta le foulard rouge qui faisait bel effet avec son manteau noir, qu'elle lissa avant de frapper à la porte de l'atelier.

— Hum… monsieur Stromph ?

— Oui ?

Adèle pénétra dans la pièce réchauffée par les flammes du feu de forge. De chaque côté de la porte grande ouverte, les deux fenêtres à carreaux étaient encrassées toute l'année. La tête penchée sur son enclume, piochant sur un fer à piton pour le cheval d'un villageois, le ferblantier-forgeron se retourna lorsque la jeune femme arriva à ses côtés. Essuyant ses mains sur sa salopette grise toute tachée, il sourit avec bonne humeur.

— Tiens donc, mademoiselle Gélinas ! Quel bon vent vous amène ici ?

Adèle lui sourit doucement avant de pointer le fond de l'atelier.

— Je venais voir si mon frère était ici.

— C'est Édouard qui va être content ! Il parle tout le temps de vous tous. Allez-y, vous avez qu'à passer sur le côté de l'atelier. Vous allez voir, les travaux sont *almost done !*

Heureux pour son ami, il se remit à la tâche pour laisser les deux jeunes gens à leurs retrouvailles. Lorsque Adèle arriva derrière l'atelier, elle siffla tout bas.

— Eh bien, il a travaillé fort, mon Édouard !

Tout l'extérieur de la beurrerie était terminé. Les murs blanchis à la chaux, le toit en pente de fer-blanc, gracieuseté de Henry, la double porte en bois franc et la fenêtre à battant. Fière de son frère, Adèle se dépêcha de laisser le froid derrière elle en pénétrant dans le bâtiment à peine plus chaud.

— Brrr, il fait donc bien froid ici, Édouard !

— Adèle ? C'est toi Adèle ?

La tête hirsute de son frère apparut derrière le mur qui séparait la beurrerie. Un sourire heureux illumina le visage du jeune homme qui souleva sa jeune sœur dans ses bras.

— Bon Dieu que je suis content de te voir ! Quelle belle surprise ! Tu es venue... seule ?

Il regarda alors derrière elle. Peut-être que Laurent ou même Florie avaient changé d'idée et s'ennuyaient de lui ? Adèle lui fit un petit sourire triste.

— Oui, tu dois te contenter de moi, j'en ai bien peur.

— Parfait pour moi, tu sauras. Tu me donneras les nouvelles en attendant que Florie revienne à ses sens.

Adèle observa avec douceur le visage rempli d'espoir avant de répondre :

— Oui, mais avant, fais-moi faire le tour de ta merveille.

Exultant de fierté et d'orgueil, Édouard décrivit les moindres recoins de sa beurrerie.

— Ici ce sont les plates-formes pour la réception des bidons et, derrière ce mur se situe la chambre de fabrication très étanche. Comme ça, je m'assure de toujours avoir la température idéale pour mon beurre. Puis comme tu vois, j'ai même prévu un espace pour installer une chambre de maturation si ma beurrerie marche bien.

— À quoi ça va servir ? interrogea Adèle, amusée par l'enthousiasme inhabituel de son frère.

Édouard fronça un peu les sourcils, s'en voulant d'avoir fanfaronné.

— Bien… mettons que je pourrais rajouter la fabrication du fromage un jour. Oh, mais pas tout de suite, bien sûr…

— Tu fais bien, Édouard. Il vaut mieux prévoir. De toute manière, je suis certaine que ta beurrerie sera très fréquentée. Tu maîtrises tellement bien ton domaine, qu'une fois que les villageois auront goûté ton produit, ils vont délaisser celui de nos voisins ontariens, c'est sûr !

Adèle sourit en écoutant son frère lui énumérer ses découvertes sur les fromages d'ici et d'ailleurs.

— Tu savais que le bon cheddar qu'on mange quand on veut se gâter tient son nom d'un village de Grande-Bretagne ?[*] Tu aurais dû voir Henry quand je lui en ai fait part, dit Édouard, amusé. On aurait dit que c'était lui l'inventeur du cheddar, tant il était fier que ce fromage si prisé des Québécois vienne de son pays !

Fascinée par la passion de son frère, Adèle lui tenait le bras en souriant affectueusement. Enfin, après un long monologue inhabituel, il s'écarta en précisant :

— Bon, assez parlé de moi, j'espère que tu vas rester pour boire un café avec nous au moins ?

— Je sais pas si j'ai le temps…

— Pourtant, tu es ici non ? Donc, Florie doit être un peu moins fâchée ? demanda-t-il avec confiance.

Adèle secoua la tête avec un profond découragement.

— Je ne crois pas qu'elle reviendra sur ses paroles un jour, j'en ai bien peur Édouard. Ton nom ou celui de Clémentine ne peuvent être prononcés dans la maison...

La jeune brune lui fit un sourire d'excuse en lui serrant le bras. Après quelques secondes de déception, Édouard se ressaisit. Il regarda Adèle en haussant ses larges épaules :

— Tant pis. Tant pis pour elle. Moi je suis heureux, alors je ne peux vivre dans le passé comme Florie. Si elle désire vieillir dans la rage, je ne peux que me résigner.

— Bon, assez ressassé, dis-moi donc comment va notre belle Clémentine ?

Pendant près d'une heure, le frère et la sœur discutèrent de nombreux sujets en passant par les poules de Clémentine au livre secret d'Adèle. Lorsqu'elle quitta la maison du ferblantier, il était déjà deux heures trente, et c'est avec crainte que la jeune femme s'éloigna pour retourner à la ferme.

— S'il faut que Florie se soit levée, je suis bien mieux de me trouver une bonne excuse, marmonna-t-elle.

Après une marche d'une vingtaine de minutes, la vue de la cheminée fumante réconforta Adèle, frigorifiée. Les joues cramoisies, le nez à la veille de tomber, elle se dépêcha de gravir l'escalier de la maison.

— Ouf... enfin. Bon Dieu qu'il fait froid, grommela-t-elle, tournée vers le mur pour accrocher son chapeau et son manteau derrière la porte.

— Des idées aussi de partir au village à pied, l'apostropha Florie assise dans la chaise berçante, aussitôt interrompue par une quinte de toux qui l'empêcha de poursuivre ses réprimandes.

— Florie!

Adèle fit diversion en s'exclamant:

— Veux-tu bien me dire ce que tu fais debout? Allez ouste retourne au lit, Florie Gélinas.

— Non, non... je vais...

L'aînée de la famille se mit à chercher son air, à tel point que l'inquiétude qui avait envahi Adèle quelques minutes plus tôt se transforma en violente appréhension. Elles étaient seules à la maison, pas de carriole, pas de téléphone.

— Florie, Florie, cria-t-elle en s'agenouillant près de la grosse femme qui avait le visage dans les mains.

Un regard fiévreux répondit à ses cris. Inspirant profondément pour tenter de reprendre son souffle, l'aînée chuchota à sa sœur:

— Arrête de t'époumoner de même, bon sang! Je vais...

Une nouvelle quinte l'empêcha de poursuivre, mais Adèle ne s'en laissait plus imposer. Elle empoigna les bras de sa sœur pour la soulever de sa chaise.

— Là, tu retournes te coucher. C'est un ordre, Florie Gélinas. Puis si je te vois debout sans mon accord, je te jure que je vais chercher le docteur Trudel. Tu m'as bien comprise? C'est pas toi qui vas me dire comment prendre soin de ma grande sœur adorée!

Un regard noir fut sa seule et unique réponse. La venue du médecin ou du vétérinaire était toujours un cauchemar pour l'aînée, car cela signifiait sortir de l'argent de sa bourse tenue serrée. Épuisée par la maladie, Florie n'eut même pas la force de s'obstiner. Cela en disait long sur son état. Le reste de la journée fut bien tranquille pour Adèle, qui put enfin choisir le menu du souper sans avoir à négocier avec Florie. Pendant près d'une semaine, l'aînée des Gélinas resta alitée. Puis, elle mit quelques jours à reprendre sa routine.

— Tu comprends, je suis passée proche de la mort, expliqua-t-elle sérieusement à Léo, un jour.

Il était assis dans la cuisine pendant qu'au salon, son frère et sa sœur retenaient leur fou rire devant ce ton dramatique.

— Je... je... sais... fut l'unique réponse du jeune homme qui détestait se trouver seul en présence de Florie.

— Tu pourras demander à Adèle, quand elle est revenue du village il y a dix jours, elle a failli partir à pied chercher le docteur Trudel. Il a fallu que je la retienne. Je suis faite forte quand même, se vanta la femme, alors qu'Adèle explosait de rire.

Laurent, souvent contraint au silence en présence de l'aînée, faisait de grands gestes à Adèle pour la faire taire. Assise dos à l'entrée du salon, celle-ci riait aux larmes, alors que son frère, les fesses posées sur le banc du piano, se retournait, cramoisi, en tentant de lui faire comprendre qu'elle devait arrêter de rire. Trop tard, Florie se planta sur le seuil de la pièce, avec un regard menaçant.

— Qu'est-ce qui te faire rire de même, toi ? demanda-t-elle en s'avançant vers sa sœur.

— C'est juste que...

— Que...

— Que Laurent était en train de me raconter la dernière invention du père Claveau.

— Puis c'est quoi cette invention-là ? demanda Florie, en se tournant aussitôt vers son cadet qui rougit de nouveau.

— Euh...

— Tu l'as pas vue parce que tu étais tellement malade, mais le père Claveau a inventé une bicyclette d'hiver. Il m'a dit que c'était pas la neige qui l'empêcherait de faire ses commissions.

Ça fait qu'il a fait installer des chaînes cloutées sur ses pneus pour rouler dans la neige et sur la glace.

Un doute encore sur le visage, Florie observa longuement sa sœur avant de commenter :

— Je l'ai toujours dit, c'est un méchant idiot ce bonhomme-là ! Puis j'ai de la misère à croire qu'il va faire du bicycle quand il fait moins vingt ou qu'il neige à plein ciel.

Et elle revint sur ses pas. Laurent reprit son souffle et des couleurs. Adèle laissa éclater le fou rire qu'elle avait retenu avant l'arrivée de sa sœur. Tout un numéro, cette Florie !

CHAPITRE 7

Grande ouverture

La venue du printemps et des beaux jours permit enfin à Édouard et à Henry de terminer les travaux dans la beurrerie, dont les trois principaux compartiments du local, sans geler. Édouard avait patiemment expliqué à son ami qu'il fallait que la chambre d'écrémage et du barattage ainsi que celle réservée au malaxage soient séparées de la dernière pièce, celle du lavage.

— Tu comprends, les deux premières chambres serviront vraiment à la fabrication du beurre et peuvent être en contact avec les vapeurs générées par le lavage des instruments et des machineries. Sinon, la propreté de ces pièces sera altérée et j'aurai pas les conditions idéales pour faire un beurre parfait. J'ai tout appris ça en suivant mes cours l'année dernière. Je t'ai dit que j'en ai pris des notes !

Compréhensif, Henry travaillait du matin au soir dans son atelier, son vieux chien Blacky jamais loin de lui. Dès qu'il avait un peu temps, il se dépêchait d'aller donner un coup de main à son jeune ami qu'il sentait de plus en plus fébrile. Le matin du dimanche 19 mars, dans le *Semainier* du village — deux feuillets recto verso — écrits par la femme du docteur Trudel, parut l'annonce de l'ouverture de *la première beurrerie des Hautes-Laurentides.* Tous les habitants de

Sainte-Cécile, de Saint-Damien et des autres paroisses des alentours eurent ainsi les renseignements nécessaires pour acheminer leur lait à la beurrerie dès le 3 avril 1933. Florie, qui tentait d'ignorer tous les projets concernant son frère, ne put s'empêcher de lire l'entrefilet concernant la beurrerie Gélinas. Elle fit taire la petite étincelle de fierté qui jaillit au fond de son cœur avant de jeter le feuillet à la poubelle. Pas un mot ne fut prononcé à la ferme concernant cette grande ouverture au village de Sainte-Cécile.

— Maintenant, plus personne ne peut ignorer que la beurrerie sera en activité sous peu, dit avec émotion Édouard à Clémentine, une semaine avant la date annoncée. Il sourit à sa femme qui flattait son nouveau chaton. Quelques jours plus tôt, le jeune époux avait eu vent que le maître de poste, Rosaire Barnabé, voulait se débarrasser de la portée qu'avait eue sa chatte au début du mois de février. Repensant au désir de sa femme, Édouard avait profité d'une courte pause pour aller vérifier s'il restait un chat à donner.

— Vous pouvez pas mieux tomber, mon cher monsieur, avait souri le jeune rouquin. J'ai dit à ma femme que je leur laissais la vie sauve encore une semaine, et après...

Sans vouloir connaître ses intentions par la suite, Édouard s'empara d'un petit mâle tout barbouillé de noir et brun. Le chaton ronronna dès qu'il le prit dans ses grandes mains, et il sut aussitôt que Clémentine l'adopterait avec affection.

— Parfait, gardez-moi celui-ci, je passerai ce soir après mon travail.

Lorsqu'il était revenu à la maison, le chaton caché dans son manteau, le bonheur de sa douce l'avait ravi. Maintenant, le petit animal, baptisé Barbouille par la jeune femme, la suivait partout dans la maison.

— Tu penses que tu auras besoin de mon aide à la beurrerie les premières semaines ? demanda sa femme avec espoir.

— Je sais pas. Pour l'instant, je pense que non. De toute manière, ne voulais-tu pas des pondeuses, mon trésor ?

Clémentine fit la moue. Elle prit un bout de pain qu'elle grignota avant de répondre :

— Oui, mais à ce que je constate, elles sont pas encore ici, mes poules, n'est-ce pas ?

Son ton sec n'échappa pas à Édouard qui lui agrippa la main avec un sourire contraint.

— Je m'excuse, mon amour, je sais que tout tourne autour de la beurrerie depuis notre mariage. Mais...

— Oh... c'est moi qui suis désolée, je suis tellement égoïste, Édouard. Tu sais bien que je suis heureuse de t'appuyer dans ton projet. C'est juste que parfois, le temps me semble un peu long...

La jolie blonde se mordillait les lèvres comme chaque fois qu'elle retenait ses larmes. Édouard, qui ne pouvait supporter de la voir triste, se leva pour la serrer contre lui et lui faire une promesse.

— Je te jure que le dimanche suivant l'ouverture de la beurrerie, nous irons à Labelle chercher tes volailles. Mais avant, je vais finir les divisions dans ton poulailler.

— C'est vrai ? s'écria Clémentine avec fébrilité.

Elle se leva à son tour et marcha à toute vitesse dans la cuisine.

— Oh mon Dieu, il va falloir que je fasse une liste de tout ce dont j'aurai besoin : la nourriture, les pelles pour récurer le sol, la paille...

— Calme-toi, ma chérie, s'exclama Édouard, heureux de voir sa femme remplie d'énergie.

Clémentine s'arrêta puis courut dans les bras d'Édouard.

— Je t'aime, je t'aime, je t'aime !

— Moi aussi je t'aime, si tu savais. Et c'est pour ça que j'aimerais...

Devinant la suite, Clémentine se raidit contre le torse de son mari avant de dire :

— Bon, c'est bien beau tout ça, mais...

— Oh non, cette fois-ci, je te laisse pas te défiler, Clémentine. Je t'aime, tu m'aimes, alors les secrets et les cachotteries sont pas de mise. Assieds-toi et pour une fois, discutons des vraies affaires.

Le regard noir, la jeune femme croisa les bras sur sa poitrine, puis inspira profondément devant l'air décidé d'Édouard et lui tendit la main.

— Bon, s'il faut qu'on parle des affaires plates, aussi bien le faire devant un feu de foyer, non ?

— Tu as raison, je vais le partir tout de suite.

— Pendant ce temps-là, je vais finir la vaisselle.

— Mais je t'attends... Oublie pas !

— Non, non, comment veux-tu que j'oublie ?

En marmonnant au-dessus de sa cuve pleine d'eau chaude, Clémentine ressentit encore une fois la détresse de ne pas être comme les autres femmes. Elle avait peur : une fois au courant de toutes les possibilités liées à son diabète, son mari ne la verrait peut-être plus de la même manière. Pourtant, si elle avait connu l'intensité de l'amour d'Édouard, jamais elle n'aurait eu de telles craintes. Du salon, au bout d'une dizaine de minutes, le jeune homme s'écria :

— La chaleur t'attend, mon amour ! Et moi aussi !

— J'arrive, j'ai fini. Tu veux un café ? Il reste de l'eau chaude.

— Un café, je veux bien.

Satisfaite de retarder le moment des aveux, la blonde mit deux cuillères de poudre dans leurs tasses avant d'y verser l'eau. Une trace de lait dans le sien, un peu de sucre dans celui de son mari, et la voilà qui se dirigeait vers l'homme de sa vie. Le salon, avec sa tapisserie à carreaux mauves et son sofa noir, était la pièce de la maison la plus sophistiquée. Sur le manteau de la cheminée, Clémentine avait disposé la collection de cruches en porcelaine que son parrain lui avait donnée. Elle rejoignit Édouard, déjà assis sur le divan, la pipe à la bouche. Prenant tout son temps, elle posa son plateau argenté sur le petit coffre de bois faisant office de table.

— Tiens, je t'ai rajouté un morceau de sucre à la crème. T'as même pas pris le temps de manger ton dessert.

— Merci. Viens près de moi, je t'en prie.

Assise sur le bout des fesses, Clémentine se détendit un peu en se lovant contre son mari. Cependant, elle attendit avec appréhension les premières questions.

— Raconte-moi, furent les seules paroles d'Édouard, qui avait passé son bras autour de ses épaules.

— Je sais pas quoi te dire. Que veux-tu savoir, vraiment ?

Le ton tremblotant de la jeune femme émut son mari. Il lui releva la tête pour l'embrasser tendrement.

— Tout. Je veux savoir comment tu te sens, à quoi servent tes injections, ce que je dois faire pour t'aider, ce qui peut arriver... tout !

— Eh bien, j'espère que tu as du temps à me consacrer, dit Clémentine, avec humour.

Mais son effort tourna court, car sa voix se brisa avant la fin de sa phrase.

Édouard essuya les deux larmes qui coulaient lentement sur les joues de la jeune femme puis l'encouragea du regard.

— Bon, en général, je me sens bien, commença Clémentine d'un ton si bas qu'Édouard devait se pencher vers elle pour l'entendre. Par contre, il m'arrive d'être mal. Ça dépend si j'ai trop ou pas assez de sucre dans mon sang, tu comprends ?

— Hum, continue.

— Lorsque je suis en hypoglycémie, donc que je manque de sucre, je vais trembler, avoir les mains moites, mon cœur battra très vite... En fait, je pourrai même être confuse ou somnolente.

— Ah bon ? Et ça t'arrive parfois ?

— Pour l'instant, je sens les baisses de sucre, donc je peux ajuster ma diète en conséquence. Par contre, pour les hyperglycémies, c'est plus compliqué.

— Si tu as trop de sucre dans ton sang, tu veux dire ?

— Oui. Tu es certain que je t'ennuie pas ? demanda Clémentine d'un ton inquiet.

— Jamais. Allez, la suite...

— Le problème lorsque je mange trop de sucre, c'est que ça prend du temps avant que je m'en rende compte. Les symptômes, chez moi en tout cas, passent souvent inaperçus.

— Donc, c'est moins grave que le manque de sucre ? Il faut alors ajuster ton insuline, si je comprends bien ? Il est essentiel que t'en manques jamais. Ton père m'a dit que tu devais aller à Montréal pour...

— De quoi se mêle-t-il ? coupa Clémentine le visage rouge de colère.

Étonné, Édouard mit sa main sur son épaule pour la calmer. Il chuchota :

— Il ne fait que prendre soin de sa fille. Ne voudrais-tu pas que j'en fasse autant si c'était le cas ? Si nous avions un enfant malade ?

Clémentine se tut quelques instants puis reconnut qu'Édouard avait raison. Elle poursuivit d'une voix un peu plus douce:

— Selon les médecins, les conséquences à long terme sont plus graves si mon corps se trouve en hyperglycémie trop souvent.

— Comme quoi?

Clémentine secoua la tête doucement, refusant d'envisager cette réalité qui pourrait un jour être la sienne. Cécité, amputation, maladie cardiaque ou rénale. Non, elle ne voulait pas y penser.

— Je crois que tu en sais assez, Édouard, non?

Il la regarda longuement, plongeant son regard bleu dans ses yeux pâles. Son visage aux traits tirés, sa moue eurent raison de son insistance. Il en savait assez pour le moment. Sauf…

— Une dernière chose, ma chérie. Que dois-je faire pour t'aider si tu as une baisse de sucre importante?

— Tu peux me donner une cuillère de sirop, de sucre ou même de confiture. L'important c'est de faire monter mon taux de sucre rapidement. Tu vois, c'est simple. Bon, on va dormir maintenant? demanda-t-elle en s'étirant langoureusement.

Édouard, les yeux remplis de désir, répondit d'une voix rauque:

— Se coucher, oui, dormir… pas tout de suite, ma chérie.

Enfin, le grand jour arriva. Dès l'aube, Clémentine et Édouard se dirigèrent vers Sainte-Cécile afin de préparer la beurrerie pour l'ouverture. Même s'il reconnaissait que ça prendrait du temps avant que son entreprise ne soit rentable, Édouard était optimiste.

— La plupart des fermiers du coin m'ont dit qu'ils m'essaieraient ! À moi de faire mes preuves. C'est sûr que là, on est juste au mois d'avril, et que c'est pas la saison la plus profitable puisque les vaches commencent tout juste à aller brouter dans les pâturages. Mais, continua-t-il d'un ton enthousiaste, on a eu un printemps précoce, et je pense que les bêtes sont sorties plus tôt que d'habitude.

— Et alors ? Elles font pas de lait l'hiver ? demanda naïvement sa femme, qui ne connaissait pas grand-chose au roulement d'une ferme.

— Si, mais comme elles bougent moins dans la grange, qu'il y a peu de clarté… elles donnent pas leur plein rendement l'hiver. Tu vas voir, mes meilleurs mois seront à l'automne, je peux te le garantir.

Édouard ne croyait pas si bien dire. Les premières semaines, les dépôts de bidons par les fermiers furent sporadiques, sauf le dimanche, puisque la beurrerie était fermée. Les meilleures journées furent celles où une dizaine de fermiers vinrent porter leur lait. Le père Claveau, étonnamment, fut l'un des clients les plus assidus.

— J'ai peut-être juste trois vaches, mais il faut bien que je les traie ! Puis du beurre, moi j'aime ça en tabarnouche. C'est long à faire, et j'ai pas le temps pour ça. Quant à l'acheter au magasin général, entre toi et moi, les Marquis nous volent quand ils nous le font payer trente cents la livre. Il y a toujours bien des limites.

Au début, Édouard avait tenté de lui expliquer que son morceau de beurre ne serait pas bien gros étant donné le peu de lait qu'il lui fournissait. Mais comme il avait le cœur grand, le jeune homme s'arrangeait toujours pour lui fabriquer un bon morceau en rajoutant ce qui manquait. De temps en temps, Henry faisait un saut à la beurrerie, accompagné de Blacky qui attendait sagement à l'extérieur. Il jappait une fois ou deux lorsqu'un client se présentait pour prévenir son maître.

— Oublie pas de me dire si tu as besoin d'aide, hein, Édouard ?

— Pour l'instant, je fournis sans problème. Mais c'est sûr que tu seras le premier à qui je vais demander de l'aide, Henry, t'inquiète pas.

Chaque matin, des fermiers laissaient leurs bidons de fer étamé bien fermés à la beurrerie. Même si le maître-beurrier avait prévu faire lui-même la tournée, il n'en était pas question pour l'instant. Seul, il ne pouvait faire la *run* de lait et la fabrication. Une fois tous les bidons reçus, Édouard versait la crème dans le pasteurisateur acheté à bon prix à l'encan annuel de l'école de Saint-Hyacinthe.

— J'ai réussi à trouver toute ma machinerie à une fraction du prix normal, s'était réjoui Édouard auprès de Clémentine en revenant de l'encan, au mois de mars précédent.

Après la pasteurisation, Édouard commençait le barattage qui pouvait prendre une trentaine de minutes. Pendant toute la durée de sa formation à Saint-Hyacinthe, Édouard avait pu compter sur des enseignants passionnés par l'agroalimentaire. L'une des conditions *sine qua non* d'un beurre de qualité, avait précisé l'agronome responsable du cours sur la salubrité, était la bonne conservation des produits laitiers. Plusieurs agriculteurs et fermiers ne prenaient pas assez de précautions lors de la traite ou du transport de leur lait, ce qui donnait un beurre moins nutritif. Se considérant comme un beurrier progressiste, Édouard s'était équipé de la meilleure machinerie possible en respectant le budget dont il disposait.

Un soir, quelques semaines après l'ouverture de son commerce, le maître-beurrier réunit quelques agriculteurs des environs pour discuter de ses préoccupations. Rassemblés dans la salle paroissiale, à côté du bureau de poste, les hommes attendaient en bavardant qu'Édouard s'adresse à eux.

— J'aimerais vous faire part de certains détails qui pourraient, je le pense, aider à ce que vos produits laitiers soient les plus purs possible.

— Bon, c'est quoi le jeune, es-tu en train de nous dire qu'on fait mal notre ouvrage ? demanda en ricanant un ancien voisin.

Édouard, devant le groupe d'une dizaine de fermiers, rougit aussitôt. Il redressa les épaules pour ne pas montrer son malaise. Homme de peu de mots, il n'était guère aisé pour lui de s'imposer devant ses aînés. Mais soucieux du travail bien fait, il en était arrivé à la conclusion qu'il n'avait pas le choix.

— Non, non. Au contraire, je pense que vous faites tous une mosus de belle job, mais il arrive que dans nos fermes, des microbes s'insèrent dans nos produits puis, à ce moment-là, malheureusement, on perd de l'argent. Vous perdez de l'argent, insista-t-il en regardant les fermiers tour à tour. Comme je l'ai expliqué à Gilbert Latreille, de Saint-Damien, si je suis obligé de jeter un quart d'un bidon de crème parce qu'elle est contaminée, ça nous avance pas. Moi je manque de crème pour faire assez de beurre pour fournir à la demande, et vous perdez de l'argent parce que je peux pas vous donner ce qu'un plein bidon de lait vaut vraiment.

— Bon… en tout cas, moi je veux bien t'écouter avec ton grand savoir, mais c'est pas demain que je vais changer toute ma façon de faire. Il était bien correct avant, mon beurre, je vois pas pourquoi ça serait différent maintenant ! répondit un vieux fermier grognon du rang Sauriol.

— C'est drôle, lui lança un autre un peu plus loin, tu m'as pourtant dit que ton beurre avait un goût moins rance depuis que le petit Gélinas le fabriquait !

Les deux hommes échangèrent des regards meurtriers, alors que les autres fermiers éclataient de rire. Édouard, ne voulant pas causer d'esclandre, se dépêcha de sortir ces grandes affiches sur lesquelles étaient notées les étapes de la traite.

— Bon, comme vous le voyez, la première chose à faire pour éviter que des impuretés se mêlent à votre lait, c'est d'utiliser des seaux à ouverture étroite. Plus l'ouverture est évasée, plus il y a de risques d'infiltration de microbes ou de bactéries.

— Tu es un petit comique, toi, lança de nouveau le grognon, voir si je vais m'acheter des nouveaux récipients ! Sais-tu combien ça coûte ?

— Pas besoin de rien acheter de neuf, coupa Édouard, il s'agit de rajouter des plaques avec des entonnoirs comme ceux-ci.

Il présenta un exemplaire de l'entonnoir fabriqué par Henry en vue de la rencontre de ce soir.

— Ça coûte à peu près rien à fabriquer, et c'est fort utile pour éviter que des cochonneries entrent dans vos seaux. Ensuite, continua-t-il rapidement pour éviter d'autres commentaires, assurez-vous d'avoir personne autour de vous qui fait la litière des animaux ou qui transporte du foin en même temps que la traite.

— Pourquoi donc ? Moi, mon gars s'occupe des stalles pendant que je fais la traite. On a toujours fait ça de même.

Édouard se tourna vers le grand quinquagénaire qui venait de s'exprimer.

— Je vous suggère plutôt de vous mettre à deux pour la traite avant d'aller faire les stalles. Comme ça, il n'y a pas de déplacement de saleté.

— Ouais... ç'a bien de l'allure ça, marmonna le fermier alors que les autres hochaient aussi la tête.

Sentant qu'un climat de confiance s'installait, Édouard soupira discrètement.

— Évidemment, vous continuez de laver vos seaux comme il faut entre les traites.

— Moi j'haïs assez ça, que je fais ça pas mal vite des fois, s'exclama son voisin, sous les fous rires complices des autres.

— Pareil pour les mamelles, les flancs et la queue de vos bêtes, continua le maître-beurrier en souriant. Ç'a l'air de rien, mais il y a des impuretés sur nos animaux, puis pas à peu près. Quand je dis de laver, je veux dire vraiment avec une chaudière d'eau puis une brosse. Pas juste un petit linge humide ! Finalement, avant de commencer, brossez-vous les mains et les avant-bras.

Les mines sceptiques revinrent en force à l'écoute de ces dernières paroles.

— Coudonc, nous prends-tu pour des chirurgiens, le jeune, dit un vieux en crachant sur le plancher de la salle.

— Non. Pour des fermiers consciencieux, répliqua sèchement Édouard, de plus en plus ferme. Une dernière chose, essayez de m'apporter votre crème le plus rapidement possible. Si vous laissez vos bidons remplis dans l'étable trop longtemps, ça prendra les mauvaises odeurs, puis votre beurre ne sera pas de bonne qualité.

Les murmures se firent de nouveau entendre dans la salle. Édouard y coupa court en apportant une autre précision.

— Pour ceux qui veulent m'apporter leur lait, pas juste leur crème, je vais m'occuper de l'écrémage aussi.

— Moi, je trouve que c'est mieux quand tu t'occupes de l'écrémage aussi. Parce que quand on le fait à la main, bon sang, on se retrouve toujours avec des pertes ou…

— … du lait écrémé qui devient plus vite aigre ou caillé.

— Oui, renchérit un autre homme, tu fais une pas pire job, le jeune. En tout cas, ma femme est pas mal contente de s'être débarrassée de cette tâche-là !

— Pareil chez nous.

Heureux du dénouement de sa soirée, Édouard commença enfin à se détendre. Le groupe d'agriculteurs satisfaits le rassurait.

— C'est certain qu'avec une écrémeuse, c'est pas mal plus rapide et pratique. Puis vous inquiétez pas, je démonte et nettoie les pièces de la machine tous les soirs pour les laver à grande eau.

— Pareil comme moi avant ! s'exclama un fermier en rigolant ferme de son mensonge.

Ce qu'Édouard ne disait pas, c'était que le nettoyage de ses instruments et de la machinerie lui prenait environ deux heures tous les jours. Méticuleux, il terminait donc rarement avant sept heures, et n'arrivait chez lui que vers huit heures. Le matin, il quittait la maison avant l'aube pour être prêt à accueillir ses premiers clients qui, parfois, laissaient même des bidons à la porte de la beurrerie. Le même fermier malcommode l'apostropha rudement :

— Je me demande juste comment ça se fait que je te laisse souvent cinq gallons de lait, puis je me retrouve avec juste un demi-gallon de crème. Il faudrait pas me prendre pour un fou ! Moi, quand j'écrème mon lait, je suis capable d'en tirer au moins un gallon de crème !

Édouard tenta de se faire diplomate dans sa réponse. Il mit le pied sur la chaise devant lui et appuya ses deux mains sur son genou.

— Ça revient à ce que je vous ai dit tantôt. Moi je veux bien utiliser tout votre lait, mais parce que je veux vous donner le meilleur beurre possible, j'ai pas le choix de filtrer le lait. Attendez, je vais vous montrer.

Se retournant, il prit deux gallons, un rempli de lait et l'autre vide. Il versa le premier dans le second en prenant soin de mettre d'abord un bout de tissu sur l'ouverture. Puis il présenta le résultat à la dizaine d'hommes attentifs.

— Regardez : quand j'enlève toutes les impuretés qu'il y a dans le lait, il m'en reste moins, c'est bien évident ! Vous voyez dans le filtre tout ce qu'il y avait dans cette petite quantité de lait ? Imaginez maintenant dans cinq ou dix gallons.

— Bonyenne, c'est pas beau tout de suite ça ! J'avais jamais remarqué qu'il y avait autant de cochonneries dans mon lait !

— Moi non plus !

— Bon, bon... marmonna le malcommode, j'ai compris. Mais...

— Remarquez, si vous ne désirez pas que je filtre votre lait, il faudra juste me le dire. Mais je peux pas vous garantir que votre beurre sera aussi frais que les autres !

— Puis nous autres aussi tu nous avertiras, rigola un jeune

fermier, on se passera de beurre quand on ira chez vous !

Le groupe éclata de rire alors que le vieux fermier se renfrognait sur le banc. Mais il se reprit vite pour dire à Édouard :

— Non, non, c'est pas ça que je voulais dire. Tu feras bien comme tu voudras, moi je veux du bon beurre. Puis salé en masse à part ça !

Édouard avait choisi, à l'ouverture de sa beurrerie, d'offrir deux options à ses clients : soit il faisait leur beurre juste pour eux en utilisant leur crème, soit il mettait en commun leur crème et fabriquait un beurre qu'il vendait ensuite à un prix inférieur à celui du magasin Marquis. La plupart des fermiers préféraient cette deuxième option, qui leur permettait d'acheter ce dont ils avaient vraiment besoin comme beurre. Mais quelques-uns, comme le vieux fermier qui venait de s'exprimer, souhaitaient qu'Édouard n'utilise que sa crème pour faire le beurre de la famille. Ainsi, il pouvait l'avoir extrêmement salé, comme il le désirait.

Cette soirée d'information, qui angoissait Édouard depuis une semaine, se termina dans la rigolade, et c'est avec l'assurance que tous étaient fort satisfaits du travail du maître-beurrier que le jeune repartit à Saint-Damien, le cœur rempli d'espoir pour l'avenir de sa beurrerie.

En ouvrant la porte de métal du magasin général, Florie poussa un soupir de soulagement. L'escalier trop à pic lui avait donné du fil à retordre ! Elle se tenait fermement au bras de Laurent qu'elle accompagnait pour une rare fois. Les allées étaient désertes, et Florie ne se gêna pas pour apostropher la commerçante qui patientait derrière son comptoir en les regardant fièrement. Ses étagères bien garnies lui procuraient toujours un sentiment de satisfaction. Depuis que son mari avait accepté de faire entrer tous les agrès pour la pêche et les collets pour la chasse, les affaires allaient encore mieux. Elle sourit à sa cliente, mais ce sourire disparut dès que l'autre ouvrit la bouche :

— Vous pourriez remplacer vos marches, madame Marquis, j'ai failli tomber ! clama Florie.

— Mon gars les a regardées hier matin. Il dit que c'est pas si pire que ça ! Évidemment, si vous me dites que vous allez vous blesser...

— Il me semble que vos trois adolescents pourraient s'en charger, continua Florie, en pensant aux grands dadais qui passaient leur temps à reluquer les filles du village. Juste les redresser, puis de mettre une rampe moins chancelante, ce serait déjà moins dangereux !

Le visage de Louisette Marquis se ferma avec colère. De quoi se mêlait-elle, la Florie Gélinas ! Elle sortit de derrière son large comptoir pour s'avancer au-devant du couple. Son gros visage rond n'augurait rien de bon.

— Vous êtes allés à la rencontre du maître-beurrier hier soir ? demanda-t-elle hypocritement, heureuse de remettre sur le tapis le sujet le plus susceptible de fâcher l'aînée des Gélinas.

Comme chaque fois qu'elle venait au village, très rarement depuis l'ouverture de la beurrerie, Florie avait demandé à son frère de faire un détour pour éviter de passer devant l'atelier du ferblantier et de la beurrerie. Ça ne faisait pas l'affaire de Laurent qui devait continuer sur le chemin de la côte Boisée jusqu'au rang Baron qui passait derrière le magasin. Ensuite, il revenait sur le chemin Des Fondateurs. Un détour de plusieurs minutes ! Les paroles de la commère lui firent monter la moutarde au nez.

— Je vois pas de quoi vous parlez, répondit sèchement Florie. Nous avons besoin…

— Oh, mais regardez, l'invitation est encore affichée à côté de la porte.

Louisette Marquis pointa la vitre derrière la grosse femme, et Laurent ne put s'empêcher d'y jeter un coup d'œil alors que sa sœur le poussait fermement vers le comptoir. Il n'avait pas eu la possibilité de lire le *Semainier* puisque sa sœur l'avait jeté. S'y trouvait une invitation à tous les fermiers du village et des environs souhaitant en savoir plus sur la traite et la fabrication du beurre par le maître-beurrier Édouard Gélinas. La voix sèche de sa sœur le ramena à l'ordre.

— On a pas le temps, on est pressés. Bon, je disais que j'ai besoin de deux livres de farine, une livre de sucre brun et une livre de beurre salé…

Encore une fois, la commerçante se fit un plaisir de tourmenter le frère et la sœur.

— Je vends de moins en moins de beurre depuis l'ouverture du commerce de votre frère.

— Bien oui, c'est ça, répondit impoliment Florie, de plus en plus impatiente.

— Je me demande si votre frère va se mettre à…

Incapable de se contenir plus longtemps, Florie planta ses mains sur ses grosses hanches et s'avança jusqu'à ce que son ventre touche le devant du comptoir encombré de denrées. Les lèvres pincées, elle laissa éclater sa colère :

— Écoutez-moi bien, madame Marquis, je suis pas venue ici pour potiner sur ce qui se passe dans le village. Si vous avez des questions ou des commentaires à faire, bien il va falloir trouver quelqu'un que ça intéresse. Sur ce, dites-moi combien ça coûte parce qu'on a beaucoup à faire nous autres.

Cachant mal un petit sourire de satisfaction, Louisette Marquis tenta de plonger son regard dans celui, fuyant, de Laurent. Pris entre la curiosité de savoir ce que vivait son frère Édouard et la rage de sa sœur Florie, il ne savait pas comment réagir.

— Laurent, grouille-toi donc un peu. Prends les sacs, on a fini ici.

— Alors bonne journée à vous deux, susurra la grosse curieuse.

— Oui, oui. À vous aussi.

— Oh, et vous en faites pas, je vais faire votre message à mon mari, concernant les marches. Je voudrais pas qu'il vous arrive un accident!

À peine la porte du magasin fermée, Laurent sut que le retour à la ferme ne serait pas de tout repos. Grimpant péniblement dans le chariot, Florie laissa éclater sa fureur aussitôt les fesses sur le banc de cuir raide.

— La maudite fatigante, curieuse puis hypocrite. Veux-tu bien me dire ce qu'elle avait à me poser toutes ces questions-là ?

Laurent, croyant s'en sauver sans répondre, dut se rendre à l'évidence lorsque sa sœur lui donna un coup solide sur le bras.

— Ouch!

— Réponds quand je te parle!

— Bien… je sais pas moi.

— Comment tu sais pas ?

— Florie, t'en fais pas avec ça, elle voulait juste te faire enrager en te parlant d'Édou…

— Non ! Pas un mot !

Laurent se recroquevilla sous le sifflement de la voix, impuissant devant la colère de sa sœur. Ils firent le reste du chemin sans parler, dans une tension si vive que même la vue du père Claveau, accroupi sur le bord du chemin en train de ramasser des morceaux de glace, ne réussit pas à les détendre.

— Regarde-le, l'innocent ! commenta seulement Florie en le dépassant.

Laurent laissa ses yeux glisser sur le vieil homme qui semblait avoir encore maigri depuis l'hiver. Parfois, il voulait lui offrir son aide, mais l'idée d'annoncer à Florie qu'il allait chez le père Claveau, et qu'il serait ainsi en contact avec *l'étranger* suffisait à lui enlever son envie. Le jeune était tout sauf courageux lorsqu'il était devant sa sœur. Pourtant, il avait la force d'un taureau, l'endurance d'un loup, mais avec son aînée, il devenait un chaton sans défense. Souvent, il lui venait une vive sensation de frustration, qu'il faisait passer en bûchant du bois, en frottant les stalles ou en transportant des balles de foin. À leur arrivée à la maison, Florie, qui n'arrivait plus à descendre seule de la carriole, l'invectiva.

— Dépêche-toi de m'aider, j'ai pas juste ça à faire, moi, traîner sur les routes. Le souper se fera pas tout seul !

Sans dire un mot, Laurent bondit hors du chariot pour lui tendre la main. Elle s'y agrippa et gravit l'escalier en grimaçant. Pour la deuxième fois de la journée, Florie eut de la peine à grimper quelques marches. Plutôt que de se remettre en question, soupçonner son surplus de poids et son manque de forme pour ses difficultés, elle préférait jeter le blâme sur le manque d'entretien des escaliers. Elle se planta devant Laurent et pointa les coupables !

— Mosus, je manque de glisser dans ces marches-là !

Il serait temps que tu les revernisses, elles sont tout usées. Oui, renchérit-elle, demain, tu devrais faire ça avec Léo.

— C'est que demain, on doit préparer le semoir pour les champs. Parce que samedi, on voulait…

— Ça attendra ! Tu veux toujours bien pas que je me tue en descendant l'escalier ?

Sans répliquer, Laurent acquiesça, même si la langue lui démangeait. Il devrait donc reporter à lundi la semence du champ de maïs. C'est Léo qui serait déçu ! Florie ne décoléra pas de toute la soirée. Pendant la préparation du souper, un gros jambon accompagné de patates au lait, elle marmonna sans arrêt alors qu'Adèle, à ses côtés, n'osait pas lui poser la moindre question. Mais après plus d'une heure de ce manège, de réponses monosyllabiques, la jeune femme n'y tint plus :

— Ma foi, Florie, es-tu fâchée contre moi ?

— Pourquoi tu dis ça ?

— Tu m'as pas dit un mot depuis une heure et, franchement, t'as l'air enragée !

Comme très souvent, eut-elle envie d'ajouter, en sachant toutefois qu'il était préférable de se taire. La jeune femme releva son menton pointu vers l'horloge au-dessus de la porte de la cuisine.

— Vous êtes arrivés du village à trois heures, et là, il est quatre heures et dix, puis tu m'as toujours pas parlé. C'est rare, tu avoueras, dit-elle en riant pour détendre l'atmosphère. Je m'attendais à une imitation en bonne et due forme de notre chère commère Marquis !

Mais Florie n'entendait pas à rire, et elle recommença à pétrir son pain sans répondre. Pourtant, au bout de quelques instants, elle n'y tint plus et essuya ses mains enfarinées sur son tablier plus très propre.

— Si tu veux savoir, c'est justement madame chose qui m'a enragée de même. Mais j'aime mieux pas en parler.

— Madame chose ? demanda Adèle en haussant innocemment un sourcil.

— Tu sais bien, la grosse Marquis !

Et Florie de se lancer dans une diatribe contre la commerçante qui ne se voyait pas aller, grossissant à vue d'œil et toujours en train de commérer sur tout ce qui se passait au village. Adèle jeta un long coup d'œil étonné sur sa sœur qui ne semblait pas s'apercevoir que, depuis quelques années, Louisette Marquis et elle avaient sensiblement le même tour de taille. Elle se concentra de nouveau sur le monologue de son aînée, qui grignotait un bout de carotte pensivement.

— Chaque fois que je vais au magasin général, bon sang, elle tente de me faire parler de notre... famille.

Par notre famille, aurait eu envie de répondre Adèle, tu veux dire Édouard n'est-ce pas ? Mais sachant que cela aurait aussitôt déclenché une crise de sa sœur, elle ne fit que hocher la tête en continuant de remuer sa soupe aux pois.

— Elle veut juste savoir pourquoi on va pas chercher notre beurre tu sais où, puis moi, ça m'enrage des commères de même ! Puis là, c'étaient des questions concernant...

Florie ne pouvait se résoudre à nommer son frère. Adèle attendit quelques secondes avant de tenter une question :

— Elle voulait te dire quoi à propos d'Édouard ?

Florie arrêta aussitôt de bouger et lança un regard noir vers sa sœur.

— Bon, regarde-toi, tu es pareille comme elle ! Une vraie gazette ! Puisque je te dis que je veux pas entendre ce nom ici, veux-tu bien me dire ce qui te prend de t'essayer encore ?

Soupirant devant la mauvaise foi de Florie, Adèle laissa

tomber la discussion, se promettant toutefois de tenter sa chance auprès de Laurent. Elle le fit quand sa sœur se retira pour la nuit, dès la fin du radio-roman *Le curé du village*. Tous les soirs, pendant ces épisodes de quinze minutes, personne chez les Gélinas n'avait le droit de prononcer une parole; même respirer devait se faire discrètement! Ces intrigues humoristiques et sentimentales avaient comme toile de fond un village fictif dont le curé était joué par Ovila Légaré.

— Il est donc bon dans son rôle, répétait Florie, soir après soir, en éteignant la radio.

Si par malheur, Adèle, Laurent ou Léo osaient vanter un des acteurs qui jouaient les rôles du docteur Émery Desautels, du notaire Bellerose ou du maire Anatole Théberge, Florie s'empressait de les rabrouer:

— Mais il est pas aussi talentueux qu'Ovila Légaré, ça, c'est certain.

Quand sa sœur éteignit le poste dans le salon, Adèle lui souhaita bonne nuit sans même penser à discuter de l'épisode de la soirée. Elle avait trop hâte de parler avec Laurent, qui attendait avec impatience de pouvoir commencer sa partie de dames avec Léo. Lorsqu'elle entendit la porte de la chambre de sa sœur se fermer, Adèle avança sa chaise près du duo, déjà penché sur la table. Pipe à la bouche, les deux jeunes hommes plissaient les yeux pour s'assurer de bien placer les pièces du jeu.

— Je peux vous regarder?

— Hein? Euh... oui, si tu veux! Tu lis pas ce soir?

— Non. J'ai fini mon dernier livre et je suis trop fatiguée pour en commencer un nouveau.

Laurent hocha la tête avec compréhension, un peu déçu de l'intrusion de sa sœur dans leur partie. Il laissa glisser ses yeux bleus sur le visage étroit de son vis-à-vis qui ne s'était pas mêlé à la conversation, comme à son habitude. Tentant d'y lire une objection, Laurent n'eut d'autre choix que de faire une place à sa sœur puisque Léo ne relevait pas le regard. Après quelques minutes de silence, Adèle n'y tint plus :

— Je pense à ça, Laurent, veux-tu bien me dire pourquoi Florie était enragée comme ça en revenant du village après-midi ?

— Hein ?

— Bien, elle arrêtait pas de marmonner et de dire que la Marquis l'avait choquée !

— Oh... oui... Euh, bien, t'as qu'à lui demander, répondit distraitement Laurent, occupé à ne pas perdre plus de pièces noires que son opposant lui en avait déjà mangées.

— Je lui ai demandé, mais elle m'a dit qu'elle était trop fâchée. Que j'avais... qu'à te le demander, mentit-elle avec aplomb.

Laurent plissa le front et grimaça. Surpris, il suspendit son geste et se tourna vers sa sœur pour scruter son visage angélique.

— Elle t'a dit ça ? Ça m'étonne !

— Bien oui... Alors ?

Sur le bout de sa chaise, Adèle n'en pouvait plus d'attendre et ne ressentait aucune gêne à mentir à son jeune frère.

— Bof, c'est juste que Louisette Marquis a parlé de... Édouard et ça enrage toujours Florie tu le sais bien !

— Qu'est-ce qu'il a Édouard ? demanda Adèle inquiète, ignorant les soupirs d'exaspération de son frère, qui désirait seulement la paix après une longue journée de travail.

— Voyons donc, est-ce que c'est si important que ça ?

— Bien, j'aime ça comprendre pourquoi Florie est enragée.

C'est tout de même moi qui suis prise avec elle dans la cuisine sept jours par semaine.

Prenant volontairement un ton plaintif, Adèle jeta un regard attristé à son frère pour attirer sa pitié. Cela ne manqua pas de faire effet. Laurent avait trop bon cœur pour laisser la peine envahir sa grande sœur.

— Louisette Marquis nous a demandé si on était allés à la rencontre des fermiers, qu'Édouard — il prononça le prénom faiblement pour être sûr que Florie n'entendrait pas — avait organisée la veille au soir.

— Oh…

— Bon, bien c'est tout. Alors tu sais pourquoi Florie était fâchée. Je peux jouer tranquille là ? demanda-t-il exaspéré.

— Oui, oui. Une dernière affaire avant… tu sais pourquoi il a fait une réunion, Édouard ?

— Non. Et j'ai pas l'intention de le demander. Ça doit avoir rapport avec sa beurrerie et comme tu sais qu'il n'est pas question qu'on y mette les pieds, je vois pas pourquoi je me renseignerais sur ses intentions ou ses projets !

Sur ces paroles sèches, Laurent déposa sa rondelle noire avec satisfaction. Il venait ainsi de sauter par-dessus trois rondelles rouges et s'assurait la première victoire de la soirée.

— Gagné !

CHAPITRE 8

Douce nouvelle

En ce beau samedi matin de juin, Adèle arriva vers neuf heures chez Édouard et Clémentine. Profitant du fait que Laurent et Léo étaient à la pêche et que Florie se reposait dans sa chambre, elle avait pris la charrette pour aller rendre visite à son amie qu'elle n'avait pas vue depuis ses noces, plus de six mois auparavant. En entendant un bruit de trot dans sa cour, Clémentine se dépêcha de sortir de chez elle, la main en visière au-dessus des yeux.

— Ah bien ça c'est une belle surprise ! Oh mon Dieu, oh que je suis contente ! Youpi ! Youpi !

Elle sautillait comme une enfant sur la galerie puis s'élança vers son amie dès que la charrette fut immobilisée. Adèle eut à peine le temps de descendre que la tornade blonde lui sauta dans les bras.

— Que je suis contente, répétait Clémentine les yeux pleins de larmes. Si tu savais comme j'avais hâte de te voir. Mais… dis-moi, continua-t-elle en scrutant son visage, tu viens pas m'annoncer une mauvaise nouvelle ?

— Non, non, sois sans crainte. J'avais juste très envie de te voir. Les semaines sont longues depuis que je peux plus parler avec Édouard ou toi ! J'ai l'impression que mon cerveau s'encrasse !

Elles restèrent immobiles quelques secondes, main dans la main, en se souriant affectueusement. Clémentine resplendissait de bonheur. Son visage légèrement hâlé, sa blondeur encore plus frappante avec le soleil du début de l'été et ses yeux pétillants confirmaient à quel point Édouard avait fait le bon choix; il avait tracé sa voie, brisé la promesse faite à Rose s'assurant ainsi, à lui et à sa douce, une vie d'amour et de tendresse.

— Dis donc, toi, le mariage te réussit! Tu es superbe.

— Merci. Avec ton frère pour époux, je ne peux qu'être heureuse.

— Tu as raison, c'est un homme extraordinaire. J'aurais aimé le voir, mais j'ai dû attendre que Florie s'isole dans sa chambre pour partir. Alors, dis donc, je peux la visiter cette maison ? demanda-t-elle en souriant.

Sous le soleil déjà chaud, Adèle portait un large chapeau de coton outremer, entouré d'un ruban brun assorti à sa chevelure qui lui tombait maintenant sous les épaules. Sa robe de voile fleurie blanche et bleue ainsi que le cordon rouge qui ceinturait sa taille firent comprendre à Clémentine que, cette fois, c'est elle qui portait une tenue peu flatteuse. Elle rougit en lissant le devant fripé de sa vieille robe de toile grise.

— Excuse mon attirail, veux-tu ? J'allais au jardin comme je le fais tous les matins après le départ de mon mari.

— Ton mari, dit Adèle en riant avec émotion. Ça fait tout drôle de t'entendre dire ce mot. Mais t'en fais pas, tu es toujours belle, mon amie, peu importe ce que tu portes. J'irais bien voir ton jardin, moi, continua-t-elle. Tu m'amènes ?

Comme la plupart des femmes de la campagne, Clémentine se faisait une joie de montrer son potager à ses visiteurs. Cela n'était pas pour déplaire à Adèle qui adorait le jardinage.

Clémentine passait tant de temps dans son potager à bêcher, semer, sarcler dans le but d'obtenir une récolte abondante, que ses mains autrefois douces et bien soignées n'étaient plus qu'un souvenir.

— J'ai les mains aussi rudes que celles de ton frère, déclara-t-elle avec humour avant de se diriger vers le côté de la maison. Il est loin le temps où je passais mes journées à magasiner et à badigeonner mes mains et mon visage de lotion parfumée. Mais si tu savais comme je ne regrette rien ! Lorsque je me trouve dans mon jardin, les mains dans la terre, je ne pense à rien et je suis si heureuse.

— Tu es chanceuse de pouvoir y passer le temps que tu veux, rétorqua Adèle, non sans l'envier. Florie, elle, compte presque les minutes pendant lesquelles je m'y trouve. Comme si je perdais mon temps. Elle vient toujours me chercher pour me dire qu'on a autre chose à faire, continua Adèle avec un soupçon de rancune dans la voix.

— Hum…

Clémentine ne renchérit pas. Elle avait pris l'habitude de ne jamais répondre aux récriminations de son époux ou d'Adèle à l'égard de leur aînée. En découvrant son diabète, elle avait gagné en maturité et elle ne répliquait plus impulsivement comme autrefois. Elle songeait plutôt à conserver le peu de respect que son mari pouvait entretenir pour sa grande sœur, dans l'espoir qu'un jour, ils pourraient rétablir une certaine entente.

— Attends, viens voir mes fleurs.

— Je ne sais pas où tu trouves ce temps mon amie !

— Tu sais, Édouard est parti du matin au soir, et, comme il revient pas pour le dîner, alors j'en profite pour me faire plaisir. Avec ma maladie, je sais pas combien de temps je serai assez en forme pour faire tout ce que je veux.

Adèle lui lança un regard soucieux. Elle épiait les moindres changements chez son amie après avoir lu sur les ravages du diabète. Perdrait-elle la vue ? Aurait-elle des problèmes cardiaques ? À cette pensée, son cœur se serra et elle se rapprocha d'elle en passant son bras sous le sien.

— Allons, allons Clémentine, tu me sembles plus en forme que bien d'autres femmes supposément en parfaite santé !

— C'est vrai ? C'est vrai que je me sens bien. Il faut dire que je suis tellement heureuse, Adèle.

Son sourire éclatant le prouvait. Envieuse tout de même de la chance de son amie, Adèle laissa errer son regard noisette sur le soleil qui brillait à l'horizon. Clémentine agrippa les bras du banneau, une petite charrette aux roues cerclées de métal, puis se dirigea vers la porte de la grange.

— Attends, viens, j'ai autre chose à te montrer. Tu vas voir, je deviens une vraie fermière, dit-elle en éclatant de rire.

Lorsqu'elle entra dans la grange, les caquètements firent réagir Adèle.

— Mon doux, tu as combien de poules là-dedans ? On dirait qu'une armée au grand complet se...

Elle ouvrit grands les yeux en arrivant derrière son amie qui venait d'ouvrir la porte du poulailler. Une dizaine de cages bien cordées se trouvaient sur deux larges tablettes de chaque côté de la pièce. Clémentine alla ouvrir la porte qui donnait sur l'extérieur avant de libérer les pondeuses qui se trémoussaient dans les cages.

— Mais qu'est-ce que c'est ça ? s'enquit Adèle, éberluée.

— Ça, ma chère, ce sont mes poules pondeuses ! J'en ai plus d'une vingtaine... pour commencer mon élevage, mais dès que ton frère aura du temps, on va agrandir le poulailler et rajouter à la famille, dit-elle, amusée par l'air abasourdi de son amie.

— Tu… tu t'en occupes seule ?

— Oui madame, c'est mon projet ! Tous les jours, je récolte mes beaux œufs et, le matin, Édouard les laisse chez Marquis pour les vendre. Puis, lorsque j'en aurai encore plus, j'ai l'intention de les vendre à Labelle. Mais bon, ça ira probablement à l'année prochaine.

— Et tu aimes ça t'occuper des poules ?

Adèle secouait sa tête avec étonnement. Le sourire radieux de Clémentine fut une réponse en elle-même.

— J'adore. Depuis que je suis toute petite, je veux être une femme mariée, avoir des enfants… et m'occuper de ma terre. Pour les enfants, je sais pas si c'est possible. Mais…

Adèle posa sa main douce sur le bras de son amie.

— Pourquoi pas, ma chère ?

— Le diabète, tu sais…

— Ne t'empêche pas d'être mère à ce que je sache ?

— Non, mais les risques sont élevés. De toute manière, arrêtons de parler de ces choses-là, viens plutôt manger un morceau de mon gâteau aux pommes, tu m'en donneras des nouvelles !

Quelques jours après la visite d'Adèle, Clémentine commença à avoir des doutes sur le contrôle de son diabète. Sans en parler à Édouard, elle se mit à changer son régime parce que, à quelques reprises, elle s'était réveillée dans un état proche de l'évanouissement.

— Bon, je dois mieux manger, se disait-elle tous les matins.

Alors pour s'assurer de ne pas ressentir les symptômes déplaisants d'une hypoglycémie sévère, Clémentine se levait la nuit pour grignoter quelque chose de sucré. Ainsi, elle croyait prévenir les levers difficiles. Édouard, épuisé par ses longues journées à la beurrerie, mais tout aussi exigeantes qu'à la ferme, ne se rendait pas compte des préoccupations de sa femme. Puis, vers la mi-juin, alors que son mari venait de quitter la maison, Clémentine se réveilla difficilement, le cœur au bord des lèvres.

— Oh...

En vitesse, elle réussit à se rendre à son pot de chambre et rendit tout ce que contenait son estomac. Aussitôt, les signes de la baisse de sucre se firent sentir dans son corps et des tremblements insupportables s'emparèrent de ses mains et de ses bras. Péniblement, la jeune femme réussit à descendre l'escalier afin d'engloutir deux pleines cuillères de sucre brun. Assise dans la berceuse, elle laissa planer son regard sur la cuisine.

— Bon... je sais ce qui m'arrive, murmura-t-elle en caressant son ventre plat.

Un doux sourire envahit son visage rond. Elle avait l'air d'être elle-même une enfant, malgré ses vingt-deux ans. Clémentine remercia le ciel de lui offrir cette chance. Depuis son plus jeune âge, elle n'aspirait qu'à ce rôle de mère, idéalement de famille nombreuse. Sa maladie n'y avait rien changé, même si Édouard lui avait dit à plusieurs reprises:

— Entre toi et des enfants, je te choisis. Nous pourrons toujours être oncle et tante des multiples bébés que tes frères et leurs femmes auront. Je te le jure, mon amour, jamais je regretterai de pas avoir d'enfant, si je t'ai à mes côtés. De toute manière, je pensais jamais me marier étant donné la promesse que j'avais faite. Pas question de mettre ta santé en jeu, sous prétexte que l'église te demande d'avoir des enfants. Si le curé Latraverse te parle de quelque chose, tu lui diras de venir me voir! Déjà beau qu'on se déplace jusqu'à Sainte-Cécile tous les dimanches matins parce que nous habitons un petit hameau sans église! On respecte notre foi, on confesse nos péchés, c'est bien en masse!

Édouard prenait le moins de risque possible lorsqu'ils faisaient l'amour. Il tentait de se retirer avant la jouissance finale, mettant en péril le projet de maternité de Clémentine. Mais celle-ci faisait confiance à la vie et voilà qu'après plus de sept mois de mariage, un petit être voulait faire partie de leur univers. Pendant quelques jours, Clémentine garda son secret. Sans vouloir se l'avouer, elle était inquiète des conséquences de cette grossesse sur sa santé ou celle du bébé. Elle attendrait d'en être sûre avant d'en parler avec Édouard.

— Il va s'énerver compte tenu de ma situation j'en suis certaine. Je vais d'abord aller rencontrer le médecin pour une confirmation de mon état. Par la suite, je pourrai rassurer Édouard, puisque j'aurai pris toutes les précautions.

Ainsi donc, l'après-midi du 15 juin, Roméo Lortie vint chercher sa fille pour la conduire chez son médecin. Elle n'annonça pas la nouvelle à son père qui se serait sans doute alarmé pour rien. Son médecin montréalais, un peu plus habitué que les praticiens de Saint-Jovite et de Labelle à avoir des patientes diabétiques et enceintes, s'assura tout de même de donner les renseignements les plus précis à sa jeune patiente.

— Je confirme votre grossesse, madame Gélinas. Vous en êtes au tout début. Évidemment, votre situation diffère des autres femmes enceintes.

Clémentine tressaillit à ce rappel qu'elle considérait

comme inutile. Mais rien ne ferait vaciller son bonheur. Elle encouragea donc le docteur à continuer d'un petit signe du menton.

— Les nouvelles recherches font part des découvertes suivantes: durant vos trois premiers mois, les hypoglycémies sévères risquent d'être fréquentes. Vous en avez peut-être déjà vécu avant même la confirmation de votre état ? supposa-t-il.

Satisfait du hochement de tête affirmatif de sa patiente, il continua:

— Elles sont souvent accompagnées de rebonds, car de nouvelles hormones se mettront en place. De plus, des nausées perturberont vos repas. En fait, la grossesse semble peu propice à une gestion facile de votre maladie. Il est évidemment trop tard...

— D'accord, mais encore... Il ne sert à rien de me le préciser puisque j'entends bien rester enceinte jusqu'à terme. Ce que j'aimerais savoir, c'est la meilleure manière d'avoir un bébé en santé tout en conservant la mienne. De plus, est-ce que je risque davantage de perdre mon bébé parce que je suis diabétique ? s'enquit Clémentine avec inquiétude. Parce que je m'attends à ce que vous fassiez tout en votre pouvoir pour m'aider à réaliser mon rêve. C'est d'ailleurs pour cela que je vous paye si bien, aurait-elle eu envie de rajouter.

Car depuis un an, chaque visite trimestrielle chez ce spécialiste de Montréal faisait un trou dans le budget de la jeune femme. Mais il était entendu que sous aucun prétexte elle ne négligerait sa santé. Édouard et elle avaient convenu de prendre la somme requise pour les visites dans le cadeau d'argent du père de Clémentine.

Le médecin, un homme au visage ingrat, mais à la réputation nationale, se perdit quelques minutes dans un dossier rempli de feuilles volantes. Il trouva enfin ce qu'il cherchait et fit son premier sourire de la rencontre.

— Voilà ! Je vais vous remettre ce bulletin d'information créé par L'association canadienne du diabète.*

En regardant le visage rayonnant, la blonde chevelure nouée sur le dessus de la tête et les mains délicates de la future maman qui se serraient l'une contre l'autre, le docteur n'eut pas le courage de lui parler des statistiques peu rassurantes des grossesses chez les sujets diabétiques. Il se prit à croire qu'elle ne ferait pas partie des quarante pour cent de femmes qui voyaient leur bébé mourir *in utero* aux environs de la trente-sixième semaine. Les données encore peu fiables mentionnaient des bébés trop gros, ou une insuffisance du placenta. Clémentine s'empara du feuillet qu'il lui tendit. En y jetant un coup d'œil rapide, elle arrêta son regard sur les mots « décès de l'enfant avant la naissance », avant de l'enfouir dans son sac en cuir marron. Elle se leva rapidement.

— Je vous remercie, docteur. Me voilà mieux renseignée sur la gestion de mon état.

— Mais n'oubliez pas d'être alerte aux nouveaux signes de faiblesse. Si vous vomissez fréquemment, il faudra revenir me voir pour que je puisse vous prescrire quelque chose afin de réduire les nausées.

De retour chez elle, vers la fin de l'après-midi, la jeune femme flottait sur un nuage de bonheur, à peine obscurci par les paroles du médecin. Bien décidée à refouler ses craintes, Clémentine ne voulait que penser au petit bébé qui grandissait déjà en elle.

— Je ferai tout pour te protéger, chuchota-t-elle la main sur son ventre.

Elle se dépêcha de revêtir sa plus belle robe, la bourgogne

et noire qu'elle avait portée le lendemain de ses noces, mit une goutte de parfum sur sa nuque dégagée par un chignon lâche. Elle s'observait dans le miroir chaque fois qu'elle passait devant.

— Il me semble que j'ai déjà un petit bedon, se disait-elle en riant et en se regardant de profil. Idiote, ton bébé n'est pas plus gros qu'un raisin et tu t'imagines que ça paraît déjà !

N'empêche, chaque occasion était bonne pour caresser son ventre encore plat. Lorsqu'enfin Édouard mit les pieds dans la cuisine, un peu après sept heures, il soupira d'aise en humant l'odeur de la poule au pot avec des légumes.

— Mon doux, est-ce que j'ai oublié un anniversaire ? demanda le jeune homme en remarquant la table bien mise et leur plus beau chandelier au milieu de la nappe brodée. Clémentine ? Où es-tu mon amour ?

— En haut… attends, j'arrive.

Contrairement à son habitude, la jeune femme descendit prudemment l'escalier; d'ordinaire, elle dévalait les marches sans prendre le temps de faire une pause. Ses yeux brillaient lorsqu'elle les posa sur Édouard, assis sur le bout de la chaise berçante près de la porte entrouverte. Il tourna sa tête bouclée vers elle, avant de siffler entre ses dents.

— Pfff ! Quelle beauté ma parole ! Je suis gâté.

Clémentine s'avança dans la cuisine, le sourire éclatant sur son visage aux doubles fossettes. Elle enlaça son mari par-derrière et resta longtemps la joue sur son épaule. Il lui prit les bras avec tendresse.

— Je t'aime… papa, souffla-t-elle avec douceur.

— Moi aus… Papa ?

Édouard se tourna aussitôt pour la regarder. Clémentine avait reculé d'un pas, la main gauche posée sur son ventre.

Elle rayonnait de fierté et son mari, à présent debout, ne put que constater son ravissement.

— Tu veux dire…

— Je suis enceinte, Édouard. Enfin !

— Mais… ta santé ? Nous n'avions pas…

Clémentine mit son index sur la bouche de son amoureux avant de l'embrasser sensuellement. Toute à son bonheur, elle avait envie de lui, là, maintenant.

— Chut… suis-moi.

Après une heure d'amour passionné, les deux époux se regardèrent longuement. Clémentine, la tête au creux du bras d'Édouard, entreprit de le rassurer. Elle lui narra sa visite chez le docteur, sans mentionner les réticences de ce dernier. Elle n'avait retenu de cette consultation que ce qu'elle voulait bien. Tous les risques associés à cette grossesse délicate ne s'appliqueraient pas à elle. Clémentine s'en était convaincue.

— De toute manière, il me faut juste être plus vigilante et m'assurer de toujours bien m'alimenter. Ce que je fais déjà, ne le vois-tu pas ?

— Mais n'était-il pas inquiet ?

— Pas vraiment, mentit-elle avec aplomb sans le regarder. Je me connais bien, je connais bien mon corps, continua-t-elle en vitesse. Je sais lorsque je dois prendre une dose de sucre supplémentaire. De toute manière, jamais je ferais quoi que ce soit qui puisse nuire à ma santé ou à celle de mon bébé. Je serai extrêmement prudente, t'en fais pas mon amour.

Après quelques instants, Édouard put enfin se réjouir. Laissant aller sa tête sur le coussin du divan, il sourit avec une grande joie.

— Je vais être papa. Moi. C'est extraordinaire ! J'ai hâte de le dire à Adèle. Et peut-être que…

Sans préciser sa pensée, Édouard mit tout son espoir dans une possible réconciliation avec les deux autres membres de sa fratrie. Sûrement qu'une telle nouvelle adoucirait le cœur de sa grande sœur…

Pendant l'été, Édouard avait prévu baratter trois fois par semaine, soit le lundi, le mercredi et le vendredi. L'écrémeuse fonctionnait, elle, chaque jour. Avec les grandes chaleurs, il descendait la crème dans le puits de Henry Stromph pour s'assurer de sa fraîcheur une fois l'étape du barattage venue.

— J'ai pas vu le père Claveau depuis quelques jours, fit remarquer Édouard à Henry, venu l'aider pour le nettoyage de fin de journée du vendredi. C'est bizarre, d'habitude, il passe pas un jour sans venir me porter les produits de sa traite. Même si je lui dis qu'il peut passer un jour sur deux, il insiste pour venir quotidiennement en disant que ça lui fait une randonnée agréable.

— Hum… si tu veux, je peux aller lui rendre une petite visite dès que j'aurai terminé, répondit Henry en souriant.

Un peu inquiet, Édouard leva la tête de son ouvrage.

— Tu sais quoi ? On finit ça et on se dépêche d'y aller tous les deux. J'imagine que si quelque chose l'empêche de venir me voir, il nous le dira lui-même. Je pourrais même lui offrir d'aller chercher son lait si sa santé décline trop.

Aussitôt leur dernier bidon lavé, les deux hommes s'empressèrent de grimper dans la voiture de Henry pour se diriger vers la côte Boisée. Malgré lui, Édouard ne put se retenir d'étirer le cou pour tenter de voir la ferme de sa famille, en tournant dans l'entrée de leur vieux voisin. Henry, qui voyait bien son manège, fit semblant de ne pas s'en rendre compte et tenta de faire diversion. Les disputes entre les membres de la famille Gélinas minaient tant son ami, qu'il espérait beaucoup que mademoiselle Florie tente un jour un rapprochement avec son protégé.

— Je vois pas son chariot, dit le ferblantier en pointant l'entrée.

— Il doit être dans la grange.

— Oui, *probably.*

Édouard fit une moue de déception en s'apercevant qu'avec la végétation luxuriante de ce début d'été, la haie de lilas entre les deux terrains lui coupait la vue sur la maison familiale. Il se résigna donc à descendre. Les deux hommes s'avancèrent vers la porte fermée de la petite maison.

Toc ! Toc ! Toc !

— Père Claveau ? Vous êtes là ?

Seuls les chiens du vieil homme répondirent à l'appel. Édouard haussa les épaules en regardant son ami. Devait-il insister ? Son ancien voisin détestait l'intrusion. Henry pencha la tête pour essayer de voir par la fenêtre près de la porte. Il secoua la tête avec déception. Seuls les meuglements lointains des vaches savourant l'été accompagnaient les deux hommes.

— Qu'est-ce qu'on fait ? On est toujours bien pas pour entrer sans son accord.

— Hum…

Édouard frappa de nouveau à la porte en essayant la poignée qui tourna sur elle-même. Un mauvais pressentiment l'envahit en entendant les chiens se lamenter dans la maison.

— Je crois que je vais entrer. Il ferait taire les chiens s'il était là.

— Peut-être est-il juste dans sa grange ?

— Oui, allons voir avant, tu as raison. Je voudrais pas qu'il pense que nous fouinons.

Quelques instants plus tard, revenus bredouilles de leurs recherches, les deux hommes se décidèrent à entrer sans autorisation dans la maisonnette. Ils s'attendaient presque à recevoir un verre d'eau ou une taloche. Pourtant, la vue de ce qui les attendait était tout autre…

— Le pauvre homme était mort dans son lit, raconta Édouard à sa femme, une fois revenu à la maison après une longue soirée éreintante.

— Oh mon Dieu… mais n'habitait-il pas avec un homme engagé ?

— Oui, mais il était seul. Si j'ai bien compris monsieur Marquis, James, son homme engagé, est parti deux jours à Labelle pour acheter deux cochons. Il doit revenir demain matin.

— Mais qui s'occupera des funérailles ? Ne m'as-tu pas dit que ce vieil homme était un mystère ? Personne de sa famille habite près d'ici ?

Clémentine, dont le ventre commençait à s'arrondir, servit la soupe de légumes à son mari, puis s'assit. Elle avait déjà mangé, mais pas question de laisser Édouard seul devant son repas. Il lui fit un sourire satisfait avant de goûter le bouillon savoureux. Après quelques bouchées de pain tartiné avec un beurre de sa confection évidemment, il s'appuya contre le dossier de sa chaise pour répondre.

— Non, personne. Je sais pas qui va gérer les arrangements. Le curé Latraverse ne souhaitait pas veiller le corps cette nuit… surtout que le père Claveau et l'église faisaient pas bon ménage. Mais au moment de notre départ, quelques paroissiennes s'étaient déjà proposées pour prendre en charge la veillée.

— Nous irons ? demanda curieusement sa femme.

— Bien sûr !

— C'est juste que nous risquons de croiser…

— Florie ? Laurent ? Et alors ? Je vais pas m'empêcher d'être civilisé parce qu'eux le sont pas. Si ça fait pas leur affaire, ils auront juste à retourner chez eux. Après tout, le père Claveau n'appartient pas à Florie à ce que je sache !

Les paroles sèches d'Édouard attristèrent Clémentine dont les grands yeux bleus se remplirent immédiatement de larmes. Sa lèvre inférieure toute tremblante, elle voulut se lever, mais le jeune homme se dépêcha de s'excuser.

— Oh, ma chérie, je suis désolé. Je t'en veux pas, tu sais bien ! C'est juste que la journée a été longue, et je m'en suis pris à toi.

— C'est correct, chuchota Clémentine. Il faut dire que je suis tellement émotive depuis…

— Depuis que tu portes notre enfant ! Et moi qui te parle de cette façon. Pardonne-moi !

Clémentine essuya les larmes qui coulaient sur ses joues avant de sourire.

— Évidemment mon amour. Bon, allez, termine cette soupe que je te serve mon bœuf à la mode. Tu m'en donneras des nouvelles, j'ai pris la recette dans le livre de mademoiselle Jeanne Anctil, la directrice des écoles ménagères provinciales. Elle a quand même étudié la cuisine à Paris, ce n'est pas rien ![*]

— J'en reviens pas, répéta Florie pour la dixième fois depuis que Laurent lui avait appris la nouvelle.

Assise dans le salon, elle se berçait dans la chaise autrefois utilisée par Édouard. Elle la prenait avec un malin plaisir chaque fois qu'elle le pouvait, comme pour montrer aux deux autres que c'était elle la maîtresse de maison, et que son frère n'y avait plus sa place. Adèle soupira discrètement. Son regard filait par la fenêtre.

— Après tout, c'est pas une si grande surprise. Il était quand même assez âgé.

— Je me demande bien quel âge il avait, d'ailleurs, marmonna Laurent en fronçant les sourcils devant la carte jouée par Léo.

— Je ne sais pas, mais moi j'ai l'impression qu'il a toujours été vieux. Depuis que je suis petite, il n'a pas changé d'une miette. Il me faisait peur, mais en vieillissant, je me suis bien rendu compte qu'il n'était pas méchant, juste un peu excentrique.

— Ouin… tu as bien raison, Adèle. C'était un bien bon homme. J'arrêtais pas de le dire ! Un peu étrange parfois, mais un homme d'une grande qualité.

Adèle avala sa gorgée de thé de travers en entendant sa sœur.

— Bien voyons, qu'est-ce qui te prend à tousser de même ?

— Rien… rien… je me suis étouffée avec ma gorgée, répondit sa sœur en échangeant un coup d'œil hilare avec son frère.

Camouflant de son mieux son fou rire, elle se précipita vers la salle de bain pour reprendre son souffle.

— Elle n'est pas croyable quand même… marmonna-t-elle. Ça fait dix ans que je l'entends déblatérer sur le compte du bonhomme Claveau, et maintenant qu'il est mort, la voilà presque à chanter ses louanges ! Il y a juste Florie pour se mentir ainsi.

De retour au salon, elle resta silencieuse quelques minutes. Seul le bruit des aiguilles de l'horloge dérangeait la quiétude du moment. Puis, Florie lança un long regard soupçonneux à sa sœur.

— C'est correct là ? Tu vas mieux ?

— Oui, juste une gorgée passée dans le mauvais trou. Bon, est-ce qu'on a des détails sur les funérailles ? J'imagine que c'est James qui va devoir s'en charger.

— James ? demanda distraitement Florie avant de comprendre. Elle secoua violemment la tête. Bien voyons donc toi ! Pas question de laisser les arrangements entre les mains d'un étranger. Il va falloir que le curé s'en charge. Sinon, bien, toi tu pourrais t'en occuper !

— Moi ? demanda Adèle, interdite. Mais pourquoi donc ?

Florie hésita, avant d'enlever des mousses imaginaires sur le bas de sa vieille robe. Elle grommela :

— Bien il me semble que tu es la plus... éduquée dans le village pour faire affaire avec le notaire, puis tout ça...

— Tu es drôle toi ! Comme si j'allais m'imposer chez le père Claveau. De toute manière, il a sûrement laissé un testament ou discuté de ses dernières volontés avec quelqu'un.

Adèle lança un regard curieux à Florie qui n'hésitait pas à lui partager sa pensée. Elle se leva pour aller à la fenêtre, déplaçant le rideau lourd pour observer la maison de son voisin.

— Je pense à ça, on va peut-être enfin savoir d'où il venait, le bonhomme, dit Florie. Depuis le temps que je me demande ce qu'il faisait avant de...

— Il y a de l'agitation chez lui en tout cas, coupa Adèle, peu intéressée par le commérage de sa sœur. À mon avis, quelqu'un a déjà pris en charge les arrangements pour le pauvre homme. Je me demande bien qui va acheter sa ferme maintenant qu'il est mort...

Dans ses rêves les plus fous, Adèle se prenait à imaginer qu'Édouard et Clémentine l'achetaient. Quel bonheur elle aurait à les côtoyer tous les jours ! Mais sachant que cette vision était utopique, elle se replongea dans la lecture du journal du matin. Elle n'avait pas réussi à tout lire avant son déjeuner. Depuis quelque temps, pourtant, Florie les laissait s'arranger le matin. Elle avait de plus en plus mal au dos et ne dormait parfois que quelques heures. Sur l'insistance de sa sœur, elle avait accepté qu'Adèle prenne la relève. Ainsi, la plupart du temps, Adèle lisait *Le Courrier* de la première à la dernière page en savourant son café avant que sa sœur ne se montre le bout du nez. Toutefois, ce matin, Florie s'était levée à l'aube et elle avait déjà préparé du pain doré avant le réveil d'Adèle. Avec un petit regret, celle-ci avait donc mis le journal de côté, pour écouter le bavardage de sa sœur aînée. Adèle aurait certainement apprécié ce moment de quiétude, si elle avait été au fait des détails du testament de leur voisin...

CHAPITRE 9

Nouveau voisin

— Un maudit fou ! Un sans-cœur, un sans-dessein ! Voilà ce que je pense de ce vieux bonhomme. Je peux pas croire qu'il ait osé nous faire ça ! Non, mais tu parles d'un…

— OK, ça va Florie, arrête un peu, la coupa sèchement Adèle, au risque de voir sa sœur s'en prendre à elle.

Aussitôt, son aînée cessa de parler puis se tourna vers elle pour lui lancer une œillade meurtrière. Dans sa plus belle robe, qui n'en demeurait pas moins une chose noire difforme et délavée, Florie semblait encore plus empâtée que d'ordinaire. En effet, elle avait fait l'achat de cette longue tunique presque onze ans plus tôt, à la mort de sa mère. Depuis, son corps avait emmagasiné une bonne soixantaine de livres de plus. Elle avait posé un petit chapeau sévère sur sa tête, mit ses chaussures en cuir qui lui donnaient mal aux pieds. Elle grimpa dans la charrette pour se rendre à la veillée chez le père Claveau. Dès l'arrivée, Florie fit mine de ne pas voir la main tendue de James Jackson qui les accueillait à la porte.

— Franchement, Florie, lui souffla Adèle, tu pourrais faire preuve de politesse.

— De quoi tu parles ? demanda hypocritement sa sœur.

— Tu aurais pu au moins le saluer.

— Je vois pas pourquoi je ferais des courbettes à un étranger qui quittera le village aussitôt les funérailles célébrées.

Décidée à ne pas faire de scène, Adèle salua quelques villageois puis se dirigea vers la table sur laquelle reposait le vieil homme, amaigri. Elle observa à la dérobée son frère Laurent qui tenait sa casquette entre ses larges mains. Josette, la sœur cadette de Marc-Joseph, le dévisageait avec intérêt, mais il ne lui rendait pas son regard. Il n'était jamais très à l'aise au milieu des gens, et sa timidité était plus qu'évidente lors de situations peu plaisantes comme celle-ci. Désireuse de ne pas engager de conversation avec la sœur de son violeur, Adèle ne fit que la saluer puis s'approcha de Laurent pour lui chuchoter :

— Je pense qu'on a juste à faire acte de présence. Après tout, on le connaissait pas vraiment. Mais c'était tout de même un homme attachant.

— Oui, surtout d'après Florie, répondit Laurent un brin de malice dans les yeux.

Étonnée par ce rare moment de complicité, Adèle lui sourit sincèrement avant de le prendre par le bras. Laurent, lui, songeait à la chance qu'avait Léo de ne pas devoir se déplacer au milieu de cette foule. Il profitait de leur absence pour bûcher du bois afin de préparer la saison froide. Les pensées de l'engagé étaient moroses. Serait-il toujours chez les Gélinas à l'hiver ? Aurait-il la chance d'y rester jusqu'à ce que lui décide du contraire ? Léo le souhaitait ardemment, car la perspective de retourner vivre à Saint-Damien auprès de sa mère lui semblait un bien sombre avenir. Depuis son arrivée chez les Gélinas, il éprouvait un sentiment de légèreté à l'idée de ne pas finir ses jours seul. Malgré le caractère acariâtre de l'aînée de la famille, qui lui faisait parfois peur, il avait l'impression de s'intégrer de plus en plus à leur maisonnée. Il craignait parfois de voir revenir Édouard, d'assister à une réconciliation familiale qui signerait la fin de son travail à la ferme. Toutefois, maintenant que la beurrerie était ouverte, cette possibilité s'amenuisait.

— Je me demande… murmura Adèle avant de se taire subitement.

— Quoi ?

Promenant son regard sur la dizaine de villageois réunis dans le petit salon, la jeune femme poursuivit sa pensée, au risque de fâcher Laurent.

— Je me demande si Édouard viendra.

— Chut… parle pas de lui devant Florie !

Laurent se retourna vers la porte pour s'assurer que sa sœur, qui discutait avec la femme de leur autre voisin, monsieur Marois, n'avait rien entendu. Toujours torturé entre la fidélité qu'il croyait devoir à Florie et sa curiosité à l'égard de la nouvelle vie d'Édouard, le jeune blond posa un œil inquisiteur sur Adèle.

— Tu savais que c'est lui qui l'a trouvé ?

— Trouvé quoi ?

— Pas quoi, qui ! Édouard a trouvé le père Claveau mort, hier soir. Il est venu le voir avec monsieur Stromph parce que d'habitude, le vieux bonhomme allait lui porter son lait tous les jours et, hier matin, il l'avait pas encore vu.

— Ah bon ? Et tu sais ça comment, toi ?

Laurent rougit sous le regard soupçonneux de sa sœur. Il allait répondre lorsque Florie arriva à leurs côtés.

— Bon, je pense qu'on peut s'en aller.

— Oui, répondit Adèle épuisée par sa journée dans le potager.

De plus, elle était plutôt heureuse de ne pas croiser Édouard et Clémentine. Ils éviteraient ainsi un malaise évident et l'attention peu souhaitable des villageois avides de commérages.

Ils se dirigeaient vers la porte, lorsque Louisette Marquis fit une entrée remarquée dans la maisonnette. Florie ne retint pas un soupir d'agacement en l'entendant saluer James à voix haute.

— Un peu de respect, il me semble... grogna-t-elle en agrippant le bras de sa sœur et de son frère. Pas besoin de crier comme une demeurée pour montrer à tout le monde qu'on est arrivé ! Franchement !

Sans daigner s'arrêter près de la commerçante et de son mari, elle voulut fuir la pièce avant que l'autre ne la remarque. C'était bien mal connaître la grosse commère qui se fit un plaisir de les saluer en regardant partout autour d'eux.

— Tiens, bonjour à vous trois. Édouard est pas avec vous ?

— Ça a bien l'air que non ! répondit sèchement Florie, en tournant la poignée pour sortir.

— Vous partez déjà ? Dommage, on aurait pu placoter un peu !

— Oui, on s'en va. On a pas juste ça à faire nous autres, jaser avec le monde ! Vous saurez qu'une ferme, ça s'entretient pas tout seul !

Laurent, mal à l'aise, fit un piteux sourire à la grosse femme avant de suivre sa sœur sur la galerie. Alors qu'il allait refermer la porte, Louisette Marquis se glissa aussi à l'extérieur pour jeter son venin à la tête des Gélinas :

— Alors, que pensez-vous de votre nouveau voisin ? demanda-t-elle de sa voix la plus mielleuse.

Adèle, qui sentait venir la dispute, tenta d'éloigner sa sœur en prenant le contrôle de la conversation :

— Nouveau voisin ? Aux dernières nouvelles, nous n'en avons plus, au contraire. Bon, ce fut un plaisir, madame Mar...

La femme mit sa grosse main aux doigts boudinés sur sa bouche ouverte en étouffant un petit cri.

— Dites-moi pas que vous êtes pas au courant ? Moi et ma grande trappe ! Il est vrai que vous êtes pas venus au village aujourd'hui !

— Madame Marquis, de quoi parlez-vous ? demanda Adèle exaspérée.

— Il semble bien que le père Claveau ait laissé à son homme engagé sa maison et sa terre.

— Quoi ? cria Florie en revenant sur ses pas.

Satisfaite de l'effet de sa nouvelle, Louisette Marquis prit un air pathétique.

— Je suis désolée de vous l'apprendre. Bien oui, James Jackson est votre nouveau voisin ! Officiellement !

Avant que sa sœur ne saute sur la commère et ne l'étouffe comme elle en aurait eu envie, Laurent la prit par la main et Adèle salua sèchement la commerçante qu'elle aurait espéré voir disparaître à l'instant.

— Viens, Florie, on s'en va.

Depuis la nouvelle, Florie ne décolérait pas. Incapable de discuter calmement, elle marchait de long en large dans le salon, sous le regard éberlué de Léo qui ne savait pas où regarder de peur qu'elle ne l'apostrophe. Laurent et lui tentaient de terminer une partie de Tocs commencée la veille, et Adèle cherchait à minimiser les dommages causés par les paroles de Louisette Marquis.

— Ça change rien, Florie, si tu y penses bien. Après tout, James habitait déjà à côté avec le père Claveau.

Seul le chant des oiseaux pénétrait dans la pièce. La sœur

aînée cessa son manège pour s'approcher à quelques pas d'Adèle qui lui fit un geste apaisant de la main.

— Rien ? Es-tu folle, ma parole ? Quand ton voisin est un pur étranger qui a le contrôle de la terre, qui partage tes clôtures et avec qui tu échanges des denrées, tu sauras ma fille que tout est changé !

— Mais Florie, dit Laurent sous le regard étonné de Léo et Adèle, James est déjà venu nous donner un coup de main, tu t'en souviens ?

— Justement ! Je l'ai surveillé tout le temps et j'ai pas envie de passer mes journées à épier ses faits et gestes au cas où…

— Où quoi, Florie, bon sang ?

Fâchée à son tour, mais pas pour les mêmes raisons, Adèle se plaça devant sa sœur. Elle tenta de respirer profondément avant de prononcer des paroles regrettables comme par le passé. Son expérience lui avait appris à être moins prompte. Tentant de comprendre la position de son aînée, cette femme peu instruite, elle chercha le mieux à dire pour apaiser ses craintes.

— Tu te fais du mauvais sang pour rien, ma Florie. James n'est pas malin du tout, et je te promets de m'assurer que t'auras pas à être en contact avec lui, si tu le désires pas. Cela dit, cet homme me semble bien bon et travaillant, ce qui n'était plus le cas du père Claveau, tu en conviendras !

— Hum…

Une moue indécise apparut sur le visage de l'aînée. Elle s'approcha de la fenêtre grande ouverte. Au plus profond d'elle-même, elle désirait croire sa sœur, mais les paroles du curé Latraverse envers les étrangers l'en empêchaient. Laurent apporta son grain de sel, au grand soulagement et à la surprise d'Adèle. Son cadet, en effet, ne contredisait jamais Florie. Depuis toujours, ce qu'elle disait faisait loi.

— Je peux te garantir que si on a besoin d'aide à l'automne, cet homme-là peut accomplir la charge de travail d'un bœuf ! dit-il en relançant son dé.

— Bon, bon... de toute manière, je peux rien y faire. Mais assurez-vous de m'avertir s'il vient mettre ses pattes ici. Moi, je veux ranger nos choses de valeur. Pas question de tenter le diable.

Adèle leva les yeux au ciel alors que sa sœur se dirigeait vers sa chambre. Choses de valeur ! Le trio ne possédait absolument rien sauf quelques bijoux laissés par leur mère, Rose. Adèle portait toujours sa bague à une fine chaîne à son cou, et Florie gardait des boucles d'oreille en or dans un tiroir de sa chambre. Elle ne les portait jamais sous prétexte qu'une fermière n'avait pas besoin de ces artifices.

— Bonne nuit, Florie, fais de beaux rêves ! lança affectueusement Adèle un sourire dans la voix.

Léo et Laurent échangèrent un regard complice. Enfin, le calme pouvait revenir dans la pièce... jusqu'au lendemain. Alors, l'orage se poursuivit au retour d'Adèle, partie acheter de la farine de sarrasin au magasin général. Les dernières découvertes concernant le père Claveau feraient hurler sa sœur. Pourtant, elle n'avait pas le choix de les lui apprendre, avant que Louisette Marquis ou une autre commère ne s'en charge. La nouvelle avait déjà fait le tour du village.

— Florie ? Florie ?

— Veux-tu bien me dire ce que tu as à crier de même, toi là ? Des plans pour réveiller les morts ! répondit sa sœur en sortant de sa chambre.

— Il faut que je te dise quelque chose que je viens d'apprendre au village.

Aussitôt, le visage de Florie se ferma. Elle voulut se retourner afin d'éviter d'entendre parler de son frère ou de la beurrerie.

— Non, non, c'est pas par rapport à Édouard, précisa Adèle avant d'approcher une chaise. Assieds-toi, s'il te plaît. Puis, donne-moi deux minutes, je vais aller chercher Laurent.

Elle s'avança vers le bas de l'escalier pour appeler son frère, en train de se changer pour le souper.

— Laurent, Laurent, descends tout de suite !

Lorsque les deux furent à la table, Adèle prit sa voix la plus douce pour transmettre ce qu'elle savait. Au fur et à mesure, Florie blêmissait. Lorsque la jeune femme se tut, elle se leva promptement, mue par l'anxiété générée par la révélation de sa sœur.

— Ça se peut pas, voyons donc ! Vous vous imaginez le danger qu'on a évité toutes ces années ? C'est pas croyable, bonyenne !

Une lettre explicative, trouvée dans un coffre sous le lit du père Claveau, avait permis aux villageois de faire la lumière sur son passé nébuleux. Le vieil homme demandait à ce que l'argent qu'il avait économisé, soit un peu plus de deux cents dollars, soit remis à la famille de Charles Dubois. Les villageois de Sainte-Cécile apprirent à leur grande stupéfaction que le vieil homme, décédé à l'âge de soixante-douze ans, avait eu un passé de prisonnier.

— Ça a l'air qu'il a fait de la prison pendant neuf ans, de vingt-deux à trente et un ans, expliqua Adèle. Il était au pénitencier de Trois-Rivières…

— Oh mon Dieu ! Oh mon Dieu ! ne cessait de répéter Florie en marchant de long en large dans la cuisine et en s'éventant de ses mains.

Même Adèle, pourtant plus indulgente, était choquée par ces découvertes révélées au grand jour.

— Mais pourquoi a-t-il fait de la prison ? demanda son frère, qui ne savait pas s'il devait continuer la discussion en voyant son aînée sur le bord d'une syncope.

— Euh… Il a participé à un vol qui a mal tourné. Ils étaient trois complices, et l'un d'eux a paniqué lorsque l'homme de la maison s'est réveillé, les trouvant dans son bureau.

Florie lui fit signe de continuer avant de s'effondrer sur une chaise.

— Il y a eu des coups échangés avec un des voleurs — pas le père Claveau — et la victime a fait une crise cardiaque. Ce monsieur, qui s'appelait Charles Dubois, est mort. J'imagine que remettre l'argent à sa descendance est une façon pour le père Claveau de réparer son geste ! Bien, c'est ça !

Un matin de juillet, Édouard arriva un peu en retard à la beurrerie. Il avait dû courir après deux poules pondeuses qui s'étaient échappées pendant la nuit. Sa jeune épouse, piteuse, le regardait avec insistance.

— Voyons donc, Clémentine, t'avais pas fermé la porte ?

— Pourtant si ! J'en suis certaine, répondit sa femme, un peu insultée du manque de confiance de son mari. Il faut faire quelque chose, Édouard, je ne voudrais pas perdre Coton et Plume.

Son mari lui lança un regard amusé.

— Coton et Plume ? Parce que tes poules ont des noms ?

— Oui ! Tu sauras que c'est plus facile pour moi et, en plus, elles se reconnaissent quand je les appelle ! Je leur ai trouvé des noms tout en douceur, sourit Clémentine : Caresse, Flocon, Plumette 1 et Plumette 2…

Hilare, Édouard secouait la tête alors que sa femme continuait d'énumérer les noms. Mais en voyant l'heure sur l'horloge de la cuisine, il reprit son sérieux.

— Ma chérie, j'ai pas vraiment le temps de chercher, je vais être en retard à la beurrerie. En plus, aujourd'hui, je dois baratter tôt pour livrer mon beurre en fin de journée.

— Alors, laisse-moi faire, je vais les retrouver seule !

Un regard sur le corps alourdi de Clémentine convainquit Édouard de prendre un peu de retard. Il ne pouvait la laisser se promener sous la chaleur déjà accablante. Il lui prit la main et la porta à sa bouche.

— Non, non, souffla-t-il, j'y vais. Prépare-moi un déjeuner, je mangerai en route plus tard.

Pendant une trentaine de minutes, Édouard longea leur clôture jusqu'à la rivière, puis de la rivière jusqu'à l'autre clôture pour finalement revenir bredouille.

— Zut ! Elles ne sont pas sur notre terre, je pense !

— Oh non... tu penses qu'un coyote ou un loup les ont mangées ? Ou si c'était Barbouille ? L'autre matin, je l'ai emmené dans le poulailler, et je peux te dire qu'il avait les yeux ronds, le petit maudit !

Aussitôt, Clémentine sentit ses larmes affluer. Édouard lui fit un sourire affectueux. C'était pour sa grande sensibilité, entre autres, qu'il aimait sa douce.

— Je pense pas que ton chat puisse manger une poule plus grosse que lui, non... mais dis-moi, tu pleures pour les poules ou parce que tu es enceinte, ma chérie ?

— Je... sais pas... les pou... poules, je pense !

Elle sourit entre deux hoquets avant que son mari ne vienne la réconforter.

Ils sortirent de la maison. Après plusieurs minutes de

recherches non concluantes, Clémentine trouva enfin les fugitives, confortablement installées dans la stalle de Chocolat, l'une de leurs deux vaches. Elle les sermonna affectueusement avant de les replacer dans le poulailler. Enfin, Édouard put prendre la route pour la beurrerie. Arrivé à Sainte-Cécile, il ressentit, comme toujours, une grande paix l'envahir.

— C'est quand même ironique que ce village me rende si serein… quand on pense à la peine que ma famille me cause !

Chaque fois que son chariot descendait le chemin Des Fondateurs, il souriait. La vue du clocher et le passage devant l'école de son enfance avec ses larges fenêtres à carreaux, le remplissaient toujours d'émotion. Le bâtiment en bois rectangulaire, d'un étage et demi, était coiffé d'un toit à deux versants droits. Un peu en retrait du centre du village, la bâtisse jaillissait au milieu d'arbres matures, dont le géant saule pleureur sous lequel se déroulaient des jeux depuis toujours. Un soupir de plénitude l'envahissait en pensant que son fils ou sa fille aurait peut-être la chance de connaître cela. En tournant dans l'entrée de la beurrerie, il lut avec la même fierté quotidienne l'affiche fabriquée par Henry :

EDOUARD GELINAS
MAITRE-BEURRIER
SAINTE-CECILE, HAUTES-LAURENTIDES

— Mosus que je suis heureux ! soupira le jeune homme.

Cependant il constata que l'atelier de son ami était fermé et cela l'inquiéta. En temps normal, lorsqu'il arrivait, à sept heures, le ferblantier était souvent en train de travailler pour pouvoir prendre une pause l'après-midi, car alors la chaleur devenait trop extrême. À presque huit heures, Édouard s'attendait à lui raconter la raison de son retard, mais les portes de la forge étaient cadenassées.

— Voyons donc, Henry aurait-il passé tout droit ? Il manquerait plus juste qu'il soit malade…

Se dépêchant d'attacher son cheval près de la beurrerie, Édouard frappa deux petits coups à la porte de la maison avant d'entrer dans la cuisine. Il poussa un soupir de soulagement en voyant son ami assis à la table ronde, les yeux dans le vague.

— J'ai eu peur que tu sois malade, mon Henry, lui dit-il avant de mettre la main sur son épaule.

— …

— Henry ?

Le regard triste de son ami se posa sur Édouard qui s'apprêtait à ressortir. Il s'arrêta et revint s'asseoir près de lui. L'odeur du bon café frais fit frémir son estomac encore à jeun. Son déjeuner était resté dans le chariot. Il avait l'impression que Henry avait vieilli de dix ans depuis la veille.

— Tout va bien, mon ami ? demanda-t-il avec inquiétude.

— Si on veut.

— Tu désires que je te laisse seul ou tu veux m'en parler ?

Le profond respect qui liait les deux hommes permettait des échanges sincères et clairs. Henry secoua la tête avant de la plonger entre ses mains. Ignorant ce qui pouvait lui causer cette détresse, Édouard dut se résoudre à le questionner.

— Henry, tu sais que je suis là pour toi. As-tu besoin d'aide pour l'atelier ?

— Non… non…

— Peut-être as-tu besoin d'argent ? J'en ai peu, mais je peux demander à…

— Non. C'est, c'est… *Oh… here read this* ! déclara-t-il

dans sa langue, qui lui revenait naturellement lors de moments d'émotions intenses.

Il poussa devant Édouard la lettre qu'il coinçait entre ses mains. Le jeune maître-beurrier commença à lire...

Dear Mister and Miss Stromph,

My name is Jeremiah Jasper Holland. I live in a small town near London. Since I was a young...

Édouard releva la tête en secouant sa chevelure trop longue. Il fit une moue avant de chuchoter :

— Je suis désolé, mais je maîtrise pas assez l'anglais pour comprendre cette lettre. Peux-tu me la traduire ?

Henry reprit la missive avec un air douloureux avant de poursuivre la lecture d'une voix éteinte :

Depuis toujours, je sais que mes parents, monsieur et madame Holland, n'étaient pas mes parents biologiques. Par contre, je n'avais aucun renseignement sur les... hum... conditions de mon adoption. Par respect pour ceux qui m'ont élevé, je n'ai jamais tenté de recherches. Malheureusement, mes deux parents sont morts il y a trois ans. Je n'ai ni frère, ni sœur. À la lecture de leur testament, certaines informations, jusqu'alors gardées secrètes, m'ont permis de remonter jusqu'à vous. Se pourrait-il que vous soyez mes parents biologiques ?

Henry leva des yeux vagues vers Édouard qui secouait la tête avec ahurissement. Le bruit des chariots et des chevaux qui déambulaient sur le chemin Des Fondateurs s'intensifiait. Le village sortait de son engourdissement nocturne.

— C'est... ton fils ?

— Je pense que oui. *Oh my God!*

Ne sachant quelle émotion envahissait son ami, Édouard le questionna, au risque de paraître indiscret.

— Tu as reçu cette lettre hier ?

— Je sais pas. J'ai regardé la boîte aux lettres ce matin seulement. Tu sais, je reçois jamais rien d'important, alors j'y vais pas très souvent.

— Elle est datée de quand ?

— Hum... *June 24th 1933.*

— Donc elle a mis presque un mois à arriver jusqu'à toi. Tu es content ou tu es triste ? J'arrive pas à le savoir ! Que vas-tu faire, Henry ?

— *Oh God I don't know!* répéta son ami.

Le ferblantier, blanc comme un drap, se leva lentement en s'appuyant sur la table. Il secouait la tête avec incertitude. Il s'avança vers la fenêtre à l'arrière de sa maison. Son grand champ de foin valsait sous la brise du matin. Il sentait l'air humide sur son visage tendu. Il froissait la lettre avec anxiété.

— Tu crois que je devrais donner suite, Édouard ? demanda-t-il, d'une voix étouffée, sans même se retourner vers son ami toujours à la table. *How I wish that Mary was still alive!*[2]

Édouard réfléchit longuement. Puis, d'un ton chaleureux, il relata une partie de son enfance à son ami.

— Lorsque j'avais six ans, commença-t-il, mon père, Antoine Gélinas, a quitté la maison familiale pour plus jamais y revenir. Il nous a laissés, ses quatre enfants de quelques mois à dix ans. Notre mère s'est jamais remise de ce départ. Je dis pas que c'était un bon père avant son abandon, mais je savais au moins qui il était, ce qu'il faisait, son odeur, même...

2 Comme j'aimerais que Mary soit encore vivante !

Un sanglot étreignit le jeune homme. Il prit une pause. Son père les avait quittés un matin, sans un mot d'explication. Dans son souvenir, peut-être l'avait-il serré plus fort que d'ordinaire, la veille de sa fuite, mais, avec les années, il n'en était plus certain. Henry s'était avancé de nouveau vers la table et ce fut à son tour de consoler son ami, presque son fils.

— Henry, si ce père inadéquat que Florie nous a tant appris à détester revenait aujourd'hui, j'aurais mille questions à lui poser. J'aurais un enfant à lui présenter sous peu. Je pense que ton fils, où qu'il soit, a le droit de savoir d'où il vient. C'est un besoin de l'être humain de connaître ses origines afin d'avoir le droit au bonheur.

Épuisé par sa confession, Édouard frotta son visage de ses mains rugueuses. Il se releva pour laisser son ami décider de la suite des choses. Avant de sortir, il se tourna une dernière fois et plongea son regard attristé dans celui du ferblantier.

— Si votre garçon, à toi et à Mary, vous fait cette demande, je suis certain qu'il a pensé à toutes les conséquences que cela implique. Ne lui ferme pas la porte ou, du moins, prends bien le temps de réfléchir. Je t'appuierai, peu importe ta décision.

Sur ces paroles, il se dirigea lentement vers la beurrerie où, déjà, des fermiers du village avaient laissé des bidons de lait bien frais. Heureusement, il aurait de quoi s'occuper pour éviter de penser aux relations familiales parfois difficiles. Édouard ne revit pas son ami de la journée. Il entendait le bruit des coups de marteau dans l'atelier, mais Henry ne lui fit pas même une petite visite à l'heure du dîner.

— J'espère qu'il est pas fâché par mes dernières paroles, espérait Édouard.

Pourtant, s'il avait su à quel point celles-ci avaient pesé sur la décision de Henry, il aurait été soulagé. En effet, dès qu'Édouard avait refermé la porte de la maison, Henry s'était dirigé devant la photo de son épouse pour lui demander conseil.

— *So what do you think, my love ? Should I write back to our son ? Oh... just saying our son means so much to me. Can you believe that I might see him before my death ?*[3]

Depuis son départ de l'Angleterre, l'homme à la chevelure argentée ne s'était plus jamais permis de parler de son fils adopté. Sa femme et lui avaient choisi de se taire, pour guérir la profonde blessure infligée par la perte de leur unique enfant. Les non-dits, les silences parfois parlants, avaient accompagné leur mariage. Maintenant Henry était seul devant la plus grande décision de sa vie. En quelques instants, elle fut prise. Il s'assit au secrétaire, dans le corridor de la maison, ouvrit le tiroir du bas et en sortit son papier à lettres.

Dear Jeremiah,

For more than thirty years, I've been dreaming of hearing from you one day...[4]

À la lueur des rayons du soleil pénétrant dans la cuisine, Henry mit sur papier la joie ressentie à la lecture de la lettre de son garçon, maintenant un homme. Il savait désormais que de l'autre côté de l'Atlantique, son enfant pensait à lui. Peut-être qu'il pourrait même aller lui rendre visite, peut-être était-il même grand-père... ? *Oh God !*

---

3 Alors qu'en penses-tu mon amour ? Devrais-je répondre à notre fils ? Oh... simplement dire notre fils m'émeut tellement. Peux-tu croire que je vais peut-être le voir avant ma mort ?

4 Cher Jeremiah,
Depuis plus de trente ans, je rêve de ce moment où j'aurais de tes nouvelles...

Deux semaines après l'arrivée de cette lettre, Édouard dut faire face à son premier problème à la beurrerie. Il s'en ouvrit à Clémentine, toujours bonne conseillère.

— J'arrive plus à tout faire seul ! Je suis victime de mon succès, imagine-toi donc ! Au début, je me disais que le barattage trois jours par semaine me permettrait d'accumuler le lait des fermiers, mais avec le beau temps, plus personne fait l'écrémage et je dois le faire à leur place.

— Mais est-ce qu'ils te payent plus ?

— Oui, oui... c'est pas le problème ! Mais je manque de bras, répondit-il en riant.

Clémentine se fit pensive quelques minutes avant de suggérer :

— Tu ne peux pas demander à Henry ? Il te l'avait offert non ?

— Oui, mais lui aussi, l'été, sa charge de travail augmente. Les villageois semblent tous avoir des animaux à ferrer en même temps. Je veux pas qu'il délaisse son atelier au profit de la beurrerie. Ce serait injuste. Non, je vais devoir travailler plus tard le soir... Je vois pas d'autre solution. Entre la réception des bidons, la pesée, l'écrémage, le barattage, l'extraction du lait de beurre... Moi tout seul, j'y arriverai pas sans allonger mes journées.

Clémentine qui n'aimait pas du tout l'idée de rester seule encore plus longtemps mit son cerveau au travail pour trouver une solution. Elle servit son thé à Édouard sans répondre. Puis, alors que tous les deux passaient au salon pour écouter la radio et lire le journal, elle proposa d'une voix douce :

— Et si tu engageais quelqu'un pour t'aider ?

— J'y ai pensé, mais je pourrais pas le garder l'hiver. En plus, qui viendrait travailler avec moi ? Tous les villageois ont leurs terres à gérer.

— Peut-être qu'un jeune homme ou même un plus âgé aurait besoin d'argent supplémentaire. Tu pourrais le payer ?

— Oui, je fais pas beaucoup de profits, mais je l'avais prévu. Je sais que ça prendra quelques mois, sinon une année complète avant d'être rentable. Oui… continua-t-il, pensif, en mettant sa main sur le genou de Clémentine, je pourrais peut-être voir…

— Tu pourrais mettre une petite annonce chez les Marquis. Qui sait ? Peut-être que cela intéressera quelqu'un de passage ?

Après quelques secondes de réflexion, Édouard hocha la tête en souriant avec soulagement. Il se pencha pour donner un doux baiser à son épouse. Barbouille, dans les bras de sa maîtresse, protesta un peu. Il n'aimait pas se trouver coincé entre les deux époux.

— Désolé, Barbouille, mais j'ai priorité sur toi, tu sauras ! Tu es fantastique, ma Clémentine, tu le sais ?

— Hum… Oui, je sais ! dit-elle en se lovant contre son mari.

Lorsqu'ils se retrouvaient ainsi, l'un contre l'autre, ce n'était pas long avant que leur désir naisse. Leur entente était parfaite à tous les points de vue. Ils ne se lassaient pas l'un de l'autre, et ils écoutaient rarement la fin du radio-journal, passant rapidement à des choses plus sérieuses dans la quiétude de leur chambre à coucher. Maintenant que sa femme était enceinte, Édouard ne craignait plus de jouir en elle. Clémentine en ressentait un plaisir accru et les deux ne se privaient pas de faire l'amour, matin, midi et soir.

— Dieu que je t'aime, murmura le jeune homme, avant de sombrer dans le sommeil.

— Moi aussi…

Dès le lendemain matin, Édouard se dépêcha d'aller au magasin général après avoir demandé à Henry d'accueillir les clients qui pourraient se présenter en son absence. Il lui avait expliqué l'idée de Clémentine et, avant que son ami ne puisse s'offusquer qu'il ne lui demande pas son aide, Édouard déclara :

— J'ai bien pensé à te le demander, mon Henry, mais sache que je ne peux accepter que tu négliges ta forge pour m'accommoder. En plein été, tu peux pas te permettre de fermer ton atelier sous prétexte que tu travailles à la beurrerie.

— Hum… c'est vrai, mais je peux tout de même te donner un coup de main pour la fermeture.

— Oui, et je vais continuer à avoir besoin de cette aide. Mais, pour les deux prochains mois, j'aurai besoin de quelqu'un de solide qui peut transporter les bidons, les peser… Je pourrai ainsi me consacrer à l'ajustement de l'humidité, au salage et à la mise en pains du beurre. Bon, je te laisse quelques minutes, le temps de voir avec les Marquis s'ils acceptent que je mette mon annonce…

Sans surprise, la commerçante lui laissa poser sa petite pancarte, tout juste à côté de celle qui annonçait la gigantesque foire de novembre à Saint-Jovite. Elle ne put résister à la tentation et s'installa à ses côtés pendant qu'il collait l'annonce.

— Ah bon ? Tu cherches quelqu'un pour t'aider à la beurrerie ?

— C'est bien ça. Vous connaissez quelqu'un ? demanda Édouard avec espoir.

Il lut de l'hésitation sur le gros visage rougeaud de la femme, puis un changement dans son expression. Elle avait presque pensé lui suggérer de demander à son fils aîné, avant de se souvenir que ce dernier avait enfin décidé de s'investir au magasin à temps plein. Il prendrait ainsi la relève de son mari, qui souffrait de plus en plus de son arthrite rhumatoïde. Au moins, ainsi, Ludovic ferait autre chose que d'agacer ses deux frères cadets. Elle répliqua:

— Non, mais je vais voir avec Gérald. En tout cas, ça marche fort, ton affaire, ça veut dire… continua-t-elle sur un ton envieux.

L'ouverture de la beurrerie à trois maisons du magasin avait évidemment nui à la vente de beurre. Toutefois, comme il s'agissait d'un bien périssable, et que chaque semaine des villageois mécontents rapportaient leur beurre supposément rance, la commerçante n'était pas si fâchée de ne plus avoir à tenir ce produit en grande quantité.

— Je vous remercie, madame Marquis. Vous aurez qu'à les diriger vers la beurrerie s'il s'agit de gens qui ne sont pas du village.

— Oui, t'en fais pas, Édouard… Mais j'y pense, dit-elle d'un petit ton mielleux, ton frère Laurent pourrait pas te donner un coup de main?

Édouard la regarda si longuement en silence que la grosse femme se mit à suer et à se dandiner, mal à l'aise. Sans répondre, il ouvrit la porte avant de la saluer.

— Merci encore, et bien le bonjour.

— Quel impoli! marmonna la femme en retournant derrière son comptoir. Même pas capable de répondre à une question simple. Pfff! Ces Gélinas, tous des malotrus!

Deux jours plus tard, James Jackson, le nouveau voisin des

Gélinas, se présenta à la beurrerie avec un gros bidon de crème. C'était un homme très grand, silencieux, et une certaine aura de mystère flottait autour de lui, tout comme cela avait été le cas avec le père Claveau. Après avoir posé son bidon sur la plate-forme près de l'entrée, il attendit pendant qu'Édouard remettait trois livres de beurre au jeune maître de poste, Rosaire Barnabé. Édouard lui expliquait à quel point sa femme, Clémentine, adorait le chaton qu'il lui avait donné. Les deux hommes riaient, étonnés de l'affection que les femmes pouvaient ressentir envers ces petites bêtes. Comme si leur fibre maternelle se développait à leur contact ! Puis, lorsque monsieur Barnabé quitta le commerce et que le maître-beurrier s'apprêta à regagner la chambre de fabrication, James s'adressa à lui de sa voix profonde et rauque.

— Euh… monsieur Gélinas, *je peux parler à vous* ?

— Oh… Oui ! Je suis désolé, je croyais que vous veniez seulement porter votre crème. Bien sûr, que puis-je pour vous ?

Édouard s'appuya contre le large comptoir de bois que lui avait fabriqué Henry avant d'essuyer ses mains sur le grand tablier blanc qui protégeait sa salopette en denim. James hésita quelques secondes avant de faire sa demande :

— *Vous cherchez employé, je pense* ?

— Euh… Un employé, oui. Vous connaissez quelqu'un ? demanda aussitôt Édouard.

Juste penser à la charge de travail qui l'attendait dans la chambre de fabrication lui nouait l'estomac. Il ne pouvait décevoir ses clients qui s'attendaient à avoir leur beurre frais tous les jours.

— Oui. Moi.

Le maître-beurrier ouvrit grands les yeux. Il observa le Noir avec surprise.

— Vous, James ? Mais… vous avez la ferme du père Claveau, non ?

— Oui. Mais il n'y a rien à faire. Quand *mister Claveau was there*, je m'occupais de lui, des animaux… maintenant, je veux travailler pour acheter d'autres vaches. Mais pour ça, *I need money !*

— Ah ? Ah bon.

Pendant quelques instants, Édouard hésita en pensant aux commentaires désobligeants qu'il entendait souvent à l'église, à sa sœur Florie qui s'en donnerait encore plus à cœur joie pour démolir sa réputation. Mais il songea aussi à Clémentine et à son grand cœur qui s'ouvrait à tous ; à sa sœur Adèle que le jugement des autres choquait plus que tout, et il prit sa décision.

— Si vous pouvez venir tous les matins de sept heures à midi, vous êtes engagé !

Un sourire envahit le visage foncé. Ses dents blanches parfaites contrastaient avec sa tignasse rebelle. L'homme tendit une imposante main, habituée au gros ouvrage.

— Je suis ici demain, c'est OK ?

En tournant la tête vers l'arrière de la beurrerie, Édouard renchérit :

— Maintenant, vous êtes occupé James ?

— *Now ? Nope* !

— Alors vous pouvez commencer tout de suite ! J'ai tellement de travail que ça me sort par les oreilles.

— Hein ? Par les oreilles ?

Édouard éclata de rire devant le visage étonné de son nouvel employé. Expliquant le jeu de mots, il sentit en quelques instants le nœud dans son ventre se dissiper pour laisser place à un intense soulagement. Cet homme était un travailleur féroce, une personne honnête malgré les croyances de Florie. À la pensée qu'il n'aurait peut-être plus à travailler tous les soirs jusqu'à huit ou neuf heures, Édouard sut qu'il avait fait le bon choix.

— Merci, monsieur Gélinas.

— Non, merci à vous, James. Et appelez-moi Édouard, ce sera plus facile.

Le maître-beurrier et son assistant eurent à peine une minute à eux pendant tout le reste de la matinée. James apprenait vite et, après quelques bidons, Édouard n'eut plus rien à lui dire pour la pesée. Tout se faisait aisément, alors il pouvait, lui, se consacrer à ce qu'il aimait le plus dans son travail: la confection! Il avait appris des meilleurs à l'école de Saint-Hyacinthe. Dans les salles de classe bondées et les laboratoires sophistiqués, les étudiants venaient chercher un brevet d'essayeur de lait, d'inspecteur ou de fabricant de beurre et de fromage. Édouard avait d'ailleurs affiché au mur derrière son comptoir son diplôme de maître-beurrier afin que tous ses clients soient mis en confiance. Il ne s'improvisait pas artisan du beurre, il l'était devenu en faisant fi des difficultés rencontrées. James désirait plus que tout apprendre, et le jeune patron se faisait un réel plaisir de lui transmettre son savoir.

— Pour avoir un beurre de qualité, il faut laisser la crème mûrir, aigrir juste à point.

— Hum... *not sure*... que je comprends tout, mais votre beurre est *very good!*

— Merci, je l'espère bien!

Comme Édouard n'avait plus à répondre chaque fois que la porte s'ouvrait, il pouvait baratter de trente à quarante-cinq minutes sans arrêter, afin d'avoir des grains gros comme le blé en été. Vers onze heures, ce matin-là, il entendit Henry discuter en anglais avec James. Les deux hommes se connaissaient peu, mais on sentait le plaisir qu'ils avaient de converser dans leur langue maternelle. Édouard pensait avec nostalgie à ce que devait être la vie loin des siens, et il se disait que sa réalité n'était pas très éloignée de celle de ces deux hommes. Henry demanda à son employé de sa voix calme :

— *Oh good, so you're the new helper ?*

— *Yes sir !*

— *You're going to like it here, Édouard is certainly very knowing in the art of butter making.*

— *I'm sure about it. Seems to me that he is a master in his field. I don't understand everything he explained but...*[5]

— Hum, hum...

— Oh Édouard, on parlait de toi justement !

— Oui, j'ai cru entendre mon nom. En bien j'espère, dit-il en riant avant de tendre la main à son ami. Tu voulais me voir, Henry ?

— Oui, si tu as une minute ce midi, viens me rejoindre à la maison. Je veux discuter de quelque chose avec toi.

Son regard paisible rassura Édouard sur son état d'esprit. Son ami avait pris une décision concernant son fils. Il lui sourit gentiment en désignant son nouvel employé.

— Grâce à James, j'ai le temps de respirer, alors je te rejoindrai sans problème !

Lorsqu'enfin les cloches de l'église sonnèrent midi, Édouard détacha son tablier maculé et annonça à James qu'il

5 — Oh, alors vous êtes le nouvel assistant ?
— Oui monsieur !
— Je pense que vous aimerez beaucoup travailler avec Édouard. C'est un fabuleux maître-beurrier. Très connaissant.
— Je n'en doute pas. Il semble très compétent dans son domaine. Je n'ai pas tout compris de ses explications, mais...

serait absent de la beurrerie pendant trente minutes.

— D'habitude, je ferme pour le dîner. Vous pouvez donc retourner chez vous si vous le désirez et revenir demain matin comme convenu.

Le grand Noir plongea un regard concerné sur l'ensemble de bidons vides dans le coin de la beurrerie.

— Ou je peux continuer et laver les bidons ?

— Bien sûr, si vous voulez. Mais je voudrais pas que vous négligiez votre travail à la ferme, James.

— *Mon* deux vaches *and* deux cochons ! ? s'exclama-t-il en riant. Pas beaucoup de *job !*

— J'avoue que c'est pas cela qui vous demande un temps énorme ! Alors parfait pour le lavage. Venez, je vais vous expliquer comment faire.

Après une courte démonstration sur l'importance de remettre des bidons bien propres aux fermiers, Édouard regagna la maison, la tête tranquille. Il frappa un coup à la porte avant de pénétrer dans la cuisine. Une bonne odeur de fèves au lard l'accueillit et lui fit monter l'eau à la bouche. Généralement, il n'arrêtait pas pour dîner, se contentant de pain et de graisse de rôti, un repas préparé par Clémentine. Quand Henry lui fit signe de s'asseoir avant de poser devant lui une grosse assiette remplie de *beans*, Édouard n'eut guère de regret de laisser son lunch pour ce midi.

— C'est la recette de Mary, tu m'en donneras des nouvelles, *my friend* !

— Juste à les sentir, je peux te dire que ça va être savoureux !

— J'ajoute un ingrédient secret. Bon, je voulais te dire que j'ai pris ma décision.

Édouard leva la tête de son assiette et regarda Henry

s'asseoir en face de lui. Il ne dit rien, attendant plutôt la suite en appréciant son repas.

— Je lui ai écrit. Mais avant d'envoyer ma lettre, je veux te la lire pour être certain de pas dire de bêtises.

— Tu es certain ? Je veux pas que tu te sentes obligé.

— Non, non. C'est mieux. Alors je te traduis.

Dear Jeremiah,

Votre lettre, même si elle fut un choc, m'a fait grand plaisir. Vous m'avez rappelé des moments pas toujours faciles. J'avais mis loin dans mon cœur l'événement qu'a été votre naissance. Je ne peux confirmer que vous êtes mon fils, toutefois. Ma femme Mary, aujourd'hui décédée, et moi, avons bien donné un garçon en adoption il y a près de trente ans. En fait, cet enfant nous a été enlevé. Ce ne fut pas notre choix puisque le père de Mary, votre grand-père paternel, a pris cette décision pour elle. J'aimerais bien recevoir de vos nouvelles…

Henry posa la lettre sur la table et jeta un regard plein d'espoir à son ami. Édouard hésita avant de donner son avis.

— Euh… C'est bien, Henry, mais peut-être vaudrait-il mieux attendre avant de parler de la mort de Mary ? Cela peut lui faire un choc de savoir qu'il connaîtra jamais sa mère. De plus…

— La partie sur le grand-père ? demanda froidement Henry.

Devant le hochement de tête d'Édouard, il soupira profondément.

— Je sais. Mais juste l'écrire m'a fait trop de bien… Je vais l'effacer, tu as raison. C'est pas la peine de rappeler de mauvais souvenirs dans cette nouvelle relation. Quant à Mary, j'attendrai quelques lettres avant de lui annoncer.

Il resta silencieux quelques instants avant de dire d'une voix faible :

— Elle aurait été tellement heureuse. Tellement heureuse de le connaître, de savoir qu'il va bien. Quel gâchis ! Bon, je vais réécrire la lettre puis la poster cet après-midi même.

Il coupa deux grosses tranches de pain sur lesquelles il étala une épaisse couche de beurre bien salé. Il en tendit une à Édouard avant de clore le sujet.

— On verra bien s'il y aura une suite. Je veux pas me créer d'attentes.

CHAPITRE 10

Frousse au poulailler

— Je vous le dis, il fait tout pour me faire enrager. Je suis tellement fâchée que je pense que je vais aller lui dire ses quatre vérités.

Florie donnait des coups avec le manche de son couteau pour tenter d'ouvrir un pot de cornichons scellé. Encore une fois, lorsque Laurent était revenu du village avec la nouvelle précisant que James était le nouvel employé de la beurrerie, la grosse femme en avait fait une affaire personnelle. Laurent lança un regard d'excuse à Adèle qui le regardait d'un air exaspéré. On aurait dit qu'il se mettait toujours les pieds dans les plats ! Chaque visite au magasin général rapportait son lot de commérages. Là, comme ça concernait leur frère, le jeune blond avait hésité avant de lâcher la nouvelle.

— Je sais pas comment il est devenu aussi sans-cœur. Pourtant, il a fait la même promesse que nous autres ; puis il a été élevé avec des bonnes valeurs judéo-chrétiennes. Non, je ne vois pas où ça s'est gâché. J'ai tout de même fait mon gros possible pour vous élever comme du monde. J'imagine que c'est à cause de cette… fille-là, que, soit dit en passant, tu as ramenée ici, continua-t-elle, en jetant un regard assassin à sa sœur assise à sa gauche.

Laurent n'eut pas le temps de se lever sous un quelconque

prétexte, avant l'explosion. Adèle posa sa cuillère, essuya sa bouche avec sa serviette de table et braqua son regard brun sur la bouche pincée de sa sœur.

— Écoute-moi bien, Florie... Édouard a autre chose à faire que de chercher à te nuire, tu sauras. S'il a engagé James, c'est parce que cet homme est un travailleur acharné capable de l'aider à la beurrerie. Tu devrais te réjouir de son succès, au lieu de toujours chercher des bibittes.

— Me réjouir ? Es-tu folle, toi ? Si cette femme l'avait pas détourné ainsi, il serait à sa place ici, à la ferme, pour aider Laurent. On a été obligés d'engager un étranger pour prendre sa place. Même si j'ai rien contre Léo, tu sauras que c'est... ton... votre frère qui aurait dû être ici.

— Clémentine a rien à voir avec ses choix, bon sang ! Tu savais qu'Édouard voulait ouvrir une beurrerie. Tu lui avais même offert de s'installer sur nos terres. Ne sois donc pas de mauvaise foi ! Qu'il l'ait rencontrée ou non, notre frère avait prévu ce nouveau projet, alors va pas mettre ça sur le dos de mon amie !

Adèle, qui avait retrouvé sa verve d'avant la mort de Marc-Joseph, était maintenant debout, face à Florie. Laurent et Léo les observaient sans dire un mot. Le premier cherchait une manière de quitter la pièce discrètement, alors que le deuxième examinait les deux femmes. Il avait rarement assisté à de telles colères. Élevé par sa mère, veuve depuis de nombreuses années, il connaissait peu la dynamique familiale qui existait dans la plupart des maisons des environs. Le chignon bas de Florie tressauta au même rythme que ses épaules lorsqu'elle cracha son venin :

— On sait bien. Dans toute cette histoire, il n'y a que moi à blâmer. Toi, Adèle, tu es mademoiselle blanche comme neige. Pourtant, quand est venu le temps de te prélasser dans le lit…

Offusquée qu'elle aborde sa relation passée devant Léo et son frère, Adèle gifla sa sœur. Puis elle porta la main à sa bouche. Les deux se toisèrent de longues secondes, puis la cadette murmura :

— Je m'excuse, Florie, mais tu vas trop loin.

— Toi, ma petite maudite, tu sauras qu'ici, c'est moi qui mène. Si t'es pas d'accord avec mes décisions, tu peux faire comme ton frère et prendre la porte.

— Florie…

— Toi, Laurent, ferme-la, comme d'habitude. C'est pas aujourd'hui que tu vas commencer à me tenir tête.

Les yeux noirs de Florie contrastaient avec sa peau d'une blancheur extrême. La marque sur sa joue rosissait au fur et à mesure qu'elle parlait. Les deux hommes retenaient leur souffle pour éviter d'envenimer la situation. Dans ces moments-là, Léo était sidéré par la rage de la fermière. Il était habitué au calme de Saint-Damien, et les colères de Florie le rendaient nerveux. Les sous-entendus grossiers qui avaient provoqué la gifle lui semblaient peu vraisemblables. Adèle n'était pas du genre à coucher avec un homme. Juste à cette pensée, le jeune homme rougit. Heureusement, personne ne se rendit compte de son trouble. Florie détacha lentement son tablier de sa taille imposante, le posa sur le dossier de sa chaise et se dirigea le plus dignement possible vers le corridor.

— J'ai plus faim. Vous ferez la vaisselle, moi je vais me coucher.

Dès sa sortie de la pièce, l'air irrespirable se clarifia. Les trois autres n'osaient pas parler. Les deux jeunes hommes échangeaient des regards désolés. Ils s'entendaient sans une parole. Adèle entreprit de desservir pendant que Laurent et Léo finissaient leurs fraises dans le sirop d'érable. Finalement, Laurent chuchota :

— Tu penses que c'est vraiment pour faire choquer Florie qu'Édouard a engagé James, Adèle ?

— Bien voyons donc ! Tu sais bien qu'Édouard n'a pas une once de méchanceté en lui. S'il l'a fait, c'est parce que la beurrerie fonctionne très bien et qu'il avait besoin d'un employé de qualité. Tu connais la force au travail de James. Toi-même tu me le vantes chaque fois qu'il vient t'aider. Non, Édouard a eu une possibilité d'alléger ses journées, et je vois pas pourquoi il aurait fait son capricieux.

— Ouin… tu as probablement raison.

Adèle s'assit devant son frère et, pour une rare fois, lui prit la main pour tenter un rapprochement. Depuis toujours, Laurent avait été le protégé de Florie, celui avec lequel elle avait peu d'affinités. Son visage rond, ses grands yeux naïfs, ses boucles blondes trop longues lui rappelaient soudain qu'il était tout juste sorti de l'adolescence, et qu'il n'était pas trop tard pour tenter d'en faire un homme responsable et solide comme son frère Édouard.

— Laurent, il faut que tu essaies de t'affirmer avec Florie. Tu peux pas la laisser tout décider à ta place. Bientôt, elle va penser pour toi, bon sang !

— Je fais pas ça ! coupa le jeune homme, offusqué, sous le regard curieux de Léo.

— En fait, si tu voulais, tu pourrais venir avec moi la prochaine fois que j'irai voir Clémentine et Édouard. Ils sont tellement heureux que ça fait plaisir à voir. Tu sais qu'ils attendent un bébé ?

— Un bébé ?

— Oui, tu sais cette petite chose qui naît et qui prend toute la place, dit sa sœur à la blague.

Mais Laurent n'entendait pas à rire. Si Édouard devenait père, ça voulait dire que toutes les chances qu'il quitte Clémentine et revienne un jour à la ferme étaient nulles. Même s'il savait que jamais son aîné ne renierait son mariage, il avait espéré sans trop savoir comment, que Clémentine disparaisse de leurs vies. Voilà qu'elle était enceinte, piégeant ainsi son grand frère pour le restant de ses jours. Ses yeux lancèrent des éclairs, puis il répondit à Adèle.

— Jamais j'irai chez eux. Pour moi, il est mort, c'est plus mon frère.

Sur ces paroles sèches, le jeune homme s'empressa de mettre ses grosses bottes sur la galerie et s'éloigna vers la grange pour se défouler dans les stalles. Un trop-plein d'émotion lui fit donner un vigoureux coup de poing contre le mur de la grange.

— Maudite marde ! Maudit sans-cœur ! Maudite vie !

Enragé, il frotta son poing avant de saisir la fourche et de se défoncer à transporter les ballots de foin. Le cœur brisé, il essuyait ses larmes avec sa manche de chandail. Lorsque Léo arriva quelques minutes plus tard, il fit semblant de ne pas remarquer l'émotion intense sur le visage de son ami. Entre les deux, peu de mots étaient nécessaires. Ils échangeaient sur les parties du Canadien, s'enthousiasmaient sur leurs prises au collet ou dans le lac, jubilaient quand ils réussissaient à battre l'autre « aux Tocs » ou aux cartes. Mais quand la peine les envahissait, ils se soutenaient et s'offraient des distractions. Ce que fit Léo d'un ton qu'il voulait indifférent :

— Tu… tu… voudrais… al…aller vérifier… les co…collets a…après ?

— Ouais... On pourrait.

Laurent aurait voulu lui dire merci, mais les mots n'arrivaient pas à passer le seuil de ses lèvres. Depuis toujours, le jeune homme s'emmurait dans une gêne extrême lorsque venait le temps de faire part de ses émotions. Avec les années auprès de Florie, il avait appris à ne rien dire. Souvent, il avait envié la relation de son frère et Adèle. Il les surprenait parfois derrière la *shed* ou le bâtiment vide qui devait servir pour la beurrerie. Tête contre tête, ils chuchotaient en riant ou discutaient sérieusement de politique, du clergé ou de tout autre sujet pour lequel Florie n'avait aucun intérêt.

— Alors dé... pêchons-n... nous de... fi..nir.

— À la tombée de la nuit, on pourrait avoir des surprises.

Les deux jeunes hommes se sourirent avec complicité. Lorsque Léo se remit à genoux pour brosser la terre sur l'arrière-train d'une truie, Laurent le fixa longtemps. Léo était bien plus menu que lui, plus fragile, avec son corps élancé, sa tête bouclée et son sourire timide. Un étrange sentiment prit Laurent à la gorge et il se secoua pour se remettre à la tâche et chasser ses pensées. Sa colère était passée; ils avaient encore du travail à faire. Dans sa chambre, Adèle regardait au loin vers le village. Il n'y avait pas un nuage dans le ciel en cette fin de journée. Peu de circulation aussi sur la côte Boisée. Elle voyait le clocher de l'église et pouvait imaginer son frère dans sa beurrerie.

— Une bonne fois, bon sang, je vais aller acheter du beurre à Édouard. Je le dirai pas à Florie et je peux jurer qu'elle va en louanger le goût. Il va bien falloir qu'elle arrête avec sa colère, c'en est rendu ridicule! Notre mère est morte depuis onze ans, il faudrait peut-être passer à autre chose! Je souhaite presque que Laurent se dégote lui aussi une fille à marier.

Comme ça, elle comprendrait que sans nos frères, la ferme ne peut pas fonctionner.

En réfléchissant à leur situation familiale, Adèle songeait à tout ce qui aurait pu être si leur père, Antoine, ne les avait pas quittés. Sur ce point, elle était d'accord avec sa sœur: pas besoin d'un tel lâche dans leur famille. Alors qu'Édouard aurait aimé avoir des réponses, Adèle, elle, lui dirait clairement son opinion à l'égard de sa désertion. Comme d'habitude, Florie fuirait probablement la situation.

— Lâche, un sale lâche sans amour pour sa famille... songea-t-elle, avant de laisser retomber le rideau.

Elle s'installa à sa petite table, au pied de son lit, sortit le manuscrit qu'elle désirait terminer avant la fin de l'été, sans savoir si un jour, elle l'enverrait à un éditeur.

— Au moins, je comble mon besoin d'écrire. C'est toujours ça ! Pour le reste, on verra bien. Samedi, je vais aller voir Clémentine à Saint-Damien. Elle doit trouver les journées longues puisque mon frère travaille sans relâche à la beurrerie sauf le dimanche. Je vais lui donner un coup de main avec ses poules !

Elle retint un fou rire en imaginant son amie au milieu du poulailler, avec son ventre arrondi. Une vraie petite fermière !

Le samedi matin, peu après le déjeuner, Adèle mit son chapeau et ses gants puis se tourna vers sa sœur qui terminait son repassage.

— Florie, je vais à Labelle pour la journée.

— Pourquoi donc ?

L'air suspicieux, l'aînée délaissa sa tâche pour se retourner vers sa cadette déjà à la porte de la cuisine d'été. Sa jolie robe à pois laissait paraître des formes plus épanouies. Enfin, Adèle s'était remplumée. Mais toute à sa satisfaction de savoir sa sœur plus en forme, Florie n'en continua pas moins de l'interroger:

— J'ai besoin de rien à Labelle, veux-tu bien me dire ce que tu vas y faire? C'est pas pour rencontrer cet... cet homme hein, Adèle?

Son ton inquiet fit un peu sourire la jeune femme. Son aînée ne restait pas fâchée très longtemps. Depuis la gifle, Florie filait doux, parce qu'elle savait que ses paroles avaient dépassé les limites. La relation entre Jérôme Sénéchal et Adèle resterait sacrée toute leur vie. Pourquoi l'avait-elle remise sur le tapis, devant Léo et Laurent en plus? Malgré tous ses défauts, la plus vieille des Gélinas savait reconnaître lorsqu'elle était allée trop loin. Adèle lui avait présenté ses excuses, elle l'avait serrée dans ses bras et mit fin au conflit. La jeune brune mentit sans culpabilité, sachant que sa sœur avait besoin d'être rassurée.

— Non, non voyons, tu sais bien que jamais je ne le reverrai.

— Au moins, tu es revenue à tes sens.

Adèle lui jeta un regard sévère et Florie rougit en replaçant une mèche de cheveux imaginaire.

— Mais j'ai envie d'aller voir les tissus à la nouvelle boutique Draperies et plus. Tu sais qu'on a parlé de refaire les rideaux dans le salon et dans la cuisine. J'ai du temps aujourd'hui et je veux me gâter un peu... tu... voudrais m'accompagner? demanda-t-elle à sa sœur, en croisant les doigts pour qu'elle refuse.

La moue dédaigneuse de Florie la rassura. Elle fit un geste vers le comptoir de la cuisine.

— Non, on a beaucoup trop de choses à faire...

Devant le rictus d'Adèle, consciente que les supposées tâches pouvaient attendre une journée, Florie marmonna :

— Euh, en plus... moi le magasinage, ça m'épuise. Je ne suis plus une jeunesse, tu sauras !

Adèle allait répliquer lorsqu'un coup d'œil à sa sœur la fit changer d'idée. En fait, même si elle n'avait que trente ans, Florie avait l'air d'une femme d'un certain âge. Sa taille imposante, ses épaules affaissées et les mèches grises striant sa chevelure noire lui ajoutaient quelques années. Au mois de mai, lorsqu'elle avait changé de décennie, Florie avait refusé tout cadeau le jour de son anniversaire. Adèle avait donc attendu la semaine suivante pour poser sur son oreiller le petit chapeau de la couturière Gaby Bernier, qu'elle avait acheté l'hiver précédent lors d'une visite à Montréal. Sa sœur avait rosi en le posant sur ses cheveux.

— Mais c'est bien trop beau, Adèle ! Quand est-ce que tu veux que je mette une belle affaire de même ?

— Pourquoi pas pour aller à la messe, ma Florie ? Le bleu du ruban te va à merveille.

— C'est vrai, hein ? acquiesça sa sœur, avec coquetterie.

Adèle l'avait vue faire des mimiques dans le miroir en déplaçant le chapeau un peu vers l'avant. Retenant un fou rire, elle lui avait de nouveau souhaité bon anniversaire en l'embrassant tendrement. Mais pour le moment, elle n'avait pas du tout envie de la voir répondre par l'affirmative, alors elle laissa tomber le sujet.

— Bon, alors je devrais revenir en fin d'après-midi. Juste le temps de me rendre et de prendre une petite soupe au restaurant du village avant de...

— C'est bien correct alors, bon après-midi, la coupa sa sœur en reprenant sa place devant sa planche à repasser.

La courtepointe rouge et rose qu'elle y avait déposée traînait par terre. Depuis sa déroute à la foire automnale de Saint-Jovite, Florie ne parlait plus de ses ambitions pour son artisanat. Encore insultée par le résultat du vote, elle gardait une rancœur à l'endroit des organisateurs, incapables de reconnaître le talent.

Mimant la déception, Adèle haussa les épaules et sortit en vitesse avant que l'autre ne change d'avis. Elle jubilait d'avoir réussi si facilement à tromper sa sœur.

— À nous la belle journée, ma chère Clémentine !

Avant de partir, Adèle fit un arrêt rapide à la beurrerie pour avertir son frère de sa visite chez lui. Édouard avait le nez plongé sur son écrémeuse afin d'y réinstaller la manivelle qui s'était détachée. Il sourit à sa cadette.

— Wow ! C'est ma femme qui va être contente ! Je te remercie, Adèle, je m'en veux de la laisser toujours seule…

— Arrête ça, mon Édouard. Clémentine me semble bien heureuse avec ses poules et son jardin. Bon, j'y vais tout de suite, il manquerait plus juste que madame Marquis se mette à bavasser en disant que j'ai passé ma journée ici ! Je me sens déjà assez mal de mentir à Florie…

Édouard fit un rictus de dépit avant d'embrasser la joue satinée de sa sœur. Sur la route entre les deux villages, Adèle mit au point le mensonge qu'elle servirait au retour pour expliquer ses mains vides.

— Je pourrais bien lui dire que les tissus étaient pas si beaux ou, encore mieux, trop chers ! Oui, ça, ça passe toujours !

En arrivant sur l'unique rue de Saint-Damien, elle fut surprise de voir un attroupement près de la petite école. De la charrette, elle entendait crier un homme et elle ne put s'empêcher d'arrêter Mystic sur le bord de la route. Des gens traversaient le rang en courant. Curieuse, Adèle héla un groupe de jeunes gens qui passaient près d'elle :

— Ohé, qu'est-ce qui se passe ?

— Comment ? Vous l'ignorez ? Le grand Victor Delamarre s'est arrêté ici avant de poursuivre sa route vers Mont-Laurier.

Adèle tenta d'apercevoir à son tour le célèbre homme fort qui avait battu le record de Louis Cyr en 1914. Devant plus de mille personnes, il avait soulevé d'une seule main un poids de trois cent neuf livres, pendant trois secondes. La jeune femme se releva et eut le temps d'apercevoir le bel homme devant l'école. Grand et très musclé, il avait la mâchoire carrée et ne se gênait pas pour distribuer des poignées de main solides à tous les jeunes gens en pâmoison devant lui. La brune resta quelques minutes à observer l'attroupement avant de poursuivre sa route.

— C'est dommage, je pourrai pas en parler à la maison ! Sinon, je vais être obligée de dire à Florie que j'étais à Saint-Damien. Elle aurait adoré que je lui raconte que cet homme était né avec une membrane en forme de capulet sur la tête.

La croyance populaire voulait que les enfants présentant cette particularité soient dotés de qualités hors du commun. En plus, l'homme fort était très croyant et considérait que sa force venait de Dieu. Depuis toujours, il avait cette devise : *Dieu est mon seul maître*. Devise qui aurait fait le bonheur de Florie, songea encore à regret la jeune femme. Adèle cessa finalement de penser à sa sœur en se disant que c'était quand même de sa faute si elle devait lui mentir ! Arrivée devant la petite maison de son frère, Adèle sourit à la vue des grands tournesols qui effleuraient la base des deux fenêtres. Contre les planches grises, le jaune jetait une étincelle éclatante. La porte de la maison était entrouverte. Adèle fronça les sourcils en regardant les alentours.

— Tu parles d'une insouciante ! Il n'y a rien autour et elle laisse grand ouvert !

Se dépêchant de descendre de la charrette, Adèle courut vers la porte et l'ouvrit encore plus en criant :

— Youhou, Clémentine ? Surprise !

Seul le poste de radio jouant à tue-tête lui répondit. La voix rauque de Joséphine Baker, cette chanteuse afro-américaine, chantant son grand succès *J'ai deux amours* fut sa seule réponse. Adèle posa son chapeau sur la table de la cuisine et fit le tour de la maison en appelant son amie. Barbouille était bien allongé sous la chaise berçante à la recherche d'un peu de fraîcheur. Pas de trace de son amie. Étonnée, elle regarda par la fenêtre.

— Elle doit être avec ses poules ou dans son jardin, marmonna-t-elle.

En moins de deux minutes, elle descendit l'escalier arrière, et courut vers la grange. En passant près du potager de Clémentine, elle remarqua avec envie les vigoureux plants de tomates cernés par des lisières de laitues alléchantes. Il était déjà dix heures, et le soleil plombait sur la tête dénudée d'Adèle.

— Clémentine, c'est moi ! Montre-toi, ma chérie !

Pas de réponse. De plus en plus inquiète, Adèle accéléra le pas jusqu'aux larges portes de la grange, grandes ouvertes. Elle s'avança vers l'arrière du bâtiment où se trouvait le poulailler. Les deux vaches la regardèrent passer en meuglant leur insatisfaction. En général, à cette heure, Clémentine les avait déjà menées au pâturage. En ouvrant la porte du poulailler, Adèle trouva enfin son amie.

— Bon sang ! Veux-tu bien me dire ce qui te passe par la tête, Clémentine ? Je crie comme une demeurée et je te cherche parto…

Assise sur une balle de foin, son amie lui lança un regard vide. Elle leva la main pour saluer Adèle et lorsqu'elle voulut se lever, retomba aussitôt sur ses fesses. Elle tenait son ventre qui bombait sa fine robe de coton fleuri.

— Oh… Clémentine, qu'est-ce qui se passe ? C'est le bébé ? Dis-moi.

— Non… non…

— Mais tu trembles et tu es tout en sueur. Veux-tu que j'aille chercher Édouard ? demanda Adèle avec inquiétude.

Elle s'agenouilla près de sa jeune belle-sœur.

La pâleur de son amie n'augurait rien de bon. Clémentine tenta un vague sourire avant de chuchoter :

— Non. Pas Édouard.

— Alors, viens avec moi, on va rentrer dans la maison.

— Arrête, tu t'en… fais… pour rien, je te dis. Mes pou… poules… mes vaches ne sont pas… euh…

Adèle hésita sur la conduite à adopter. Clémentine déparlait et la regardait d'une drôle de façon. Elle donnait l'impression d'une personne en état d'ébriété. Même si elle se doutait qu'il s'agissait là d'une conséquence du diabète, elle ne savait pas comment réagir. Elle s'assit auprès de son amie et la serra afin de faire cesser les tremblements.

— Je… je… suis contente. Tu es… es ici pourquoi ?

Clémentine la regardait en souriant malgré son malaise. Voulant cacher à son amie la gravité de son hypoglycémie, elle tenta de nouveau de se lever, mais un étourdissement la força à se rasseoir. S'efforçant de ne pas perdre connaissance, elle chuchota :

— Adèle, tu... peux... me donner du sucre ?

— Du sucre ? Oui. Attends-moi ici.

— J'irai... pas... pas bien loin...

Clémentine éclata d'un rire fort et bref avant d'essuyer la sueur sur son front. Elle frotta son ventre avec inquiétude alors qu'Adèle repartait en courant vers la maisonnette. Elle revint quelques minutes plus tard, le sucrier dans les mains. Lorsqu'elle arriva dans le poulailler, Clémentine avait les yeux fermés et la tête appuyée contre le mur. Les poules caquetaient de mécontentement, attendant leur moulée qui se trouvait au pied de Clémentine.

— Clémentine, oh mon Dieu, Clém...

— Chut... je t'en... t'entends... murmura son amie, en ouvrant péniblement les yeux.

— Tiens. Combien en veux-tu ?

— Donne.

Sans pudeur, Clémentine vida le sucre dans la paume de sa main et l'engloutit avec rapidité. Elle refit le même geste trois fois sous le regard étonné de son amie. Adèle mit la main sur son genou tremblotant.

— Que dois-je faire ? demanda-t-elle en s'inclinant devant son amie.

Clémentine, dans sa vieille robe de travail, avait la pâleur des premiers jours de sa maladie, de grands cernes sous les yeux et des nausées que la prise de sucre n'aidait pas. Pourtant, au bout d'une dizaine de minutes, ses joues reprirent une teinte normale. Elle se redressa doucement en mettant sa main à plat contre son ventre.

— Ça va mieux, dit-elle en jetant un regard reconnaissant à Adèle.

— Tu es certaine ?

— Oui. Je suis contente de te voir. On va prendre un café, viens...

Adèle l'arrêta d'une main. Elle secoua vivement la tête en fronçant les sourcils.

— Non, je veux que tu prennes le temps de te remettre.

— Je te dis que ça va. Je vais juste nourrir mes poules et, ensuite, je dois sortir mes vaches qui doivent être à bout de nerfs !

Adèle tendit la main pour saisir le seau de grains. Regardant sévèrement son amie, elle se dirigea vers la première cage et souleva le grillage :

— Une *cup* par cage ?

— Hum... oui. Merci beaucoup. En plus, tu es belle comme un ange et je te fais travailler dans le poulailler. Laisse-moi donc le faire, Adèle.

— Tu es vraiment têtue ! Puisque je te dis que je veux que tu te reposes.

En une trentaine de minutes, Adèle avait nourri les poules, nettoyé les cages et ouvert la porte donnant sur l'enclos afin de permettre aux bêtes de s'ébattre. Il ne lui restait qu'à accompagner les deux vaches au pâturage. Pendant ce temps, Clémentine réfléchissait à la meilleure manière de convaincre son amie que cette crise d'hypoglycémie reste entre elles.

— Tu comprends, ton frère a pas besoin de s'inquiéter avec ça en plus de tout l'ouvrage qu'il a à la beurrerie... dit-elle une fois les deux femmes revenues tranquillement vers la maison.

Adèle venait de lui demander ce que faisait Édouard lorsque survenait une crise semblable. Il devait paniquer, avait-elle supposé. Clémentine l'avait regardée longuement avant de préciser que son mari n'avait jamais assisté à une telle baisse de sucre chez elle. Et elle préférait qu'il ne connaisse pas l'importance de ses symptômes.

— Je peux pas lui mentir, Clémentine, rétorqua sévèrement Adèle. S'il l'apprend, il m'en voudra. Tu trouves pas qu'il y a assez de disputes dans la famille ? Non, quand je vais retourner à Sainte-Cécile, je vais m'arrêter pour le mettre au courant.

— Il n'en est pas question !

La réponse de Clémentine fut sans appel. La froideur envahit son joli visage lorsqu'elle regarda Adèle. Elle serra les mains l'une contre l'autre, et s'avança tout près de son amie. Malgré sa fragilité, tout son être dégageait une colère retenue.

— Je te défends de te mêler de ça, Adèle. Ça me regarde et t'as pas le droit de discuter de ma maladie avec qui que ce soit. C'est ma vie et j'ai pas l'intention que mon mari me regarde avec pitié ou craigne à tout bout de champ que je tombe dans les pommes.

— Mais...

— Mais rien. J'ai fait une bêtise ce matin en oubliant de prendre ma collation avant de sortir nourrir les animaux. C'est la première fois, et sois bien assurée que ça m'arrivera plus. Je refuse qu'Édouard se mette à m'espionner, ou à me questionner pour savoir si je mange comme il faut.

— Je... sais pas, Clémentine.

Hésitante, son amie se leva pour marcher dans la petite cuisine bleue et blanche. À la fenêtre, près de la porte, son amie avait accroché un long rideau à carreaux bleus et rouges. L'ordre qui régnait dans la pièce témoignait d'un grand soin apporté à la petite maison. On y sentait l'amour : des pivoines rouges et roses en bouquet sur la table ronde, trois photos du mariage accrochées sur le mur au-dessus du bahut fabriqué par son frère. Elle se retourna pour prendre les mains glacées de Clémentine dans les siennes.

— Clémentine, je t'aime comme une sœur. J'ai peur de ce que tu me demandes. Et si un jour, tu devais faire une autre crise comme celle-ci, mais que cette fois, tu es seule à la maison sans visite, sans aide ?

— Peux-tu me dire ce que ça changerait de le dire à Édouard, outre l'inquiétude supplémentaire que ça causera ?

— Hum...

Incapable de trouver une réponse adéquate, Adèle se mordait les lèvres en secouant doucement la tête. Elle entraîna son amie vers le salon pour s'asseoir à côté d'elle sur le divan.

— Mais au moins, explique-moi ce qui est arrivé. Je prendrai ensuite une décision que tu devras respecter, Clémentine, je te le dis tout de suite.

Sachant que son discours ferait la différence, la future maman mit tout son cœur dans ses explications.

— À cause de mon diabète, commença-t-elle, je dois respecter des horaires très stricts pour mes repas. C'est la raison pour laquelle ton pauvre frère doit manger seul tous les soirs ou presque, parce que je peux pas l'attendre pour souper. Bref, ce matin, au moment de prendre ma collation, j'ai décidé d'aller nourrir mes poules. Je voulais être débarrassée de cette tâche, pour ensuite passer le reste de la matinée dans mon potager. Mais j'avais oublié qu'hier, j'avais donné aux poules mes restes de pain et d'épluchures de légumes. Ce qui fait qu'avant de leur donner les grains, j'ai dû nettoyer les cages parce qu'elles sont capricieuses ; certaines laissent des pelures de patates, d'autres les croûtes trop dures... En tout cas, cela m'a pris plus de temps que prévu et j'ai commencé à me sentir faible. J'ai cru que je pourrais tout de même finir ma tâche et ensuite aller prendre ma collation...

— Tu as donc présumé de tes forces ?

— Oui. Mais c'est rare. Tu comprendras que je dois composer avec les nouvelles exigences de mon corps.

— Hum…

Les yeux tournés vers le visage suppliant de son amie, Adèle hésitait encore sur la bonne décision à prendre. La promesse de Clémentine finit de la convaincre de lui donner sa chance.

— Je te promets de plus prendre de risques. J'ai appris ma leçon, t'en fais pas. Je déteste me sentir aussi faible et je veux pas risquer la santé de mon bébé. Je te jure qu'à l'avenir, j'aurai toujours un morceau de sucre ou un fruit dans mon tablier à toute heure du jour et de la nuit si tu veux ! Ce petit être qui vit en moi, je le désire depuis si longtemps que je ferai rien pour nuire à sa survie.

Adèle laissa passer quelques secondes et acquiesça. Après tout, il était vrai que son frère avait assez de préoccupations sans en rajouter avec la santé de sa femme.

— Mais tu promets hein, Clémentine ? Si jamais je m'aperçois que tu fais pas attention…

— Promis ! Croix de bois, croix de fer, si je mens je vais en enfer !

— Où je suis déjà, eut envie de poursuivre Clémentine qui n'en pouvait plus de voir ses besoins énergétiques complètement chamboulés depuis plus de trois mois.

Elle avait beau faire très attention, ses épisodes d'hyperglycémie et d'hypoglycémie augmentaient. En plus, les hormones jouaient sur son humeur; elle était lasse d'avoir à trouver mille et une techniques pour cacher ses problèmes à son mari… Elle était loin du paradis ! Peu importe, elle était arrivée à persuader Adèle de garder son secret. Les deux amies passèrent tout compte fait un bon moment. Clémentine, que l'éloignement des siens rendait parfois maussade, n'en pouvait plus de ne pas parler au cours de la journée. Elles s'amusèrent à danser au rythme de la musique qui jouait à la radio. La future maman avait pris le temps de se changer lorsqu'elles étaient revenues à la maison.

— Je tiens pas à te faire peur, avait-elle dit en riant. Comme tu me permets de prendre une pause de mon travail aujourd'hui, je vais tenter de me faire un peu plus belle...

— Moi je te trouve resplendissante, mon amie. Tu m'as jamais paru aussi rayonnante. La grossesse te va si bien. Tu es chanceuse. Je sais que je devrais pas te dire cela, avec ta maladie et tout, mais c'est vrai.

Adèle s'arrêta, la voix brisée par le chagrin. Aussitôt, le grand cœur de Clémentine vibra d'empathie. Sa vie n'était pas toujours simple, mais au moins elle avait l'amour d'Édouard pour accepter son tourment. Elle étreignit son amie et lui souffla à l'oreille :

— Tu sais que Jérôme te reprendrait tout de suite si tu lui donnais une nouvelle chance. Je l'ai bien vu le jour de notre mariage.

— Non... murmura Adèle. Non.

Les yeux pleins de larmes, elle secoua doucement la tête avant de se lever. Adèle, parfaitement habituée à cacher sa propre détresse, lui fit un petit sourire affectueux.

— C'est passé mon amie. Bon, on le fait ce gâteau aux bananes avant que mon frère arrive ?

— On le fait. Avec des noix en plus, c'est ce qu'il préfère.

Cet après-midi qui avait tristement commencé se termina dans les rires et l'insouciance. Adèle réussit même à se convaincre que son amie n'aurait plus de problème avec son diabète. Après tout, la crainte de perdre son bébé, voire de mourir, devait suffire à ce qu'elle soit plus vigilante. Elle fit taire la petite voix dans sa tête... Faisait-elle bien de cacher l'événement à son grand frère ?

CHAPITRE 11

Accident à la ferme

À la beurrerie, Édouard expliquait patiemment à son nouvel employé l'importance de la salubrité dans la fabrication du beurre.

— Le gouvernement a des normes très élevées pour les coopératives régionales. Même si, pour l'instant, je n'ai qu'une petite beurrerie de campagne, je préfère me conformer. Un jour, si les normes s'appliquent aux plus petits commerces, je serai prêt.

— *Good idea!*

James avait eu le temps, avant la mort du père Claveau, de s'habituer à l'accent des gens du coin. Cependant il lui arrivait parfois de faire répéter les villageois, qui alors ne se gênaient pas pour le critiquer dans son dos. Édouard, ayant été à l'école plus longtemps que la plupart des habitants de Sainte-Cécile, s'exprimait de façon plus compréhensible pour le Jamaïcain. En fréquentant l'école d'agriculture de Saint-Hyacinthe, le maître-beurrier avait fait encore plus attention à sa prononciation, refusant de passer pour l'habitant inculte auprès des autres étudiants issus de milieux plus aisés.

— Donc, si je veux réussir à atteindre mon but, à savoir que trente-cinq à quarante pour cent des agriculteurs de la paroisse me fassent confiance, il faut m'assurer que tout est conforme pour produire le meilleur beurre des Hautes-Laurentides. C'est pour ça que je verse un peu de bicarbonate de soude au début de la pasteurisation. Ça sert à éliminer les odeurs qui pourraient résulter d'une conservation médiocre à la ferme.

— Médiocre ?

— Hum… mauvaise conservation. Si le fermier oublie de venir me porter son lait, et décide de le faire tout de même avec quelques jours de retard, il arrive souvent que la crème soit trop fermentée.

James était passionné par les propos de son patron. Il l'écoutait attentivement pour s'assurer de bien comprendre. Le grand Noir suivait des yeux les gestes précis du beurrier et n'hésitait pas à l'interroger au moindre doute.

— Pour mouler les livres de beurre, il faut remplir cette boîte, précisa Édouard en pointant un récipient de bois de forme rectangulaire. Il est essentiel de se laver d'abord les mains. Je fais cette opération à la fin de la journée. Il faut tasser fermement afin de chasser les bulles d'air qui pourraient s'y trouver.

— Et vous utilisez aucun ustensile ?

— Les mains ! dit Édouard en souriant et en élevant les deux siennes devant son visage épanoui.

Il adorait sa nouvelle vie, et partager sa passion avec son employé le comblait d'aise.

— Cela dit, continua-t-il, à la fin, lorsque le mécanisme installé dans la boîte permet sa sortie en douceur du moule, on enveloppe la livre de beurre dans du papier parcheminé pour que ça reste hygiénique.

— J'aime, avoua James. J'aime comment vous faites votre travail. On voit que *it is un* vraie passion, pas juste *un job !*

James fit l'un de ces sourires dont lui seul avait le secret. Cet homme, éblouissant, chaleureux, s'avérerait l'un des plus importants dans la vie d'Édouard. Le maître-beurrier quitta le commerce vers quatre heures, se donnant ainsi la chance d'arriver pour le souper avec sa jeune épouse.

— D'habitude, je pars pas de la beurrerie avant six ou sept heures, précisa-t-il à James. Mais puisque vous me dites que vous voyez pas d'inconvénient à balayer et à laver le plancher, je vais nous faire ce plaisir, à ma femme et à moi. Nous vous en devrons une, mon cher James !

— C'est tout mon plaisir, *if you only knew* ! Je m'ennuie tellement à la maison depuis le départ de *mister* Claveau.

— C'est vrai que cela a dû faire un grand vide.

James hocha la tête tristement avant de se tourner vers la porte qu'il ouvrit en souriant. Édouard le regarda d'un air curieux.

— C'était un bon patron le père Claveau ? demanda-t-il en se sentant un peu coupable de son indiscrétion.

— *The best !* Enfin, comme vous, Édouard. Oui, continua James le regard attristé, le père Claveau m'a beaucoup appris sur la vie. Il a fait des… hum… *bad choices in life,* mais moi j'ai connu un homme juste *and honest.* Et après tout, *we all make mistakes don't we ?*

— Vous avez bien raison, mon James, nous faisons tous des erreurs, répondit Édouard, en souriant.

— Bon, *come on boss, go home !* déclara le Noir en rigolant et en faisant un geste de la main.

— Certain ?

— Sûr et certain !

Heureux, Édouard grimpa dans son chariot et fila vers Saint-Damien sans arrière-pensée. Il espérait surprendre sa femme par son arrivée précoce.

— Ce soir et demain, on s'occupe juste de nous deux ! dit-il à voix haute avant d'envoyer la main au curé Latraverse qui lui rendit sèchement son salut du haut du parvis.

— *Hey boy*, il faudrait pas qu'il rajoute un sourire à son salut, il pourrait peut-être risquer de se craquer le visage ! pensa le jeune homme en ne perdant pas sa bonne humeur.

Il parcourut rapidement les dix milles entre les deux villages et, lorsqu'il tourna sur le rang Saint-Irénée, il fut fort heureux de constater que sa sœur n'était pas encore partie.

— *Good*, je vais pouvoir jaser un peu avec elle sans avoir peur que Florie ou Laurent nous surprennent ! Ou pire encore, la commère Marquis !

À peine la charrette arrêtée, il se dépêcha de grimper les deux marches et d'ouvrir la porte de la maison. Comme toujours, les odeurs appétissantes le firent saliver. Le pain aux bananes qui se trouvait sur le comptoir lui donna l'eau à la bouche. Édouard sourit en voyant un chaudron rempli de soupe en train de mijoter sur le poêle.

— Heureusement que les canicules sont passées, murmura-t-il avant de s'avancer pour humer le potage de carottes et de panais.

Rien de tel pour lui faire remercier le ciel d'avoir trouvé une si parfaite épouse.

Prenant le temps de se déchausser et de se débarrasser de sa salopette, qu'il posa sagement sur la chaise de sa chambre, Édouard glissa avec joie ses jambes dans un pantalon court. Quel bien-être en cette saison éprouvante. Lorsqu'il habitait à la ferme, Florie ne cessait de l'asticoter chaque fois qu'il osait s'afficher ainsi accoutré.

— Ça n'a pas de bon sens, Édouard voyons donc ! C'est laid comme le diable ces affaires-là !

— Bien tu sauras, Florie, que c'est pas le diable qui crève dans les champs, c'est Laurent et moi !

Il tenait tête à sa sœur, en subissant sa mauvaise humeur. Édouard se servit un grand verre d'eau puis il partit au potager à la recherche de sa femme et de sa sœur, convaincu de les y trouver.

— Je le savais que vous seriez ici, dit-il en ouvrant les bras aux deux jeunes femmes toutes souriantes.

— Oh… amour, que fais-tu ici si tôt ?

— Quoi, t'es pas contente ? demanda Édouard d'un ton taquin en la tenant à bout de bras.

— Mais, bien sûr, c'est si rare !

— James m'a offert de terminer les dernières tâches à la beurrerie, et sachant que j'aurais une chance de t'attraper avant ton départ, ma sœur, j'ai sauté sur l'occasion.

Clémentine fit une petite moue de dépit qui ne passa pas inaperçue.

— En plus, je voulais souper avec toi. Alors, les filles, vous avez passé une belle journée ?

Clémentine lança un regard d'avertissement à son amie avant de s'exclamer d'un ton enjoué :

— Superbe ! Ta sœur m'a aidée au poulailler, puis nous avons cuisiné ton dessert préféré. Ensuite, hop, au jardin, et regarde cette récolte ! Hein, qu'en dis-tu, mon chéri ?

Édouard s'avança vers le gros panier d'osier rempli d'oignons, de carottes, de choux, de concombres et de rhubarbe. Il serra de nouveau sa femme contre son cœur.

— Dieu que je t'aime !

— Et moi ! Et moi !

Lorsque Adèle quitta le couple un peu plus tard, elle retint un mouvement d'envie et les embrassa chaleureusement. Elle n'aurait plus jamais cette chance d'aimer et d'être aimée.

Pendant l'automne, James et Édouard développèrent une complicité telle que, parfois, le maître-beurrier arrivait après son employé à la beurrerie.

— Il est tellement fiable, cet homme-là, disait Édouard à Clémentine, que je lui confierais ma vie sans aucune crainte.

— Pourquoi tu l'invites pas à venir souper un samedi ? demanda sa femme en remuant sa compote de pommes.

Enceinte de cinq mois, Clémentine présentait maintenant une silhouette arrondie, un ventre et des seins tendus par la grossesse. Édouard la trouvait toujours aussi attirante, et ne se gênait pas pour la caresser sans pudeur. Il lui jeta un regard rayonnant avant de demander :

— Tu es sérieuse ? J'osais pas te le demander.

— Et pourquoi donc ? Nous avons jamais d'invités et, quoi que ma mère puisse en penser, j'aime de plus en plus cuisiner, et …

— Tu es très talentueuse en plus ! Mais vraiment, te sens pas obligée de…

Clémentine posa sa cuillère sur le comptoir avant de prendre le visage de son mari entre ses mains délicates. Elle fronça son petit visage et chuchota en l'embrassant sur le nez :

— Je suis pas Florie, mon chéri ! J'ai pas peur de James, ni de personne d'ailleurs !

— Merci, ma Clémentine. Merci. Je le lui propose dès ce matin.

— Et puis, transmets donc l'invitation à monsieur Stromph aussi ! Il me semble que ça doit être plate de toujours manger tout seul.

— Bonne idée. Et bon sang que je t'aime, toi !

Une fois à la porte, Édouard revint sur ses pas pour donner un dernier baiser à son adorée. Clémentine sourit encore longtemps après que la charrette eut disparu de sa vue. Son amour pour Édouard ne faisait qu'augmenter depuis leur mariage. Appuyée contre la rampe du balcon, elle réfléchissait déjà à son menu pour le souper du samedi, lorsqu'un petit coup dans son ventre la fit sursauter.

— Oh ! Oh mon doux...

Émerveillée, la jeune blonde attendit quelques instants que son bébé se manifeste de nouveau. À peine quelques secondes plus tard, elle eut l'impression que des petites bulles vibraient dans son abdomen et elle éclata de rire en caressant son ventre bien rond.

— Alors, tu es donc bien là, ma petite crevette !

Toute la journée, les mouvements se firent plus précis et, lorsque son mari revint, le soir venu, elle courut dans ses bras à peine la charrette arrêtée.

— Il a bougé, Édouard ! Il a bougé !

Enlaçant son épouse, le grand brun mit sa main sur le doux renflement afin de partager la joie de Clémentine.

— Attends, dit-elle en riant, il va bouger, tu vas voir !

Après quelques minutes, elle s'écria :

— Tu l'as senti ?

— Euh... non, dit piteusement Édouard.

— Ah bon ? Peut-être que c'est trop faible pour le moment. Mais je te jure qu'il arrête pas. On dirait qu'un poisson gigote dans mon ventre. Bon, tant pis, tu le sentiras une autre fois. Alors ?

— Alors quoi ?

Édouard fronça ses sourcils, puis descendit une large cuve

de sa charrette. Il se tourna vers Clémentine qui l'observait avec insistance:

— Bien, ils vont venir souper ou non? Parce que mon menu est déjà préparé... Bien, dans ma tête en tout cas!

Son ton inquiet fit sourire Édouard. Il hocha la tête.

— Ils étaient tous les deux très contents. Mais James était soucieux.

— Pourquoi donc?

— Je pense que la réception des gens du village le fait douter de notre bonne foi. Il m'a demandé au moins cinq fois pendant la journée: mais, votre *spouse* est OK avec ça?

— Ah bon? Il pense que je l'aime pas? murmura Clémentine les yeux pleins d'eau.

Édouard mit la cuve par terre et prit tendrement le menton de sa femme.

— Mais non, ma toute douce; disons qu'il veut être certain que je t'impose pas sa présence. Quand je lui ai dit que c'était ton idée, tu aurais dû voir son sourire. Alors ils viendront tous les deux samedi prochain. Nous devrions finir vers six heures. Si je me retenais pas, continua-t-il, j'inviterais aussi Adèle...

— ... mais tu sais qu'elle viendra pas. Pas au risque de se faire montrer la porte par Florie, ce qui manquerait pas d'arriver si elle se présentait ici un samedi soir. Mais attendons, mon chéri, dit-elle affectueusement en voyant la tristesse poindre dans le regard de son mari, un jour, ta grande sœur devra se faire à l'idée. Quand elle verra à quel point tu es heureux, elle ne pourra qu'admettre que tu as fait le bon choix. J'en suis certaine.

Le ton de Clémentine était tellement convaincu qu'Édouard n'osa pas miner ses espoirs, même s'il savait très bien que jamais Florie ne lui pardonnerait.

Depuis son échec humiliant à la foire de Saint-Jovite, Florie n'avait jamais reparlé de participer à un autre concours. Le soir, elle terminait la vaisselle, agrippait son sac de courtepointes et s'installait au salon près de la fenêtre. Lorsque Laurent osa lui poser la question, elle lui fit subir une telle rebuffade que son cadet se mit à trembler.

— Tu es donc bien innocent des fois, toi ! Pourquoi donc j'irais m'humilier de la sorte quand ç'a bien l'air que mes courtepointes sont pas assez belles pour plaire au grand jury des foires ? Franchement, tu penses pas toujours avant d'ouvrir la bouche, Laurent !

Sa voix siffla sèchement dans le salon. Léo n'osa pas regarder son ami qui avala sa rancœur sous un air indifférent. Il fit un geste de la main pouvant aussi bien dire : ne t'en fais pas, que, je vais la mordre ! Heureusement pour Florie et pour le climat de la maison, Adèle s'était déjà retirée pour la nuit. Souvent, elle montait avant les autres afin d'avoir un peu de temps à elle.

— Un moment pour écrire, enfin, murmura-t-elle en défaisant sa courte couette.

Elle frotta longuement son cuir chevelu du bout de ses doigts, en se regardant dans le miroir de sa coiffeuse. Son visage avait changé en une année. Amincie, vieillie, elle avait de plus en plus les traits du côté paternel de sa famille. Ses yeux noisette paraissaient encore plus grands sous ses sourcils fournis. Pour une rare fois, elle resta longuement pensive. Elle constatait sa ressemblance avec son père, Antoine. En fermant les paupières sur son regard las, Adèle revit le sourire éclatant de ce père qui les avait bien fait souffrir. Lorsqu'il les avait quittés après la naissance de Laurent, il y avait déjà plus d'une année qu'il n'avait pas pris sa fille cadette sur ses genoux. Se ressaisissant, Adèle s'installa à sa petite table près de la fenêtre, le crayon à la main. Les soirées de novembre de plus en plus fraîches ne l'empêchaient pas de laisser sa fenêtre entrouverte. Elle huma l'air avant de froncer son petit nez. Il y avait encore de la lumière chez le père Claveau.

— On devrait dire chez James, maintenant, pensa-t-elle en soupirant. Après tout, c'est lui, notre voisin. Mais je me lancerai pas dans cette bataille avec Florie, je sais les choisir !

Elle se replongea dans son roman à moitié terminé. Depuis les événements tragiques du printemps 1932, son écriture s'était féminisée encore plus. Elle n'ignorait pas que ce texte, largement inspiré de son histoire d'amour avec Jérôme Sénéchal, ferait d'elle une paria dans son village et sûrement dans sa maison.

— J'ai jamais pensé le publier vraiment, se dit-elle, mais c'est comme un exutoire à ma rage et à ma colère. Au pire, j'utiliserai un nom de plume s'il me vient l'envie de l'envoyer à des éditeurs de Montréal.

Elle prenait soin de glisser son manuscrit entre le sommier et le matelas tous les matins avant de quitter sa chambre. Non seulement elle le rangeait à cet endroit, mais elle le poussait jusqu'au milieu pour être certaine de le dérober à la curiosité de sa sœur.

— Il manquerait plus juste qu'elle lise mon livre, après avoir lu mon journal intime ! se dit-elle encore.

En effet, au comble de l'inquiétude, Florie s'était emparée du carnet rouge et or de sa sœur au printemps précédent. Elle en avait lu une partie avant de cracher son mépris à Adèle.

Encore blessée par le souvenir de cette indiscrétion, la jeune journaliste relut son dernier paragraphe, les yeux remplis d'eau :

La jeune femme hésitait sur le pas de la porte. Et si son amant refusait de la revoir après cet aveu ? Il avait le droit, comme tout homme, d'avoir une femme qui se donnait entièrement à lui : son corps, bien sûr, mais plus encore, son avenir. Il ne comprendrait jamais son refus de l'épouser, de vivre avec lui...

Plongeant la tête entre ses bras croisés, Adèle sanglota silencieusement un long moment puis se coucha, épuisée. Sa vie monotone était en train de la détruire à petit feu. Dire qu'un an auparavant, elle se promenait avec Jérôme de Saint-Jovite à Montréal, en passant parfois par Saint-Jérôme ou Sainte-Agathe. Elle fréquentait des auteurs émergents de la littérature canadienne-française, écrivait des articles percutants dans un journal appartenant à monsieur Longtin. Maintenant, retour à la case départ, sans compter l'absence d'Édouard avec laquelle elle devait composer. Vraiment, son avenir s'annonçait peu réjouissant.

Après des mois à travailler sans relâche à la beurrerie, Édouard constatait un certain ralentissement depuis le début du mois de novembre.

— Je pense que je vais fermer la beurrerie en décembre et janvier. En février, je verrai la demande, annonça-t-il à sa femme.

Clémentine lui lança un regard moqueur:

— Je le savais bien que tu voudrais rester avec ta petite femme chérie après la naissance de ton premier enfant!

— Tu as tout compris, ma douceur!

Il l'enlaça en enfouissant son nez dans le doux repli de son cou. Le ventre de Clémentine comblait à présent l'espace entre eux. Le seul avantage de sa maladie, avait-elle dit à Adèle, c'est qu'elle devait manger de manière raisonnable et ne pouvait donc se gaver de cochonneries. Lorsqu'elle entendait que certaines femmes enceintes avalaient un plein plat de sucre à la crème en une soirée, ou prenait trois ou quatre tranches de pain pour accompagner leur souper, Clémentine se réjouissait de la discipline à laquelle elle s'était soumise à cause de son diabète.

— Comme ça, je prendrai pas cent livres à chacune de mes grossesses!

— Chacune, hein? s'était moquée son amie.

Clémentine avait rosi en changeant de sujet. Elle savait bien qu'Édouard préférait qu'ils n'aient pas d'autres enfants. Il avait tellement peur de la perdre qu'il estimait qu'un enfant les comblerait suffisamment. Les discussions houleuses qu'ils avaient eues jusqu'à présent à ce sujet demeuraient leurs seules sources de conflit.

— Mais sérieusement, crois-tu que James reviendra travailler avec toi au printemps? demanda Clémentine en continuant de touiller sa crème de carottes.

Édouard leva la tête de son journal en souriant. Il posa sa pipe dans le cendrier près de la berceuse, installée dans le coin de la cuisine. Il aimait rester avec sa femme pendant qu'elle préparait le repas plutôt que de s'isoler dans le salon comme il le faisait à la ferme lorsqu'il habitait avec son frère et ses sœurs.

— Oui, il m'a dit: *Mister Édouard, no problem!* Je viens encore après le *cold!*

— Ah bon, lui as-tu dit que février c'était encore *cold* ici, à Sainte-Cécile? s'exclama Clémentine en riant à gorge déployée.

Édouard lui fit un clin d'œil rieur. Depuis l'ouverture de la beurrerie, il se sentait libéré du poids de la promesse faite à sa mère. Il avait enfin l'impression de vivre la vie pour laquelle il était destiné. La semaine précédente, il avait vendu plus de cent livres de beurre. Avec James, ils avaient fini à près de neuf heures tous les soirs afin de tasser le beurre avec un pilon de bois pour chasser les bulles d'air qui pourraient s'y trouver. Très méticuleux, Édouard se servait ensuite d'un petit couteau pour aplanir et lisser la surface.

— La réussite, c'est un produit de qualité, n'arrêtait-il pas de déclarer à quiconque le trouvait un peu maniaque et perfectionniste.

En vendant sa livre de beurre trente-cinq sous, le jeune maître-beurrier réussit à ramasser assez d'argent pour passer les deux mois d'hiver à ne pas travailler sans trop gratter les fonds de tiroir. Satisfait, il pouvait dorloter sa Clémentine pour lui faire oublier les derniers mois pendant lesquels il avait été plus souvent à Sainte-Cécile qu'à Saint-Damien. Les longues journées l'avaient toutefois comblé car, lorsqu'il terminait par le nettoyage de son plancher d'épinette, le samedi soir, il avait toujours une impression du devoir accompli. D'ailleurs, il se chargeait de cette tâche chaque semaine en donnant congé à James afin de se retrouver seul dans la beurrerie pour en apprécier le silence et la propreté.

— Ma beurrerie, c'est un intérieur de fraîcheur, de sainte paix, de propreté et d'apaisement, se plaisait-il à chuchoter à sa douce moitié. Mais ici, à tes côtés, c'est un environnement de bonheur, de plénitude, de félicité.

— Mon amour, si je comprends bien, avait murmuré Clémentine, ta vie est parfaite !

— Avec toi à mes côtés, ma vie est plus que parfaite. Je suis au paradis !

En ce samedi soir de la fin de novembre, le couple soupait tranquillement lorsque l'on frappa vivement à la porte. Surpris, Édouard s'essuya la bouche avec sa serviette de table avant de se lever en vitesse. En quelques pas, il fut à la porte où l'attendait un James tout essoufflé. Édouard le fit entrer en fronçant les sourcils.

— Mais que fais-tu ici, mon James ?

— Édouard... quelque chose *happened. I...* je... *Oh my god, je oublié my French !*

Édouard le somma de poursuivre.

— *Ton sister Adèle demande moi de venir ici. Ton brother Laurent a eu an accident at the ferme.*

Clémentine tentait de suivre la conversation entre James et son mari. Celui-ci prenait déjà son manteau derrière la porte. L'angoisse se lisait sur son visage.

— Où est-il ?

— *À ton ferme still. But le docteur dit that il perd trop de sang, et peut-être... il va mourir.*

— Maudit ! Maudit ! Maudit ! s'écria Édouard.

— Édouard qu'est-ce qui se passe ? interrogea nerveusement Clémentine, les mains sur son ventre proéminent.

— C'est Laurent, il s'est blessé et a perdu tellement de sang que le docteur Trudel craint...

Il se tut, incapable de poursuivre. L'émotion lui serrait la gorge à la pensée qu'il ne verrait plus son petit frère vivant.

— Oh mon Dieu. Vite, allons-y.

Édouard secoua la tête avec colère.

— Non, je veux pas que tu subisses les foudres de ma sœur lorsqu'elle verra ton ventre. Même si elle te sait enceinte, cette preuve visible l'enragera. J'y vais avec James et je te promets de revenir le plus vite possible.

Incertaine, Clémentine se tordait les mains, sachant fort bien qu'il ne servait à rien de discuter avec son mari.

— Alors, dépêchez-vous. Je vais prier pour Laurent.

Elle s'effondra sur la chaise berçante aussitôt la porte refermée sur les deux hommes qui partirent dans la noirceur de l'automne. Elle connaissait peu Laurent qu'elle n'avait rencontré que quelquefois à la ferme, mais elle savait à quel point son époux l'aimait. Alors elle pria, Barbouille sur les genoux, en souhaitant que le malheur ne s'abatte pas de nouveau sur la famille Gélinas, déjà assez éprouvée par le départ d'Édouard. Dans la carriole les menant à Sainte-Cécile, le jeune homme tremblait de froid et d'inquiétude. Lorsqu'il posa une question au sujet des circonstances de l'accident à James, ce dernier haussa les épaules avec désolation.

— Je sais pas. Votre sœur dit pas plus à moi. *I'm sorry.*

Alors le reste de la route se fit dans un lourd silence. Édouard suppliait le ciel de ne pas lui prendre son frère. Les yeux tournés vers les étoiles, il priait. Son murmure emplissait le vide de la nuit. Enfin, le clocher de l'église de Sainte-Cécile apparut en haut du chemin Des Fondateurs. Quand la charrette tourna dans l'allée de la ferme, Édouard n'eut pas un regard vers les champs, ni la grange. Il grimpa les marches deux par deux puis ouvrit la porte de la cuisine d'été avec fracas.

— Édouard, oh Édouard…

Adèle s'écroula contre sa poitrine, mais le jeune homme voulait savoir. Il la repoussa au bout de ses bras en plongeant son regard dans le sien. Sa jeune sœur avait tant pleuré que ses yeux n'étaient plus que deux petites fentes rougies. Elle tremblait de tout son corps et respira profondément pour se calmer.

— Où est-il ? Que s'est-il passé ?

— Il est dans sa chambre.

— J'y vais.

— Attends, le docteur y est avec Florie. Je comprends pas, Édouard, il est si prudent. Selon ce que Léo m'a dit, les deux bûchaient lorsque, pour une raison qu'on ignore, la lame de Léo s'est détachée du manche et... Oh mon Dieu !

— Quoi, où est-il blessé Adèle ?

— Dans la cuisse. La lame s'est enfoncée dans sa cuisse, jusqu'à l'os.

Édouard frissonna d'effroi avant de se dégager pour monter l'escalier si familier. Il s'en voulait de ne pas avoir été présent pour vérifier les outils, pour protéger son cadet. La voix de sa sœur le fit se retourner.

— Édouard, chuchota Adèle, je crois pas que Florie...

— Laisse faire notre sœur. C'est pas elle qui va m'empêcher de voir mon petit frère. Je vais lui rendre visite même si je dois passer sur le corps de Florie. Rien ni personne ne m'en empêchera, répéta-t-il en se précipitant vers la chambre de Laurent.

Adèle repoussa ses cheveux derrière ses oreilles puis soupira. Florie voudrait la tuer lorsqu'elle s'apercevrait qu'elle avait fait avertir leur frère. Mais pouvait-elle sérieusement risquer qu'il ne puisse voir son cadet avant sa mort, si le pire se produisait ? Elle s'était donc arrêtée chez James en revenant de chez le docteur Trudel. Les pas d'Édouard grimpant l'escalier la sortirent de sa rêverie. Le pire était à venir. Elle le suivit en silence, alors que Léo marchait de long en large dans le salon, en se remémorant l'affreux accident, le moment où la hache s'était plantée dans la chair de son ami. L'épouvantable cri de douleur, le sang qui giclait à chaque mouvement que Laurent faisait. Léo avait tout fait pour stopper l'hémorragie. Mais le garrot n'avait pas suffi à la tâche et, rapidement, Laurent avait perdu des forces. Heureusement, les deux jeunes hommes n'étaient pas loin de la ferme et, malgré le poids de son ami, Léo avait réussi à le transporter jusqu'à chez lui. Mais les souvenirs du visage défait de Laurent ne le quittaient plus. Sachant qu'il ne faisait pas partie de la famille, il attendait des nouvelles à l'écart, en se morfondant d'anxiété. Des éclats de colère à l'étage l'amenèrent à s'approcher de l'escalier pour écouter.

— T'as pas d'affaire ici, mon sans-cœur.

— Je vais entrer dans la chambre de mon frère que tu le veuilles ou non, Florie. Même s'il faut que je te passe sur le corps ! Tiens-toi-le pour dit !

— Je vous en prie tous les deux, fit la voix sourde du docteur, c'est pas le moment de vous disputer. Cette nuit sera décisive pour Laurent. Il a perdu tant de sang, que j'ignore s'il réussira à traverser cela.

— Alors, écarte-toi de mon chemin Florie, je veux le voir.

La femme allait répliquer lorsque le médecin fronça les sourcils en la dévisageant. Florie inspira profondément en se détournant de ce frère indigne. Soit, elle le laisserait passer pour ne pas aggraver la situation. Mais aussitôt le blessé hors de danger, elle lui ordonnerait de partir. Adèle, encore dans l'escalier, retenait son souffle, espérant la fin de l'altercation. Lorsque Florie la regarda de son air le plus mauvais, elle sut que les prochains jours seraient un enfer. Sa sœur ne lui pardonnerait pas l'affront. Édouard ouvrit doucement la porte.

— Laurent, je suis là.

Son murmure ne réveilla pas son frère, profondément endormi. Il était si pâle que les taches de rousseur de son visage donnaient presque l'impression qu'il était sale. Ses cheveux blond-roux contrastaient avec l'écru de la taie d'oreiller. Édouard inspira un grand coup avant de s'avancer pour s'asseoir sur la chaise près du lit. Laurent semblait sans vie, la jambe gauche sortie du drap et enveloppée d'un large bandage blanc, à travers lequel une tache de sang grosse comme un trente sous était apparue. Édouard sentit ses yeux s'embuer en le voyant si fragile. Il prit sa large main dans la sienne puis appuya son front contre la courtepointe.

— Ça va aller, mon frère. Tu vas t'en sortir, tu es fort comme un bœuf, toi ! Tu me dis toujours qu'on a pas besoin de tracteur ici parce que rien ne vaut une paire de bras solides !

Aucune réaction dans la chambre sombre. À travers la fenêtre, Édouard apercevait le ciel noir et la pleine lune. Sur la table de chevet, un pichet d'eau et un verre donnaient l'espoir d'un réveil prochain.

— Tu sais bien, Laurent, que tu as plein de choses à faire et à voir. En commençant par mon bébé. Tu savais que nous allions avoir une petite fille ou un petit garçon, Clémentine et moi ? Même si tu veux pas me voir, j'espère que tu accepteras ton neveu ou ta nièce. Je…

Un sanglot dans la voix, Édouard se tut alors que sa sœur Adèle mettait ses bras autour de son cou. Elle chuchota à son oreille :

— Il va guérir, Édouard, je le sais, je le sens.

Les deux restèrent longtemps enlacés dans la chambre alors

que Florie rongeait son frein dans la cuisine, bien décidée à ne pas être dans la même pièce que ce traître. Connaissant son caractère, Léo l'avait aussitôt fuie. Même s'il s'agissait d'un accident, le regard que Florie posait sur lui n'augurait rien de bon. Léo s'en voulait assez, sans avoir à subir les reproches muets et injustifiés de la chef de la maison.

— C'est ça, laissez-moi toute seule, bande de sans-cœur, chuchota Florie lorsque le jeune homme s'éclipsa.

Elle se dirigea d'un pas accablé vers sa chambre sous l'escalier en priant le Seigneur d'épargner le seul de la fratrie en qui elle avait entièrement confiance. Le seul qui ne l'avait pas déçue. Au petit matin, lorsque le froid la réveilla et qu'elle dut mettre quelques bûches dans le poêle presque éteint, elle n'y tint plus. Elle monta lourdement l'escalier en agrippant la rampe parfois à deux mains. Entrouvrant la porte de la chambre de Laurent, elle découvrit Édouard et Adèle endormis dans le gros fauteuil. Elle posa son regard sur Laurent, craignant le pire, mais ce dernier avait les yeux ouverts. Il tourna la tête vers son aînée :

— Soif... soif, chuchota-t-il d'une voix rauque.

Ce simple murmure suffit à faire sourire Florie et réveilla le frère et la sœur. Les deux se levèrent du fauteuil en vitesse et s'approchèrent du blessé.

— Laurent, oh Laurent, j'ai jamais été si heureuse d'entendre ta voix, dit Adèle avec affection, les larmes coulant sur son beau visage fin.

— Je suis là aussi, mon frère, ajouta Édouard en se mettant dans le champ de vision de ce dernier.

Laurent prit quelques minutes pour comprendre ce qui se passait, et se tourna vers Florie.

— Florie... dit-il.

— Je suis là, mon grand, je suis toujours là, moi, tu sais bien, ajouta-t-elle d'un ton acide. Tu pourras toujours compter sur moi.

Elle se tourna vers Édouard sans le regarder dans les yeux avant de conclure:

— Bon, tu peux t'en aller maintenant. Il est correct.

Sans l'écouter, le jeune homme s'avança pour prendre le verre et y verser un peu d'eau. Il mit sa main derrière la tête blonde de Laurent pour l'aider à se soulever.

— Ouch… fit celui-ci, en grimaçant.

Il baissa les yeux sur sa blessure. Le bandage s'était imprégné de sang pendant la nuit. Laurent reposa sa tête sur l'oreiller en fermant ses paupières.

Inquiets, les trois autres regardaient sans savoir que faire avec ce pansement souillé.

— Je crois qu'il faudrait aller chercher le docteur, chuchota Adèle.

— Il a dit qu'il viendrait avant midi.

— Oui, mais ça saigne beaucoup. Il me semble qu'il faudrait changer le bandage le plus vite possible.

Hésitante, car il y aurait des frais à cette autre visite du docteur Trudel, Florie se décida rapidement devant l'air des deux autres.

— Tu as raison, Adèle, va demander à Léo d'atteler Mystic et d'aller le chercher. À cinq heures du matin, on va sûrement sortir le docteur du lit, mais… c'est pas grave, affirma-t-elle en évitant les regards de son frère et de sa sœur.

Lorsque Léo revint avec le docteur Trudel, une trentaine de minutes plus tard, celui-ci ne passa aucun commentaire sur l'insistance de la famille à devancer sa visite. Il leur demanda de quitter la chambre afin qu'il puisse évaluer la condition de son patient. Les trois se dépêchèrent à descendre à la cuisine où les attendait un Léo démuni devant la situation dans laquelle il avait plongé les Gélinas.

— Je te l'ai dit, il va mieux, le rassura Adèle. C'est un accident bête, Léo, et le pire est passé. Laurent s'est réveillé et le docteur doit juste vérifier si la plaie saigne pas trop. Comme son pansement devait être changé, nous préférons que le médecin soit aux côtés de Laurent plus rapidement. Je pense que tu peux aller dormir maintenant, continua-t-elle. Laurent devrait se remettre.

Le ton convaincu de la jeune femme fit naître un sourire sur le visage maigre de l'homme engagé des Gélinas. Il ne perdrait pas son meilleur ami. Il attrapa son manteau et ses grosses bottes avant de se tourner vers eux :

— Je suis… dé..dé..solé. Je… je..vais..faire la trai..traite avant.

Un sanglot pris dans la gorge, Léo ne savait comment se faire pardonner l'accident de la veille.

— Dis pas de niaiseries, répondit Édouard en mettant sa main sur son épaule, c'est un malheur dont tu n'es pas responsable. Attends, je viens t'aider pour la traite.

— Pas question ! Toi, tu t'en vas chez vous. T'as pas ta place ici.

— J'ai autant le droit que toi de m'assurer de la guérison de mon frère, que cela te plaise ou pas. Je resterai ici au moins jusqu'à la nuit, ensuite, je verrai où en est la situation.

Frustrée d'être ainsi contredite, Florie serra ses mains l'une contre l'autre avant de les plonger dans le fond des poches de son tablier. Les poings bien fermés, elle ne répondit rien puis se tourna vers le comptoir pour abaisser sa pâte. Adèle aurait préféré aller à l'étable avec les hommes pour ne pas subir sa colère, mais elle agrippa plutôt son tablier avant de le passer par-dessus sa tête. Lentement, elle en noua la ceinture derrière son dos et fit un sourire à son frère qui referma la porte en douceur.

— Tu es toute une hypocrite, toi ! s'exclama son aînée d'une voix rêche.

Adèle préféra se taire. Elle s'empara du gros bol de métal rempli de pommes d'automne et s'installa à la table pour les éplucher. Au bout de cinq minutes, comme elle n'avait pas répondu, Florie renchérit :

— Veux-tu bien me dire ce qui t'a pris de le faire venir ici ? susurra-t-elle entre ses lèvres pincées.

Adèle hésita à peine avant de répondre :

— Il en a autant le droit que nous. Il l'aime lui aussi.

— Tu sauras, ma fille, que le jour où cet homme a choisi de briser le serment fait à sa mère, il a perdu tous les droits sur cette famille. Que je te voie plus jamais me jouer dans le dos comme ça ! M'as-tu bien comprise ?

Sans lever la tête, Adèle murmura :

— Je t'ai bien comprise, mais je referais la même chose si un autre événement semblable se reproduisait.

— Ben si c'est à moi qu'il arrive un malheur, que je te voie pas aller chercher de l'aide ou du réconfort chez Édouard Gélinas. C'est clair ? Je t'en voudrai à mort si tu fais ça, ma sœur.

Il n'y eut pas de réponse à ce chuchotement enragé. Au bout de quelques instants, la jeune brune leva la tête de son ouvrage et regarda fixement le dos de son aînée. Les épaules penchées vers l'avant, elle ne faisait plus aucun geste. Ses deux mains reposaient sur le bord du comptoir de bois. Hésitante, Adèle inspira profondément, attendant un éclat de colère.

Seul un reniflement se fit entendre. Elle se releva doucement en posant son économe sur la table.

— Florie ?

Sa sœur sanglotait.

— Bien voyons, Florie…

Pour la première fois depuis des années, Adèle voyait son aînée pleurer à chaudes larmes. Les perles coulaient abondamment sur ses joues rebondies sans qu'elle se donne la peine de les essuyer. Adèle mit son bras autour de la large taille de Florie avant de dire, émue :

— Florie, comprends-moi. Je sais que pour toi, Édouard est mort. Mais j'ai pas les mêmes convictions, et je me dois aussi de vivre selon ce que je crois.

— Des fois, je me dis que je ne… ne… pourrai pas.

— Tu ne pourras pas quoi ?

— Vous obliger à respecter la promesse. Vous obliger à vous souvenir de la détresse de notre mère… Mais vous avez oublié, c'est certain… oublié comment notre père l'a fait souffrir. C'était pour nous protéger que notre mère nous a demandé cela. Tu auras beau me dire le contraire, tu verras que même ton cher Édouard va être meurtri par cette relation.

Adèle secoua doucement la tête avant de replacer affectueusement une mèche de sa sœur derrière son oreille. Florie ne montrait jamais sa douleur et, pourtant, en ce moment, elle constatait à quel point son aînée s'était vu confier une mission hors de son contrôle. Le menton perdu dans la chair tremblait au rythme des sanglots.

— Mais le voilà le problème, ma Florie. T'es pas la gardienne des promesses que nous avons faites. Chacun d'entre nous est responsable de ses choix et de ses décisions. Ce qui importe, c'est ce que tu désires respecter pour toi.

— Mais...

— Attends. Je sais que maman t'a confié la mission de nous accompagner dans cette démarche, mais elle avait tort.

— Dis pas ça, j'ai failli à ma tâche, rien pourra me faire penser le contraire.

Déjà, les larmes s'étaient taries, et le regard dur que braqua Florie sur sa sœur lui fit comprendre que ce moment de vulnérabilité avait disparu. Déçue, Adèle mit sa main délicate sur celle de Florie avant de lui dire d'un ton résigné:

— Que tu le veuilles ou non, Édouard restera toujours mon frère et je l'aime. Je peux respecter ton choix de le renier, toutefois je le comprends pas et tu ne peux exiger de moi ou de Laurent...

— Laisse Laurent en dehors de ça!

— ... que nous en fassions autant, continua Adèle avec fermeté. Bon, à présent, je te laisse continuer ta tarte, je vais monter auprès de Laurent pour lui tenir compagnie.

— C'est ça. Bonne idée, conclut l'aînée froidement.

En sortant de la cuisine, Adèle se dit que la bataille était loin d'être gagnée et que sa sœur avait une maudite tête de cochon. Mais au fond d'elle-même, la jeune femme restait convaincue que Florie vivait une grande détresse de ne plus avoir Édouard dans sa vie. Sa carapace s'était fracturée quelques minutes plus tôt, et Adèle considérait cette douleur dont elle avait été témoin comme un point positif. Dans la soirée, enfin rassuré sur le sort de son frère, Édouard profita de la gentillesse de James pour lui demander de l'accompagner chez lui. Il lui tardait de rassurer Clémentine qui devait mourir d'inquiétude.

CHAPITRE 12

Noël

Ralentis par une fine neige qui virevoltait, les deux hommes prirent presque trente minutes pour parcourir la route entre les deux villages. La carriole était à peine arrêtée dans l'entrée de sa maison, que la porte s'ouvrit avec fracas pour laisser apparaître Clémentine, le visage soucieux.

— Alors ? cria-t-elle.

— Tout va bien. Rentre ma chérie, tu vas prendre froid !

Hésitante, la future mère retint un frisson avant d'entendre raison. Pas besoin de se rendre malade, il valait mieux attendre quelques minutes à l'intérieur, au chaud. Elle se tint près de la fenêtre pour observer les deux hommes se serrer la main et la charrette de James faire demi-tour. Édouard eut à peine le temps de mettre la main sur la poignée que celle-ci tournait; la porte s'ouvrit avec force.

— Il va être correct, Clémentine. Il va être correct.

Tout comme pour Florie, les émotions eurent raison de la solidité d'Édouard qui s'écroula contre sa femme, le visage enfoui dans son cou. Le grand brun se mit à trembler, et ce ne fut qu'après quelques mots doux et apaisants qu'il put enfin relater les dernières vingt-quatre heures.

— Mais là, il parle, et le docteur dit que sa jambe devrait être guérie cet été, conclut Édouard avec soulagement. Il en perdra pas l'usage.

— Mon Dieu, heureusement ! Léo devait être dans tous ses états ?

— Oh oui, il m'a fallu toute ma persuasion pour lui faire comprendre qu'il s'agissait d'un accident. Mais je pense qu'il s'en voudra longtemps de pas avoir vérifié la hache avant de l'utiliser.

— C'est bête quand même ! Au nombre de fois qu'on utilise la hache... En tout cas, plus personne dans la famille n'oubliera à l'avenir de faire les vérifications d'usage, j'en suis sûre !

Laurent, lui, savait qu'un moment d'inattention était à la source de l'accident. Juste avant, Léo avait enlevé son gros parka qui rendait sa tâche trop difficile. En riant, il avait retroussé les manches de sa chemise et enfoui le bas dans son pantalon. Le jeune Gélinas avait suivi ses gestes avec intérêt et s'était mis à rêvasser à la vue du corps mince et musclé de son ami. Lorsque Léo avait levé sa hache, le jeune blond n'avait rien vu, trop occupé par des pensées impures... Voilà où cela l'avait mené...

La petite neige tombée pendant la soirée marqua le début d'un long hiver capricieux. Entre les périodes de tempête et de froid intense, les habitants des Hautes-Laurentides n'eurent guère la chance de profiter de belles journées hivernales. Laurent avait recommencé à marcher trois semaines après son accident. Patient fort malcommode, il ronchonnait et tournait en rond dans la maison, menant ses sœurs au comble de l'exaspération !

— Je pourrais faire la traite. J'ai toujours bien juste à

m'asseoir et à étirer ma jambe comme il faut ! Je tire pas les pis avec mes pieds à ce que je sache !

— Le docteur a dit qu'il y a trop de danger d'infection. Tu dois éviter d'aller dans l'étable ou la grange.

— Bien oui, je suis censé faire quoi de mes journées ? Vous aider à faire de la cuisine peut-être ! grognait le jeune homme.

Florie et Adèle, pour une fois, étaient du même avis. Vivement que Laurent ait l'accord du docteur Trudel pour reprendre ses occupations, car les deux femmes deviendraient folles à force de lui trouver de l'ouvrage dans la maison. Le vieux médecin passait une fois tous les trois jours pour s'assurer que la plaie guérissait bien. Chaque fois qu'il arrivait, Florie poussait un petit soupir en pensant à son bas de laine qui rétrécissait à vue d'œil. Mais lorsque son frère mentionna que ce n'était pas nécessaire de payer pour se faire dire que tout allait bien, il subit une rebuffade qui lui ôta l'envie de reparler de son traitement !

— Toi, laisse faire les finances de la maison ! On est pas des pauvres, nous autres !

Le matin, Adèle se levait à l'aube et rejoignait Léo afin de traire les vaches. Pas trop loquace, le jeune homme devenait moins timide avec le temps et les deux réussissaient à entretenir une conversation somme toute distrayante. Elle en apprit plus en ces quelques semaines sur sa vie à Saint-Damien, que cela avait été le cas depuis son arrivée, près de six mois auparavant. Sa mère souffrait d'arthrite et perdait lentement la vue. Encore autonome, elle savourait les moments pendant lesquels elle aidait les jeunes mamans à mettre leur bébé au monde. Depuis longtemps, la veuve Villemarie était la sage-femme attitrée de la région, et Léo savait à quel point elle aimait ce métier. Il souhaitait ardemment que sa santé ne se dégrade pas trop vite. Cela l'inquiétait particulièrement maintenant qu'elle vivait seule. Du reste, sa paye faisait toute la différence dans leur mince train de vie, et Léo ne pouvait se permettre de s'en passer.

— Je… je suis pas… pour..all… aller… bû..bûcher. Là..ell.. elle… serait toute… seul..seule.

Le deuxième dimanche de décembre, Adèle demanda au jeune engagé de la laisser chez Édouard en allant chez sa mère.

— Évidemment, je préférerais que tu mentionnes pas cette visite à Florie. Elle comprendrait pas que je désire voir mon frère. Mais si ça te met mal à l'aise, je m'arrangerai autrement, Léo.

— C'est..co..correct.

Un léger sourire fit office d'acceptation. Florie l'impressionnait avec ses envolées colériques, mais il aimait bien Adèle et souhaitait lui faire plaisir. Elle trouverait bien une justification à son déplacement. Elle n'aurait qu'à dire qu'elle se rendait au bazar de l'église Saint-Christophe, personne n'irait vérifier si elle s'y trouvait réellement.

Pour une rare fois, Édouard et Clémentine restèrent couchés jusqu'à neuf heures le dimanche matin. Le jeune homme était bien sorti à l'aube pour faire la traite, mais il avait réussi à s'éclipser sans réveiller sa douce. Un sentiment de plénitude s'était emparé de lui lorsqu'il s'était recouché contre le corps alourdi, sans réveiller Clémentine. Il l'avait observée longuement, laissant son regard glisser sur son doux visage, encore plus rond depuis la grossesse. Sa bouche, souvent boudeuse, s'entrouvrait légèrement à chaque inspiration et ses longs cils frémissaient comme sous l'effet d'une rêverie.

— Comme elle est belle, pensait Édouard en effleurant du bout de ses doigts la chevelure blonde, étalée sur l'oreiller.

Il suivit la courbe de son épaule dénudée par la manche de sa jaquette abaissée. Son épouse frémit à son toucher et il s'arrêta quelques secondes avant de poursuivre son manège jusqu'au ventre qui tendait le vêtement. Le bébé prenait de plus en plus de place. Malgré sa petite taille et son diabète, Clémentine pouvait s'enorgueillir de vivre une grossesse presque parfaite... à l'exception des nausées du premier trimestre.

— Édouard... chuchota Clémentine, la voix enrouée par le désir que cette caresse avait déclenché dans son corps.

— Je m'excuse, je voulais pas te réveiller.

— Je suis contente au contraire... viens, mon chéri.

Elle ouvrit les bras pour accueillir l'amour de sa vie, le père de son enfant. Édouard hésita, malgré son désir évident pour sa femme.

— Tu es certaine que je lui ferai pas mal...

— Je peux t'assurer que tu lui feras que du bien... chuchota Clémentine, en me faisant autant de bien.

Elle s'assit puis retira sa jaquette blanche qui cachait des seins gorgés de vie et un ventre protubérant qui la rendait vulnérable, mais en même temps si désirable. Édouard retira sa combinaison de laine avant de prendre à pleine main les seins pour les porter à sa bouche. Le long gémissement de bonheur qui répondit à son geste le fit rapidement oublier sa crainte de faire mal à son enfant. Une telle jouissance ne pouvait avoir de répercussions négatives, jugea-t-il avant d'embrasser le corps de sa femme et de se glisser entre ses jambes ouvertes, dans la chaleur prête à l'accueillir.

— Dieu que je t'aime, grogna-t-il avant de laisser échapper un long râle de bonheur.

Repus, les amoureux se reposaient donc en ce dimanche

matin lorsque trois coups à la porte les firent sursauter.

— Bien voyons donc, qu'est-ce qui se passe encore ? marmonna Édouard en enfilant sa combinaison rapidement.

Craignant une nouvelle fois une visite annonçant un accident, il se dépêcha de sortir du lit bien chaud.

— J'espère que c'est pas Laurent…

— Mais tu m'as dit qu'il allait bien.

Assise contre les oreillers, Clémentine ne se souciait pas de sa nudité, mais cela titilla quelques instants son mari. Il détourna le regard avec regret avant de sortir de la chambre.

— Probablement juste un voisin qui a besoin d'aide, tu as raison, ma chérie. Recouche-toi, je viens te rejoindre dès que je peux…

Clémentine lui fit un sourire charmeur avant de fermer les yeux. Dieu qu'elle aimait cet homme. À part sa maladie, sa vie était exactement comme elle l'avait maintes fois imaginée. Des exclamations de plaisir lui firent tendre l'oreille. Ne reconnaissant personne, elle se résigna à remettre sa jaquette, soupçonnant avec raison que la grasse matinée était terminée.

— Clémentine, ma chérie, Adèle est ici ! s'exclama son mari dès qu'il l'aperçut dans l'embrasure de la porte de la cuisine.

Un sourire épanoui éclaira le visage de la jeune femme. Elle s'avança pour serrer son amie dans ses bras.

— Eh bien dis donc, ma Clémentine, on dirait que tu vas éclater sous peu ! dit Adèle en riant et en la saisissant par les bras pour la contempler.

— Ouf, oui ! À qui le dis-tu ? J'ai l'impression d'avoir un énorme ballon de plomb dans le ventre ! Monsieur ou mademoiselle a en plus le hoquet tous les soirs au coucher.

— Quoi ?

Adèle ouvrit grands les yeux. Elle avait beau ne pas être

naïve comme avant, elle ne savait rien des mystères de l'enfantement. Clémentine s'approcha du poêle pour mettre sa bouilloire de fonte à chauffer avant de se retourner en riant.

— Lorsque je me couche, impossible de m'endormir avant trente minutes, je te dis. Le bébé se met à sursauter à intervalles réguliers.

— Au début on était inquiets, mais le docteur Lafleur qui suit Clémentine lui a dit que, souvent, les bébés ont le hoquet dans le ventre de leur mère. De ne pas s'inquiéter, c'est normal.

— Normal peut-être, dit encore la jeune blonde en rigolant, mais je te dis que ça fait bizarre d'avoir des soubresauts réguliers dans le bas de ton corps. D'après mon médecin, il peut y avoir deux raisons au hoquet du bébé : ou bien son diaphragme immature tente de régulariser sa respiration, ou le bébé a avalé du liquide amniotique. D'une manière ou d'une autre, moi je tressaute pendant une demi-heure presque tous les soirs.

Le regard complice de son frère à son épouse chavira le cœur d'Adèle. Elle ressentit de l'envie, mais elle rit avec eux, en regrettant encore une fois de ne pouvoir connaître la magie de la grossesse.

— Et tu peux rien faire pour l'arrêter ? interrogea Adèle avec surprise.

Clémentine ne répondit pas tout de suite, occupée à verser l'eau chaude dans les trois tasses qu'Édouard avait posées sur la table ronde. Le jeune homme se mit à découper de larges tranches de pain de ménage puis les disposa dans une corbeille d'osier. Ensuite, il sortit un plateau d'étain sur lequel il posa de la mélasse, du sirop d'érable, un gros morceau de beurre et trois gros œufs à la coque.

— Je sais pas si tu as déjeuné, déclara-t-il en souriant, mais nous, non ! Puis je te jure que le dimanche matin, on se gâte en mosus ! C'est le seul jour où on déjeune ensemble en prenant tout notre temps.

— Eh bien, vous faites la grasse matinée, mes chanceux ! s'exclama Adèle sans arrière-pensée jusqu'à ce qu'elle voie l'échange de coups d'œil amoureux entre les deux jeunes époux.

Elle plongea son nez dans sa tasse de thé, en jalousant de nouveau ce bonheur. Les souvenirs du corps tiède de Jérôme contre lequel elle adorait se recroqueviller à l'aube vinrent à son esprit. Repoussant une longue mèche de cheveux derrière son épaule, elle tapota la chaise à ses côtés en faisant signe à son amie. Clémentine s'avança pour s'asseoir en posant la main sur le bas de son dos, douloureux.

— J'ai essayé tous les trucs du docteur Lafleur, expliqua la future maman en grimaçant : changer de position dans le lit — comme si c'était si facile ! Imagine une baleine qui tente de se tourner sur le côté et tu verras de quoi j'ai l'air ! Il dit aussi que tapoter mon ventre ou le caresser dans le sens des aiguilles d'une montre pourrait calmer le bébé, mais...

— ... pas concluant pour l'instant ! coupa son mari en lui prenant tendrement la main.

— La seule chose qui fonctionne, une fois sur trois, c'est de boire un grand verre d'eau glacée.

— Mais, ajouta Édouard, Clémentine aime pas ça, parce qu'elle dit qu'elle a l'impression de lui geler la binette !

Le couple éclata d'un rire complice, puis se tourna vers Adèle.

— Tu es tout de même bien matinale... comment as-tu fait pour te sauver de la maison ? demanda Édouard, redevenu sérieux.

Heureuse du changement de sujet, la jeune brune expliqua comment elle avait persuadé Florie de la laisser aller avec Léo jusqu'à Saint-Damien pour passer la matinée au bazar de l'église Saint-Christophe.

— Mais entre vous et moi, je crois qu'elle est pas dupe. En fait, je pense que tant que je lui dis pas précisément que je viens ici... elle en fera pas toute une affaire. Je te dis, Édouard, parfois je sens que c'est pas mal plus par orgueil qu'elle s'empêche de parler de vous autres. Je la vois bien tendre l'oreille, quand quelqu'un parle de toi. On dirait qu'elle retient ses questions ou essaye de pas prononcer ton nom, mais c'est pire parce que ça paraît que tout est refoulé. Si vraiment elle t'avait renié, continua Adèle avec un soupir de découragement, elle penserait jamais à toi. Mais au contraire, j'ai l'impression qu'elle ne fait que ça !

Adèle lança un regard d'excuse à son frère et à sa belle-sœur. Édouard lui prit la main, puis il fixa sa sœur sérieusement.

— C'est correct, Adèle. J'ai fait mon deuil de ma relation avec Florie. Tant que je peux continuer de te voir, je suis heureux. Si je réussissais à percer aussi la carapace de Laurent, mon bonheur serait quasi parfait. Mais pour l'instant, tu me suffis amplement.

— D'ailleurs... continua Clémentine, nous avions quelque chose à te demander.

— Ah bon ?

— Édouard...

— Hein ? Que veux-tu...

Clémentine plongea ses yeux bleu ciel dans ceux de son mari en pinçant sa petite bouche ronde. Elle balança sa tête pour l'aider à se souvenir, mais comme Édouard semblait ignorer ses indices, elle baissa le menton sur son ventre bien rond.

— Le bébé, chuchota-t-elle...

— Oh, oui, oui. Euh... Adèle, Clémentine et moi voulions savoir si tu accepterais d'être...

— La marraine ? Oui, oui, et encore oui !

Les futurs parents restèrent quelques secondes estomaqués devant l'excitation de la jeune femme. Puis Édouard enlaça sa sœur.

— Oui, d'être la marraine de notre petite fille... dit Édouard

— ... ou notre petit garçon, ajouta Clémentine en fronçant les sourcils avec un air faussement fâché.

— Mais... ta mère sera pas déçue ? demanda soudainement Adèle en se rassoyant.

Le couple avait discuté longuement avant d'en venir à cette décision. Clémentine secoua la tête et rassura son amie.

— Peut-être un peu, mais je sais qu'elle comprendra et, au nombre d'enfants que nous sommes, ce n'est que partie remise. En plus, nous allons faire la même offre à mon frère aîné, Jules. Puis pour le prochain, nous demanderons à mes parents, c'est tout !

Adèle jeta un bref coup d'œil vers son frère. Son visage s'était fermé à la mention d'un second bébé. Elle savait, pour en avoir parlé avec lui, qu'il ne désirait pas que sa femme retombe enceinte. Même si cette grossesse se déroulait somme toute assez bien, il ne prendrait pas le risque de mettre sa santé en péril même si Clémentine assurait que tout irait bien. Afin d'éviter que la morosité s'installe, Adèle changea de sujet.

— Alors, va pour la marraine ! Vous me rendez tellement heureuse que ça me donne faim ! J'ai déjà déjeuné, mais je dirai pas non à cette belle graisse de rôti... Et aux œufs de Clémentine!

Après la vaisselle, les deux femmes s'habillèrent chaudement pour aller rejoindre Édouard dans le poulailler. Clémentine ne cessait de discuter de son sujet préféré après le bébé: ses poules!

— Même si elles peuvent résister jusqu'à moins vingt dehors, mes cocottes aiment pas les courants d'air. C'était écrit dans la revue de l'agriculture du mois de septembre. C'est pour ça qu'Édouard a mis une grosse toile grise par-dessus la porte. Il est bien fin, ton frère, parce qu'avec la neige qui tombe sans arrêt, il est obligé de grimper sur le toit du poulailler tous les jours pour l'enlever.

Elles se précipitèrent vers la grange pour fuir l'air glacial de ce matin de décembre. Clémentine avait peine à avancer et son manteau d'hiver ne fermait plus tout à fait. Elle portait une tuque grise enfoncée jusqu'aux yeux et un large foulard assorti sur la bouche et le nez. Elle haletait et, à chaque pas, son amie lui demandait:

— Ça va aller, Clémentine?

— Oui, oui, soufflait-elle... Je suis juste comme une grosse vache sur le point de vêler!

Enfin, elles arrivèrent devant les portes de la petite grange et se dépêchèrent d'y entrer. Il y faisait un peu plus chaud.

— Viens, dit Clémentine en tirant son amie par le bras, il faut que je change la paille dans les nichoirs.

— Veux-tu bien te calmer, laisse-moi donc faire, s'il te plaît!

Les joues rouges à cause de la marche, la jeune blonde secoua vivement la tête. Elle empoigna une large botte de foin puis se dirigea au fond de la grange où se trouvait le poulailler.

— Arrête, je veux en profiter avant la naissance. Tu sais

pas à quel point j'aime m'occuper de mes pondeuses ! En plus, ton frère les accepte, mais c'est loin d'être ce qu'il préfère. Il dit que ça pue ! Allez, aide-moi plutôt !

Pendant près de deux heures, le trio se démena pour s'assurer du bien-être des bêtes. Pour les vaches et les cochons, un changement de litière et d'eau s'imposait. L'hiver, Clémentine devait venir trois ou quatre fois par jour pour changer l'eau qui avait gelé. Les poules supportaient peu la soif et, heureusement qu'Édouard avait plus de temps, parce qu'au cours des semaines à venir, la jeune femme avait l'impression que ses déplacements seraient plus difficiles. Lorsque Léo revint la chercher vers onze heures trente, Adèle avait le sourire aux lèvres.

— Tu es quand même drôle, ma sœur ! À la maison, avant, tu haïssais prendre soin des animaux. Ici, tu le fais avec bonne humeur…

— Il faut croire qu'être avec vous deux me rend heureuse, mon Édouard. Ici, il n'y a personne pour me houspiller, me dire d'aller plus vite, plus lentement… personne pour reprendre mon travail en prétextant qu'il est pas bien fait. Tu vois, c'est facile de me rendre heureuse… Bon allez, je vous embrasse et je reviens dans la journée du vingt-cinq.

— Comment feras-tu ? demanda Édouard.

Inquiet, il mordillait ses lèvres et ressemblait à un gamin. Sa sœur s'avança pour l'enlacer tendrement avant de mettre son chapeau beige sur ses boucles brunes. Elle l'embrassa sur la joue avant de chuchoter à son oreille :

— J'ai plus d'un tour dans mon sac, tu sauras, mon cher !

Et elle disait vrai !

Le matin du 25 décembre, la route était heureusement dégagée. Il n'avait pas neigé depuis deux semaines, au grand plaisir des villageois. Seuls les enfants se morfondaient, déçus de ne pas pouvoir profiter des vacances de Noël pour faire des bonshommes de neige. Les hommes savouraient ces moments de repos, pendant lesquels ils pouvaient se permettre de se concentrer sur des activités plus récréatives — jouer aux cartes — ou plus utiles, comme fabriquer des meubles pour la maison. D'ailleurs, depuis quelque temps, Léo s'appliquait à montrer à son ami Laurent comment travailler avec le rabot et les ciseaux à bois laissés par Édouard.

— Tu...tu... v...vas... voir, c'est... fa...facile. Faut... j... juste... ê...être... minu...ti...tieux.

En secret, les deux hommes fabriquaient une table de courtepointe pour l'offrir à Florie au jour de l'An. Même si la tâche n'était pas si ardue, Édouard et Laurent n'avaient jamais songé à le faire. En pensant au sourire de Florie lorsqu'il la conduirait dans la grange, Laurent se sentait envahi par un sentiment de fierté. Il pourrait montrer à sa grande sœur qu'ils n'avaient pas besoin d'Édouard. Sa jambe ne le faisait presque plus souffrir. Il avait recommencé à se déplacer à l'extérieur de la maison depuis un peu plus d'une semaine. Même si le docteur Trudel l'avait enjoint à ne pas trop forcer, ses deux sœurs devaient le sermonner quotidiennement.

— Il ressemble à un chiot trop fringant ! marmonnait Florie, avec affection. Pas moyen de le faire tenir tranquille.

— Oui, tu as bien raison. Mais il faudrait pas que sa blessure guérisse mal à cause de son impatience.

— Tu penses que c'est possible ? avait demandé l'aînée en se disant aussitôt qu'elle attacherait son frère à la berçante.

Constatant son air soucieux, Adèle s'était réprimandée en

silence. Elle connaissait pourtant l'inquiétude exagérée de sa sœur pour son cadet !

— Non, non, je pense qu'il respecte quand même les limites que le docteur Trudel lui a imposées, t'en fais pas, ma Florie. Laurent est pas idiot, il prendrait pas de risques inutiles.

Celle-ci avait donc accepté les va-et-vient constants de son jeune frère entre la ferme et la grange depuis une semaine.

— À ton avis, on va avoir le temps de la finir pour dimanche ? demanda Laurent, la tête penchée sous la table.

— Hum… Hum…

Un discret hochement de tête confirma la réponse. Satisfait, le jeune blond caressa les côtés dorés du bois d'érable. Léo vidait une boîte de clous dans un gros bol. Il s'avança avec un marteau pour solidifier une patte.

— Ap..après, il… f..faudra… jjj… ..uste la ve..vernir.

— Ouache, ça va puer ici ! Heureusement que Florie y met jamais les pieds ! On pourrait pas la laisser sans vernis ? Il me semble que…

Le regard sérieux dirigé vers lui le fit rougir. Alors que Laurent avait tendance à tourner les coins ronds, à négliger la finition, Léo, lui, faisait dans le détail. Il secoua doucement la tête et Laurent renchérit avec gêne :

— … Il faudrait pas que ma sœur se fasse une écharde en piquant sa courtepointe. Tu as raison, Léo.

Alors en silence, les deux jeunes hommes poursuivirent leur tâche. Vers neuf heures, la porte de la grange s'ouvrit avec fracas. La voix claire d'Adèle fit sursauter les travailleurs.

— Youhou, les gars, vous êtes là ?

— Ici !

Adèle s'avança en fronçant son nez.

— Ça sent fort, qu'est-ce que vous… oh, wow !

Arrêtée dans son élan, la jeune femme mit ses mains sur ses hanches fines en pointant son menton vers la longue table de bois d'environ cinq pieds sur trois pieds.

— C'est pour Florie ? Elle va être trop contente !

— Tu penses ? J'espère…

— J'en suis sûre, Laurent. Elle passe son temps à dire que ce serait bien plus facile si on en avait une ! Elle aura plus à ranger sa courtepointe tous les soirs. Je te le dis, elle va sauter de joie.

— C'est juste que je me demande si elle est pas trop grosse…

Adèle secoua la tête tout en pensant la même chose. Mais ne voulant pas inquiéter son frère, elle plissa son nez et fit signe que non. Prenant son courage à deux mains, elle chuchota :

— Je voulais savoir, Laurent, pourrais-tu m'atteler Mystic ?

— Ah ? Tu t'en vas où ?

— Eh bien, il y a un dîner de fête pour les journalistes du *Courrier* et…

— Bien t'es plus journaliste maintenant ?

Heureusement pour Adèle, Laurent n'avait pas levé la tête de son ouvrage. Elle put mentir sans vergogne. Elle toussota, lissa sa longue jupe bordeaux et continua :

— Non, bien sûr. Mais j'ai reçu une invitation, car il s'agit du vingtième anniversaire de la création, et tous les journalistes y sont invités.

— Ah bon et c'est où ?

Adèle retint un soupir d'exaspération. Pourquoi ne se mêlait-il pas de ses affaires ? Elle croisa le regard de Léo qui n'était pas dupe, mais ne dit mot évidemment.

— À Labelle. Je vais être de retour vers trois heures.

— Tu sais quoi ? J'ai presque envie de t'y conduire. J'en profite…

— Non !

— Bien pourquoi ?

Adèle rougit sous le regard inquisiteur de Laurent qui déposa son pinceau enduit de vernis sur le couvercle de métal à ses pieds.

— Non, je veux dire que c'est pas nécessaire de te déranger. Les routes sont dégagées et je vais d'abord faire un arrêt au cimetière pour me recueillir sur la tombe de maman. En plus, ça va me faire du bien d'être seule un peu…

Naïf, Laurent hocha la tête avec compréhension.

— C'est vrai que tu es toujours prise dans la maison avec Florie et que, parfois, elle est pas facile.

— Parfois ? eut envie de s'exclamer sa sœur.

Elle hocha simplement la tête pour acquiescer. Cette journée de Noël n'était pas si froide, pourtant ses mains nues commençaient à être gelées. Elle s'apprêta à partir.

— Alors si ça te va, je vais me préparer et je reviens dans une vingtaine de minutes.

— C'est correct, je vais atteler Mystic. Oublie pas de prendre la grosse couverture dans le coffre de l'entrée. Florie veut plus qu'on la laisse dans la carriole, elle dit que les rats vont la manger ou faire leur nid dedans.

— Oui, c'est vrai ! Merci mon petit frère adoré !

Satisfaite de ce premier essai, Adèle attacha solidement son manteau de laine puis enfonça son chapeau sur ses oreilles. Maintenant, il lui fallait faire avaler le même mensonge à sa sœur… ce qui ne se ferait pas sans discussion !

— Mais pourquoi vas-tu là ?

— T'es même plus journaliste !

— C'est loin pour rien ! Dis-moi pas que tu veux retravailler là ? Puis… lui, le rédacteur en chef, il va y être aussi ?

Cette dernière question, à laquelle répondit froidement Adèle, satisfit Florie. Elle hocha la tête, penchée sur son chaudron.

— Bon, c'est d'accord, mais je veux que tu sois ici pour m'aider pour le souper. C'est toujours bien Noël ! Puis avec l'accident de Laurent, j'ai bien l'intention que ce soit spécial en mosus ! Il m'a fait assez peur, le petit maudit !

— Tu as raison, ma Florie. Il l'a échappé belle et on va en profiter pour lui rappeler combien on l'aime. Mais pour l'instant, tout est déjà préparé. T'en fais pas, je serai ici au plus tard à trois heures, je te le promets.

Une heure plus tard, la jeune femme tournait sa carriole dans l'entrée de son frère. Surprise, elle s'aperçut que deux autres calèches occupaient une partie de la cour. Elle hésita un moment avant de prendre sa décision. Son frère n'avait pas parlé d'inviter qui que ce soit. Elle espérait être assez chic. Sa longue robe foncée avait connu de meilleurs jours. Depuis l'année précédente, la jeune femme avait perdu beaucoup de poids, elle qui était déjà mince. Alors le haut de la robe ne la flattait plus aussi bien, mais elle était satisfaite d'avoir pensé à l'agrémenter de la broche perlée de sa mère.

Adèle héla la bête.

— Oh ! Mystic, arrête-toi ici mon beau !

Rapidement et avec habileté, elle descendit et posa la grosse fourrure sur le banc, avant de tirer Mystic jusqu'à la petite rampe du balcon. Elle l'y attacha solidement puis monta les trois marches.

Toc ! Toc ! Toc !

— Adèle, oh que tu nous rends heureux ! s'exclama Clémentine, à bout de souffle.

— Je vous l'avais promis, ma chérie ! Dis donc, tu dois

avoir de la misère à grimper l'escalier, ma pauvre toi !

— Un peu, dit en riant son amie, en la tirant à l'intérieur. Mais ça en vaut la peine. Au moins, ton frère peut me dorloter un peu, puisque la beurrerie est fermée. D'ailleurs, continua-t-elle sur un ton plus discret, il tourne en rond, le pauvre homme ! Je pense qu'il va mourir d'ennui ! Il en est même rendu à m'aider à faire mes soupers et ma vaisselle.

— C'est ça, moque-toi de moi, rétorqua Édouard qui arrivait dans le corridor. Tu te plains pas pourtant de mes talents culinaires ! dit-il faussement fâché. Adèle, je suis tellement content que tu aies réussi à t'échap… oups à venir !

Édouard prit son manteau.

Adèle se pencha pour lui donner un baiser sur la joue.

— Peux-tu t'occuper de Mystic ? Je l'ai attaché au balcon en attendant. Mais dites-moi… qui… ?

— *Miss* Adèle ! Bonjour !

Quelques pas derrière son frère, elle découvrit les visages souriants de Henry et de James. Mal à l'aise, craignant que les deux hommes parlent de cette rencontre à Florie, elle leur fit un signe discret.

— T'en fais pas, chuchota Édouard, ils seront muets comme des carpes.

Rassurée, Adèle tendit la main aux deux hommes. Surprise par la douceur de la paume de James, elle l'observa à la dérobée alors que tous les quatre se dirigeaient vers le salon. Cet homme dégageait un charme discret. Elle rougit en s'apercevant qu'il la fixait et lui fit un sourire d'excuse.

— Tu veux un verre de lait de poule, Adèle ? demanda Clémentine.

Sa robe rouge était tendue sur son ventre. Fascinée, son amie la regardait rayonner et ne pouvait s'empêcher d'imaginer vivre le même événement. Retenant un soupir d'envie, elle mit sa main sur celle de Clémentine en hochant la tête.

— Bien sûr !

— Ton frère a rajouté un petit remontant pour la visite ! s'écria la jeune blonde en plongeant la louche dans le gros bol de cristal.

Après trois verres de la boisson laiteuse, les rires et les blagues fusèrent dans la maison. Lorsque leurs hôtes se retirèrent pour préparer la table, les invités ressentirent une gêne. Puis James s'enquit des projets d'Adèle.

— Vous… Vous écrivez plus, mademoiselle ?

— Appelez-moi Adèle, je vous en prie. Pour l'instant, je me concentre sur la ferme.

— C'est… triste, j'aime… *what you wrote in the paper.*

Indécise, Adèle leva les sourcils pour montrer qu'elle ne comprenait pas l'anglais. James se tourna vers Henry, qui traduisit de son mieux.

— Il dit… Il aimait vous lire dans le journal.

— Ah bon ?

— Oui… père Claveau *montre moi your text once et after that, je continue à lire.*

— Ah bon ? répéta de nouveau Adèle avec surprise. Vous lisez bien notre langue alors ?

— Mieux que parler ! *It's easier for me !* À Montréal, je… lisais le journal *often.*

Adèle observa l'homme quelques instants en se disant qu'il avait certainement quelques secrets. Dans le fond, personne ne savait vraiment d'où il venait, pourquoi il était là. Un jour, peut-être, elle prendrait son courage à deux mains. Elle sourit avec malice :

— Eh bien… je croyais pas que les hommes s'intéressaient à mes écrits. Encore moins le père Claveau ! continua la jeune femme.

— Bien sûr ! s'exclama Henry. Il faut lire les femmes pour les comprendre !

Adèle et lui éclatèrent d'un rire complice sous le regard curieux du grand Noir. Le ferblantier se pencha pour traduire sa blague et James rit aussi. Cette ambiance bon enfant se poursuivit tout le repas et, lorsque vint le temps de quitter son frère et sa belle-sœur, Adèle les remercia avec effusion en leur remettant à tous les deux un petit cadeau.

— Vous pouvez pas savoir à quel point cette journée m'a fait du bien !

— Même chose pour nous, ma sœur. Même chose pour nous.

— Oh Adèle, merci pour ce cadeau.

Clémentine tenait contre elle le livre *La Flore laurentienne* du frère Marie-Victorin*. Publié au début de l'année, et encensé par la critique dès sa sortie, le manuel présentait plus de mille cinq cents plantes illustrées par deux mille huit cents dessins. Adèle avait mis la main sur cet exemplaire lors de sa dernière visite à Labelle. Sachant à quel point son amie prenait soin de son potager, aimait cultiver des fleurs et des plantes d'origines diverses, elle avait décidé de le lui offrir à la première occasion.

— Wow ! Le livre du frère Marie-Victorin ! C'est pas un petit cadeau ça, Adèle. Je risque de voir ma maison engloutie sous les fleurs de toutes sortes dès le premier jour de l'été ! s'exclama Édouard en évitant le coup de poing affectueux de Clémentine.

— J'espère bien, mon Édouard. Bon, je vous embrasse tous

les deux. Allez ! Je dois y aller avant que Florie lance le village à mes trousses.

Hésitante, elle tendit la main aux deux hommes et l'émoi l'envahit au contact de celle de James. Elle retira sa main rapidement, soucieuse de ne pas répéter les mêmes erreurs. Plus jamais elle ne laisserait un homme la troubler comme Jérôme Sénéchal. Pourtant, longtemps après son départ de la maison d'Édouard et Clémentine, Adèle sentit une pointe d'émotion au fond de son être. Pourrait-elle retomber amoureuse un jour ?

CHAPITRE 13

Nouvelle vie

Après le départ de leurs invités, Édouard et Clémentine s'affalèrent dans le divan, les yeux fermés. La jeune femme caressait son ventre en souriant doucement. Elle laissa tomber ses chaussures à talon sur le plancher de bois. Édouard entreprit de frotter ses pieds enflés qui peinaient à entrer dans ses souliers.

— Je suis tellement heureuse, dit-elle, presque en ronronnant.

— Moi aussi, ma chérie. Moi aussi.

Clémentine repoussa des mèches qui lui tombaient sur le front et plongea son regard dans celui, presque du même bleu, de son mari. Elle tendit une main pour caresser sa joue rugueuse.

— J'ai tellement hâte de lui voir la face, à ce petit bonhomme-là !

— Ou cette petite bonne femme ! répliqua Édouard en tentant de taire ses inquiétudes à l'égard de l'accouchement de sa femme.

Malgré les demandes répétées d'Édouard, Clémentine avait refusé qu'il l'accompagne chez le docteur Pelletier, à Montréal. Chaque mois, elle partait avec son père qui la laissait au cabinet, puis la retrouvait une fois la visite terminée. Même Roméo n'arrivait pas à lui faire entendre raison. La future mère ne voulait pas que son mari se mêle de ce qui touchait à son diabète. Édouard, malheureux d'être tenu à l'écart, essaya de nouveau de discuter des risques associés à sa grossesse.

— Tu veux pas aller à l'hôpital pour ton accouchement, Clémentine ? Il me semble que ce serait...

— Non, coupa catégoriquement sa femme. La mère de votre homme engagé, Léo Villemarie, est très habile comme sage-femme. Même si sa vue n'est plus parfaite, Adèle me dit que Léo jure qu'elle ferait ce travail les yeux fermés tant elle a aidé de femmes à donner la vie. Je vois pas pourquoi on paierait une chambre à l'hôpital. Je suis une femme comme les autres, ne m'enlève pas cela.

— Mais Clémentine, ne crois-tu pas que les risques seraient moins grands ?

— Les risques de quoi ? Puisque je te dis que tout va très bien ! s'exclama sa femme en s'éloignant d'Édouard.

Effectivement, à chaque visite, le médecin se déclarait satisfait de la progression de la grossesse de Clémentine. Mais la dernière fois, il l'avait avertie que le bébé semblait très gros et qu'il vaudrait mieux accoucher à l'hôpital au cas où une opération d'urgence serait nécessaire.

— Je pense pas, avait sèchement coupé Clémentine.

Dans ces moments-là, son visage se tendait, puis se fermait. Son rêve de devenir mère n'était pas compatible avec l'environnement hospitalier, qui représentait la maladie.

— J'ai lu le livre *La Naissance naturelle*, du docteur Grantly Dick-Read*, avait-elle précisé. Il dit bien que les anesthésies, les médicaments pour aider les mères à enfanter amènent plus de bébés bleus, endormis ou même drogués. Vous trouvez pas, docteur, qu'il est préférable que je mette toutes les chances de mon côté ? Selon cet auteur, rien n'est comparable à la relaxation, « la sérénité est synonyme de bonheur et le bonheur de la mise au monde est une des choses les plus merveilleuses de la nature ».

Le médecin l'avait regardée un long moment puis avait haussé les épaules.

— La décision vous appartient, bien sûr. Je dis que ce que je pense être le mieux pour vous. Vous devriez en parler avec votre époux. Il a son mot à dire !

Clémentine s'était levée avec colère.

— Il s'agit de *ma* maladie, de *mon* accouchement, alors je vous dis que je prendrai la décision et, si cela vous déplaît tant, je peux aussi trouver un autre médecin.

Le spécialiste s'était résigné devant le ton hargneux de sa patiente. À Montréal, il avait coutume de voir des femmes prendre le contrôle de leur décision à cet égard, mais c'était une faible minorité qui réagissait avec autant de véhémence.

— Sachez toutefois que dès le début de vos contractions, il vous faudra marcher pour aider à faire descendre le bébé. Soyez prête au moins deux semaines avant votre date prévue. Les bébés de mères diabétiques se présentent souvent en avance à cause de leur poids.

Clémentine n'avait fait part d'aucune de ses inquiétudes à son mari. Elle contrôlait parfaitement sa grossesse. Elle faisait régulièrement les exercices prescrits dans le livre, toujours à son chevet depuis les débuts de sa grossesse. Elle sourit tout à coup en agrippant la main d'Édouard.

— Touche, il gigote sans bon sens ! Je suis certaine que ce sera un garçon. Puis actif à part ça ! Moi, de toute manière, je suis meilleure avec les gars, j'ai l'habitude avec mes frères !

— Wow… j'ai l'impression qu'il veut sortir ce bébé-là ! Pas sûr qu'il attende encore trois semaines.

Clémentine baissa la tête pour qu'Édouard ne remarque

pas son air coupable. Elle savait bien que son bébé arriverait bientôt. Enfin, presque assurément selon son médecin. Les deux amoureux restèrent longtemps allongés sans bouger. Vers six heures, Édouard repoussa doucement les jambes de sa belle endormie afin de finir de ranger la cuisine et de préparer un petit souper. Habitué à l'action, il restait rarement assis aussi longtemps sans sentir le besoin de bouger. En plus, à l'approche de la naissance de son premier enfant, le jeune maître-beurrier passait de l'euphorie de l'attente à l'angoisse d'avoir à prendre soin d'une autre personne.

Dans la nuit du 31 décembre 1933, alors que le froid glacial empêchait toute activité extérieure depuis quelques jours, Clémentine se réveilla en sursaut. D'abord surprise, elle promena ses yeux clairs sur les murs de la chambre, éclairés faiblement par une petite lampe de nuit posée sur la table en face de la porte.

— Pour éviter que tu tombes si tu as à te lever la nuit, avait insisté Édouard.

Lorsque Clémentine lui avait confié sa crainte du feu, il l'avait rassurée.

— T'inquiète pas, le globe est assez haut et la base de la lampe est bien solide. En plus, j'ai placé dessous une assiette en aluminium. Non, t'inquiète pas, avait-il répété.

Pour une fois, elle fut heureuse de la lueur diffuse de la lampe. Bien assise dans le lit, elle inspira profondément avant de balancer ses jambes sur le côté avec délicatesse pour éviter de réveiller Édouard. Elle chercha à réentendre le bruit qui l'avait peut-être réveillée. Secouant la tête, elle s'avança doucement vers sa coiffeuse pour y prendre le verre d'eau que son mari lui préparait chaque soir. Alors qu'elle allait le porter à ses lèvres, elle fut pliée en deux par une douleur qui irradia dans tout son bas-ventre.

— Ouf... murmura-t-elle avant de se tourner vers Édouard, qui dormait du sommeil du juste, le menton levé et un bras au-dessus de sa tête.

Clémentine décida d'attendre un peu avant de le réveiller. Elle se sentait étrangement sereine, comme si rien ne pouvait l'atteindre. Une douleur diffuse parcourait toujours le bas de son dos, mais sans plus. Elle sortit en fermant la porte et descendit l'escalier en tenant la rampe à deux mains. Arrivée en bas des marches, elle hésita entre le salon et la cuisine, puis se décida pour cette dernière, dans laquelle le poêle fonctionnait sans arrêt. Elle se pencha pour rajouter une bûche, avant de prendre un morceau de galette d'avoine sur le comptoir. Il était presque minuit trente.

— Bon, ça doit être une fausse alerte, se dit-elle au bout de quinze minutes.

Rassurée, Clémentine se releva pour poser son verre, lorsque la même sensation se produisit dans son ventre. Cette fois, elle eut le temps de la sentir avec sa main et constata que son abdomen durcissait. Sa mère, qui avait eu neuf grossesses, dont sept enfants vivants, lui avait bien expliqué qu'une première contraction, pour un premier bébé, n'était que le début d'un long processus qui pouvait durer jusqu'au lendemain.

— Je pense que je vais aller réveiller Édouard. Il sera fâché si je le fais pas... se dit la jeune blonde, en détachant le haut de sa jaquette. Elle avait l'impression d'étouffer.

— Édouard ? souffla-t-elle, une fois devant la porte de la chambre. Édouard, je pense que tu devrais te... Oh...

Inspirant profondément, Clémentine eut juste le temps de s'asseoir sur le lit avant de se plier de nouveau.

— Quoi, que se passe-t-il ?

— Je pense que ça y est, Édouard.

— Hein ? Quoi ?

À moitié endormi, le jeune homme frotta ses yeux et fixa la main de sa femme posée sur son ventre énorme. Enfin, il comprit.

— Oh mon Dieu ! OK, c'est bon, je vais chercher madame Villemarie, puis euh... qui d'autre donc ?

Clémentine le regarda sauter dans son pantalon, mettre ses bretelles et pousser sa chemise à moitié dans sa ceinture. À présent bien réveillé, il sautillait pour tenter de mettre ses chaussures le plus rapidement possible.

— Juste la sage-femme... mais nous avons le temps, mon chéri. Tu peux prendre le temps d'enlever tes souliers, nous sommes en hiver et tu devras mettre tes bottes.

— Hein ? Ah oui, c'est sûr ! C'est bon, j'y vais. Mais... je peux pas te laisser...

— Mais si, vas-y Édouard, rien ne presse. Un premier bébé, ça devrait aller tard demain. T'en as pour vingt minutes à peine. Je resterai...

— ... couchée, coupa son mari. Tu bouges pas du lit, tu m'as bien entendu ? Que je te voie pas t'aventurer dans l'escalier. Des plans pour te tuer, ma foi ! Bon... tu es certaine...

Clémentine éclata de rire en voyant l'état de son mari. Elle se glissa sous la couverture en lui faisant signe de se hâter.

— Allez, va mon chéri.

Dehors, la bise soufflait. Quand il sortit sur le balcon, Édouard se sentit aussitôt transpercé jusqu'à la moelle. Excité et terrifié par la venue de son enfant, il fila en courant atteler son cheval en priant pour que tout aille bien en son absence. Pendant une quinzaine de minutes, Clémentine murmura des mots d'amour à son petit bébé prêt à voir le monde.

— Je t'aime déjà, mon bébé. Toutes ces années pendant lesquelles je t'ai espéré. Enfin, te voilà prêt à entrer dans ma vie. Dans notre vie, à ton père et moi. Je souhaite que tu saches tous les jours à quel point je t'attendais. Malgré la maladie qui m'affecte, je serai toujours à tes côtés. Si tu savais à quel point... Oh...

Malgré sa santé déficiente, ou peut-être à cause de cela, Clémentine était courageuse et avait décidé de vivre ce moment pleinement. Lorsque Édouard et madame Villemarie revinrent, il était presque une heure quinze du matin. Le visage marqué par la douleur de la dernière contraction, Clémentine réussit tout de même à faire un sourire rayonnant à son mari inquiet.

— Tout va bien, mon chéri... souffla-t-elle. Il veut nous rejoindre, le coquin.

Édouard, sans mot, s'assit aux côtés de sa douce et lui prit la main qu'il porta à ses lèvres. La sage-femme s'approcha du couple.

— Monsieur Gélinas, suggéra-t-elle un peu sèchement, il est préférable que vous attendiez en bas. Les maris sont pas de bons...

— Il n'en est pas question, coupa aussitôt le jeune homme en sautant sur ses pieds. Je me ferai discret, vous en faites pas, mais je laisserai pas Clémentine seule dans sa souffrance.

— Je serai ici, monsieur.

— Mais vous l'aimez pas comme moi je l'aime, ne vous en déplaise. Non, ceci n'est pas discutable.

Clémentine, fière de son mari, lui fit un sourire rassuré.

Tout irait bien. La sage-femme haussa les épaules avant de lui demander :

— Pensez-vous pouvoir au moins aller me chercher de l'eau chaude, des guenilles et un traversin si vous en avez un ? Sinon, continua-t-elle sans le regarder, un vieil oreiller fera l'affaire.

Heureux de pouvoir servir à quelque chose, Édouard descendit l'escalier deux marches à la fois. La sage-femme retint un soupir d'exaspération avant de se pencher pour examiner la parturiente qui avait elle-même l'air d'une enfant, si on excluait son gros ventre tendu. Pendant le travail, Clémentine passait des grelottements à la sueur en l'espace de quelques minutes. Les contractions, maintenant plus rapprochées, la faisaient crier, souffrir, mais elle restait forte. Après chacune d'entre elles, elle se levait pour marcher autour de la chambre. Son mari la tenait solidement et elle le remerciait d'un faible sourire. Deux fois déjà, il lui avait fallu manger quelque chose.

— Peux-tu m'apporter un morceau de sucre à la crème ? avait-elle murmuré à voix basse.

La première fois, la sage-femme s'était interposée.

— Pas question de manger, même si vous le désirez, madame Gélinas. C'est pas bon pour le travail. Vous risquez de vomir et de vous épuiser encore plus.

— Nous n'avons pas le choix, ma chère dame.

— Bien sûr que nous l'avons !

La femme commençait à trouver ce couple bien différent des autres. Le mari refusait de quitter la chambre, et la femme passait son temps à faire toutes sortes d'exercices de respiration inutiles. Voilà qu'elle désirait manger en plein milieu du travail. Clémentine voulut répondre lorsqu'une nouvelle contraction l'en empêcha.

— Oh… oh… celle-ci… oh… fait… fait… si mal !

Désemparé, Édouard lui frottait le bas du dos quand elle s'avançait. Il se sentait tellement inutile qu'à tout bout de champ, il descendait à la cuisine remettre une bûche dans le poêle, si bien qu'au milieu de la nuit, sa femme l'arrêta avant qu'il ne sorte de la chambre.

— Je pense que c'est assez, mon amour... On va mourir de chaleur bientôt !

Il hésita, mais les deux femmes lui lançaient des regards d'espoir. La sage-femme avait même déboutonné le haut de sa chemise et retroussé ses manches, tant la chaleur l'étouffait. Édouard, qui se sentait au contraire transi, se rassit à sa place en silence. Pressé par son épouse de retourner lui chercher du sucre, il dut, cette fois, expliquer à la sage-femme la situation particulière de Clémentine.

— Madame... Clémentine est diabétique. Elle doit manger pour s'assurer que son taux de sucre tombe pas sous les niveaux acceptables.

— Oh, mon Dieu... mais, ma chère dame, pourquoi n'êtes-vous pas allée à l'hôpital ?

Inspirant rapidement, la grande femme se mit à marcher de long en large en ventilant son visage. Ses joues creuses, ses yeux vitreux montraient sa fatigue, et voilà qu'on l'assommait avec cette nouvelle. Clémentine voulut se faire rassurante.

— Ne vous en faites pas... Je contrôle très bien ma maladie.

— Vous auriez dû me le dire, dit la femme d'une voix sèche. C'est pas correct. Je n'aurais jamais accepté de vous accoucher en sachant le caractère particulier de cette naissance.

— Mais maintenant, il est trop tard pour aller à l'hôpi... oh... une autre...

Pendant quelques secondes, le visage crispé par l'effort, Clémentine ne put parler. De toute manière, la sage-femme savait fort bien que la jeune femme avait raison. Il était trop tard. Ce bébé naîtrait dans cette chambre, et elle se devait d'accompagner cette mère, inconsciente du danger que représentait son choix. Enfin, vers neuf heures, le 1er janvier 1934, les douleurs de Clémentine firent place à une étrange langueur. Alarmée, la sage-femme pressait un mouchoir contre son front moite et tentait de cacher son inquiétude. Clémentine dormait maintenant après les efforts de la nuit et les contractions avaient cessé depuis presque quarante minutes. Madame Villemarie fit un signe à Édouard qui se reposait sur la chaise droite près du lit. Il haussa les sourcils et posa son regard fatigué sur sa femme. Il suivit la sage-femme à l'extérieur de la pièce et referma la porte derrière lui.

— Il y a un problème, monsieur Gélinas. Les contractions ont cessé depuis presque une heure et c'est pas normal.

— Mais… Clémentine semble bien pourtant, ce matin… pourquoi dites-vous ?…

— Parce que le bébé est supposé bouger jusqu'à la naissance. Cet arrêt des mouvements peut vouloir dire une détresse du fœtus, coupa la femme plus sèchement qu'elle ne l'aurait voulu.

Édouard blêmit et prit les deux mains de la femme dans les siennes. Il chuchota d'une voix fiévreuse :

— Je vous en prie, faites tout en votre pouvoir pour sauver notre bébé, mais plus que tout, sauvez Clémentine.

En chaire, la plupart des curés vantaient le courage des femmes mortes en couches pour sauver leur nouveau-né. Chaque fois que les hommes d'Église faisaient de tels sermons, Édouard regrettait de ne pouvoir crier à ces inconscients que de mettre au monde un enfant sans mère lui semblait la pire des bêtises humaines ! Pour lui, pas question de faire passer son enfant avant sa douce Clémentine.

— Je sais pas... murmura la sage-femme en inspirant profondément. Je sais pas si j'y arriverai...

La sage-femme sentait une chape de plomb s'installer sur ses épaules étroites. Elle avait connu des naissances difficiles dans sa carrière, mais celle-ci s'avérait l'une des plus compliquées. La religion catholique préconisait de sauver l'enfant à naître d'abord, puis la mère. Elle sourit tristement avant de hocher la tête.

— Je ferai tout mon possible, je vous le promets. Mais maintenant, il faut forcer votre femme à se lever. Vous allez me chauffer un chaudron, un chaudron assez gros pour qu'elle puisse s'y asseoir.

Sans poser de question au sujet de cette étrange requête, Édouard obéit. À l'extérieur, la neige s'était mise à tomber. De gros flocons collaient aux fenêtres et virevoltaient dans l'air adouci.

— Une journée d'hiver comme tu les aimes, ma belle Clémentine. Allez, tu vas y arriver, je le sais. Notre bébé viendra au monde avant la fin de cette journée et tu pourras le tenir dans tes bras.

Sur ce souhait formulé à voix basse, Édouard remonta avec le chaudron chaud. Pendant deux heures, malgré l'inconfort ressenti, la sage-femme obligea sa patiente à s'asseoir sur le chaudron renversé. Au bout de quelques minutes, les mouvements reprirent et Clémentine sentit la douleur d'une autre contraction arriver. Satisfaite, madame Villemarie applaudit presque la jeune blonde, dont les cheveux collaient au crâne. Édouard n'en pouvait plus. Il se promit de ne plus jamais permettre que sa femme revive une telle épreuve, quitte à voir le curé Latraverse les excommunier.

— Tout doux, ma chérie. Inspire, expire, inspire…

— Oh… ça fait si… si mal, pleurait Clémentine qui sentait ses forces l'abandonner.

— Je sais, mon amour.

Impuissant, Édouard essuya le coin de ses yeux en s'installant derrière sa femme pour la tenir contre lui. Madame Villemarie la réexamina vers midi et sourit enfin, en chuchotant:

— Vous êtes complètement dilatée ma petite Clémentine. Ça devrait guère être long à présent. Monsieur Gélinas, allez me faire bouillir d'autre eau et plongez-y de nouvelles guenilles. Trouvez-moi aussi des piqués. Nous en aurons besoin pour accueillir votre bébé.

Édouard se dépêcha pour être certain que sa femme ne reste pas sans lui trop longtemps. Lorsqu'il revint, une contraction plus violente que les autres laissa Clémentine dans un état quasi comateux. Elle roulait des yeux vers l'arrière alors que la sage-femme l'encourageait à pousser.

— Allez, c'est le moment. Poussez, ma petite, poussez.

Sans réponse, Clémentine fit un signe de la main avant de fermer les yeux sans obéir. La sage-femme parla de sa voix la plus ferme, cachant derrière cette façade une grande frayeur, celle de perdre une parturiente ou un bébé.

— Madame Gélinas, ça achève. Je vous en conjure, il faut pousser ou votre petit bébé s'en sortira pas.

Une plainte sortit de la bouche entrouverte de Clémentine. Sa pâleur et ses tremblements inquiétaient son mari. Il se pencha au-dessus de sa femme:

— Il lui faut boire un jus sucré. Elle est en baisse de sucre, regardez ses tremblements.

Secouant la tête d'un air accablé, madame Villemarie fit signe à Édouard de se hâter.

— Mais le temps presse. Le bébé est déjà engagé et il risque de pas survivre si votre femme l'aide pas.

Encore une fois, Édouard courut à la cuisine et en revint deux minutes plus tard, une tasse d'eau chaude avec trois cuillères de sirop d'érable. Il força Clémentine à boire le liquide même si elle tournait la tête, les yeux fermés. Pour une rare fois, il haussa le ton:

— Ouvre la bouche, bon sang! ordonna-t-il. Tu dois reprendre des forces, tu comprends ? Ta vie et celle du bébé en dépendent!

Des yeux hagards lui répondirent. La jeune femme entrouvrit les lèvres. Le message vague de son mari avait traversé son inconscient et elle but lentement avant de retomber sur l'oreiller. La sage-femme et Édouard lui tinrent chacun une main en la tirant vers l'avant.

— Poussez, Clémentine, maintenant! cria la sage-femme.

Clémentine hurla de douleur. Le temps fut comme suspendu avant que le vagissement du bébé entre les jambes ensanglantées de la jeune femme se fasse entendre. Clémentine, épuisée et encore tremblante, n'ouvrit même pas les yeux en réponse à son bébé. La sage-femme nettoya sommairement le poupon avant de le tendre à son père avec un grand sourire.

— Voici votre petite fille, monsieur Gélinas. Félicitations, c'est tout un bébé que vous nous avez fait. À première vue, je dirais que c'est pas loin de neuf livres. Maintenant, si vous voulez bien me laisser avec votre femme, je vais faire sa toilette... À moins que vous ne désiriez rester encore ici? demanda-t-elle d'une voix soulagée et moqueuse.

Édouard, le visage penché sur sa fillette au visage parfait, secoua la tête en souriant. Un immense bien-être s'empara de son corps et fit disparaître toute trace de fatigue. Il baisa le front de sa femme, endormie, et se retira pour descendre à la cuisine. Assis dans la berceuse, près du poêle, Édouard regarda attentivement sa fille et lui fit une promesse que jamais, cette fois, il ne trahirait.

— Je serai toujours là, mon ange. Toujours là pour t'aimer, te protéger et t'accompagner dans ta vie. Je te le promets, et ce serment, je ne le trahirai jamais.

— Viens la voir, elle dort.

Sur la pointe des pieds, Adèle suivit son frère et son amie dans le corridor étroit. Le berceau du nouveau-né était disposé tout près du foyer dans le salon. Une flamme soutenue permettait à la petite maison de garder sa chaleur toute la journée. Avec le poêle qui fonctionnait aussi en continu, la famille d'Édouard ne pouvait se plaindre du froid. Le jeune homme descendit délicatement le piqué sur le corps de sa fille en souriant fièrement:

— Adèle, je te présente ta filleule, Marie-Camille Rose Gélinas. Marie-Camille, voici ta marraine, Adèle, chuchota-t-il, la voix étranglée par l'émotion. La meilleure des sœurs qu'un homme peut avoir, ajouta-t-il, en prenant la main tendue par sa cadette.

Sans dire un mot, Adèle s'avança vers le berceau. Elle caressa la joue satinée du nourrisson, qui tourna aussitôt la tête, dans l'espoir d'accrocher le mamelon prometteur. L'enfant avait les yeux fermés, la bouche ouverte sous son petit nez comme un bouton de rose. Clémentine éclata de rire avant de murmurer:

— Je crois qu'elle veut boire... elle est insatiable cette enfant!

Sans répondre, son amie ferma les yeux un long moment en inspirant. Glissant le bout de ses doigts sur le cou du nourrisson, son ventre rond puis ses petits orteils qui se tortillaient, elle sentit une vague d'amour l'envahir. Elle avait l'impression que ce nouveau-né était le sien.

— Elle est parfaite ! conclut-elle en souriant à son frère et à sa belle-sœur. Parfaite. Je peux…

— … la prendre ? Bien sûr ! Tu verras, elle pèse à peine plus lourd qu'une bûche, dit Clémentine, amusée, en soulevant doucement sa petite Marie-Camille qui lui fit une risette endormie.

Il avait fallu une semaine à Adèle avant de pouvoir s'éclipser de la maison sans histoire. Une semaine pendant laquelle elle se languissait de rencontrer le bébé de son frère et de Clémentine. Comme la coutume voulait que le nouveau-né soit baptisé le jour même de la naissance ou le lendemain au plus tard, la mère de Clémentine avait dû la remplacer lors de la cérémonie, car Adèle n'aurait pas pu se rendre à La Conception sans créer une commotion à la ferme. La nouvelle mère tenait mordicus à ce que sa fille soit baptisée dans l'église où elle-même et ses frères l'avaient été. Marie-Camille portait la robe baptismale que sa grand-mère maternelle avait utilisée pour tous ses enfants, dont Clémentine. Lorsque James avait transmis le message de la naissance, Adèle avait gardé le secret trois jours avant de le partager avec Laurent.

— Tu es oncle, mon frère, avait-elle finalement déclaré d'une voix émue.

Laurent, assis dans le salon, écoutait la radio en fumant sa pipe. Pour une rare fois, Léo était monté dans sa chambre avant les deux autres. Il pensait couver une grippe et se sentait épuisé, même à ne rien faire. Adèle avait donc approché sa chaise de celle de son cadet. Croyant que celui-ci ne l'avait pas entendue, la jeune brune s'était penchée vers lui pour capter son regard.

— Marie-Camille, la fille de Clémentine et d'Édouard est née. Tu voudrais venir la...

— Je vois pas de qui tu parles, avait sèchement coupé son frère avant de plonger son regard dans le sien.

Pendant de longues secondes, ils s'étaient fixés sans un mot, puis le jeune homme avait posé sa pipe dans le cendrier sur pied avant de se relever lourdement de la chaise berçante.

— Bon, je suis fatigué, je vais me coucher.

Sans autre commentaire, Laurent avait gravi l'escalier sous le regard déçu de sa sœur, qui espérait toujours que ce dernier revienne à de meilleurs sentiments envers Édouard.

— Tant pis pour toi, avait-elle grogné, à l'intention de la silhouette qui s'éloignait dans l'escalier.

Dans sa chambre, à quelques pas du salon, Florie avait retenu un cri d'effroi en posant sa main crispée sur sa bouche. Elle se tenait assise sur le bord de son lit, prête à sortir en vitesse de la pièce pour affronter sa sœur qui la croyait endormie. Ainsi donc, ce sans-cœur d'Édouard les trahissait encore une fois. Alors qu'il avait promis de ne pas être mari ni père, voilà qu'en l'espace d'une seule année, il faisait les deux. Florie avait décidé de ne pas discuter avec Adèle. De toute manière, les deux ne s'entendraient jamais et cela aurait été admettre qu'elle savait que sa sœur se rendait à Saint-Damien chaque semaine. Florie ne pouvait supporter une autre bataille, elle n'en pouvait tout simplement plus de tenir le fort. S'agenouillant sur le sol froid, coudes appuyés sur son matelas, la femme s'était mise à prier pour son frère et l'âme de sa mère, Rose. À l'étage, Laurent s'était appuyé contre la porte qu'il venait de refermer, le cœur battant. Puis, lentement, il s'était avancé vers son lit avant de fermer les poings et de frapper son matelas jusqu'à épuisement. Édouard ne reviendrait plus jamais. Cette femme et ce bébé venaient de confirmer le vol dont il avait été victime plus d'un an auparavant. Le vol de son frère aîné.

— Pourquoi Seigneur, mais pourquoi donc m'en veux-tu autant pour me faire perdre de nouveau un homme si important ? avait-il demandé en sanglotant avant de s'endormir, à bout de larmes.

Pendant deux longues heures, Adèle garda sa filleule tout contre elle, refusant de la remettre dans son berceau en prétextant :

— Je la verrai pas souvent, cette douceur. Je dois en profiter. Ne vous en faites pas, profitez-en pour aller faire une sieste... Vous devez manquer de sommeil, continua-t-elle en promenant son index sur la joue de l'enfant endormie contre son sein.

Édouard et Clémentine échangèrent un regard tenté. La jeune femme replaça la petite couverture sur les fesses de sa fille avant de demander :

— Tu es certaine ?

— Certaine. Allez, hop.

— Bien, on ne dira pas non alors !

La jeune femme, les yeux sur le visage rosé de sa nièce, soupira d'aise. Cette enfant serait celle qu'elle n'aurait jamais. Elle la gâterait, l'aimerait comme si elle était la sienne. Tout comme son frère, une semaine auparavant, elle murmura des mots doux au bébé endormi qui ignorait à quel point sa naissance bouleversait la vie des adultes autour d'elle. Adèle humait la peau satinée, espérant conserver en elle cette odeur particulière de l'innocence parfaite.

— Vivement le dégel, marmonna Clémentine en soufflant dans le cou de Marie-Camille. Comme ça ton papa pourra retourner à la beurrerie et arrêter de tourner en rond dans la maison !

Depuis la naissance de leur fille, le couple apprenait à connaître ce petit bout de femme qui les épatait chaque jour un peu plus. Malgré des coliques depuis le début de février, Marie-Camille faisait le bonheur de ses parents. Clémentine avait une patience d'ange avec sa fille, alors qu'Édouard se sentait souvent désemparé devant ses cris de douleur. Il se promenait avec elle la nuit comme le jour en chantonnant les mêmes chansons que Florie lui avait fredonnées. Parfois, il abdiquait :

— Je pense que je la soulage pas, Clémentine, elle pleure dès que j'arrête de marcher.

— Au contraire, mon amour, ta fille se sent en confiance dans tes bras. Je le vois à son petit air béat.

À d'autres moments, le couple s'extasiait devant les prouesses de Marie-Camille.

— Oh, elle commence à bien voir. Regarde Édouard ! Elle suit ma main avec ses yeux !

— Clémentine, viens vite, Marie-Camille relève sa tête et se tient même sur ses coudes !

Puis il y eut le premier sourire qui fit oublier les nuits blanches et les soirées difficiles à marcher de long en large afin de calmer les douleurs de leur fille.

— Elle a souri ! Édouard, Marie-Camille a souri.

— Oh !...

Parfois, les deux adultes éclataient de rire devant le ridicule de leur discussion avec un bébé d'un peu plus d'un mois. Lorsqu'ils se croyaient seuls, l'un comme l'autre baragouinait des mots et des phrases remplis de tendresse pour établir un contact avec leur petite douceur. Même si Édouard n'était guère comme les autres pères, il commençait à trouver le temps long enfermé dans la maison avec ses deux femmes. Les réparations dans la grange étaient terminées depuis trois semaines, et les tempêtes de neige qui se faisaient rares depuis la naissance de Marie-Camille occupaient peu le jeune homme.

— Je pense que je vais retourner à la beurrerie la semaine prochaine, annonça-t-il à sa femme, le dernier dimanche de février.

Occupée à langer sa fille, Clémentine ne pouvait répondre, deux grosses épingles à couche coincées entre ses lèvres. Elle lui fit signe de continuer.

— J'en peux plus de rester à rien faire ! Je me sens comme un animal sauvage en cage ! grommela-t-il en lui tendant la pommade en évitant pudiquement de regarder sa fille nue.

Il n'avait aucune peine à la bercer, à l'amuser et même à la vêtir. Toutefois, pas question qu'il change des couches. Sur ce point, Édouard estimait que seules les femmes devaient s'en charger.

Le silence se poursuivit quelques secondes avant que Clémentine, la bouche enfin libérée, puisse réagir.

— Mais tu m'as dit que les fermiers ne t'amèneraient leur crème que vers la fin du mois de mars et même au début d'avril. Que feras-tu en attendant dans ta beurrerie déserte ?

Édouard prit sa fille pendant que sa femme plongeait la couche souillée dans le seau d'eau bouillante sur le poêle. Il lui sourit avec amour et remarqua que Clémentine avait retrouvé sa taille fine et ses hanches étroites. Un sentiment de désir l'envahit. Comme il ne répondait pas, sa femme se tourna pour le regarder. Saisissant le sens de son regard prolongé, elle releva inconsciemment sa poitrine et plongea ses yeux dans ceux de son mari, voilés par le désir. Édouard s'avança lentement, tenant sa fille contre son épaule, et mit sa main sur la nuque de sa femme pour l'embrasser voluptueusement.

— Pour l'instant, murmura-t-il la voix enrouée, je pense que je ferais une sieste en même temps que notre fille... ça te dit ?

Les deux amoureux ne mirent que quelques minutes à se dévêtir, une fois l'enfant dans son berceau. Édouard s'approcha de Clémentine dont les joues roses trahissaient la timidité de se déshabiller devant son époux. C'était la première fois, depuis la naissance de Marie-Camille, qu'il la voyait dans toute sa splendeur. Il soupira de satisfaction en prenant un sein et en laissant l'autre main glisser vers la toison dorée.

— Dieu que je t'aime, Clémentine... tu es parfaite.

La jeune femme souleva les bras puis les posa sur les larges épaules d'Édouard. Elle jeta un regard vers le bas de son ventre avant de saisir délicatement l'objet de sa convoitise. Son mari grogna d'aise et il souleva le corps délicat de son épouse qui l'entoura de ses jambes.

— Enfin... murmura-t-elle, lorsqu'il la pénétra avec douceur. Enfin.

CHAPITRE 14

Relation naissante

Depuis le début de l'hiver, Henry Stromph attendait impatiemment l'arrivée d'une lettre d'Angleterre.

— Tu comprends, Édouard, mon fils a certainement reçu la mienne avant Noël. S'il veut garder le lien avec moi, je devrais avoir une lettre bientôt... *Don't you think ?*

Édouard avait repris le chemin de la beurrerie trois jours auparavant. Heureux comme un poisson dans l'eau, il retrouvait toutefois sa petite famille avec bonheur chaque soir, à son retour. Assis dans l'atelier de son ami, il le regardait mettre la dernière touche à un large seau. À l'approche du printemps, Henry devenait un homme fort occupé. Comme s'il s'en rendait compte, Blacky disparaissait des journées entières plutôt que de tourner autour de son maître. Il courait dans les champs derrière la beurrerie, espérant attraper des papillons ou d'autres insectes. Depuis un mois, les fermiers avaient passé leurs commandes pour les chaudières à érable. Les villageois les plus rétrogrades utilisaient encore de vieux récipients en bois, mais la plupart d'entre eux préféraient ceux en fer-blanc, vendus par Henry à un prix fort raisonnable.

— James m'a demandé si tu pouvais vérifier la toiture de sa maison lorsque tu le pourras. Il dit que c'est pas urgent, mais que le père Claveau n'a guère pris soin de réparer ce qui devait l'être.

— Oui. Je vais y aller. Mais pour mon fils… *What do you think ?*

Henry cessa de parler en regardant sérieusement Édouard. Ce dernier aurait aimé le rassurer, lui garantir que ce fils maintenant devenu un homme ne souhaiterait que continuer sa correspondance avec ce père inconnu. Mais il tentait de comparer cette situation avec la sienne. Si son père, Antoine Gélinas, le relançait, que ferait-il ? Que feraient ses sœurs et son frère ? En même temps, le premier pas avait été fait par ce Jeremiah, et non par Henry. Leur situation différait donc un peu. Se secouant doucement, il répondit enfin à son ami :

— Je pense que tu vas avoir des nouvelles bientôt. Il dit qu'il est seul, sans famille. S'il a commencé à te chercher, c'est qu'il a envie de te connaître.

— *You think ?*

— *I think !* répondit Édouard en riant.

Soulagé, Henry étira les bras pour vérifier sa chaudière. Il sourit pour la première fois depuis le matin. Le gros pli entre ses sourcils disparut. Édouard espéra ne pas avoir donné de faux espoirs au ferblantier. Il n'avait guère de travail à la beurrerie et trouvait le temps bien long. Il passait donc quelques heures par jour à donner un coup de main à Henry. La semaine suivante, ce dernier ressortirait toute la marchandise fabriquée pendant l'hiver. Ainsi, lorsque ses clients reviendraient à son atelier, ils pourraient acheter à leur guise de nombreux objets utiles : gamelles pour le banc du rouet, boîtes en métal solide pour garder les provisions à l'abri des rongeurs, contenants pour la nourriture… Il n'avait pas lésiné sur la tâche pendant les journées froides. Depuis son retour, Édouard se sentait comblé. Même s'il avait quitté son local en le laissant dans un état parfait, il trouvait toujours une tâche à terminer. De toute façon, il était tenu par les réglementations de procéder à une désinfection totale des lieux au moins une fois par année. James était venu le rencontrer la veille pour savoir à quel moment le beurrier aurait besoin de lui.

— Vous... avez besoin de moi encore, *mister* Édouard ? avait-il demandé avec espoir.

— *Yes*, mon James ! C'est certain.

Le large sourire épanoui sur le visage de l'homme avait confirmé son intérêt pour le travail à la beurrerie. Satisfait de ne pas avoir à chercher un employé fiable, Édouard avait proposé à James de commencer vers le début du mois d'avril.

— Avant cela, avait-il précisé, les agriculteurs seront pas pressés de m'apporter leurs bidons. De toute manière, tant que les vaches sont pas au pâturage une bonne partie de la journée, elles donnent pas leur plein rendement. À mon avis, si le temps clément se maintient, on devrait commencer à rouler d'ici trois semaines à un mois.

— *Good*, je vais venir plus tard. *Thank you,* Édouard.

— Non... *Thanks to you*, James.

Édouard accompagna ses paroles d'un clin d'œil. Le plus pressant pour le jeune beurrier était de revoir les règles d'hygiène avec les fermiers de la région. Malgré la séance d'information de l'automne, plusieurs d'entre eux prêtaient peu attention à la manière de traire leurs vaches. Certains ne lavaient pas toujours leurs mains avant la traite, alors parfois, des gouttes brunes tombaient dans la chaudière.

— Ils gardent leur lait propre pour la consommation à la maison, mais ce qu'ils me vendent, ça les dérange pas vraiment.

Le jeune homme discutait avec Henry alors qu'ils dînaient

rapidement dans la cuisine de l'Anglais. Le moustachu fit une moue dédaigneuse en lançant un regard sur sa cuisine ordonnée et propre. Il ne lui serait pas venu à l'esprit de faire moins attention parce que son lait ne servirait pas à sa consommation directe !

— Je vais donc proposer de nouveau une soirée pour tenter de leur faire comprendre l'importance de bonnes conditions hygiéniques ! Cette fois-ci, je pense que je vais le faire à la beurrerie même ! Je me propose aussi de leur montrer ce que ça fait lorsque certains m'apportent du lait... auquel on a ajouté de l'eau !

En réflexion depuis l'hiver, Édouard se disait que si les agriculteurs constataient *de visu* la piètre qualité du lait qui lui était parfois apporté, ils feraient certainement attention. De plus, l'été précédent, le jeune homme avait pris connaissance de certaines techniques utilisées par un ou deux fermiers pour allonger le lait vendu à la beurrerie. Il n'en avait rien dit, ne voulant pas déplaire dès le départ à des fermiers déjà réticents. Du reste, ayant fait ses preuves en offrant un beurre de qualité, à un prix juste, il considérait maintenant de son devoir de faire part de cette fâcheuse habitude à tous. Au pire, les récalcitrants garderaient leur traite chez eux. Cela ne serait pas si grave, puisque parfois il devait jeter la moitié d'un bidon, alors qu'il avait payé pour un bidon entier.

— Ils comprendront que l'ajout d'eau à leur lait ne peut que nuire au goût de mon produit. Puis, je vais aussi leur parler de la souris que j'ai trouvée noyée ! Ça peut pas continuer comme ça ! J'ai jamais dit à ce fermier que j'avais dû jeter toute la canisse, mais là, je suis aguerri ! Que ceux qui m'aiment me suivent et que les autres s'arrangent !

Alors il installa sa plate-forme de bois sur laquelle il

disposa trois canisses à moitié remplies de lait. Minutieux, le maître-beurrier souhaitait plus que tout influencer les fermiers du village. Lorsque James vint le voir dans l'après-midi, Édouard lui proposa de l'aider à préparer cette soirée qui aurait lieu le premier samedi soir d'avril.

— Avec plaisir Édouard. Et… je peux proposer *an idea to you…*

Le grand Noir se dandinait, intimidé et gêné. Son patron et ami lui sourit pour le mettre en confiance.

— Bien sûr, mon ami. Viens, allons nous asseoir dehors, je suis enfermé ici depuis ce matin, j'ai besoin d'air.

Les deux hommes s'installèrent sur les chaises droites près de la porte de la beurrerie. La vue sur le champ de Henry procurait un sentiment d'apaisement à Édouard. Au loin, les deux vaches du ferblantier broutaient paresseusement. Le maître-beurrier savourait à l'avance les prochains mois qui lui permettraient de fabriquer un beurre plus riche. En effet, le produit était bien différent l'été et l'automne. Le beurre serait plus jaune puisque les bêtes dégusteraient une herbe bien fraîche, alors que l'hiver, le peu d'activité et la faible lumière réduisaient la richesse en carotène de leur lait. Édouard respira profondément, les yeux fermés quelques secondes. James, à ses côtés, ressentait le même calme. Depuis son arrivée au village, tant d'événements avaient bouleversé cet homme. Mais avec son engagement à la beurrerie, il constatait que les gens ne le regardaient plus avec autant de méfiance. Lorsqu'il avait dit à son entourage qu'il désirait vivre à la campagne, toute sa famille, montréalaise d'origine jamaïcaine, avait tenté de l'en dissuader.

— *You know how they treat Blacks there? You're going to be viewed again as a slave.*

— *Why would you want to live with ignorants?*[6]

— *Because...* avait répondu James.

Because... Parce qu'il avait envie de vivre dans cette nature. Tout petit, déjà, il adorait se rouler dans le champ derrière le logement de ses parents. Il s'éclipsait dès que ses trois grands frères revenaient du travail. Ils envahissaient bruyamment le petit appartement et James, qui avait dix ans de moins, préférait s'étendre dans l'herbe non tondue pour regarder le ciel. Lorsque la ville de Montréal avait rasé ce champ pour en faire un stationnement pour l'édifice de la Banque Royale du Canada, il avait ressenti un déchirement. Il ne pouvait plus épier les oiseaux et les insectes qui fréquentaient aussi cet espace naturel. Malgré les mises en garde de ses proches, l'homme de trente-cinq ans avait fait confiance à la vie. Il savait que sa bonté et sa ferveur au travail seraient un jour reconnues. Auprès du père Claveau, puis d'Édouard, il avait constaté qu'il n'avait pas eu tort. Lors de sa dernière visite à ses parents, en décembre dernier, il leur avait dit:

— *Not everyone is nice, but overall, these men and women are great.*[7]

Assis près du jeune maître-beurrier, James reconnaissait sa chance d'avoir trouvé ce travail. Il attendit qu'Édouard se tourne vers lui pour lui proposer:

— Si vous voulez, je peux... aller... euh... hum...

Le grand Noir cherchait souvent ses mots en français, mais désirait plus que tout s'améliorer. Il prit une profonde inspiration, leva son visage franc vers Édouard et déclara:

---

6 — Tu sais comment les Noirs sont traités dans ces villages? Tu vas encore être vu comme un esclave.
— Pourquoi voudrais-tu aller vivre avec des ignorants?

7 — Tous ne sont pas sympathiques, mais la plupart de ces hommes et femmes le sont.

— Je pourrais faire la *run* de lait trois matins de la semaine avec la remorque et la voiture... J'aimerais ça. *What do you think* ?

Il tourna la tête vers le champ pour ne pas voir la réponse sur le visage d'Édouard. Depuis son arrivée au village, il espérait une occasion de servir, de partager son enthousiasme et, depuis quelques jours, l'idée de parcourir les rangs du village et des environs lui semblait profitable pour tous. Avant qu'Édouard réponde, James continua d'une voix basse:

— Je pourrais passer très *early*... Les fermiers déposent leurs bidons sur le bord du chemin et je ramasse.

Encore quelques secondes de silence avant qu'Édouard ne saute sur ses pieds pour s'avancer devant James. Son beau visage sérieux était éclairé d'un grand sourire qui plissait ses yeux.

— C'est sûr que ça éviterait aux hommes d'avoir à laisser leur ouvrage pour venir me porter leur lait. En plus, je pense qu'on pourrait aller chercher plus de fermiers de cette façon... Wow ! C'est une très bonne idée, James... mais...

Édouard se rembrunit avant de se rasseoir. Même s'il détestait parler d'argent, il n'avait pas le choix.

— Je peux pas te payer plus, c'est ça le problème !

— *I don't want more !* protesta James.

Il frotta les mains sur son pantalon noir avant d'en tendre une à son patron.

— C'est un *deal* ! Dès que vous le voulez, je commence la *run*. Après, je vous aide ici à la beurrerie.

Édouard se disait que c'était trop beau pour être vrai. Il lui tardait de raconter cela à Clémentine qui aimait beaucoup James. Ses yeux bleus plongés dans ceux de son employé, il prit sa main entre les siennes et la tint longuement pour que l'autre comprenne bien son émoi. Quand les fermiers des environs comprirent l'avantage de ne plus avoir à se déplacer pour venir porter leurs bidons de lait, Édouard se mit à travailler encore plus fort que la première année. Vers le milieu du mois de mai, alors que la beurrerie avait pris un roulement fort intéressant pour le jeune patron, il vit entrer son ami Henry avec un visage décomposé. Posant en vitesse sa guenille et le bocal de lait qu'il tenait à la main, Édouard s'avança au-devant de lui.

— Bien voyons, qu'est-ce qui se passe, mon ami ? Tu as un visage à faire peur !

L'homme à la chevelure argentée secoua la tête sans parler. Édouard lui désigna le petit banc installé le long du mur. Il prit place à ses côtés et attendit que l'autre soit prêt à se confier.

— Es-tu malade ? demanda Édouard, après quelques minutes de silence.

— Non. Tiens, lis.

Édouard fronça les sourcils et tendit la main pour prendre la lettre que son ami avait posée sur ses cuisses.

Dear Mister Stromph... or Dear dad,

Since the beginning of our writing, I am finding myself with more and more questions that I would like to be answered. For that reason, I have decided to ship to Canada and go visit you. If everything goes as planned, I would embark on July 10th and arrive in Montreal around the 20th. Would you be nice enough to tell me exactly which train would be the best to go to your village ? I'm thinking of staying for about two weeks if it is ok for you. If that causes a problem, just send me a telegram before the end of June and I will reconsider my trip.

Wish everything is well on your side of the Atlantic, and hoping to see you soon,
Your son,
Jeremiah Jasper Holland[8]

Édouard leva un regard confus vers son ami. Il haussa les épaules avec gêne :

— Je saisis pas tous les mots… il veut visiter le Canada ?

— Non… murmura Henry, il veut venir me rendre visite *à moi*. Il sera à Sainte-Cécile avant la fin du mois de juillet.

Il plongea sa tête grise entre ses mains et se mit à pleurer. Ses longs sanglots témoignaient de sa détresse. Sans trop comprendre ce chagrin si profond, Édouard passa un bras autour des épaules de son ami sans dire un mot, le laissa pleurer quelques instants puis chuchota :

— Et c'est pas bien ?

Le ferblantier leva les yeux vers lui. Il semblait avoir vieilli de dix ans en quelques heures. Son visage maigre paraissait encore plus creusé et ses yeux avaient pris une teinte bleutée presque délavée. Il soupira profondément.

---

8 Cher Monsieur Stromph… ou cher papa,
Depuis que nous avons commencé notre correspondance, de plus en plus de questions font surface. Des interrogations auxquelles vous seul pouvez répondre. C'est donc pour cette raison que j'ai décidé de prendre le bateau pour le Canada afin de vous visiter. Si tout se déroule comme prévu, j'embarquerai le 10 juillet et je devrais arriver à Montréal autour du 20. Seriez-vous assez bon pour m'indiquer quel train je dois prendre pour me rendre dans votre village ? Je pensais rester environ deux semaines à Sainte-Cécile, si cela vous va. En cas d'inconvénients, vous pouvez me faire parvenir un télégramme avant la fin du mois de juin afin que je puisse modifier mon voyage.
En espérant que tout va bien de votre côté de l'Atlantique, je suis impatient de vous rencontrer,
Votre fils,
Jeremiah Jasper Holland

— Je… *I wish…*

Incapable de continuer, il secoua simplement la tête. Édouard mit sa main sur la sienne.

— Tu aurais aimé que Mary soit encore vivante…

Henry hocha la tête en laissant les larmes de nouveau couler sur ses joues sans pudeur.

— C'est idiot, murmura-t-il, elle est morte depuis si longtemps. Mais elle aurait tellement aimé le rencontrer. Lorsque son père nous a obligés à donner notre fils, une partie de ma Mary est morte. Elle ne fut plus la même après ce terrible matin de 1904.

— Mais toi, Henry, toi, tu es vivant. Et ce fils qui vous a été volé est le tien et il désire te voir. Tu dois aussi penser à ça. Vous avez encore une longue vie devant vous, il n'a que vingt-huit ans si je me trompe pas. Laisse cette joie venir à toi, mon ami.

Pour la première fois depuis son entrée dans la beurrerie, le ferblantier sourit. Il passa des mains lasses sur son visage avant de se relever doucement.

— Tu as raison, bien sûr. Je vais l'attendre, ce garçon. Je vais lui parler de sa mère, de ma Mary et de sa bonté. Je vais lui dire comment elle avait espéré, rêvé que ce jour vienne.

Sa voix se cassa de nouveau, alors qu'Édouard ne pouvait que comprendre sa détresse. Enfin, Henry prit le maître-beurrier dans ses bras et le serra de toutes ses forces.

— Merci, Édouard. Merci d'être aussi un fils pour moi. Maintenant, je vais l'espérer avec bonheur, ce jeune homme, répéta-t-il avec plus de fermeté dans la voix.

Il sortit de la beurrerie d'une démarche sereine, et Édouard soupira en pensant à son propre manque. Si Antoine Gélinas faisait la même démarche que Jeremiah, le fils de Henry, lui,

Édouard lui ouvrirait-il les bras ? Ou si un des enfants Gélinas, ses sœurs, son frère ou lui tentait de retrouver leur père... y aurait-il un dénouement heureux à cette démarche ? Pendant quelques heures, le jeune homme resta morose en pensant à son père, ce géniteur qui n'avait guère été que cela, surtout pour son frère Laurent qui ne l'avait pas connu. Il s'occupa les mains, l'esprit ailleurs. C'est ainsi que James le découvrit vers la fin de la matinée, lorsqu'il arriva avec sa remorque remplie de bidons de fer-blanc. Hésitant sur le seuil de la beurrerie après avoir débarqué son chargement, James prit la décision de raconter à son patron l'événement malheureux qui lui était arrivé.

— Hum... Édouard, je peux vous parler ?

Le maître-beurrier avait suggéré à maintes reprises à son employé de le tutoyer, mais pour James, il n'en était pas question. Il prit place au même endroit que Henry quelques heures plus tôt. Retenant un soupir, en pensant à tout le travail à faire, Édouard s'avança à ses côtés. Alors que l'émotion de Henry était palpable, James, lui, avait un visage fermé. Dès que son patron s'assit, il parla sans le regarder, les yeux tournés vers l'horizon.

— Ce matin, j'ai pris les canisses des fermiers. Mais *I have to tell you*... à la ferme de monsieur Constantin, son fils et lui *said to me :* « Si le jeune Gélinas veut notre lait, qu'il vienne le chercher, nous autres on va pas laisser ça entre les mains de n'importe qui. »

— Quoi ? Qu'est-ce que ça veut dire ? demanda Édouard, étonné.

— En premier, j'ai pas bien compris moi non plus. Alors j'ai dit que c'était moi, l'employé en charge de venir chercher le lait et... *they told me*... continua James, la rage dans la voix… qu'ils *trustaient* pas un Noir avec un bien aussi précieux. Comme si je vole le *milk!* s'exclama-t-il en se levant.

Il se mit à marcher en attendant le commentaire de son patron. Il était fâché, mais ce n'était rien à côté de la fureur qu'il lut sur les traits du maître-beurrier. Lentement, Édouard détacha son tablier, replaça ses bretelles sur ses épaules et dit à James :

— Peux-tu t'occuper de la beurrerie ? Je reviens dans moins de trente minutes.

— Hum… oui. Mais Édouard, ne faites pas *something stupid! Maybe* je ne dois pas dire *to you.*

Édouard mit ses mains sur les épaules de James et le regarda intensément.

— Je laisserai jamais personne t'insulter mon ami, affirma-t-il. Tu fais partie de ma famille et personne a le droit de te traiter ainsi. Je reviens sous peu.

Il claqua la porte et grimpa dans la voiture. James le suivit. Il s'en voulait d'avoir mentionné l'incident à son patron. Mais il était si fâché qu'il ne lui était pas venu à l'idée de ne pas en parler. En plus, il devrait expliquer pourquoi les Constantin ne lui fournissaient plus de lait. Enfin, il n'avait pas supposé qu'Édouard s'investisse de la sorte. À peine monté dans son véhicule, le jeune maître-beurrier se dirigea vers la ferme Constantin, sur le chemin du Lac à la Truite. Lorsqu'il aperçut la grosse maison brune un peu délabrée, Édouard tenta de se calmer.

— Déjà que le bonhomme Constantin et ses fils ont tenté de tricher depuis le début en rajoutant de l'eau dans leurs bidons, s'il faut qu'en plus, ils se mettent à insulter les gens qui me sont chers…

Dès qu'il tourna dans l'entrée de la ferme, Édouard vit

venir à lui le gros fermier débraillé, accompagné de deux de ses cinq garçons. Un jeunot d'environ quinze ans avec un air frondeur et l'autre, dix-huit ans, Anasthase, qui traînait toujours avec les plus vieux de monsieur et madame Marquis. Édouard ne prit pas la peine de descendre, il ne fit qu'immobiliser sa voiture devant le trio.

— Monsieur Constantin, bonjour, s'écria-t-il, en touchant le bord de sa casquette grise.

— Tu viens chercher mon lait, le jeune, heureusement que tu as compris le mess...

— Non, monsieur Constantin. Votre lait, j'en veux pas...

— Qu'est-ce que tu racontes là, toi ? J'ai quatre bidons pleins à te remettre. Ça fait deux jours que mes fils et moi on s'astreint à siphonner nos vaches pour qu'elles fournissent le plus de lait possible. Viens pas me dire que t'en as pas besoin, batince !

Le fermier grincheux cracha à ses pieds, imité par ses deux fils. Retenant une grimace de dégoût devant autant d'irrespect, Édouard déclara d'une voix ferme :

— Pourtant, mon employé est passé ce matin, et vous sembliez pas disposer à les lui remettre...

Les deux garçons Constantin émirent un ricanement avant de redresser leurs larges épaules. Comme leur père à leur âge, ils étaient bâtis comme des taureaux. Mais comme leur père, à cause des abus de boisson et de nourriture, ils s'empâteraient et deviendraient des hommes mous et vulgaires. Alcide Constantin croisa ses bras sur sa poitrine en s'avançant contre la voiture.

— Écoute-moi bien, mon p'tit gars. Ce que j'ai dit à ton nègre, là, c'est que je remettais pas mon lait à n'importe qui. Maintenant que tu es là, ça règle notre problème à tous les deux. Anasthase puis Conrad, allez chercher...

— Pas nécessaire, coupa Édouard en se penchant tout près de son opposant. Vous avez pas bien compris, monsieur Constantin, reprit-il d'un ton cinglant, mon *employé* passera chercher le lait dans les fermes tous les deux jours à compter de six heures le matin. Si vous décidez de pas le lui remettre, eh bien je m'en passe, c'est tout. Maintenant si vous voulez bien...

Il allait faire tourner son véhicule lorsque le fermier mit sa main sur le bord de la vitre pour l'arrêter. Ses deux garçons se dandinaient derrière lui, sans savoir comme réagir. Ils attendaient de voir l'explosion de leur père. Mais celui-ci avait trop besoin de l'argent remis par Édouard en échange de son lait.

— Voyons, voyons, le jeune, prends pas ça de même. C'est juste que tu comprendras qu'au village, les nègres on aime pas trop les avoir proches. On sait jamais comment ça va réagir ce monde-là.

— Et vous comprendrez monsieur, qu'il s'agit de ma décision et qu'elle est sans appel, que cela vous plaise ou non. À bientôt.

Édouard fit avancer son automobile pour sortir de l'entrée de la ferme, lorsque le fermier grogna entre ses lèvres fermées.

— Bon, bon... c'est correct d'abord. On va lui laisser prendre le lait après-demain. Mais là, comme il est déjà passé, puis qu'il y a eu comme un malentendu... les gars, allez donc chercher les canisses dans la grange.

Édouard prit un air penaud. Il tourna sa tête et leva les mains.

— Je suis désolé, mon cher monsieur, dit-il, mais je retourne pas à la beurrerie, donc je pourrai pas les prendre aujourd'hui.

— Bien là...

— C'est dommage en effet... Oh, et une autre chose monsieur Constantin: si vous continuez à insulter mon employé, vous nous verrez dans l'obligation de cesser d'utiliser votre lait pour fabriquer notre beurre. Le nègre, comme vous l'appelez, a un nom. C'est James. James Jackson. Et je vous prie de l'utiliser lorsque vous vous adressez à lui. Sur ce, à bientôt!

Édouard n'eut pas besoin de regarder derrière son épaule pour savoir que le gros homme fulminait. Quant à lui, cette petite altercation permit de mettre un baume sur une journée lourde en émotions. Il se sentait fier et avait hâte de dire à son employé qu'il n'aurait plus de problème avec monsieur Alcide Constantin!

Chaque semaine, Adèle quittait la ferme le samedi vers une heure de l'après-midi, au moment où toutes les tâches urgentes étaient terminées. Elle annonçait calmement à sa sœur qu'elle partait se promener. La première fois, Florie avait délaissé sa courtepointe pour regarder sévèrement sa sœur.

— Comment ça, te promener?

— Parce que j'ai envie de prendre l'air.

— Mais tu prends la charrette? C'est donc bien étrange ça! Tu as juste à faire une marche jusqu'au village!

Adèle s'était approchée à deux pouces de sa sœur, avait mis sa main sur son ouvrage sur ses genoux et avait précisé, la voix ferme:

— Je prends la charrette, je vais me promener et je serai de retour pour préparer le souper avec toi. À tantôt.

Alors Florie avait compris. Avait compris qu'elle n'avait

pas gagné la partie et que sa sœur n'avait pas coupé les liens avec Édouard. La bouche pincée, elle haletait plus qu'elle ne respirait. Sa cadette, résolue, debout devant elle, la regardait d'un air froid, les bras croisés sur la poitrine. Adèle avait décidé de prendre le risque. Pas question de bannir son frère et sa famille de sa vie à elle. Des pertes, elle en avait trop subi depuis quelques années. Se levant lentement, Florie avait déposé sa courtepointe presque terminée sur la table que lui avait offerte Laurent le premier de l'an et, sans dire un mot, avait quitté le salon le menton bien relevé pour montrer sa désapprobation. Depuis, les deux sœurs échangeaient à peine quelques paroles.

— Mais au moins, avait pensé Adèle, j'ai pas droit à une crise chaque fois que je quitte la ferme.

En ce deuxième samedi de juillet, le soleil tapait fort et la jeune femme attendit d'être en haut du chemin Des Fondateurs, là où on ne pouvait la voir, pour détacher les trois boutons de son chemisier bleu pâle et en rouler les manches. Elle souleva le bas de sa jupe jusqu'aux genoux. Son visage était légèrement rougi par le soleil; elle replaça son chapeau pour se protéger.

— Ouf, enfin! Quelle chaleur! Si je me retenais pas, je ferais venir la jolie grenouillère verte et brune du catalogue *Sears!* Je vois pas pourquoi, nous, à Sainte-Cécile on devrait s'empêcher de porter des vêtements adéquats par cette canicule. Je suis bien certaine qu'à Montréal et dans les autres grandes villes, toutes les femmes portent ces tenues d'été!

Mais la jeune femme savait bien qu'elle ne s'aventurerait pas dehors vêtue de cette combinaison short-chandail, la nouvelle folie à la mode. Sa sœur la rattraperait par le collet et l'enfermerait, dût-elle se tenir près de sa porte de chambre jusqu'à sa mort! Alors, désireuse de choisir ses batailles, Adèle ne faisait que regarder les tenues d'été foisonnant dans les pages du catalogue en rêvant qu'un jour, sa sœur assouplisse ses règles.

La route entre les deux villages divertissait à peine les voyageurs, puisque seules quelques fermes isolées s'y trouvaient. Mystic trottait sur le chemin de terre et Adèle sifflait sa joie d'être libérée du joug de Florie quelques heures. Lorsque son frère Édouard lui avait posé la question, elle avait répondu avec franchise:

— Je pense qu'elle sait que je viens vous voir, et elle me fait la baboune le jour d'avant et le jour d'après. Mais honnêtement, Édouard, ma visite chez vous en vaut largement la peine. Pour Marie-Camille, j'endurerais bien plus que les sautes d'humeur de notre sœur.

Édouard et Clémentine l'accueillaient donc avec grand plaisir toutes les semaines. Cependant, depuis quelques mois, elle n'avait vu son frère que deux fois, car il ne finissait pas avant huit ou neuf heures, le samedi soir. À l'occasion, James l'avait remplacé pour qu'il puisse venir passer quelques heures avec sa cadette. Un nuage de poussière sur le chemin l'avertit qu'un véhicule approchait. La jeune brune ralentit la cadence de son cheval pour éviter qu'il ne s'emporte.

— Tiens, le docteur Trudel! murmura Adèle, en soulevant la main pour saluer la voiture qui la croisait. J'espère que personne n'est malade à Saint-Damien. Je déteste toujours ça le rencontrer sur la route, cet homme-là! On dirait qu'il annonce le malheur!

L'homme la salua en mettant sa main sur le devant de son chapeau, et les deux conducteurs reprirent leur route. Chaque fois qu'un villageois croisait la voiture neuve du docteur, la question surgissait: chez qui était-il allé? Enfin rendue devant la maisonnette de son frère, Adèle ne put que s'extasier à la vue des compositions florales de sa belle-sœur.

— Dieu que c'est beau ce qu'elle fait, cette Clémentine !

Tout le long de la façade, des platebandes de fleurs colorées jaillissaient du sol. Roses, blanches, jaunes, rouges... les pivoines et les tulipes côtoyaient les magnifiques petits lilas. À sa dernière visite, Clémentine avait traîné Adèle à l'arrière de la maison pour lui présenter son dernier bébé :

— Regarde Adèle, mes hortensias blancs ! Maman a toujours essayé de les faire fleurir et n'a jamais réussi ! Moi, à ma deuxième année d'essai, je l'ai eu !

Elle avait éclaté de rire. Bien à l'ombre, sous un gros pommier, la jeune blonde lui avait montré les magnifiques fleurs blanches. Épanouie, Clémentine vivait pleinement sa vie de femme. La petite maison, grâce à ses initiatives, était devenue un lieu resplendissant. Disparue la morosité de l'endroit ; disparue l'insignifiance du terrain. Dans le petit hameau, personne n'avait de plus beau jardin ! Satisfaite d'être enfin arrivée, Adèle s'avança vers le balcon pour y attacher les rênes de Mystic. Elle irait lui chercher un seau d'eau dans quelques minutes. Un coup d'œil vers le ciel lui confirma que les boutons de son chemisier resteraient détachés.

— Je vais mourir de chaleur sinon, murmura Adèle. De toute manière, il n'y a que Clémentine. On en fera pas une maladie...

Elle souffla sur une longue mèche détachée de son chignon et posa son chapeau sur le banc de la charrette. Gravissant les trois marches en vitesse, elle frappa doucement à la porte pour éviter de réveiller sa filleule, si la sieste était déjà commencée ! Cependant, le désir de la prendre dans ses bras lui donnait presque envie de frapper plus fort !

Toc ! Toc ! Toc !

Comme personne ne venait, la jeune femme frappa de nouveau en penchant la tête pour voir à travers la fenêtre. Haussant les épaules, elle tourna la poignée et pénétra dans la maison de son frère.

— Youhou, Clémentine, c'est moi.

Il n'y eut pas de réponse. Hésitante, Adèle referma la porte et fit le tour de la maison puis se rendit au potager. Elle y trouverait sûrement sa belle-sœur, à genoux entre les rangs de carottes. Ce jardin la faisait frémir d'envie. Clémentine avait assurément le pouce vert ! Tout ce qu'elle touchait, tout ce qu'elle plantait, s'épanouissait avec vigueur. En plus, elle était maîtresse de son terrain et personne ne pouvait lui refuser de planter des légumes intéressants. De nouveau, Adèle envia cette vie presque parfaite. Si seulement son amie n'avait pas été diabétique…

— Youhou, Clémentine, où es-tu ma chérie ? Oh, tu dois pas être loin, mademoiselle Marie-Camille est juste ici !

Adèle venait d'apercevoir le couffin de sa nièce, bien à l'ombre du grand arbre fruitier. Elle s'avança et vit le bébé, les yeux grands ouverts et le poing dans la bouche. Maintenant âgée de six mois, Marie-Camille avait conservé les yeux bleu clair de sa mère et les mèches brunes de son père.

— Viens ici, ma beauté, murmura Adèle en la prenant délicatement contre elle. Comme toujours, elle vibrait au contact de cette enfant. Allons retrouver maman. Elle doit être avec ses poules…

Ayant un mauvais pressentiment, la jeune brune releva sa jupe d'une main et, tenant fermement le bébé contre son épaule, elle se rendit en vitesse vers la grange dont la porte était grande ouverte. De nouveau, elle appela en vain son amie. Quelque chose n'allait pas, elle en était certaine. Jamais

Clémentine n'aurait laissé sa fille sans surveillance. Échaudée par la crise d'hypoglycémie de son amie l'année précédente, Adèle se précipita dans le poulailler.

— Clémentine ? Clémentine ! Où es-tu ?

Maintenant sa filleule pleurait dans ses bras. Pétrifiée, Adèle découvrit le corps inerte de Clémentine sur le sol du poulailler.

— Oh mon Dieu, Clémentine, réveille-toi, Clémentine !

Posant le bébé sur la paille, elle s'empressa de relever le corps de son amie. La blancheur de la peau, la froideur des mains firent paniquer Adèle. Elle tenta de faire reprendre connaissance à Clémentine. Ignorante des dangers liés au diabète, elle crut que la jeune femme reviendrait à elle sous peu avec son aide. Elle tourna la tête de Clémentine et sursauta d'effroi en voyant la plaie à l'arrière de son crâne. Le sang coagulé suggérait une chute de plusieurs minutes déjà. Que s'était-il passé pour que la jeune femme se soit ainsi blessée ? Paniquée, Adèle essaya de se rassurer en parlant à haute voix.

— Attends Clémentine, je vais chercher de l'eau sucrée. C'est ce que tu m'as dit la dernière fois… oh… je t'en prie, réveille-toi ! Marie-Camille a faim et seule sa maman peut la satisfaire.

Agrippant le bébé qui méritait vraiment d'être langé, Adèle se releva et courut jusqu'à la maison. Elle y laissa Marie-Camille, qui rechigna. Elle fit la moue, sur le point de recommencer à pleurer.

— Je reviendrai vite, ma chérie, je vais m'occuper de ta mère. Sois sage.

En vitesse, Adèle ressortit avec un jus de pomme et un gros morceau de sucre. En larmes, elle courut de nouveau jusqu'à la grange en priant pour sauver son amie.

— J'arrive, cria-t-elle. Tiens bon, Clémentine.

Mais la situation s'était encore dégradée. En pénétrant dans le poulailler surchauffé, Adèle remarqua tout de suite que son amie avait vomi. Elle s'agenouilla et pencha la tête de Clémentine sur le côté. Mais la perte de conscience profonde de sa belle-sœur ne permit pas à Adèle de glisser quoi que ce soit dans sa bouche. Ne sachant si sa blessure à la tête ou son diabète était responsable de son état, Adèle hésitait sur la conduite à suivre pour sauver sa meilleure amie, sa seule amie. Déroutée, la jeune femme regardait autour d'elle avec désarroi. Puis elle décida de ne pas attendre d'aide.

— Je t'emmène chez le docteur Trudel, ma chérie. Tiens bon.

Elle passa un bras sous les genoux de son amie et l'autre derrière son cou. Le pouls était si faible qu'à un moment, elle crut Clémentine morte. Posant son oreille contre sa bouche, elle entendit heureusement un vague râle. Clémentine ne pesait pas cent livres, et Adèle malgré sa minceur, n'eut pas de difficultés à la soulever. Elle sortit en vitesse de la grange, courut jusqu'à la charrette et y coucha son amie.

— Je vais chercher Marie-Camille, cria Adèle. Je reviens tout de suite.

Le corps inerte de son amie lui faisait si peur que sa gorge se noua. Un instant, elle dut s'appuyer contre la rampe du balcon. Elle hurla au travers de ses larmes en direction de la charrette :

— Tiens bon, tu as compris ? Ne t'avise pas de nous laisser, Clémentine. Tiens bon !

En moins de vingt minutes, Adèle était arrivée au village de Sainte-Cécile devant la maison cossue du docteur Trudel, près de l'école. Elle ne prit pas la peine d'attacher Mystic et courut jusqu'à la large porte de bois.

— Docteur Trudel ! Oh docteur… vite… Je vous en prie, s'écria-t-elle en sanglotant lorsque l'homme d'une cinquantaine d'années apparut sur le seuil.

Incapable de parler, elle pointa la charrette d'où dépassaient les petits pieds de son amie. Le médecin courut jusqu'à Clémentine, et il se rembrunit en constatant la gravité de son état. À son visage distendu, à sa peau translucide, il comprit qu'il ne pourrait sans doute pas sauver la jeune femme. Il se retourna vers Adèle qui avait joint ses mains sur son chemisier détaché. Soupirant, l'homme prit la diabétique dans ses bras et entra en vitesse dans sa salle d'examen. Adèle posa le couffin de Marie-Camille dans l'entrée, suivit le médecin et s'agenouilla aux côtés de son amie.

— Elle… elle… est… diabétique, vous savez ? J'aurais peut-être dû faire quelque chose d'autre. Je… je savais pas… Docteur, je vous en prie, sauvez-la. Je vous en supplie…

Adèle regarda le médecin d'un air hébété alors que ce dernier cherchait le pouls de la jeune femme inerte. Il secoua doucement la tête, mais Adèle ne voulait pas l'entendre.

— Non ! Vous devez la sauver ! Je va… vais chercher Édouard. Réveillez-la docteur, je vous en conjure.

Se relevant, Adèle ressortit à toute vitesse de la maison sans rien voir et se mit à courir jusqu'à la beurrerie, qui se trouvait un demi-mille plus loin. Elle refusait d'admettre le pire. À bout de souffle, elle se mit à crier lorsqu'elle se trouva dans l'allée du ferblantier :

— Édouard ! Édouard !

En cet après-midi de juillet 1934, plusieurs villageois avaient délaissé les champs le temps de prendre une boisson gazeuse au magasin général, pour jaser et commérer sur la vie de tout un chacun. La chaleur des derniers jours en avait épuisé plus d'un. Le spectacle donné par la jeune Gélinas fit donc le plaisir de plusieurs d'entre eux.

— L'avez-vous vue passer devant l'église ? Une vraie furie ma parole !

— Courir comme ça pour une jeune femme, quel manque de grâce !

— Édouard Gélinas n'est-il pas banni du reste de la famille ? Je vous dis, eux autres...

— C'est toujours mystérieux leurs histoires !

Peu pressés de reprendre le travail, les garçons Marquis s'approchèrent discrètement de la maison et de l'atelier de Henry Stromph. Tout comme leur mère, ils ne donnaient pas dans la retenue, et le malheur de certains leur permettait de pimenter les repas familiaux. C'est ainsi qu'ils virent Édouard Gélinas sortir de la beurrerie, le sourire aux lèvres en reconnaissant sa sœur. Mais vite, ses traits burinés trahirent son anxiété et il courut derrière sa sœur sans un regard pour les trois adolescents appuyés contre la clôture. Au repas du soir, les commerçants se repurent des détails donnés par leurs fils.

— Il semble que la femme d'Édouard Gélinas est tombée sans connaissance ce matin, et que sa sœur Adèle l'a trouvée par terre dans la grange. Elle avait une grosse blessure à la tête...

— Mon doux... puis...

— J'ai pas tout saisi, marmonna le plus jeune des garçons, mais je pense qu'ils sont partis à l'hôpital de Saint-Jovite.

— Oh, ça doit être grave ! dit Louisette Marquis, en retenant son excitation.

— On devrait prier pour elle, déclara son mari, en lui jetant un regard sévère. C'est quand même une jeune mère de famille.

Se retenant de riposter, la grosse femme ferma les yeux avant de prendre la main des deux garçons à ses côtés. Mais même si la situation était grave, elle ne put se retenir une dernière réplique :

— En tout cas, je me demande ce que Florie Gélinas va penser de ça… que sa sœur soit allée chez son frère. Ça fera pas son affaire, c'est certain ! Je vous ai pas tout dit sur leur situation, à cette drôle de famille-là !

Son mari l'observa d'un air perplexe avant de s'emparer de la grosse miche de pain. Sa femme n'était pas méchante, mais le moindre potin au village la mettait dans tous ses états. Surtout ce qui concernait les Gélinas.

Lorsque Édouard arriva chez le docteur Trudel, la vie de Clémentine ne tenait qu'à un fil.

— Je peux rien faire, déclara le médecin, navré de son impuissance. Il faut l'emmener à l'hôpital.

Sans dire un mot, Édouard souleva sa femme. Il l'embrassait sur le visage en lui disant des mots d'amour et d'encouragement. La vue de son épouse inconsciente le faisait suffoquer. Il haletait. Un étau serrait la gorge d'Adèle. Elle se souvenait de sa décision de ne pas raconter à son frère le malaise qu'avait subi Clémentine quelques mois auparavant.

— Embarque, je vous y conduis.

— Merci.

— Mais pour Marie-Camille…

La femme du docteur Trudel, rarement aussi prévenante, fit preuve d'une grande empathie en empoignant le couffin de Marie-Camille.

— Laissez-la ici, je m'en occupe. Ne vous en faites pas, prenez soin de votre femme, Édouard. Vous reviendrez lorsqu'elle sera hors de danger. Votre enfant est entre de bonnes mains, ici. Partez sans crainte.

Laissant ses yeux répondre pour lui, Édouard se dépêcha de se glisser aux côtés de sa sœur dans la charrette, alors que le docteur faisait ses dernières recommandations.

— Tentez de lui faire boire ce jus de pomme, et assurez-vous de la protéger du soleil. Bonne chance.

CHAPITRE 15

Jours sombres

— Clémentine est morte.

Éclatant en sanglots, Adèle s'appuya contre la porte de la ferme qu'elle venait de refermer derrière elle. Il était huit heures du soir, le soleil était encore haut dans le ciel de juillet, mais la froideur avait envahi son corps. Entre le départ de Sainte-Cécile et son retour, sept heures s'étaient écoulées. Effondrée, elle pleurait maintenant toutes les larmes de son corps en se remémorant la scène effroyable de l'annonce de la mort à son frère Édouard. Il avait hurlé sa détresse avant de cogner dans le mur de la chambre où reposait sa femme.

— Non ! Je vous en prie... Non !

— Oh Édouard... oh mon frère... je...

— Noonnnn !

Il s'était élancé sur le corps déjà froid de son amour. Il avait serré Clémentine tellement longtemps que l'infirmière s'était approchée de lui pour lui chuchoter qu'ils devaient maintenant transporter le corps. Il secouait la tête vigoureusement, en tenant fermement la petite main sur laquelle l'alliance, la manifestation de leur amour, étincelait.

— On s'était promis de s'aimer pour toujours, Adèle, avait crié son frère, on s'était promis. Je devais la protéger... je n'ai pas su le faire. Oh Seigneur… Un claquement de doigts et ma vie a basculé.

Adèle revoyait la scène avec effroi, un immense chagrin au fond du cœur. Comment Dieu avait-il pu laisser mourir une femme telle que Clémentine ? Florie l'apostropha avec impatience :

— Veux-tu bien me dire qu'est-ce que tu racontes, Adèle ? Voyons donc, t'es-tu vu l'allure ? Qu'est-ce qui se passe ? Tu es partie depuis des heures. On se morfondait ici à imaginer le pire.

L'aînée souleva son gros corps de sa chaise et s'avança pour soutenir sa cadette. Même si le prénom qui avait été prononcé ne devait pas l'être dans cette maison, elle savait qu'un drame s'était produit et qu'elle ne pouvait réprimander sa sœur désespérée. Elle l'attira à elle avant de la faire asseoir. Adèle avait les cheveux défaits, et les traits boursouflés à force d'avoir trop pleuré. Le col de son chemisier était sale, tout comme le bas de sa jupe. Elle lança des yeux hagards vers Florie et Laurent, qui arrivait sur ces entrefaites.

— C'est… Clémentine.

— Oui j'ai compris. Mais tu dis qu'elle…

— … oui… morte. Un problème avec son… son… diabète… oh… si seulement j'étais arrivée plus tôt ! Si seul…

— T'es pas pour t'en vouloir, ma sœur ! souffla la voix affectueuse de Florie.

Choqué, Laurent revoyait les images de la femme de son frère. Sa joie de vivre, son enthousiasme, ses cris de dédain et de surprise. Elle ne pouvait être décédée, elle venait juste d'avoir un bébé.

— Elle est bien trop jeune pour être morte du diabète, voyons donc ! Ce sont juste les vieux qui en meurent.

Adèle secouait la tête. Elle passa une main tremblante sur son visage mouillé. Elle s'en voulait tellement. Si un jour, Édouard apprenait qu'elle avait tu l'épisode de faiblesse de l'automne précédent, il ne lui adresserait plus la parole, elle en était certaine. Comment pourrait-il lui pardonner cette cachotterie ? S'il l'avait su, il aurait pris des précautions pour s'assurer que jamais un tel incident ne se reproduise. Puis, voilà, son amie était morte. Adèle repensait à la journée, espérant de tout cœur se réveiller avec le sourire éclatant et moqueur de Clémentine. Lasse, elle relata les dernières heures d'un ton monocorde. Puis elle dit :

— Je vais me coucher. Je… je suis épuisée.

— Mange un peu, Adèle, tu fais peur.

Florie recula une chaise pour permettre à sa cadette de prendre place à la table. Cette dernière secoua la tête sans répondre et sortit lentement de la cuisine. Laurent regarda sa sœur monter l'escalier péniblement. Elle semblait avoir vieilli de dix ans. Il sentit l'émotion l'envahir en pensant à la peine de son grand frère. Tous les sentiments qu'il avait refoulés depuis un an refaisaient surface. Il allait en parler à Florie lorsqu'elle dit froidement :

— Bon, Édouard n'aura plus de raison de ne pas revenir à la maison !

Laurent se figea. Les yeux dans le vague, Florie s'était mise à rêver au retour de l'enfant prodigue. Laurent s'approcha si près d'elle que la femme recula d'un pas. Il dit entre ses dents serrées par la fureur :

— Tu peux pas avoir si peu de cœur, Florie. Je te connais.

L'aînée des Gélinas inspira profondément avant de regarder ce jeune homme qu'elle aimait tant, et qu'elle espérait garder sous son joug.

— Évidemment que j'ai de la peine pour Édouard, marmonna-t-elle. Mais tu sauras que j'ai jamais cessé d'espérer son retour. Avec le bris de son serment, et Clémentine dans le portrait, il n'y avait aucun moyen que notre famille se reconstruise. Maintenant, malgré ce triste événement, tout ce que je dis, Laurent, c'est qu'il y a juste ici qu'on va pouvoir le consoler comme il faut. Tu comprends ?

Indécis, Laurent choisit de croire sa sœur. Sa colère retomba puis il se laissa choir dans la chaise berçante. Les paroles de Florie avaient fait naître une lueur d'espoir en lui.

Les funérailles de Clémentine devinrent vite la nouvelle la plus répandue dans les Hautes-Laurentides. De Saint-Jovite, à La Conception, de Sainte-Cécile à Saint-Damien, tous se déplacèrent pour un dernier hommage à la petite blonde enthousiaste. La maison d'Édouard étant trop petite pour accueillir tous ces gens, il fut entendu que l'exposition du corps se ferait chez les parents de la jeune femme. Roméo et Albertine Lortie n'arrivaient pas à assimiler la nouvelle. Ils étaient atterrés. Leur fille unique, ce rayon de soleil, s'était éteinte avant de profiter à fond de son expérience de maman. Elle y avait tant rêvé. Maintenant, Marie-Camille se retrouvait orpheline de mère avant même de savoir marcher.

— Florie, Laurent, avez-vous l'intention de m'accompagner chez les Lortie ? demanda froidement Adèle, le lendemain du décès. Parce que je quitterai la ferme vers midi, tout de suite après le dîner. Je vais partir avec James…

— James ?

— Oui, James. Notre voisin. C'est l'employé d'Édouard au

cas où tu l'aurais oublié, et il aimait... beaucoup Clémentine, répondit Adèle, des sanglots dans la voix. Nous passerons chercher Henry Stromph et ensuite nous nous dirigerons vers La Conception.

— Eh bien... pour les conventions, on repassera ! dit Florie d'une voix maussade.

Tiraillée par ses convictions, la femme refusait de laisser la tristesse l'envahir. Elle agissait comme chaque fois que la peine risquait de prendre une place trop importante dans sa vie : en attaquant. Toutefois, Adèle, épuisée par une nuit sans sommeil, ne fit que soupirer profondément, n'ayant pas le cœur à la dispute. Elle s'apprêtait à monter les marches pour se rendre dans sa chambre, lorsque son cadet prit la parole.

— Je... je vais y aller avec toi, Adèle.

Surprise, la jeune femme se retourna et lui fit un léger sourire de remerciement. Elle se remit à marcher quand sa sœur ajouta :

— Moi aussi, bien sûr. Je suis pas pour être la seule du village à pas y aller. Qu'est-ce que les gens vont penser ?

— Tu pourrais aussi venir parce que notre frère en a besoin ! répliqua Laurent, de nouveau chaviré par le manque d'empathie de sa sœur.

— Bien oui, ça aussi tu sais bien, mon Laurent.

Adèle ne prit même pas la peine de répliquer, malgré l'envie. Son cœur brisé ne résistait qu'en pensant au soutien qu'elle devait apporter à Édouard. Son frère qui l'avait sauvée, qui l'avait aimée inconditionnellement. Pour sa part, Florie continuait de penser qu'enfin la vie pourrait reprendre son cours normal. Bien sûr, elle éprouvait un certain chagrin à la pensée de cette vie fauchée, mais au plus profond de son cœur, elle croyait que Dieu avait rappelé Édouard à l'ordre, en prenant sa femme.

— Une promesse, c'est une promesse, marmonna-t-elle en nettoyant le jus de betterave renversé sur le plancher. On a beau dire qu'Il est pardon, Il est pas idiot quand même. Une telle trahison, c'est certain qu'Il pouvait pas laisser passer ça.

Convaincue que la disparition de Clémentine était la meilleure chose qui pouvait arriver à sa famille, la femme sentit un regain d'énergie l'envahir. Elle frotta sa cuisine avec vigueur, dans l'espoir de pouvoir ramener, dès le soir, ce frère qui n'avait, au fond, dévié du droit chemin que quelques mois. Pour ce qui était de l'enfant, Florie préférait ne pas trop y penser, même si elle avait aussi sa petite idée là-dessus. Dans la charrette, jusqu'à La Conception, ce fut le silence. Florie, dans son ample robe noire, coiffée d'un chapeau grisâtre sous lequel elle suait à grosses gouttes, faisait tout son possible pour éviter que son regard ne croise celui de James. Adèle, entre les deux, ferma les yeux une bonne partie du trajet pour dissuader sa sœur de se lancer dans l'une de ses tirades déplaisantes.

— Comment vont vos foins, Laurent ? demanda gentiment Henry Stromph, assis à ses côtés.

Timide comme toujours en présence d'inconnus, le jeune homme rougit avant de répondre d'une voix hésitante :

— Ça… ça va. On chôme pas, Léo et moi, mais on devrait réussir à rentrer assez de foin pour l'hiver si la nature continue d'être clémente.

— Si je savais manier la faux, ma foi, c'est certain que je donnerais un coup de main ! enchaîna Florie. Les deux pauvres gars partent à l'aube et ne reviennent même plus pour dîner.

— On a pas le choix, tu le sais, ma sœur ! Il faut pas laisser le foin trop longtemps au sol, précisa Laurent à l'intention de son voisin ; quand le temps est trop sec, il perd sa valeur nutritive et s'il se met à pleuvoir, il va moisir. Mais heureusement, Adèle vient nous aider pour l'attacher en petites meules quand elle a fini ses tâches dans la maison.

Henry hocha la tête avec compréhension alors que Florie pinçait les lèvres, ayant l'impression que son frère lui reprochait implicitement son inaction aux champs.

— Comme si j'en faisais pas assez à l'intérieur, pensa-t-elle.

Elle suivit distraitement le reste de la conversation, en regardant autour d'elle. Depuis quelques mois, elle n'était pas sortie de la ferme et la vue des alentours l'intéressait.

— ... Engager quelques enfants pour nous aider à l'engranger. Parce que sinon, je pense qu'on y arrivera peut-être pas.

— De quoi tu parles, Laurent Gélinas ? s'interposa de nouveau sa sœur.

Adèle soupira discrètement en levant les yeux au ciel. Elle tentait de ne pas regarder James qui tenait ses deux mains bien calées entre ses jambes musclées. La jeune femme était comme engourdie, mais la puissance virile de son voisin ne fut pas sans l'émouvoir. Un trouble l'envahissait chaque fois qu'un cahot sur la route de terre la poussait contre le corps de l'homme. Elle tenta de suivre la conversation pour occuper son esprit. Le souvenir des caresses enivrantes de Jérôme la hanterait jusqu'à la fin de ses jours. Les mains noires de James se superposaient à celles, blanches, de son ancien amant.

— Bien... je t'en ai parlé, Florie. Sans Édouard, je pense qu'on...

— Laisse faire. Avant, vous n'étiez que deux, comme maintenant.

— Mais avant, on avait moins de bêtes l'hiver. De toute

manière, je disais ça comme ça, t'énerve pas pour rien...

Le ton las du garçon n'échappa pas à Adèle. Elle se pencha et lui serra le bras avec affection. Peut-être que son frère commençait aussi à trouver son aînée envahissante avec ses idées arrêtées.

— Je pourrais venir vous donner un coup de main, dit Henry en souriant gentiment... moi, ma grosse période est passée, et Édouard a pas besoin de moi à la beurrerie... Ça fait que...

— Moi aussi, ajouta James en ne bougeant pas.

Ce fut assez pour faire réagir Florie qui contenait de son mieux sa fureur.

— Pas question, on va être bien correct. On va aller te donner un coup de main, nous autres. On va pas commencer à quémander de l'aide à tout le monde!

Au ton de sa voix, Laurent se mit à rougir de nouveau. Il s'était mis les pieds dans les plats, et sa sœur ne se gênait pas pour lui faire savoir ce qu'elle pensait de son discours. Le reste du trajet se fit en silence. À l'arrivée, Florie ne put s'empêcher de passer une remarque:

— Mon doux, personne m'avait dit qu'on s'en allait chez le grand monde!

Elle releva son menton pointu pour que tous comprennent ce qu'elle pensait des maisons spacieuses et des voitures de luxe. Elle l'avait toujours su: Édouard avait fait une erreur, sur toute la ligne! Cette jeune Clémentine ne faisait pas partie de leur milieu. Adèle agrippa Florie par le bras alors qu'elle suivait Laurent et James.

— Écoute-moi bien, siffla-t-elle. T'avise pas de rajouter à la peine de notre frère, je t'en prie. On est ici pour le soutenir dans cette épreuve, pas l'achever! Clémentine était la mère de son enfant, ne l'oublie pas!

Le regard noir de Florie en disait long sur ce qu'elle pensait du commentaire de sa cadette. Elle se dégagea rudement avant de relever sa robe pour éviter de la salir. Henry Stromph les attendait déjà à la porte. Les voitures étaient stationnées les unes derrière les autres dans la grande cour de la belle demeure de la famille Lortie. Certaines étaient plus récentes que d'autres, et il y avait les chariots des habitants moins fortunés. Florie souffla en grimpant l'escalier. Elle sortait peu de la ferme, marchait à peine — juste dans la maison si elle le pouvait — et détestait rencontrer de nouvelles personnes.

— Mesdames, je vous en prie.

Henry frappa puis ouvrit la porte comme il était de mise lors d'une veillée funèbre. Dans la grande cuisine familiale, Adèle aperçut tout de suite grand-pépère, le grand-père de Clémentine, assis dans sa berceuse. Elle s'avança doucement et s'agenouilla devant le vieil homme éploré.

— Monsieur Lortie, j'ai pas de mots pour vous dire…

Incapable de continuer, elle prit la main décharnée dans la sienne et la serra contre son visage. L'aïeul pencha sa tête vers elle avant de glisser ses doigts effilés le long de sa joue mouillée.

— Il n'y a rien à dire, ma chère Adèle. Il n'y a rien à dire. Ne croyez-vous pas que je demande chaque soir à notre Dieu ce qui lui est passé par la tête de venir chercher notre belle Clémentine plutôt que moi, qui sert plus à rien depuis longtemps ?

Un hoquet s'échappa de la bouche de Florie, inconfortablement installée derrière sa sœur. Personne ne devait questionner les choix de Dieu.

— Je vous offense, madame ? demanda grand-pépère en relevant sa tête dégarnie.

— Euh... c'est juste que... Dieu a ses raisons et il me semble...

— Laissez faire ses raisons! Je suis assez vieux pour dire ce que je pense et ça fait longtemps que je pense que notre Dieu fait parfois des erreurs de jugement! Ma petite-fille méritait pas ce sort.

Incapable de répliquer sans manquer de respect au vieil homme, Florie pinça fortement ses lèvres. Heureusement, la mère de Clémentine fit son apparition dans la cuisine.

— Grand-pépère, souffla-t-elle tristement, c'est pas le moment... Adèle, comme je suis heureuse de te revoir.

Elle ouvrit ses bras. La jeune femme s'y jeta, en pleurs. La mère de son amie semblait avoir vieilli de vingt ans, ses yeux étaient enfoncés dans leurs orbites et ses bras manquaient de force pour la serrer contre sa poitrine. Ce fut donc la jeune brune qui la soutint pour qu'elle puisse s'asseoir à la table. La femme mit son visage dans ses mains avant de chuchoter:

— Je suis désolée, j'essaie d'avoir la force d'accepter, mais...

— Chut... vous avez pas à vous excuser. Florie, James, Henry et Laurent, je vous présente la maman de Clémentine, madame Lortie. Et voici son grand-père, monsieur Lortie.

Les trois hommes adressèrent des condoléances franches et sincères aux deux personnes. Florie balbutia du bout des lèvres, intimidée par la richesse de l'endroit:

— Mes condoléances.

Venant du salon, on entendait une conversation assourdie. Dans la cuisine, un poste de radio était posé sur le magnifique buffet de bois blond. Bientôt peut-être, la famille l'allumerait de nouveau, mais en ces journées de deuil et d'exposition, il n'en était pas question. Florie ne se gênait pas pour jeter des regards partout autour d'elle. Elle constata la taille de la pièce, ses larges fenêtres aux rideaux de dentelle. Elle remarqua les meubles de goût qui n'étaient pas dépareillés, contrairement à ce qui était le cas dans la plupart des foyers ruraux. Enfin, elle pinça encore les lèvres en repérant le téléphone récent accroché au mur près du couloir.

— On sait bien, pensa-t-elle. Ces riches-là ont tout à leur portée !

Florie suivit à regret sa sœur et les trois hommes dans le salon où l'horloge grand-père avait été arrêtée à l'heure du décès de Clémentine. Adèle soupira puis s'avança jusqu'à son frère Édouard, agenouillé près du divan, sur lequel reposait la dépouille menue de sa douce épouse. Ses larges épaules tressautaient légèrement. Adèle s'agenouilla à ses côtés et l'entoura de ses bras.

— Je suis… suis désolée, mon Édouard. Tellement.

Le regard que lui lança son aîné l'atteignit jusqu'au cœur. Un regard vide, éteint, désespéré. Il secoua la tête en essuyant rapidement les larmes qui coulaient sur ses joues. Il se releva et le frère et la sœur restèrent serrés l'un contre l'autre. Dans le salon, les conversations s'étaient figées. Ce fut Florie qui rompit le silence recueilli en s'approchant lourdement de son frère.

— Bien, mon frère, c'est bien de valeur tout ça. Mes condoléances.

L'œil hagard, Édouard se retourna vers elle. Florie, pour la première fois depuis l'annonce du décès de Clémentine, eut un élan d'émotion envers ce petit frère qui semblait tellement perdu. Elle ouvrit les bras et l'accueillit contre elle. Si l'habitude n'était pas à l'épanchement de la part des hommes, aucun de ceux qui se trouvaient dans la pièce ne put garder l'œil sec devant une telle tristesse, un tel chagrin.

— J'aurais dû la protéger. Je savais qu'elle était fragile, ma Clémentine.

— Non, non… Ne te culpabilise pas. Elle était malade, chuchota Florie à son oreille.

Édouard se défit de leur étreinte à regret, après tous ces mois sans aucun contact avec sa grande sœur. C'était le seul moment de paix qu'il connaissait depuis le décès de Clémentine. Il avait très peu dormi et laissé sa fille Marie-Camille aux soins de sa belle-famille. Pendant trois jours, il resterait dans la maison de La Conception, dans l'ancienne chambre de sa douce pour veiller le corps de sa femme nuit et jour, sans que personne y puisse rien. Clémentine portait sa robe de mariage. Elle semblait endormie, apaisée, ses belles boucles blondes entourant son visage rond. Comme la croyance le voulait, sa mère lui avait mis ses pantoufles de laine, parce qu'on disait que les chaussures faisaient trop de bruit au paradis. Florie constata avec satisfaction que toutes les autres coutumes avaient été suivies. Chapelet dans ses mains délicates et scapulaire autour du cou pour protéger la morte de l'enfer. La femme tourna son visage adouci vers son frère :

— Viens, on va prier.

Laurent, en retrait depuis le début, s'avança pour prendre part au chapelet. Il n'arrivait pas à regarder son grand frère, gêné par sa douleur. Il aurait préféré fuir cette ambiance lourde. Ses épaules, son cou étaient tendus par la nervosité de se trouver dans un endroit avec autant d'inconnus. Quand Édouard le vit, ses yeux se remplirent de nouveau de larmes, et Laurent détourna le regard avant de le replonger dans le sien.

— Mes condoléances, Édouard… je suis…

— Je sais, Laurent, je sais.

À genoux devant le corps, les quatre Gélinas se retrouvaient pour la première fois dans la même pièce depuis l'altercation qui avait eu lieu près de deux ans auparavant dans la cuisine familiale. Clémentine les avait séparés de son vivant et réunis dans la mort.

C'était le troisième lundi de juillet 1934. Les funérailles se déroulèrent sous un ciel nuageux, comme l'âme des gens présents. Souvent dans les villages, les commérages accompagnaient de tels événements, mais dans ce cas, tous reconnaissaient que la mort de Clémentine était d'une réelle tristesse. Dans les bras de son père, Marie-Camille dormait paisiblement, insouciante. Florie se retenait de trop la regarder, de peur d'aimer cette enfant. Ce n'était pas dans ses projets. Elle en avait un autre pour la fillette de sept mois. À la sortie de l'église, la pluie se mit à tomber, se mêlant aux larmes des Lortie et des Gélinas. Un corbillard automobile attendait le cercueil et, encore une fois, Florie se passa la remarque que cette famille ne ressemblait en rien à la leur.

— Une chance que c'est fini, de toute manière, ça n'aurait pas pu durer. Ils venaient de deux mondes différents ! pensa-t-elle en tirant sa veste défraîchie pour l'attacher sur ses gros seins alourdis par les livres en trop.

— En tout cas, à voir le cortège, je dois dire que cette famille-là est pas trop comme la nôtre, marmonna la femme à l'oreille de son frère Laurent, qui rougit et lui fit signe de se taire. Bien quoi ? continua-t-elle. Avoue, comme moi, qu'on aura jamais autant de monde que ça pour suivre notre corbillard !

Découragé, Laurent se dépêcha de rejoindre Adèle. Il ne se soucia pas des soupirs rageurs de Florie en le voyant la distancer. Il y avait toujours des limites à être impolie, se disait le jeune homme, en sentant son cœur fondre devant le grand sourire édenté de Marie-Camille, bien calée dans les bras d'Adèle. Pendant qu'on introduisait le cercueil dans l'automobile, les gens commencèrent à retourner à leur voiture ou à leur charrette, pour suivre la procession jusqu'au cimetière de La Conception. Florie, qui s'était de nouveau approchée de Laurent, évitait de regarder Édouard. La peine et la détresse que son visage exprimait la troublaient tant qu'elle préférait se dire que c'était mieux ainsi, puisque tôt ou tard, Clémentine Lortie aurait succombé à sa maladie.

Pour Édouard, il y avait un avant et un après le décès de sa Clémentine. Ce ne serait plus jamais pareil. Il pleurait à son réveil puis prenait Marie-Camille dans ses bras. Sa fillette, si semblable à sa mère, ne parvenait pas à lui arracher un sourire. Il avait le sentiment d'être amputé d'une partie de son être, et même la présence de son enfant ne suffisait pas à lui donner envie de vivre. Pendant les premières semaines, sa belle-mère, Albertine, s'installa chez lui pour s'occuper du bébé et lui faire ses repas.

— Ça me fait plaisir de prendre soin de toi, mon Édouard. Ne sais-tu pas qu'on te considère comme notre septième fils ?... Et c'est ce que Clémentine souhaiterait.

La voix brisée d'émotion, la femme était ainsi venue à bout des arguments plus ou moins convaincus de son gendre. Brassard de crêpe noir autour du bras, le jeune veuf ne cessait de s'activer à la beurrerie et ne prenait que le temps de dormir un peu afin de se remettre des quatre jours harassants ayant suivi le décès de sa femme. James ne parlait guère non plus, respectant le besoin de silence de son employeur.

— J'ai fait le beurre comme vous me l'avez montré, j'espère qu'il est réussi, se contenta-t-il de dire, le matin du retour d'Édouard.

Ce dernier avait fait un signe de tête suivi d'un faible sourire. Puis, il s'était lancé dans le travail pour s'étourdir. Il arrivait le matin à la beurrerie vers six heures pour n'en repartir souvent que vers huit heures le soir. Henry voyait son ami s'assommer à l'ouvrage. Vers la fin de juillet, alors que la beurrerie fonctionnait à plein rendement, le ferblantier invita son ami à souper.

— J'aurai pas le temps, Henry, mais merci bien de l'invitation.

Édouard n'avait pas même levé la tête de son moulage de pains d'une livre. Résolu, Henry s'avança vers lui et lui mit la main sur l'épaule. Le jeune homme n'eut d'autre choix que de relever la tête. La douleur que Henry vit dans les yeux du maître-beurrier lui brisa le cœur. Il se souvenait de sa propre peine lors du décès de sa Mary, mais aussi de sa solitude, des longues nuits à tourner dans le noir en hurlant son désespoir. Ses cheveux trop longs lui cachaient la vue, mais Édouard n'en avait cure. Ses joues étaient maintenant recouvertes d'une barbe foncée qui ne faisait que souligner le bleu de ses yeux.

— Viens, Édouard.

Le jeune homme hésita un moment avant de hocher la tête. Il inspira profondément puis termina la confection de la livre de beurre. Il essuya ses mains sur son tablier, puis l'enleva pour suivre son ami. La cuisine du ferblantier était parfumée par toutes sortes d'odeurs. Depuis trois heures, il faisait mijoter un gros morceau de bœuf qu'il avait prévu servir avec un pouding Yorkshire.

— Tu m'en donneras des nouvelles, dit-il en servant une généreuse quantité de bœuf à son ami. Puis, ce pouding-là vient de la région d'origine de ma femme.

— Tu sais, j'ai pas très faim... déclara Édouard, le regard las.

— Mange, mon Édouard.

Henry se servit puis s'assit en face d'Édouard. Il le regarda un moment manger sans appétit, avant de déposer sa fourchette.

— Lorsque Mary est décédée, Édouard, j'ai pensé mourir aussi... je pensais jamais me remettre de cette *éprouve*...

— ... épreuve, corrigea automatiquement le maître-beurrier.

— ... *right* !... Mais tu as Marie-Camille, Édouard, ce que j'avais pas... ajouta-t-il avec un léger reproche dans la voix.

Édouard posa ses couverts à son tour puis secoua la tête avec découragement.

— Tu sais quoi, murmura-t-il, j'ai l'impression que c'est pire. Chaque regard, chaque sourire me rappellent Clémentine. Marie-Camille est tellement semblable à ma femme...

— ... que tu auras la chance d'avoir avec toi tous les jours à travers cette enfant !

— Je sais... je suis désolé de pas être plus fort. Mais je l'aimais tellement que j'ignore comment faire pour surmonter cela.

Il posa sa tête dans ses bras avant d'éclater en sanglots. Désolé de tant de peine, Henry ne fit que mettre sa main sur celle de son ami et il le laissa pleurer. Lorsqu'au bout de quelques minutes, Édouard se releva, il fit un triste sourire avant de dire :

— Merci de pas me juger, Henry.

— Les vrais amis ne jugent pas, mon Édouard. Je peux

juste te dire que la peine *will go away*, lentement, mais sûrement. Maintenant, mange avant que ça refroidisse.

Un peu ragaillardi, Édouard attaqua enfin son plat avec appétit. Les deux hommes parlaient de tout et de rien quand le ferblantier se leva doucement et prit la lettre sur le secrétaire près de la fenêtre.

— J'ai reçu cette nouvelle lettre avant-hier, murmura-t-il... mon fils sera ici d'un jour à l'autre.

— Oh Henry, c'est fantastique ! C'est vrai, j'avais oublié sa venue. Je suis désolé...

— Désolé de quoi ? Ton épreuve ne peut se comparer à cette nouvelle. Mais je suis heureux, oui je suis heureux.

L'Anglais fit un grand sourire. Il décrivit rapidement la venue de ce fils miracle, ce fils tant espéré. Cela fit un bien fou à Édouard qui oublia quelques instants la souffrance dans laquelle il était plongé depuis deux semaines. Il regardait l'enthousiasme envahir son ami, alors que ce dernier expliquait ce qu'il ferait avec Jeremiah. Enfin repus, les deux hommes se levèrent pour vaquer à leurs occupations. Avant de sortir de la maison, Édouard se tourna vers Henry et, la voix enrouée par l'émotion, il murmura :

— Merci, Henry. Merci.

Le vieil homme hocha la tête en souriant puis referma doucement la porte derrière lui. La vie continuait à Sainte-Cécile.

La nouvelle se répandit comme une traînée de poudre au village. Au magasin général, madame Marquis s'empressait d'annoncer à tous ses clients qu'un étranger venait d'arriver à Sainte-Cécile.

— Je sais pas qui c'est, dit-elle à l'un d'eux avec un air de conspiratrice, mais il est descendu du train de Labelle avec tous ses bagages.

— Deux grosses valises, puis pas un mot de français ! précisa son mari, en soupesant une large poche de farine avant de la remettre à son client, monsieur Constantin.

Le gros homme, encore échaudé par l'altercation avec Édouard, n'osa répondre trop fort, alors il chuchota :

— Encore un étranger ! On est rendu un village envahi, batince !

Même le commerçant jugea le terme un peu fort. Bien sûr, l'arrivée de James Jackson avait créé des remous dans la petite communauté, mais pour ce qui était de Henry Stromph, son arrivée datait de quelques décennies. Même si personne n'osait le dire à voix haute, le grand Noir commençait à faire ses preuves ! Il se donnait à l'ouvrage, et la ferme du père Claveau n'avait jamais été si bien entretenue. James avait refait le toit et les clôtures. Depuis deux semaines, pour échapper à la grisaille dans laquelle la mort de Clémentine l'avait plongé, il avait commencé à repeindre les murs de la maison. Monsieur Marquis frotta pensivement sa moustache grisonnante.

— J'ignore si c'est un étranger ou un Canadien anglais, mais une chose est certaine, il dit pas un mot de français. C'est le docteur Trudel qui l'a ramené de la gare, et cet homme a eu de la difficulté à dire merci à ce qu'il paraît.

— Bien alors, on sait où il l'a déposé non ? demanda avec curiosité l'institutrice, Gabrielle Veilleux.

Depuis l'article d'Adèle sur les besoins criants des enseignantes de villages, elle avait vu la générosité des gens augmenter à son égard. Lorsqu'ils avaient constaté qu'elle devait payer elle-même le bois qui servait à chauffer l'école de leurs enfants, la plupart d'entre eux lui avaient remis quelques bûches pour l'aider. Satisfaite de cette aide fort bienvenue, elle se permettait à l'occasion certaines petites gâteries, comme l'achat de brioches à la cannelle que recevait la commerçante chaque lundi matin. Avec gourmandise, la jeune femme un peu ronde reluquait les pâtisseries dodues et dorées.

— Oui ! Chez Henry Stromph ! répondit avec satisfaction Louisette Marquis.

La grosse commerçante se régalait des commérages, surtout quand elle en était l'instigatrice et la seule au courant ! Après sa dispute avec Georgine Trudel, la femme du médecin, presque trois ans auparavant, elle s'était calmée et, l'été suivant, les deux villageoises avaient repris le dialogue. Désormais, madame Trudel faisait bien attention de ne pas divulguer de secrets professionnels. Quant à madame Marquis, elle avait reconnu qu'il était inadéquat de parler des confidences d'une amie d'enfance dans son commerce.

— Le ferblantier ? Qu'est-ce que je vous avais dit, grogna le gros Constantin, encore un étranger !

— Étranger, étranger... ça fait longtemps que monsieur Stromph est considéré comme l'un des nôtres, protesta la jeune institutrice avant de prendre le sac contenant les quatre brioches chaudes.

Elle salua les clients puis sortit dans la chaleur de l'été. Sur le balcon, elle ne put s'empêcher de jeter un coup d'œil curieux vers la maison du ferblantier, un peu plus loin dans la rue. Déçue, elle ne vit que James en train de descendre des bidons de la remorque. Elle l'observa quelques instants avec intérêt. C'était tout de même un bel homme. Un corps musclé, une peau d'ébène, des mains puissantes... Gabrielle Veilleux se ressaisit en rougissant.. S'il fallait qu'un villageois puisse suivre le cours de ses pensées…

Ignorant les discussions les concernant, Henry et son fils se tenaient dans la cuisine de la maison sans dire un mot. Pendant un long moment qui n'en finissait pas, le père savourait la présence de ce garçon maintenant devenu homme, sans qu'il l'ait vu grandir. Jeremiah tenait assurément des Stromph avec son épaisse et courte chevelure bouclée, ses grands yeux clairs et myopes cerclés de fines lunettes étroites posées sur un nez avec une légère bosse à la base. Tout comme son père, il se tenait légèrement penché en avant et avait une silhouette mince à la limite de la maigreur. Enfin, il déposa ses deux valises sur le sol et s'avança vers ce père si longtemps recherché.

— *Father…*

Henry, un peu plus grand, le serra de toutes ses forces en retenant ses sanglots. Il tenait enfin son enfant contre son corps et ne désirait plus le laisser aller. Les deux hommes restèrent longtemps enlacés, puis le père s'écarta pour regarder le fils dans les yeux.

— *God, you have the eyes of your beautiful mother. How was your trip from England ?*

— *Long !*[9]

Toute la soirée, dans la jolie maison aux volets blancs, les deux hommes se livrèrent confidences et secrets. Un bonheur sans précédent faisait vibrer le visage du ferblantier qui n'en finissait plus de regarder son enfant.

— Vingt-huit ans… Tu as maintenant vingt-huit ans, murmura Henry, en le fixant avidement.

9 — Mon Dieu, tu as les yeux de ta mère. Comment a été ton voyage ?
— Long !

Jeremiah fit signe qu'il ne comprenait pas, mais l'autre sourit en haussant les épaules. Pas important. Un bâillement de Jeremiah fit comprendre à Henry à quel point la fatigue devait accabler son fils, après ce long voyage en bateau, puis en train, suivi de toutes les émotions des retrouvailles. Henry lui suggéra aussitôt de lui montrer sa chambre, préparée depuis qu'il avait reçu la lettre annonçant son arrivée, quelques semaines plus tôt. En se levant avec lassitude, le jeune homme fit un doux sourire en s'arrêtant devant la photographie du mariage de ses parents.

— *My mother* ?

— Oui. *Yes.*

— *Beautiful*, dit Jeremiah en passant son index sur le contour du visage rond, à jamais disparu.

— *Yes. She was indeed.*

Les yeux humides, Henry empoigna les valises de son fils et monta à l'étage pour les déposer dans la chambre en face de la sienne. Pour la première fois, son garçon tant attendu dormirait à proximité.

CHAPITRE 16

Parce que la vie continue

— Qu'en penses-tu, Laurent ? Tu veux aller le voir ou tu penses que je devrais y aller ?

Laurent regarda Florie avec hésitation. Depuis la mort de Clémentine, un mois auparavant, la grosse femme revivait. Pour la première fois depuis le départ de sa sœur Adèle à Saint-Jovite, Florie pensait qu'enfin sa famille pourrait redevenir complète et unie comme avant. Elle n'avait plus que cette pensée en tête et ne s'en ouvrit qu'à Laurent, craignant la réaction de sa cadette.

— Bien je sais pas moi… c'est certain que j'irai pas tout seul, qu'est-ce que tu veux que je lui dise ?

— Ouin… c'est sûr que toi et les grands discours ! Attends un peu… Adèle, Adèle, cria-t-elle sans se déplacer.

À la table de la cuisine, Laurent plissa le nez en entendant le cri. La radio diffusait des extraits du premier récital d'un jeune prodige de la musique classique, André Mathieu. Fils d'un compositeur, le jeune garçon d'à peine quatre ans avait commencé à écrire ses premières pièces musicales quelques mois auparavant. Tendant l'oreille pour entendre les commentaires élogieux de l'animateur, Laurent se résigna à écouter plutôt le dialogue entre ses deux sœurs.

— Peux-tu venir avec moi chez Édouard ?

— Quoi ? cria à son tour la cadette, occupée à nettoyer les fenêtres de sa chambre, et ne souhaitant guère descendre à la cuisine.

— Chez Édouard…

Surprise, Adèle laissa tomber sa guenille mouillée dans le seau à ses pieds et se résigna à rejoindre son frère et sa sœur à la cuisine. Les fèves au lard qui avaient cuit toute la nuit dégageaient une douce odeur sucrée. Avec une grosse miche de pain, cela constituerait leur repas pendant quelques jours puis les épis de maïs, à leur tour, feraient saliver les villageois.

Depuis le début de l'été, Adèle avait repris du poids et ses joues plus rondes étaient rosies par le soleil. Elle passait ses journées dans son potager, à réfléchir à la douleur de la vie, à la beauté de l'amour, à son livre qui arrivait bientôt à terme. Elle mit ses mains sur les larges épaules de Laurent qui leva sa tête blonde vers elle. Il haussa les sourcils. Il ne comprenait pas la requête de sa sœur aînée. Florie, tournée vers la fenêtre, n'avait pas entendu sa sœur arriver. Alors qu'elle s'apprêtait à se servir une part de tarte, elle fit un grand sourire en voyant Adèle.

— Bon, tu es là. Alors qu'en penses-tu ?

— Tu veux aller chez Édouard ?

— Bien oui, qu'est-ce qu'il y a d'étrange là-dedans ?

— Bien Florie, avoue que c'est une demande particulière ! Tu veux rien savoir de lui depuis presque deux ans et…

— Tout a changé, coupa Florie, avec agacement.

Son visage se renfrogna comme avant et elle posa son large postérieur sur la chaise dure.

— Tu veux dire avec la mort de Clémentine ? demanda sèchement Adèle.

Sentant la tension monter, Laurent décida de partir.

Il terminerait son dessert plus tard. Il remonta ses bretelles puis mit ses bottes de travail. Rien de mieux que d'aller rejoindre ses bêtes auprès desquelles il ressentait une grande sérénité.

— Bon, je vais aller voir où en est Léo avec le toit du poulailler. Il nous en reste encore pas mal à faire...

Il se balança quelques secondes sur place puis sortit sans attendre de réponse de ses sœurs. Aussitôt la porte fermée, Adèle répéta sa question en croisant ses mains sur sa blouse fleurie.

— Alors... c'est la mort de Clémentine qui a changé quelque chose ?

— C'est certain que ça... facilite les affaires, marmonna sa sœur en lissant son chignon parfait.

— Ah bon ? Et c'est comme ça que tu comptes expliquer ta première visite chez ton frère en deux ans ? On vient te voir parce que maintenant que ta femme est morte, il n'y a plus de problème ! Franchement, Florie, tu fais dur !

Le visage fermé et blême, Adèle se détourna pour regagner sa chambre. Elle avait bien l'intention d'aller rendre visite à son frère comme chaque samedi depuis un an. Mais pas question que Florie l'accompagne dans de telles dispositions.

— Calme-toi donc un peu, puis laisse-moi m'expliquer, espèce de caractère de cochon !

— Ah tiens, ça fait longtemps que tu me l'avais pas lancée celle-là ! répondit Adèle.

Elle fit une pause pour donner une chance à sa sœur de s'exprimer. Florie s'avança, les pieds dans ses grosses pantoufles de laine. Elle tira sur sa jupe puis souffla :

— Tourne-toi, au moins, j'haïs ça, moi, parler à un dos.

Adèle expira profondément avant de pivoter vers Florie. Elle la dépassait d'au moins six pouces et pesait cent livres de moins. Néanmoins, elle avait toujours l'impression de redevenir une enfant devant l'air sévère de son aînée qui avait fait figure de mère si longtemps. Les femmes se dévisagèrent puis Florie s'expliqua.

— Tu sais très bien que j'étais pas d'accord avec ce mariage, que je l'aurais jamais été. Mais là, comme il n'y a plus de mariage, je vois pas pourquoi j'irais pas rendre visite à mon frère. C'est tout.

Soufflée par une telle mentalité, Adèle resta muette quelques secondes. Puis elle se dit que si une visite permettait de rétablir doucement les liens entre les différents membres de la famille, c'était mieux que rien. Ce serait à Édouard, au fond, de décider s'il désirait renouer avec cette grande sœur intransigeante. Elle observa le visage satisfait de Florie. Cette dernière ne se rendait même pas compte que sa visite ne serait peut-être pas bienvenue.

— Puis en plus, je pourrais lui annoncer que ma dernière courtepointe a été choisie pour représenter le village à la foire commerciale de Saint-Jovite à la fin du mois de septembre, dit-elle sur un ton qu'elle voulait nonchalant.

Mais Adèle ne fut pas dupe. Elle savait trop ce que représentait cette nomination pour sa sœur. Après la déconfiture de l'année 1932, alors qu'elle croyait remporter le grand prix du comté, Florie n'avait plus jamais reparlé de ce rêve.

— Ah bon ? Je pensais que tu ne voulais plus…

— C'est vrai, coupa Florie, un air satisfait sur son visage étroit, mais imagine-toi donc que c'est Louisette Marquis qui m'a convaincue de présenter ma dernière création.

— Celle avec les trois chats ? demanda Adèle, qui la trouvait particulièrement hideuse.

— Oui, madame Marquis dit qu'elle a jamais vu un aussi

beau travail de piquage. Selon elle, il n'y aura rien de plus beau à Saint-Jovite. Alors je me suis laissé convaincre… Oh, mais tu sais, je m'attends à rien. Reste que c'est une belle occasion d'aller à la foire…

— Où tu devais jamais remettre les pieds, pensa Adèle en riant sous cape.

Sa sœur, avec ses rêves de gloire, l'émouvait parfois autant qu'elle la faisait rager. Elle glissa un regard affectueux sur le gros corps alourdi par les années et se prit à imaginer que la réconciliation ait lieu et qu'elle pourrait enfin voir Marie-Camille et Édouard sans se sentir coupable d'un crime !

Adèle aurait aimé prévenir son frère qu'elle ne venait pas seule aujourd'hui. Le trajet jusqu'à Saint-Damien lui parut rapide. Le babillage de Florie l'empêchait de réfléchir à la réaction qu'Édouard aurait lorsqu'il les verrait tous les trois.

— Ah bon, avait demandé Adèle, étonnée, à son frère Laurent, parce que toi aussi tu veux venir chez Édouard ?

— Bien… oui. Tu sais bien que…

— Que.. ?

Adèle n'avait pas fait d'efforts pour lui faciliter la tâche. Elle savait que son cadet suivait les directives de leur aînée. Pour lui, pas question d'aller à l'encontre de ses ordres ! Alors comme Florie semblait décidée à tourner la page, il se faisait une joie de renouer avec Édouard.

— En plus, j'ai jamais vu sa maison.

— Ah bon, répéta Adèle en fonçant les sourcils. Et c'est la faute de qui, ça ?

Laurent ignora sa sœur et monta à sa chambre pour se

changer. Léo, aux champs, assis sous un arbre, terminait son repas. Les deux jeunes hommes adoraient ces moments de calme dans la nature alors qu'ils mangeaient de bon appétit les sandwichs préparés avec affection par la maîtresse de la maison. Mais aujourd'hui, dès la dernière bouchée avalée, Laurent s'était levé, avait chassé les miettes de son pantalon de coton gris avant de repartir vers la maison.

— Je vais revenir vers la fin de l'après-midi Léo, si c'est correct avec toi.

— Oui… pas… de pro… problème.

Le jeune homme sourit gentiment à son ami qu'il sentait fébrile à la pensée de prendre sa nièce pour la première fois.

— Amu… musez-vous bi… bien.

Derrière ses paroles amicales, Léo craignait que ces retrouvailles familiales ne signent la fin de son engagement chez les Gélinas. Il savait bien que si Édouard décidait de revenir vivre à la ferme, Léo, lui, serait remercié. Il devrait dire adieu à la liberté et à l'amitié profonde qui le liait à Laurent.

Le trio des Gélinas arriva devant la jolie maisonnette d'Édouard et de Clémentine. Revenant là pour la première fois depuis la mort de son amie, Adèle ne put retenir ses larmes devant les fleurs épanouies qui auraient fait le bonheur de sa belle-sœur.

— Quel gâchis ! se dit-elle à elle-même.

Florie se sentait aussi émue que sa sœur, mais pas pour les mêmes raisons. La pensée de se réconcilier avec son frère la bouleversait. Laurent regardait avec curiosité la maison de son frère. Il s'attendait à un bâtiment plus gros, étant donné la situation pécuniaire de la famille de Clémentine. Évidemment, son frère n'avait pas dû accepter un sou de ses beaux-parents. Lorsqu'il arrêta Mystic près du balcon, la porte de la maison s'ouvrit et Édouard sortit, la petite Marie-Camille dans les bras. Son visage fermé n'augurait rien de bon. Adèle se dit de nouveau qu'elle aurait dû lui annoncer leur visite.

— Salut, mon Édouard, dit-elle en descendant prestement du chariot.

Elle le fixa dans les yeux, puis haussa les épaules devant sa question muette. Elle tendit les bras pour s'emparer du bébé qui bavait sur le poignet de son père. La fillette, avec ses belles boucles soyeuses et ses grands yeux bleus, était le portrait de Clémentine. Ses joues rebondies étaient rouges, sans doute à cause de ses dents naissantes.

— Viens voir ta marraine, ma belle Marie-Camille.

La fillette de huit mois offrit son plus beau sourire édenté avant de souffler et de postillonner sur la main d'Adèle qui se sentit fondre d'amour, comme chaque samedi. Édouard croisa les bras sur sa poitrine avec un air de défi. Florie grimpait les deux marches derrière Adèle en tenant la rampe. Laurent, malgré sa taille, se sentait comme un enfant de trois ans ayant fait un mauvais coup. Il n'osait pas regarder son frère, il se sentait lâche et indigne de son attention.

— Salut, mon Édouard. On s'est dit qu'il était temps qu'on vienne te voir, Laurent et moi. Alors on a profité de...

— ... du fait que ma femme soit plus là ? coupa sèchement Édouard, le visage fermé.

— Bien...

Florie, qui avait innocemment pensé que son frère serait heureux de les avoir chez lui, écarquilla les yeux. Elle avala sa salive en se mordant les lèvres. Pour une fois, elle ne savait pas quoi dire. C'est Laurent qui s'avança et posa sa main sur l'épaule de son frère. Il plongea son regard naïf dans celui de l'aîné, glacial, et murmura :

— Moi, je veux te répéter que je suis vraiment désolé de ta grande perte, mon frère. Vraiment.

Florie arrêta de respirer devant l'audace de son cadet. Mais voyant l'émotion envahir le visage d'Édouard, elle renchérit:

— Oui... moi euh... moi aussi. Puis on voulait rencontrer notre nièce. Peux-tu faire les présentations ?

Au même moment, Marie-Camille plissa le front et devint rouge comme une tomate. Un son s'échappa de sa culotte de coton recouvrant sa couche. Pendant quelques secondes, personne ne parla, puis Adèle éclata de rire en voyant la satisfaction sur le visage du bébé.

— Bien voilà, Florie, je te présente ta nièce, Marie-Camille Gélinas !

Le poupon, à présent détendu, fit une large risette qui contribua à alléger l'atmosphère. Bouche bée, Florie ressentit un amour instantané pour ce petit bébé. Ayant peine à respirer, elle désirait prendre la fillette sur sa poitrine, la sentir, la faire rire. Secouant doucement la tête, Laurent observait sa nièce avec hésitation. Il n'avait jamais côtoyé de bébé, ne savait guère s'en approcher et ignorait quoi faire ! Adèle s'amusait avec sa filleule en lui soufflant dans le cou. Marie-Camille riait aux éclats et Édouard regardait sa fille avec adoration. Au bout d'un moment, le silence revint et le malaise refit surface.

— Bon, bien, je pense qu'il faudrait changer ce bébé-là, mon Édouard.

— Donne-la-moi, j'y vais.

Depuis le décès de Clémentine, le jeune papa avait pris le contrôle de la vie de sa fille, changements de couches inclus ! Mais sa sœur le repoussa gentiment.

— Non, j'y vais. Toi, fais visiter ta maison à notre sœur et à notre frère.

Désireuse de casser la glace, Adèle ne permit pas à Édouard de refuser et pénétra dans la maison en vitesse. Elle s'installa dans la cuisine et posa un piqué sur la table. Autour d'elle, tout lui rappelait son amie : de la photo de mariage sur le mur du corridor, à la veste rose pâle sur la chaise berçante, en passant par la pile de livres sur le dessus du buffet. Elle tendit l'oreille.

— Au moins, ils s'engueulent pas, hein ma cocotte d'amour ! chuchota-t-elle, en regardant le bébé qui tentait de se retourner. Non, non, mademoiselle, on va d'abord te changer !

Tout compte fait, l'après-midi chez Édouard ne se déroula pas trop mal. Pour la première fois sous un même toit depuis longtemps, les Gélinas trouvèrent des sujets de conversation pacifiques. Adèle se gâtait ; elle berçait sa filleule depuis près d'une heure, lorsque Florie la regarda pour la première fois franchement, étouffée par des sentiments contradictoires.

— Elle est pas mal belle, ta fille, Édouard !

Surpris, les trois autres cessèrent de parler et de bouger. Laurent fixait sa grande sœur, les yeux ronds. Avait-il bien entendu ? Il lança un regard discret à son frère pour voir sa réaction. Après quelques secondes, celui-ci sourit en approuvant.

— Oui, tu as raison. C'est un trésor, cette enfant-là. Heureusement que je l'ai...

Florie hésita un peu, puis se pencha vers sa sœur.

— Est-ce que je pourrais la prendre, Adèle ?

— Bien sûr, Florie. Tu veux la bercer ?

— Je voudrais pas la réveiller, tu es certaine que...

Édouard et Adèle se lancèrent un regard complice. Marie-Camille gagnerait le cœur de sa tante dès que celle-ci l'aurait dans ses bras. Leur aînée se retenait tant depuis son arrivée! Adèle se leva doucement et fit signe du menton à Florie.

— Assieds-toi, je vais te la donner.

Les deux hommes regardaient leurs sœurs avec intérêt. Laurent était curieux de voir si le bébé resterait endormi et Édouard se demandait quelle émotion l'envahirait en voyant Florie, celle qui avait remplacé sa mère, prendre sa fille adorée contre son sein. Lorsque l'aînée s'assit péniblement dans la chaise berçante, Édouard constata à quel point la dernière année avait changé sa sœur. Encore plus empâtée qu'auparavant, elle avait maintenant une profonde ride entre ses sourcils. Il se passa la réflexion que les événements du passé n'avaient guère épargné les enfants Gélinas. On déposa le poupon dans les bras de sa tante; Florie soupira de contentement. Elle ne se lassait pas de regarder la petite fille, de caresser son visage rond, de sourire en voyant ses mimiques...

— Laurent, j'aimerais bien te montrer la grange et le poulailler de... Clémentine, chuchota Édouard, en détournant son regard de Florie et de Marie-Camille.

Après plus d'une heure et demie assis dans la cuisine, le benjamin se fit une joie de sauter sur ses pieds. Lorsqu'il était question d'animaux, il était le premier à se porter volontaire pour les voir, les soigner, les traire... peu importait!

— Oui, oui... ça me plairait.

— Mon doux, mon Laurent, étais-tu tanné d'être assis, ma foi?

— Bien... tu sais, moi le jasage...

— Je sais, Laurent, j'ai pas oublié, t'inquiète pas!

Les deux frères laissèrent leurs sœurs dans la cuisine et sortirent. Le mois de septembre avait beau s'achever, la chaleur était encore bien présente et le jardin de Clémentine, laissé à l'abandon, ne demandait qu'à être récolté.

Cette visite chez Édouard fut la première d'une longue série. Il était maintenant entendu que chaque samedi, le trio de Sainte-Cécile se rendrait à Saint-Damien. La paix semblait revenue dans la famille. Certains sujets restaient toutefois tabous: le mariage de Clémentine et Édouard, le décès de la jeune femme et le roulement de la beurrerie.

— Parfois, je me demande combien de temps on va faire semblant que tout est comme avant ? s'interrogea Édouard, à voix haute, un matin d'octobre.

— Pardon, Édouard ? demanda James.

Édouard leva un regard étonné vers son employé, occupé à rincer les moules de beurre. Satisfait du rendement de son entreprise, le maître-beurrier songeait à présent à ajouter la fabrication du fromage à sa production de beurre. Après un an et demi d'activité, le jeune homme estimait que l'ajout de ce produit ne ferait qu'améliorer son service aux villageois. Il avait lu l'histoire du frère Marie-Alphonse Juin, arrivé à l'abbaye d'Oka en 1893, la même année que l'ouverture de l'école de laiterie de Saint-Hyacinthe où Édouard avait appris son métier.

— C'est lui qui a créé le fromage Oka, avait-il raconté à Henry, lors d'un dîner en sa compagnie. Tu en as déjà goûté ? Non ? Eh bien c'est un fromage à pâte demi-ferme et à la croûte lavée jaune orangé. C'est pas tout le monde qui aime le goût, c'est vrai, mais c'est un fromage d'ici, inspiré du Port-Salut, un fromage de France, pays natal du frère Juin*.

Ce fromage avait remporté le premier prix à l'exposition de

Montréal en 1896, et cela impressionnait Édouard, désireux lui aussi de fabriquer des produits de qualité. Dans les caves de pierre de l'abbaye, le frère Juin avait aménagé un atelier. Il travaillait là, mélangeant plusieurs ingrédients dont il gardait le secret. Comme il ne possédait pas de thermomètre, l'ecclésiastique trempait son doigt dans le mélange pour s'assurer de retirer le chaudron du feu au bon moment. Le fromage fondu était ensuite versé dans des moules puis lavé avec une solution également secrète. Dans ses rêves, le jeune maître-beurrier espérait aussi créer un fromage qui ferait le tour du pays. Le Saint-Édouard, par exemple ! Après le décès de son épouse, Édouard avait rencontré son beau-père, Roméo, dans le but de lui remettre le reste des mille dollars dont il leur avait fait cadeau.

— C'était pour l'insuline de Clémentine, avait-il dit, j'en ai donc plus besoin.

— Je t'en prie, Édouard, garde cet argent. Utilise-le pour ma petite-fille, pour vivre tes rêves. La mort de ma fille, avait ajouté Roméo, des sanglots dans la voix, prive Marie-Camille d'une présence tellement importante. Si cet argent peut te permettre de retrouver un peu de sérénité, je serais soulagé.

Édouard avait longuement hésité. Il restait plus de six cents dollars. Finalement, la raison l'avait emporté.

— Je vous remercie, Roméo. Sachez que je ferai tout en mon pouvoir pour assurer l'avenir de Marie-Camille.

— Aurais-tu besoin de faire beaucoup de modifications à la beurrerie ? avait demandé Henry.

— Non, pas vraiment. La plate-forme pour la réception du

lait est déjà installée. En plus, si je prends toutes les précautions pour fabriquer un fromage de première qualité, le gouvernement me remettra cinq sous de la meule. C'est pas rien, tu comprends !

— Ah bon, et pourquoi ça ?

— Pour tenter d'améliorer la qualité du produit.

Jeremiah, toujours à Sainte-Cécile, avait suivi la conversation avec attention. Il comprenait de mieux en mieux la langue du pays, même s'il ne pouvait pas vraiment converser pour l'instant. Il ne parlait pas de repartir, et son père ne soulevait pas la question, trop heureux d'apprendre à le connaître. Le jeune homme avait mentionné sans entrain qu'il était adjoint d'un notaire en Angleterre. Le travail de ferblantier, que lui enseignait Henry, lui plaisait beaucoup plus. Jeremiah, assez timide, appréciait l'activité physique. Henry savourait les moments passés auprès de son fils. Il revivait la relation qu'il avait eue avec son propre père dans son atelier, pendant toute sa jeunesse en Angleterre. L'histoire se répétait, et si Henry avait un mot à dire, son garçon retrouvé finirait sa vie à ses côtés. Lorsque Jeremiah passait au magasin général, madame Marquis rageait de ne pas parler anglais. Elle tentait par tous les moyens d'en savoir plus sur la vie de cet inconnu et se morfondait de devoir se contenter de *yes* et *thank you !*

Ce fut donc au milieu de l'automne, avec l'aide de James, de Henry, de son fils Jeremiah et même de Laurent, qu'Édouard ajouta une pièce à sa beurrerie. Il y installa une chambre froide pour la conservation des meules. Un jour, début novembre, le jeune maître-beurrier regarda son frère cadet, le visage rougi par le froid, s'escrimer sur le raccord du toit de l'atelier du ferblantier.

— Ça va, Laurent ? Tu as l'air gelé !

Un sourire épanoui lui répondit. En effet, pour Laurent, la réconciliation avec son grand frère signait la fin de la période la plus noire de sa vie. Il avait vraiment cru ne plus jamais pouvoir le côtoyer, perdre de nouveau un père comme celui qu'il n'avait pas connu. Alors il souleva sa casquette, frotta ses mains l'une contre l'autre avant de se remettre à clouer. Il n'avait pas encore dit à Florie qu'il aidait Édouard à agrandir la beurrerie, mais cette fois, il était bien décidé à ne pas la laisser le manipuler. À la pause, pour le repas, les cinq hommes s'installèrent dans la petite cuisine de Henry pour manger et discuter.

— Si je peux me trouver environ dix agriculteurs de plus, avec mes dix-huit producteurs habituels, je devrais arriver à fournir au moins quinze livres de fromage en plus du beurre. J'ai l'intention de faire un maudit bon fromage cheddar! affirma, enthousiaste, le maître-beurrier avant d'engouffrer une grosse tranche de pain.

Malgré sa bonne humeur, lorsqu'il retournait chez lui, à la tombée du jour, Édouard sentait une lassitude l'envahir. Depuis bientôt deux mois, Marguerite, une jeune adolescente de Saint-Damien, prenait soin de Marie-Camille pendant la journée. Le jeune veuf ne restait jamais seul avec elle, pour respecter les convenances. Quand elle arrivait avec son père, vers six heures trente, Édouard lui tendait son enfant et, après un dernier baiser sur le front du bébé, quittait la maison sans inquiétude. La mère de la jeune fille venait parfois la rejoindre et prenait soin des lessives ou faisait mijoter un morceau de viande. En échange du service rendu, Édouard fournissait la famille en beurre et le ferait bientôt en fromage. Mais le soir, une fois la porte close, son bébé serré dans ses bras, il restait assis dans la chaise berçante, le regard dans le vague. Las, épuisé par des journées de dur labeur, le jeune homme ne se résignait à regagner son lit qu'au moment où les étoiles brillaient depuis longtemps dans le ciel. Alors, pendant plusieurs heures, il tournait, le corps tiède de sa douce Clémentine lui manquant. Souvent, il s'endormait au bout de ses larmes et de ses questionnements à Dieu: pourquoi Seigneur, pourquoi?

Florie chantonnait dans la cuisine en pensant avec fierté au moment où sa courtepointe aux trois chats avait remporté le prix spécial originalité de la foire de Saint-Jovite. Cette fois encore, Adèle avait eu droit à une sérieuse mise au point:

— Je me fais pas d'idée, t'en fais pas, ma sœur! J'ai juste envie d'aller voir de quoi auront l'air les pièces gagnantes.

Sans vraiment la croire, Adèle avait respiré un peu mieux. Au moins, cette fois, sa sœur semblait réaliste. Au moment où on avait commencé à montrer les courtepointes à l'assemblée, elle lui avait serré la main et sourit.

— T'en fais pas, avait chuchoté Florie, je ferai pas une crise de nerfs si je gagne pas...

— ... Pour le prix originalité, nous avons choisi Florie Gélinas de Sainte-Cécile.

La femme repassait en boucle le moment où elle s'était avancée pour recevoir son prix, cinq dollars. Quelle satisfaction, même si ce n'était pas le grand prix! À présent, elle pensait à ses prochaines confections et cela la rendait de bonne humeur. En cachette, elle s'était remise au tricot pour confectionner de petits vêtements à sa nièce. Comme elle ne voulait pas trop montrer son attachement à l'enfant, elle se contentait de cette activité, à l'abri des regards, dans sa chambre. Le premier chandail devrait être terminé dans moins d'une semaine. Si un seul membre de sa fratrie passait un commentaire, elle rangerait son tricot pour un bon bout de temps. Il y avait tout de même des limites à ce qu'on lui en veuille d'avoir tenu à faire respecter la promesse faite à Rose.

Laurent profitait d'un moment de solitude dans sa chambre, avant de descendre pour le déjeuner. Le samedi matin, il dormait jusqu'à sept heures puisque Léo s'occupait de la traite. À l'inverse, il faisait la même chose le dimanche et leur homme engagé pouvait lui aussi faire la grasse matinée ! Lorsqu'il entendait sa sœur chantonner en cuisinant, Laurent savait que la journée serait bonne. Depuis la réconciliation, les matins gais devenaient de plus en plus fréquents. Il s'étira en laissant son regard filer vers la fenêtre. Les rayons du soleil jouaient contre le rideau brun. Ses pensées s'égarèrent de nouveau, vers son ami Léo cette fois. Hier soir, ce dernier lui avait parlé d'une certaine Rose-Anna.

— C'est ta blonde ? lui avait demandé Laurent, avec un pincement au cœur.

— Hein ? Oh… euh… n..non.

Léo avait rougi et s'était empressé de continuer à battre les cartes pour leur partie de *rummy.* Il n'était guère habile avec les femmes, mais la jeune sœur du maître de poste ne s'était pas moqué lorsqu'il s'était adressé à elle. Une première ! En général, dès qu'il ouvrait la bouche, les jeunes gens riaient de son bégaiement. Ce matin, Laurent essayait de ne pas penser aux émotions qui l'envahissaient à l'idée que Léo puisse avoir une amie de cœur. Léo les quitterait un jour, évidemment. Laurent était amer. Il se disait qu'à part eux, les Gélinas, tout le monde se mariait et faisait sa vie. Toutefois, ce qu'il ressentait pour Léo le rendait parfois mal à l'aise. Il enfouissait ses interrogations dans son esprit. Pas question de remuer des émotions indéfinissables.

— Laurent, le pain doré est prêt, cria Florie, du bas de l'escalier.

Le jeune homme quitta à regret le confort de son lit pour revêtir sa salopette. Il jeta à peine un coup d'œil à sa chevelure ébouriffée avant de sortir rejoindre ses deux sœurs. Adèle éclata de rire en le voyant s'avancer dans la cuisine, encore endormi.

— Ça va mon frère ? demanda-t-elle en riant. Tu as l'air d'un gars qui vient de passer la nuit sur la corde à linge !

— Bien oui, toi, t'es-tu vu la tête ? Je vais te couper cette motte-là ce soir, ajouta Florie en pointant les boucles blondes qui dépassaient maintenant les oreilles de Laurent.

Ce dernier haussa les épaules avant de se tourner vers Léo.

— As-tu eu le temps de déplacer les poules qu'on va tuer ?

Le temps était venu pour la grande boucherie. Comme chaque année, les hommes choisiraient dans leur cheptel quelques animaux qu'ils tueraient avant de les débiter. Cette année, Laurent sacrifierait leur plus vieille vache, Clochette.

— J'ai pas vraiment le choix, elle ne donne plus de lait.

Mais une profonde tristesse le submergeait lorsqu'il pensait aux moments où cette bête l'avait consolé juste par sa présence. Comme dans le cas de leur truie, Doucette, Clochette vivait avec eux presque depuis la mort de sa mère. Mais la vie à la ferme ne permettait pas de garder vivants des animaux qui ne servaient à rien. La stalle de la bête serait utilisée pour une nouvelle vache, plus jeune.

Aussitôt le déjeuner terminé, le jeune homme se vêtit chaudement puis se dirigea vers la grange. Léo savait que dans ces moments-là, il fallait laisser son ami seul une trentaine de minutes. Pendant ce temps, il préparerait les bacs de saumure avec Florie et Adèle. Le trio mélangeait de l'eau et du sel. La quantité de sel était bonne lorsqu'ils plongeaient un œuf dans le mélange et que celui-ci remontait à la surface. Florie aimait bien ajouter des graines de cumin, des gousses d'ail et quelques échalotes à la saumure, ce qui donnait du goût à la viande conservée ainsi tout l'hiver. En plus de Clochette, Léo et Laurent tueraient deux porcs et une dizaine de poules et de jeunes coqs. Le benjamin de la famille avait bien l'intention de proposer son aide à son frère pour préparer sa viande pour l'hiver.

— Moi..moi au..aussi, je vais… l'ai..aider, avait aussitôt ajouté Léo.

Arrivé devant la stalle de la vache, le jeune blond prit le temps de s'agenouiller aux côtés de Clochette. Il les aimait tant, ses animaux. Tellement que le matin de leur mort, chacun d'entre eux recevait un long monologue de l'agriculteur. La plupart des bêtes à abattre, sentant leur dernière heure venue, se mettaient parfois à s'agiter et à meugler. Chez les Gélinas, au contraire, elles étaient calmes, presque paisibles. Personne dans la famille ne savait ce que le benjamin murmurait à l'oreille de ses bêtes.

— Mais en tout cas, ça marche ton affaire, mon Laurent, parce qu'on entend pas de lamentations ! avait affirmé Adèle. C'est parfait ! Moi, j'aime pas ça entendre les cris des veaux et des cochons. Ça me brise le cœur !

Vers le début de l'après-midi, un chariot tourna dans l'entrée de la ferme. Les journées étaient de plus en plus froides, et les habitants du village portaient des vêtements chauds pour vaquer à leurs occupations. Florie, assise dans le coin de la cuisine, sommeillait en profitant de la chaleur qui se dégageait du gros poêle à bois nickelé. La voix de sa sœur la fit sursauter :

— Tiens, on a de la visite !

— Hein... comment ça, de la visite ? Je fais dur comme la chienne à Jacques !

La grosse femme se leva d'un bond et s'avança pour pousser Adèle et regarder par la fenêtre.

— Veux-tu bien me dire c'est qui ça ? marmonna-t-elle, ne reconnaissant pas les trois adultes qui s'avançaient vers la maison.

— Oh... c'est Édouard, je pense bien avec...

— Comment ça qu'il amène de la visite ici en plein milieu de l'après-midi ? Tu parles d'un sans-dessein ! cracha Florie en tournant les talons pour aller refaire son chignon et s'arranger un peu.

Adèle se retenait de rire. Sa grande sœur était parfaite, comme d'habitude. C'était plutôt le fait d'être dérangée dans sa sieste qui la faisait bougonner ! Lorsque son frère arriva, Adèle ouvrit la porte sans attendre. L'air glacial s'engouffra aussitôt dans la maison et elle se dépêcha de faire entrer les trois hommes et Marie-Camille, dans les bras de son père.

— Tu parles de la belle visite, dit Adèle, le visage épanoui, en voyant sa filleule bien éveillée. Bien le bonjour ma petite cocotte d'amour !

Adèle rougit en se rendant compte que les trois hommes étaient silencieux. Elle fit un petit sourire contrit à Henry Stromph et à celui qu'elle savait être son fils.

— Adèle, tu connais bien Henry... et voici son garçon, Jeremiah. Jeremiah, voici ma *sister* Adèle. La *best* journaliste au Québec !

Adèle fit mine de donner une tape sur l'épaule de son frère

tout en lançant un regard curieux vers l'homme, la copie conforme de Henry Stromph.

— Enchantée, monsieur.

— Mademoiselle !

Jeremiah ôta son chapeau de poil pour saluer la jeune femme ravissante qui lui faisait face. Elle le regardait avec intérêt. Le ferblantier et sa femme n'avaient jamais précisé qu'ils avaient des enfants. Même si elle en avait entendu parler sur le parvis et au magasin Marquis, Adèle s'interrogeait : « Où se trouvait-il donc cet étranger pendant toutes ces années ? »

— Son fils ? Bien, dis donc, on savait pas que vous aviez un fils, monsieur Stromph !

La voix curieuse de Florie mit fin au silence. Elle s'avança dans la pièce de sa lourde démarche en défroissant le bas de sa veste de laine. Édouard leva les yeux au ciel en faisant un signe d'excuse à son ami qui lui répondit par un clin d'œil.

— Eh oui, mademoiselle Gélinas. Un grand garçon à part ça ! Il parle pas beaucoup français, mais il s'améliore. Comme il a l'intention de rester encore un bout de temps au pays, je pense que d'ici peu, vous devriez pouvoir discuter avec lui ! Il aime beaucoup notre coin de pays.

— Tant mieux ! Vous attendez pas à ce que je lui parle en anglais, parce que moi, à part *thank you* et *goodbye*...

Florie se plaça aux côtés d'Adèle pour observer ce drôle d'Anglais fraîchement débarqué. Elle en avait entendu parler par les villageois, mais ne l'avait pas encore vu ! Sa seule promenade au village, en effet, se produisait le dimanche pour la grande messe. Or, Henry Stromph ne fréquentait pas l'église du village, mais plutôt le temple protestant de Labelle. Satisfaite de son air sérieux et propre, elle sourit enfin avant de constater qu'Édouard mettait les pieds à la ferme pour la première fois depuis qu'elle avait voulu l'en empêcher, lors de l'accident de Laurent. Mal à l'aise à ce souvenir, elle prit sa nièce qui la regardait avec ses grands yeux ronds comme des billes. Tout emmitouflée dans son vêtement d'hiver et son chapeau de poil de castor, la fillette se mit à se tortiller pour sortir au plus vite de ses attirails.

— Oui, oui, ma cocotte, donne-moi une minute, veux-tu ?

Avec Marie-Camille, Laurent, Édouard et Adèle redécouvraient la fibre maternelle de leur sœur aînée. Elle les avait tant choyés et dorlotés lorsqu'ils étaient petits, avant le déclin de leur mère. Édouard et Adèle échangèrent un regard ému, puis le jeune homme expliqua la raison de leur présence à la ferme :

— On est venu donner un coup de main à Laurent et Léo pour la boucherie.

Florie cessa de bouger avant de hocher la tête sans le regarder.

— Ils sont dans la grange, dit-elle.

— C'est parfait, alors on y va. Euh... je peux vous laisser Marie-Camille ?

— Certain, Édouard, que tu nous laisses ton trésor. Ne crains rien, on va s'en occuper de ce beau bébé.

Adèle lui fit signe de partir en souriant. Les deux femmes passèrent quelques instants à roucouler avec le bébé assis sur la table de bois. Dans sa petite robe à pois, avec ses chaussons de laine, la fillette se sentait enfin à l'aise. Elle tentait maintenant de s'avancer sur ses fesses.

— Tu as l'air d'une grenouille, ma cocotte ! dit Adèle en riant, avant de lui tendre les bras.

Nichée au creux de son cou, sa nièce sentait bon la poudre et le lait. La jeune femme ferma les yeux de bonheur. Pendant les deux jours qui suivirent, la grande boucherie occupa toute la famille. Après y avoir longuement réfléchi, Florie avait suggéré à Édouard de rester dormir à la ferme.

— De toute manière, si tu comptes revenir demain matin, c'est idiot que tu fasses tout ce chemin ce soir. Reste ici, Léo peut bien coucher dans la chambre de Laurent pour une nuit. Ils n'en mourront pas. Puis ta cocotte, on va lui arranger un matelas par terre avec des boîtes autour pour l'empêcher de se promener cette nuit. Parce qu'avec sa technique de grenouille sur les fesses, elle peut en faire du chemin, ajouta-t-elle en éclatant d'un rire franc.

Édouard rigola aussi à cette image. Pendant quelques secondes, la sœur et le frère furent complices. Il s'approcha doucement de Florie et lui prit la main sans parler. Sa sœur se mit à respirer plus fort, consciente qu'un pas venait d'être franchi. Leur lien se tissait de nouveau. Malgré un sentiment d'injustice, car il savait fort bien que la mort de sa femme avait tout changé, Édouard préférait penser que sa sœur aurait peut-être évolué avec le temps, même sans ce décès. Adèle, elle, savait que jamais Florie n'aurait accepté le mariage, mais elle ne dirait rien, car le bonheur qu'elle lisait sur les deux visages lui faisait chaud au cœur. La vie redeviendrait douce à la ferme. Florie, en suggérant à son frère de reprendre sa vieille chambre, n'avait pas remarqué l'émoi sur le visage de Laurent. Assis dans un coin de la cuisine, le jeune homme s'était figé et n'avait osé regarder personne de crainte qu'on ne lise sa peur sur son faciès.

Le soir venu, Laurent attendit tard dans la soirée avant de regagner sa chambre, où Léo était monté au moins une heure avant.

— Je... je v...vais me cou...coucher. Je... je... su...suis

crevé. Je... je peux... dor...mir au... sa...salon... Lau...rent... si tu aimes mi...mieux.

— Bien voyons donc, c'est niaiseux de dire ça! dit Florie. Non, non, le lit de Laurent est bien en masse grand pour vous deux.

— C'est bien correct, Léo, avait dit Laurent, je monte dans pas long. Prends tes aises.

Cependant, la pensée de ce jeune homme dans son lit le bouleversait. En pénétrant dans sa chambre, au bout du couloir, il vit que la lune, qui se cachait derrière les nuages, laissait tout de même entrevoir la tête de son ami, posée sur l'oreiller. Le jeune blond resta adossé longtemps contre la porte fermée, le souffle court. Étourdi par ses sens aux abois, il secouait doucement la tête pour chasser les idées impures qui affluaient dans son esprit. Il ne s'expliquait pas toutes ces émotions, il était confus. Puis il sortit de sa transe pour se dévêtir en silence. Se glissant en douceur sous la lourde couette de plumes, Laurent ferma les yeux en tentant de respirer normalement. Il se tenait au bord du matelas, soucieux de ne pas toucher au corps chaud à ses côtés. Il croisa ses mains sur son ventre, mais ne put ignorer les signes manifestes de son désir.

À l'aube, lorsque Laurent ouvrit les yeux après une nuit agitée, il soupira de soulagement en constatant que son ami était déjà parti. Il tourna la tête vers la fenêtre et, à la lumière du jour, se remémora ses pensées pour les repousser bientôt.

— J'étais bien trop fatigué hier soir, grommela-t-il, justifiant ainsi ses élans charnels.

Honteux, il se dépêcha de se glisser dans son vêtement de travail avant de descendre à la cuisine. L'odeur du gruau à l'érable le fit saliver. Léo lui tournait le dos, la tête penchée sur son bol fumant.

— Mmm, ça sent bon, Florie !

— Merci bien, mon Laurent, assieds-toi donc. Vous avez encore une grosse journée devant vous !

— Édouard est pas encore levé ?

— Oui, levé et il est allé faire sa traite chez lui.

— C'est vrai ça ! Dans le fond, ça sauvait pas grand-chose le fait qu'il dorme ici...

— Il était bien trop fatigué pour s'en aller. Non, c'était mieux qu'il reste ici. En tout cas, il vous attend dans la grange, il a déjà mangé.

— Papappapaa...

Le babillement de Marie-Camille fit sursauter les adultes qui la regardèrent souffler sur sa cuillère. Le gruau revola partout sur le plancher.

— *Hey, hey*, mademoiselle Marie-Camille ! dit Florie d'un ton qui se voulait sévère, en saisissant le couvert.

Mais aussitôt, l'enfant sourit et Florie se tut. Adèle, dans l'escalier, fut heureuse d'entendre l'échange entre sa sœur et le bébé. Elle retrouvait la douceur et l'affection de son aînée.

— Bonjour à vous trois... Euh, vous quatre, pardon ma belle Mimi ! se reprit-elle en baisant le dessus de la tête de l'enfant.

— Mimi ?

— Oui, Mimi !

Comme en réponse à son surnom, la petite se mit à répéter inlassablement :

— Mimi... mimimi... mimi...

Le déjeuner se termina sous les éclats de rire. La joie était enfin revenue dans la maison des Gélinas après de longs mois de souffrance et de douleur.

Noël 1934. Seul dans sa maison avec sa fille, Édouard se remémora le souper que Clémentine lui avait préparé l'année précédente.

— T'étais pas encore là, ma belle Marie-Camille, mais tu faisais déjà bien partie de nos vies. Nous t'attendions avec bonheur. Ta maman — la voix de l'homme se brisa d'émotion — ne parlait que de toi, de ton arrivée. Si tu savais...

Il avait été entendu que le duo se retrouverait à la ferme vers la fin de l'après-midi, le 25 décembre, pour célébrer. Le lendemain, Édouard avait prévu de se rendre à La Conception pour partager le souper avec sa belle-famille. La tristesse de perdre leur fille en juillet s'était encore plus alourdie lorsque grand-pépère, qui ne s'était jamais remis de la mort de Clémentine, avait rendu l'âme au début du mois d'octobre. Avec une profonde tristesse, Édouard avait assisté aux funérailles sobres de l'aïeul, sous une pluie fine. Pour la première fois, la famille Lortie vivrait donc un Noël sans ces deux membres si chers à la famille. Édouard espérait mettre un baume sur leur douleur en amenant sa fille qui réjouissait le cœur de tous. En revenant de la messe, Florie attendit que tout le monde soit assis devant le buffet que sa sœur et elle avaient concocté depuis deux semaines. Le silence se fit. Elle se leva en douceur et appuya ses mains sur la table de bois. Toussotant, ce fut d'une voix empreinte d'émotion que l'aînée des Gélinas déclara :

— J'ai bien réfléchi à ça, Édouard. Je pense qu'il est temps que Marie-Camille et toi veniez vivre avec nous à la ferme. Votre place est ici à nos côtés. Qu'est-ce que tu en penses ?

À suivre...

DANS LE PROCHAIN TOME INTITULÉ

Florie

Chers lecteurs et lectrices,

Lorsque la famille Gélinas vous reviendra, quelques saisons auront passé. L'armure de Florie montrera des signes de faiblesse. À l'étonnement de tous, cette femme de trente-cinq ans formera de nouvelles amitiés, et des battements de cœur accélérés provoqueront en elle un profond questionnement. Saura-t-elle à son tour résister à l'appel de la chair ?

À la suite du décès de sa belle Clémentine, et à la demande de Florie, Édouard reviendra-t-il s'établir à la ferme ? Retrouvera-t-il l'amour ou sera-t-il satisfait de vivre avec sa petite Marie-Camille, maintenant âgée de quatre ans ?

Les liens créés entre Henry Stromph et Édouard ne se sont pas défaits. De plus, Jeremiah, le fils du ferblantier, s'est établi à Sainte-Cécile. Gagnera-t-il le cœur d'une jeune villageoise ? Tout comme le jeune Anglais, James Jackson ne parle plus de retourner vivre dans sa ville natale. Poursuivra-t-il son travail à la beurrerie ou agrandira-t-il la ferme qu'il a reçue en héritage ?

Laurent continue d'être tourmenté. Son amitié ambiguë avec Léo Villemarie le trouble de plus en plus. Cette attirance qu'il ressent pour un homme l'enrage. Se confessera-t-il ou enfouira-t-il ces pensées impures au plus profond de lui-même ?

Encore une fois, de nouveaux personnages s'immisceront dans la vie de la fratrie Gélinas. Certains amèneront le bonheur, d'autres causeront des ennuis à la famille…

NOTES DE L'AUTEURE

P. 38 En 1932, 70 $ représentait l'équivalent de 1000 $ aujourd'hui.

P. 152 En 1932, 1000 $ représentait l'équivalent de 15 000 $ aujourd'hui.

P. 165 Le fromage cheddar est originaire d'un village de la Grande-Bretage connu sous le nom de Cheddar. Son arrivée au Canada remonte au XIXe siècle.

P. 203 L'association canadienne du diabète a réellement été créée en 1953.

P. 209 Le livre intitulé *350 recettes de cuisine* par Mademoiselle Jeanne Anctil directrice des Écoles Ménagères Provinciales, a été publié en 1924.

P. 304 Le livre *La Flore laurentienne* du frère Marie-Victorin a été publié un peu plus tard, soit en 1935.

P. 308 Grantly Dick-Read (1890-1959) était un obstétricien

britannique partisan de l'accouchement naturel. Il a écrit le livre *Childbirth without fear* en 1942.

P. 387 Les informations sur le frère Juin sont inspirées du site Plaisirs et fromages (http://www.plaisirsetfromages.ca/agropur/la-fromagerie-doka)

LISTE DES PERSONNAGES

(L'âge des personnages ci-dessous représente leur âge au début du tome 2. Les noms en caractères gras représentent les nouveaux personnages du tome 2.)

Barnabé, Rosaire: maître de poste au village de Sainte-Cécile.

Caron, Josette: *18 ans,* sœur de Marc-Joseph, travaille à l'hôtel du village.

Caron, Marc-Joseph: propriétaire de l'hôtel du village et ami des enfants Gélinas. (Décédé dans le tome 1)

Constantin, Alcide: agriculteur du village de Sainte-Cécile.

Claveau, Maurice (*le père Claveau*): voisin des Gélinas.

Gélinas, Adèle: *22 ans,* fille cadette de Rose et Antoine Gélinas.

Gélinas, Antoine: mari de Rose Gélinas et père de Florie, Édouard, Adèle et Laurent.

Gélinas, Édouard: *25 ans,* fils aîné de Rose et Antoine Gélinas.

Gélinas, Florie: *29 ans,* fille aînée de Rose et Antoine Gélinas.

Gélinas, Laurent: *19 ans,* fils cadet de Rose et Antoine Gélinas.

Gélinas, Marie-Camille: fille de Clémentine et Édouard.

Gélinas Rose, (1885-1922), mère de Florie, Édouard, Adèle et Laurent.

Jackson, James: homme engagé du père Claveau.

Lafleur, docteur: médecin du village de Saint-Jovite et des environs.

Latraverse, curé : curé du village de Sainte-Cécile.

Lortie, Albertine: mère de Clémentine.

Lortie, Clémentine: *22 ans,* amie d'Adèle Gélinas, journaliste au journal *Le Courrier* de Saint-Jovite.

Lortie, Edmond: frère de Clémentine.

Lortie, Jules: frère de Clémentine.

Lortie, Hermance: *19 ans,* cousine de Clémentine.

Lortie, Hubert (*grand-pépère*): grand-père paternel de Clémentine Lortie.

Lortie, Roméo: père de Clémentine.

Marquis, Gérald : propriétaire-marchand du magasin général Marquis. Père de trois garçons et mari de Louisette Marquis.

Marquis, Louisette : femme de Gérald Marquis, marchande et mère de trois garçons.

Marquis, Georges-Arthur : *12 ans,* fils cadet de Louisette et Gérald Marquis.

Marquis, Ludovic : *15 ans,* fils aîné de Louisette et Gérald Marquis.

Pelletier, Éloi : médecin spécialiste du diabète de Montréal.

Sénéchal, Jérôme : rédacteur en chef du journal *Le Courrier* de Saint-Jovite.

Stromph, Henry : ferblantier-forgeron de Sainte-Cécile, originaire du Royaume-Uni.

Holland, Jeremiah Jasper : *28 ans,* fils de Henry Stromph.

Trudel, Georgine : femme de Julien Trudel, médecin du village.

Trudel, Julien : médecin du village de Sainte-Cécile et époux de Georgine.

Veilleux, Gabrielle : institutrice du village de Sainte-Cécile.

Villemarie, Léo : *20 ans* homme engagé chez les Gélinas, habite le village de Saint-Damien.

Villemarie, Rosalie : mère de Léo Villemarie et sage-femme de Saint-Damien et des environs.

… ET DES ANIMAUX !

Barbouille : chaton de Clémentine.

Blacky : chien de Henry Stromph.

Clochette : vache des Gélinas.

Coton, Plume, Plumette 1, Plumette 2, Flocon, Caresse : poules pondeuses de Clémentine !

Fameuse : vache des Gélinas.

Mystic : jument des Gélinas.

Vanille et Chocolat : vaches de Clémentine et Édouard.

REMERCIEMENTS

Un énorme merci à Isabelle Longpré pour toute l'aide apportée pendant l'écriture d'Édouard. Merci pour son souci du détail, pour sa mémoire infaillible et pour ses notes d'humour. Le travail est toujours plus agréable dans la bonne humeur.

Merci à Marie-Claire, Jean, Claude et Geneviève de Guy Saint-Jean Éditeur pour leur support et leurs messages d'encouragements.

Merci à mes amies Pascale et Martine, mes complices depuis plus de 30 ans.

Finalement, merci à ma famille, mes premiers lecteurs, pour votre appui dans ce merveilleux projet d'écriture.

De la même auteure chez le même éditeur

Marie-Camille. Tome 1, 2019
Marie-Camille. Tome 2, 2020
À l'ombre de la mine. Tome 1 – Jeanne et Kristoff, 2018
À l'ombre de la mine. Tome 2 – Clara et Yuri, 2019
Au chant des marées. Tome 1 – De Québec à l'Île Verte, 2017
Au chant des marées. Tome 2 –La vie sur l'Île Verte, 2018
La promesse des Gélinas. Tome 1 – Adèle, 2015
La promesse des Gélinas. Tome 2 – Édouard, 2015
La promesse des Gélinas. Tome 3 – Florie, 2016
La promesse des Gélinas. Tome 4 – Laurent, 2016

De la même auteure pour la jeunesse

Un trio d'exception. Alex, Foulire, 2019
Un trio d'exception. Max, Foulire, 2020
Un trio d'exception, Juju, Foulire, 2020
La démone Angélique, Bayard Canada, 2015
L'heure de lecture, 4e année, Caractère, 2014
Mon père Marco – Ma fille Flavie, Bayard Canada, 2013
Ma grand-mère Gaby – Ma petite-fille Flavie, Bayard Canada, 2011
Mon papa-poule, ERPI, 2011
Edwin le fabuleux, Caractère, 2010
Le secret d'Elliot, Caractère, 2010
Les aventures de Jules Cousteau, Caractère, 2010
Une fin de semaine mouvementée, Caractère, 2010
Angèle et ses amis, Caractère, 2009
Échange de soccer, Caractère, 2009
Léo-Bobos, ERPI, 2009
Mademoiselle Insectarium, Caractère, 2009
Mon prof Marcel – Mon élève Théo, Bayard Canada, 2009
Roméo et Romy, Caractère, 2009
Mon frère Théo – Ma sœur Flavie, Bayard Canada, 2007

Achevé d'imprimer
sur les presses de
Imprimerie H.L.N.
Imprimé au Canada - Printed in Canada